도시는
무엇을
꿈꾸는가

지은이 김정남

한양대 대학원 국어국문학과에서 박사학위를 받았다. 2002년『현대문학』에 평론이, 2007년 『매일신문』신춘문예에 소설이, 2021년『강원일보』신춘문예에 '김겸'이라는 필명으로 시가 각각 당선되어 등단하였다. 펴낸 책으로 문학평론집『폐허, 이후』·『꿈꾸는 토르소』·『그대라는 이름』·『비평의 오쿨루스』, 소설집『숨결』(제1회 김용익 소설문학상)·『잘 가라, 미소』(2012 년 우수문학도서)·『아직은 괜찮은 날들』, 장편소설『여행의 기술—Hommage to Route7』 (2014년 우수문학도서), 소설 이론서『현대소설의 이해』등이 있다. 현재 가톨릭관동대학교 VERUM교양대학에 재직하며 연구와 창작을 병행하고 있다.
E-mail: phdjn@daum.net

도시는 무엇을 꿈꾸는가
근현대 소설을 통해 본 한국 도시 연대기

© 김정남, 2022

1판 1쇄 발행__2022년 01월 25일
1판 2쇄 발행__2022년 10월 20일

지은이__김정남
펴낸이__양정섭

펴낸곳__경진출판
  등록__제2010-000004호
  이메일__mykyungjin@daum.net
  사업장주소__서울특별시 금천구 시흥대로 57길(시흥동) 영광빌딩 203호
  전화__070-7550-7776 **팩스**__02-806-7282

값 17,000원
ISBN 978-89-5996-841-1 93810

도시는 무엇을 꿈꾸는가

근현대 소설을 통해 본 한국 도시 연대기

김정남 지음

책머리에

거개의 한국인은 도시에 산다. 2020년 한국의 도시화율은 85%를 넘어섰다. 이러한 상황에서 도시에서는 끊임없이 문제가 발생하고 이를 해결하는 과정에서 수반되는 시민사회의 갈등은 뜨거운 정치적 이슈가 되어 사회를 극한 대립의 상황으로 몰아가기도 한다. '나는 자연인이다'라는 TV프로그램의 출연자가 아닌 우리는 도시에 살거나 적어도 도시에 의지해 살아가며 수많은 사회적 문제의 당사자가 되어 살아갈 수밖에 없다.

이러한 도시화의 과정에서 잉태된 도시인 멘탈리티의 문제는 물론이거니와 개발의 이름으로 자행되는 정치적 폭압의 문제, 도시적 일상과 여가를 둘러싼 문화적 환경, 주택·교통·공해 등의 도시공학적 과제, 더 나아가 미래 도시에 관한 아젠다 등은 분과 학문의 영역을 넘어선 학제 간의 융합적 시선이 요구되는 복잡계의 교차점들을 형성한다. 당연한 말이겠지만, 이를 해결하기 위해서는 근본적으로 사람을 중심에 놓고 생각해야 한다. 정치 논리에 따라 불공정하게 사회적 자원이 배분되거나 경제 논리가 일체의 도시적 가치를 지배하게 된다면, 결국 사람은 실종되고 바우만Zygmunt Bauman이 말하는 '쓰레기가 되는 삶들'이 노정될 수밖에 없기 때문이다.

잘 아는 바와 같이 오늘날의 우리 도시는 단 하나의 견고한 매트릭스가 지배하는 단순한 사회가 아니다. 도시는 단일한 구조물이 아니라 하나의 네트워크이며 그 안에서 무수한 매트릭스가 유동하며 조합·재조합을 거듭하고 있다. 이러한 액화된 현실 안에서 수많은 도시인들은 삶의 갈피를 잡지 못한 채 불확정성의 안개 속으로 내몰리고 있다. 이 시점에서 문·사·철을 위시한 도시인문학의 중요성이 필연적으로 제기된다. 인문적 성찰 없이는 도시경제학도, 도시공학도 온전히 존립할 수 없고 우리가 당면한 도시 문제를 제대로 해결할 수도 없다.

불행하게도 우리의 근대 도시계획은 1912년 경성시구개수京城市區改修로부터 시작되어 일제에 의해서 기획·입안·실행된 식민지 근대 프로젝트의 일환으로 진행되었다(1912~1945). 이를 뒤이은 전쟁의 폐허 위에 형성된 피폐한 전후의 삶(1950년대), 개발독재 하의 강압적인 도시화(1960~70년대), 아파트와 위성도시로 상징되는 도시적 삶과 공간적 위계(1970~80년대), 세기말의 불안과 바닥 없는no floors 전락의 삶(1990년대), 도시재생·재개발을 둘러싼 국가 폭력과 기만의 삶(2000년대), 미래도시에 대한 디스토피아적 전망과 새로운 모색(2010년대) 등은 우리 근현대사가 통과해 온 시대의 질곡들을 고스란히 보여준다.

그러한 의미에서 도시 사회를 서사화하며 시대와 길항한 도시 소설의 연대기는 작가들이 싸워야 했던 지난한 당대 한국 사회의 풍경과 그 맥락을 품고 있어 한국근현대사와 한국근현대문학사 모두를 담지하고 있다고 할 수 있다. 신비평적 관점에서 보면 현실이라는 거대우주는 문학이라는 소우주와 유추의 관계에 놓여 있다. 이 소우주로서의 도시 소설은 작가들이 당대 도시 사회를 예각적으로 관찰하고 형상화한 결과물인 동시에 이를 통해 바람직한 미래 지향을 모색하고 있는 텍스트이기에 항시 역사적 현실보다 한 발짝 더 나아가 미래를 품고 있다. 이것이 바로 도시학 연구가 도시적 삶의 양태를 서사화한 소설 텍스트에 주목해야 하는 가장 큰 이유이다.

이 연구서는 필자의 지난 10년간 학술적 연구의 결과물이다. 논문은 쓸 거리가 있을 때마다 즉흥적으로 쓰는 것이 아니라 큰 테마를 설정해 놓고 그 계획 아래 십 년 공부하듯 해야 한다고 가르쳐 주신 은사님이 생각난다. 모든 것을 제하더라도 이 큰 가르침이 오늘의 이 책을 낳았다고 믿는다. 끊임없이 헤살을 놓으며 고된 시간을 이어가게 해 준 내 생의 최저낙원에도 감사해 마지않는다. 그것은 내가 싸워야 할 적敵이며 내가 두고 있는 적籍이기 때문이다. 모쪼록 이 책이 도시인문학 연구에 조금이라도 보탬이 되길 바라는 마음 간절하다.

2022년 1월
저자 씀

6

차례

책머리에 ____ 4

제1장 식민지 시대와 도시__1920~1940년대

식민지 시대의 도시성과 근대적 일상의 풍경 ____ 13
__이효석의 경성·평양 그리고 북국北國의 도시들

1. 이효석 소설과 도시 ·· 13
2. 이중도시로서의 식민지 경성 ································· 16
3. 전유된 공간으로서의 전원과 관광의 탄생 ··········· 21
4. 동경과 멜랑콜리의 공간으로서의 북국 ················ 25
5. 도시문화의 양가성과 위생강제 ···························· 34
6. 이효석 소설의 당대성과 스펙트럼 ······················ 41

제2장 전후 사회와 도시__1950년대

부르디외의 상징폭력과 1950년대 상경인上京人의 소외의식 ____ 51
__최일남의 「서울의 초상」

1. 전후문학과 리얼리티의 문제 ······························· 51
2. 서울의 상징폭력과 상경인의 의식 ······················ 55
3. '촌놈'의 아비투스와 열등의식 ····························· 58
4. 청년들의 연대와 살아남음의 의미 ······················ 62
5. '송삼'과 '르네상스'라는 구원의 방식 ·················· 66
6. 서울에 남는 일과 실향 의식 ······························· 72

제3장 4·19세대와 도시__1960년대

1960년대 서울의 도시성과 사회적 전유__83
__박태순의 1960년대 소설
1. 박태순 소설과 전유의 의미 ·· 83
2. 소시민적 일상성과 전유 ·· 86
3. 근대의 전유와 방랑 ·· 92
4. 정치적 강제와 전유 ·· 98
5. 도시 공간의 서열화와 전유 ·· 106
6. 박태순의 소설과 1960년대 도시성 ·· 111

제4장 아파트와 도시__1970년대

도시 주거공간의 비장소성과 단자적 의식__119
__최인호의 「타인의 방」·채영주의 「도시의 향기」
1. 아파트와 오피스텔 그리고 소설 공간 ·· 119
2. 비장소적 도시 주거공간 ·· 125
3. 단자화된 은둔과 왜곡된 소통 ·· 129
4. 공간 악몽과 사물화 ·· 133
5. 인공낙원과 댄디의 종말 ·· 138
6. 타자화된 여성 ·· 142
7. 잃어버린 장소를 찾아서 ·· 146

제5장 서울과 위성도시__1980년대

1980년대 서울 위성도시의 장소성과 일상성__155
__양귀자의 『원미동 사람들』
1. 서울 위성도시의 축도로서의 원미동 ·· 155
2. 집과 도시 공간의 위계 ·· 159

3. 도시의 욕망과 기만의 일상성 ················· 163
4. 장소상실과 바이오필리아 ················· 171
5. 소시민의 허위의식과 자기반성 ················· 176
6. 서울 위성도시의 도시성과 욕망의 구조 ················· 182

제6장 세기말과 도시__1990년대

역사의 종언 이후 도시성의 질적 변화____191
__밀레니엄 전후, 도시성의 재인식
1. 개인의 발견 ················· 191
2. 도시의 방 한 칸 ················· 198
3. 도시적 일상과 노동 ················· 202
4. 활자의 몰락과 TV 그리고 가상도시 ················· 206
5. 도시인의 감정 교육 ················· 215
6. 1990년대의 비망록 혹은 오래된 미래 ················· 219

제7장 폭력과 강박의 도시__2000년대

도시 재개발을 둘러싼 권력과 저항의 담론____227
__손아람의 『소수의견』·주원규의 『망루』
1. 제도와 폭력 그리고 대항담론 ················· 227
2. 법의 의미와 한계 ················· 230
3. 국가의 존재 의미에 대한 물음 ················· 235
4. 종교 권력의 부패와 세속화 ················· 239
5. 구원과 침묵의 배리背理 ················· 244
6. 법과 국가와 종교의 한계 ················· 247

뉴밀레니엄 시대의 도시 생태학과 윤리학____252
__정이현의 『오늘의 거짓말』
1. 현대도시의 생활양식 ················· 252

2. 도시인의 생활양태와 생태관 ······················· 256
3. 도시의 관리 시스템 ·································· 260
4. 위생강제와 강박 ······························· 265
5. 교환의 원리와 내면관계 ·························· 269
6. 도시인의 가면 ·································· 274
7. 도시 생태학과 윤리학 ···························· 280

제8장 새로운 도시의 미래를 위하여_2010년대

한국적 모더니티와 도시 난민의 세대론적 특성 ___ 289
__윤대녕의 『피에로들의 집』

1. 현대사회와 도시 난민 ···························· 289
2. 도시 난민의 세대론적 유형 ························· 292
3. 은유의 장치들과 공간 인식변화 ······················ 316
4. 타자와의 관계 그리고 글쓰기의 의미 ···················· 319

새로운 도시성의 불가능성의 가능성 ___ 324
__김중혁의 『1F/B1 일층, 지하 일층』

1. 도시성과 한국소설 ······························ 324
2. 도시환경의 질적 변화 ··························· 327
3. 도로망과 도시 공간 ···························· 331
4. 유리 마천루와 도시문명의 취약성 ····················· 336
5. 도시 관리와 제어시스템 ························· 338
6. 대타자로서의 자연과 도시문명의 허구성 ·················· 343
7. 새로운 도시의 미래를 위하여 ······················ 349

참고문헌 ___ 355
찾아보기 ___ 374

제1장
식민지 시대와 도시

1920~1940년대

식민지 시대의 도시성과 근대적 일상의 풍경

__이효석의 경성·평양 그리고 북국北國의 도시들

1. 이효석 소설과 도시

도시는 이효석 소설의 중심 공간이다. 그 배경도 경성과 평양은 물론 동경과 하얼빈哈爾濱과 해삼위海參威(블라디보스토크)에까지 확장되어 그의 소설적 공간은 동북아시아의 권역을 포괄하고 있다고 할 수 있다. 초기 동반작가적 경향을 드러낸 단편들의 경우도 서사의 빈약함이나 이념의 침입적 논평에 소설적 낙인을 찍지만 않는다면 그 텍스트가 거느리고 있는 상황은 당대의 도시성urbanity[1]을 고찰하는 데 중요한 자료가 될 수 있다.

또한 1912년부터 시작된 경성시구개수京城市區改修로 상징되는 도시화의 흐름은 전통적인 농촌공동체의 삶에서 도시적 라이프 스타일로의 대전회를 야기하는데, 여기서 나타나는 도시적 일상성과 그 대척점으로서의 전원 및 휴양 문화의 발생까지도 목도할 수 있는 것이 이효석의 소설이 갖는 도시문학으로서의 가치다. 더 나아가 동반작가적 경향을 나타내던 초기 일본의 동경은 활동가들의 이념 규합의 중심지 역할을 하며, 북국으로 상징되는 두만 접경 지방이나 만주와 연해주 등의 지역에서 해삼위는 사회주의 신흥계급의 이상을 표상하는 공간으로 제시되기도 하고, 이후 만주국 괴뢰정부 하의 하얼빈은 시대적 좌절과 회의주의로 점철된 후일담의 공간으로 나타난다.

이러한 그의 소설을 도시 소설city novel[2]로 규정한다면 그 경험적 측면에서 빼놓을 수 없는 것이 성性과 성희 공간의 문제이다. 근대 도시 공간에서 성은 철저하게 남녀 간의 성적 교감이나 쾌락을 위해 존재하며 일제에 의해 이식되고 확장된 유곽은 경향문학적 기반 하에서는 유녀들의 쟁의로 피억압 계급의 저항을 표상하기도 하며 남성 화자의 유곽 체험은 타락과 전락의 공간으로 시대적 절망을 은유하기도 한다. 특히 유곽 문화 외에도 근대 도시 일상성 하에서 남녀 간의 관계와 교제는 윤리나 제도의 한계를 넘어서는 불륜이나 암묵적 방임에 의한 금기의 위반이라는 형태로 나타나기 시작하는데, 이는 전통적인 윤리 기반의 붕괴와 봉건적 남녀관의 해체를 반영하는 것이다.

이처럼 근대 도시의 다양한 삶의 양태를 당대의 이념적 스팩트럼 하에서 폭넓게 조명한 작가가 이효석이라고 할 수 있다. 이에 일제강점기 도시와 이를 둘러싼 도시 문학의 특성을 조명한 선행연구는 다음과 같은 연구의 카테고리 하에서 일별할 수 있다.

첫째, 식민지 경성의 도시 개발에 따른 이중 도시dual city[3]적 양상에서 나타나는 도시 문제에 주목한 연구가 있다. 이러한 관점은 주로 식민지 경성의 어두운 이면사와 그 모순을 다룬 것으로 근대 도시 경성의 이중성과 모순에 착목하였다.[4]

둘째, 근대 도시의 일상성과 오락 및 유흥으로서의 도시문화에 초점을 맞춘 연구 경향이 있다. 이러한 입론은 신경과민과 같은 대도시의 정신생활[5]이나 당대의 도회적 취향문화[6]나 남녀 간의 애정과 윤리적 타락[7] 그리고 타자화된 자연(전원)[8]의 문제에 주목하였다.

셋째, 하얼빈과 해삼위를 중심으로 한 북국 체험을 소재로 한 작품에 나타난 시대의식에 천착한 연구가 있는데, 이는 이효석의 도시 소설 중 가장 활발하게 연구된 논의의 입각점이다. 북국은 주로 동반작가 시기 이효석의 이념적 경사가 반영된 공간이기도 하지만 1940년 그의 「하얼빈」과 『벽공무한』을 보면 괴뢰국인 만주국 건국과 2차 세계대전이라는 세계사적 위치에서 바라본 식민화된 지역의 현실을 통해 "직접적, 압축적으로 세계 문명의 위기를 진단하면서 일본의 동아시아 진출에 비판적인 안목"[9]을 전달하기도 한다.

이효석 소설의 주된 탐구 공간이 '도시'라는 사실은 연구자에게는 주지의 사실이지만 대중적으로는 향토적인 공간이 우선적으로 연상된다. 이는 「메밀꽃 필 무렵」이 드리운 편만한 영향력 때문이기도 하고 이 작품과 더불어 「산」과 같은 작품이 교과서에 수록되어 있기에 이러한 서정적·낭만적 세계가 그의 소설의 전부인 양 여겨지고 있는 것이다. 이 장에서는 이러한 이효석 소설에 대한 대중적 편견을 불식시킴과 동시에 이상의 선행연구 검토의 결과를 바탕으로 그의 단편전집[10]에 수록되어 있는 작품을 중심으로 당대 도시성의 양상을 사회사적 맥락 하에서 고찰하여 도시 소설로서의 이효석 문학의 본질을 종합적으로 밝혀보고자 한다.

2. 이중도시로서의 식민지 경성

이효석에 대한 가장 큰 오해 중 하나는 그가 '이중언어'의 공간에서 일제 말 일본어로 소설을 발표함으로써 친일문인들이 주장한 내선일체에 기반한 국민문학론에 동조한 것처럼 여겨지고 있다는 사실이다. 그러나 그는 서양의 문화적 전통과 서구적 근대에 깊은 동경을 가지고 있었지 서구로부터 수입되어 재생산된 일본의 근대를 근대의 정수로 여기지 않았다. 더불어 그는 근대에 대한 비판적 인식을 항시 견지했던 바, 그가 경성을 바라보는 기본적인 시선 속에 이는 충분히 녹아 있다. 이러한 의미에서 식민지 경성을 배경으로 하고 있는 작품들은, 동반작가 시기의 단순한 이념 편향성을 걷어내고 보면 그 안에는 외화내빈이라고 할 경성의 말소되어 버린 꿈의 페이지가 오롯이 드러난다.

「주리면……—어떤 생활의 단편」(『청년』, 1927.3)을 보면 실직 후 넉 달 동안 직업을 구하지 못하고 셋방에서 지내는 주인공이 등장하는데, 사흘을 내리 굶은 그를 아랑곳하지 않고 방세를 요구하는 집주인의 방문을 받게 된다. 여기서 그는 "못된 거지"(2: 56), "도야지만도 못한 놈!"(2: 57)이라는 핀잔과 함께 밖으로 쫓겨나게 된다. 이에 주린 배를 견디며 거리를 배회하던 그의 눈에 비친 거리의 모습은 그의 내면적인 정황과는 정반대로 "잰 사람들의 걸음" 속에서 "잔치나 벌어진 듯한"(2: 58) 모습으로 다가온다. 게다가 며칠 전 거지 아이가 죽었던 우체통 옆자리에 애도의 말미조차 갖지 못한 채 과물전이 열려 있는 장면은, 도시적 삶의 냉혹성을 상징적으로 드러낸다.

이제 밤이 되자 경성의 거리엔 전등불이 밝혀지고 "입술에 기름이 번지르 흐르는 사람들은 모두 행복"(2: 60)하게 보인다. 그 순간 그의 유일한 행복이란 허기를 면하는 일이지만 그는 "주먹을 쭐쭐 빨고 있는 자신"(2: 60)을 발견한다. 이때 큰 벽돌집 꼭대기에는 소화제를 선전하는 네온 광고판이 화려하게 빛을 뿜는다. 이 아이러니는 화려한 근대도시 경성의 만성적 실업과 빈곤화[11]라는 이면을 드러내기에 충분하다.

한편, 식민지 도시의 공통적인 특성인 이중도시의 측면에서 많은 연구자들에 의해서 이미 주목의 대상이 된 「도시와 유령」(『조선지광』, 1928.7)은 근대 사회에서 나타나는 노동의 모순된 양가적 가치와 도시민의 빈곤과 가속화되는 도시 슬럼화 등 식민지 수도 경성이 안고 있는 여러 문제들의 종합판이라고 할 수 있는 작품이다. 이 작품의 화자인 '나'는 동대문 밖의 상업학교 가제假製(임시로 대강 만듦-原註) 현장에서 일하는 미장이이다. 화자는 작열하는 태양 아래에서 고된 일에 시달리면서도 자신들의 노동이 "몇 백 칸의 벌집 같은 방으로" "여러 층의 웅장한 건축으로 변함"(2: 64)에 위대함을 느낀다. 하지만 이러한 감정은 "어리석은 미련둥이들이라."(2: 64)라는 서술로 이어지면서 아이러니를 획득한다. 이는 맑스의 「Economic and Philosophic Manuscripts of 1884」에서 잘 알려진 바와 같이, 자본주의 사회에서 "인간이 자기 노동의 생산물, 자신의 생활 활동, 자신의 유적 본질로부터 소외"12)된다는 노동 소외론과 그 맥을 같이 한다.

그렇게 자본주의 사회에서 노동의 양가적 의미를 경험적으로 느끼고 있지만, 화자는 행랑방 하나 없이 노숙을 하며 생활을 해야 하는 상황에 놓여 있다. 벌써 동묘의 대문께에 이르러 내리는 빗발을 피하여 처마 밑으로 갔을 때, 화자는 건너편 정전 옆에 개똥불과 같은 불빛을 발견하고 이윽고 그것을 향해 돌멩이를 던졌지만 불빛이 흩어지긴커녕 움직이지 않고 자신을 노려보고 있는 것처럼 느끼게 된다. 이에 대경大驚하였지만 그는 틀림없던 노깨비가 결국 "두 모자의 거지"(2: 75)임을 알아차리게 된다. 사연인 즉, 도깨비불이란 "그놈의 원수의 자동차"(2: 78)에 치여 다리를 다친 어머니가 아픈 다리에 바를 약을 찾기 위해 성냥을 켠 것이었다. 이에 화자는 얼마 전 거리에서 목격한 교통사고의 장면을 기억해 내는데, 그 여인을 친 차에는 "불량배와 기생년이 그득"(2: 80)하였던 것이다.

경성이라는 도시의 공간적인 차원에서 보았을 때, "고무풍선 같이 떠다니는 파라솔이 있고 땀을 들여주는 선풍기가 있고, 타는 목을 식혀주는 맥주 거품이 있고, 은접시에 담긴 아이스크림이 있"(2: 78)는 공간은 남촌으로 표상되는 장안의 사람들의 몫이다. 반면 동묘 주변의 북촌은 유령으로 상징되는 노숙하는 빈민들의 슬럼지구로 그려져 있다.13) 이렇게 소설 속에 묘사된 조선인의 종로(북촌)와 일본인의 본정(남촌)이라는 이중도시에 대한 관점은 최근 여러 각도로 재론되고 있다. 1926년 조선총독부 신청사 이전을 전후해 이루어진 일본인 세력의 북촌 진출14)과 잡거지 논의를 중심으로 한 "잡종성/혼종성hybridity을 지닌 탈식민적 주체"15)에 대한 논의가 그것이다.

그러나 1920년대 후반 경성은 권력의 수뇌부들의 북촌 이전과 자본주의 소비문화의 확산에도 불구하고 식민지 도시의 불균등 발전uneven development에 근거한 공통적 구조인 이중도시의 특성이 개선되지 못하고 있었는데, 「도시와 유령」의 두 모자의 거지가 처한 상황과 같은 북촌의 빈곤화와 슬럼화라는 당시의 사회상16)이 이를 강력하게 뒷받

일제깅점기 경성 남촌 지역(本町)_上, 일제강점기 경성 북촌 지역(삼청동길)_下. 1920년대 후반 경성의 남촌 지역과 북촌 지역의 명확한 대비는 식민지 도시의 불균등 발전uneven development에 근거한 공통적 구조인 이중도시의 특성을 명확하게 드러낸다.

침한다. 따라서 식민지 경성은 식민 권력의 공간 확대와 근대문화의 모방과 향유라는 변수도 무시할 수 없겠으나 사회적 불균형이라는 상수가 보다 근본적으로 작동하고 있다고 볼 수 있다. 식민지 내부의 근대 모방이라는 자율성은 식민지 근대라는 복잡계의 한 측면이기도 하겠지만 이것이 긍정될 때 필연적으로 수용될 수밖에 없는 식민지 근대화론은 최종심급으로서의 식민지배의 억압을 희석시키는 더 큰 위험을 지닌다. '모던보이'와 '모던걸'이 「도시와 유령」에 등장하는 '불량배'와 '기생년'과 전적으로 등치되는 것은 아닐지라도 그들이 근대를 학습하고 실천한 적극적이고 능동적인 주체일 수는 없기 때문이다. 따라서 일본으로부터 해석되고 매개된 근대를 모방하는 일부 피식민자의 소비문화의 경향이 남촌과 북촌으로 상징되는 공간적 이중성을 근본적으로 분해하는 결정 인자로 기능하지는 못했다고 할 수 있다.

또한 「행진곡」(『조선문예』, 1929.6)의 "자연의 성을 감추지 '않으면 안 되는' 소년"과 그녀를 돕는 "국적을 감추지 않으면 '않으면 안 되는'"(2: 99~100) 아라사 청년이 등장하는 노동숙박소의 풍경도 이와 같은 경성의 이중성을 오롯이 반영한다. "일루미네이션과 헤드라이트와 사이렌으로 들볶아치는 거리에 비하여 뒷골목의 우중중한 이 숙박소는 버림을 받은 듯이 쓸쓸하였다."(2: 88)는 문장이 이를 단적으로 증명한다. 동반작가적 경향을 뚜렷하게 보이던 당시의 작가는 이런 노동숙박소의 사람들을 향해 "거칠고 무미는 하나 솔직하고 거짓이 없"(2: 88)으며 "넓은 세상의 지식이 있고, 피로 겪어온 체험이 있고 똑바른 인식"(2: 89)이 있다고 서술함으로써 그들을 향한 계급적 애정과 지향을 나타낸다. 더불어 매음녀들의 동맹파업을 다루고 있는 「깨트려진 홍등」(『대중공론』, 1930.4) 역시 일본을 통해 이식된 유곽의 여성들의 삶의 비참함을 다루며 민족차별적, 성차별적, 규율 권력적이었던 식민권력의 식민지 근대성의 대표적 표출 공간[17]인 유곽이라는 식민지 경성의 음울한 이면을 드러낸다.

이처럼 이효석은 식민지 경성의 이중성을 주로 동반작가의 시선에서 자본주의적 근대성의 모순을 계급적 모순의 차원에서 착목하였다. 동시에 이를 둘러싼 종로와 본정이라는 공간적 이중성 혹은 향유 문화의 이중성의 차원에서 이를 소설적으로 형상화하였음을 이해할 수 있다.

3. 전유된 공간으로서의 전원과 관광의 탄생

작가 이효석은 평양에 거주하던 시절,[18] 『조광』에서 마련한 평양을 소개하는 좌담회[19]에 참석하게 되는데, 여기서 참석자들은 "평양의 선진성을 강조하고, 경성이라는 중심과의 경쟁의식"[20]을 드러낸다. 이에 대한 근거로 "상공도시로서 평양에 대한 대화"에서 "자원, 기술, 노동력, 공업용수, 운수시설 등의 장점"[21]을 내세우며 "제국의 여타 지방과 동렬에 서고자 욕망"[22]을 드러낸다.

사실상 일제는 1904년 러일전쟁 발발과 함께 평양이 병참선로상에 위치함에 따라 1913년까지 각종 군용시설을 모두 준공[23]하였을 뿐만 아니라 "군수품의 안정적인 공급과 일본인 거주를 위한 시가지 건설"24)을 추진하였다. 또한 1930년대에 서북지역의 중심도시인 평양이 중일전쟁 등 국제적인 여러 정세 속에서 새로운 모습으로 변화하였으며 "제국의 산업기지"25)로 변모하였음은 주지의 사실이다.

「향수」(『여성』, 1939.9)는 이효석의 평양 거주 시절 창작된 작품으로 이러한 평양의 도시화에 따른 소시민적 도회의 일상과 그 대타적 위치에 놓이게 되는 전원(시골, 고향)의 발생학적 기원을 탐색하고 있는 작품이다. 여기서 화자는 "소꿉질 장난감 같은 베이비 하우스"(1: 350)에서 가정 살림과 육아를 담당하고 있는 아내를 "새장 안의 신세"(1: 350)로 여기며 측은해 한다. 더 나아가 "현대의 무수한 소시민의 생활의 탄식"은 바로 "부질없는 감질"(1: 351)에 그 원인이 있다고 진단한다. 급기야 아내는 도시 생활에서 오는 피곤증을 정양코자 시골에 다녀오겠다고 통고하기에 이른다. 화자는 이러한 아내의 욕망을 "도회의 피곤에서 느끼는 향수"이며 "해방의 의욕"(1: 356)이라 해석한다.

일제 강점기 평양 중심가. 일제는 1904년 러일전쟁 발발과 함께 평양이 병참선로상에 위치함에 따라 1913년까지 각종 군용시설을 모두 준공하였을 뿐만 아니라 시가지 건설을 추진하였다.

이러한 아내의 시골 행은 근대 도시의 일상으로부터의 탈출인데, 여기서 전원은 도시에 대응하는 이상화된 자연의 공간이자 근원적 공간을 의미하는 상징적 기표로 나타난다. 이는 전통사회에서 속세를 떠나 자연에 은거하는 도가류의 사상이나 음풍농월의 자연 예찬과는 본질적으로 다르다. 근대 사회에서의 전원은 도시라는 매개항 속에서 전유된 "관념의 산물이자 적극적인 소비의 대상"26)인 것이다.

그러나 아내는 "불과 한 달도 못되어서 협착하다고 버리고 간 도회"(1: 361) 평양으로 돌아와 "호박꽃두 늘 보니까 싫증이 났어요."(1: 363)라고 술회하고, 이렇게 "두 번째의 향수—도회에 대한 향수"(1: 361)의 감정을 드러내는 역설적인 상황으로 마무리된다. 이는 한 때 몇 십만 대의 호농이었던 아내의 친가가 몰락하였다는 현실적인 사실과는 무관하다. 도시적 삶의 양식이 하나의 풍경으로 내면화된 아내에게 관념화된 전원의 개념은 그녀를 충족시킬 수 없다는 사실이 무엇보다 중요하며, 이러한 도회로의 귀환이라는 '리턴 현상'은 도시인의 전원관의 비실재성과 허구성을 반증한다.

한편 「마음의 의장意匠」(『매일신보』, 1934.1)의 경우도 아내가 시골로 정양 차 귀향해 있던 차에 남편인 화자와 그의 일상을 돌보아 주는 '유라'와의 애틋한 정담情談을 도회적 일상을 통해 그려내고 있다. 그러나 그 핵심적인 내용은 아내가 가 있는 전원생활과 그 귀환에 있는 것이 아니라 도회에 남은 남편과 유라와의 생활에 그 방점이 찍혀 있는 것이므로 아내의 귀향이라는 모티프상의 유사성만 있을 따름이다.

하지만 건강이 좋지 않은 유라가 회복한 듯 홀가분한 치장으로 찾아와 화자에게 "별안간 바다가 보고 싶어요, 가을 바다가."(2: 372)고 말하자, 그 둘은 느린 기차를 타고 한 시간 남짓 달려 바다를 찾게 되는데 이는 근대적 여가의 한 풍경이라는 점에서 주의를 요한다. 이렇게 교외선을 타고 목적지에 도착하여 일정 시간 자연을 향유하고 로맨스를 즐긴 뒤 바로 도시로 복귀하는 것은, 근대 도회인이 자연을 즐기는 전형적인 형식이기 때문이다. 잘 알려진 바와 같이 이러한 "관광은 근대 이후에 출현한 것"27)이다. 이는 철도를 비롯한 교통의 발달은 물론이거니와 "대중 사회와 소비 사회가 형성되어야"28) 가능한 일이다. 식민지 조선 전체가 이러한 문화적 조건 속에 있었던 것은 아니지만 적어도 1930년대의 도시적 삶 내부에는 이러한 근대적 의미의 관광의 개념이 형성되어 있었고 그 행위를 통해 근대의 코스튬을 행사할 수 있었다고 할 수 있다. 한편, 「계절」(『중앙』, 1935.7)에 등장하는 '건'과 '보배'의 인천 해수욕장으로의 짧은 여행의 모티프 역시 교외 여행29)이 1930년대 대도시의 도회인에게 그리 낯설지 않은 여가 문화의 일부가 되었음을 보여준다.

「성화聖畵」(『조선일보』, 1935.10)에서 백화점에 설치되어 있는 오존 발생기에서 "솔잎 냄새 같기도 하고 나뭇진 냄새 같기도 한"(2: 460) 내음을 맡은 '유례'가 화자와의 대화 속에서 즉흥적으로 여행을 결정하고 트렁크 등의 여행 용품을 준비하는 모습은 지금을 사는 도시인의 삶과 조금의 유격도 발견할 수 없다. 그들의 여행이 충동적이었을 뿐만 아니라 동해안이라는 여행지를 선택한 것도 큰 이유가 없다. 단지 서울을 멀리하고 싶었고 차 속의 시간을 지루하지 않을 만큼 즐기기 위한 것이다. 여행 자체가 실용적 목적이 전적으로 배제된 즐김이자 유희인 것이다.30) 이러한 "들뜸(우연성)"이 바로 관광의 본질이며 이는 "발터 벤야민이 주목한 '산책자flâneur'의 출현과 같은 시기에 탄생"[31]한 개념이다. 「성화聖畵」에서 기차가 해발 800m의 고원지대의 분수령을 넘어가는 장면을 세밀하게 묘사하는데, 여기서 제시되는 "또한 내 생활의 분수령이 될는지도 모르오."(2: 470)라는 화자의 말은 여행의 과정에서 "중립적이고 무위적인, 즉 우연히 시선 안에 들어온 대상"[32]에 대한 관광객적 주체의 반응이라는 점에서 일종의 '관광객의 철학'[33]이라 명명할 수 있다. 따라서 이효석의 소설에 등장하는 여행의 모티프는 이러한 근대적 관광의 개념에 닿아 있는데, 이는 산책가적 성향이 외화된 무목적적·우연적 즐김이라는 '오배誤配'[34]로서의 근대적 관광의 행위가 1930년대 도시 소설의 내면에서 발생하고 있었다는 사실을 알려준다.

이와 같이 이효석의 소설은 경성과 평양이라는 식민지 대도시의 라이프 스타일과 그 반대항에 놓이는 시골이 어떻게 전원이라는 새로운 관념의 공간으로 전유되고 호출되는지를 세밀하게 제시하고 있다. 더불어 철도로 대표되는 교통기관의 발달과 근대적 소비문화의 형성으로 말미암아 실용적 목적이 배제된 여가의 일환으로서 근대적 여행이 어떻게 발생하는지를 예각적으로 포착하고 있다.

4. 동경과 멜랑콜리의 공간으로서의 북국

이효석의 소설의 공간을 동북아시아 권역으로 확대시켜 주는 장소가 바로 만주와 연해주이다. 그 중에서 하얼빈과 해삼위는 초기 동반작가 시절부터 2차 세계대전과 만주국 수립 이후의 황폐한 시대상을 다룬 작품에 이르기까지 그의 소설에 빈번하게 등장한다. 여기서 하얼빈과 해삼위는 각각 그의 전후기 문학의 풍경을 대비적으로 대변한다. 1920년대 동반작가 시기의 해삼위는 "이효석의 마르크스이념이 실현되는 유토피아"[35]로 설정되고, 또 하나의 이국 도시는 "후기문학의 배경인 하얼빈"[36]이다.

먼저 동반작가적 경향을 짙게 나타내는 소위 북국 3부작으로 알려진 「노령근해」(『조선강단』, 1930.1), 「상륙—어떤 이야기의 서장」(『대중공론』, 1930.6), 「북국사신」(『신소설』, 1930.9)의 배경은 모두 소비에트와 맑시즘에 대한 지향성과 그 가치실현의 현장으로서 그 공간과 그 속에서 살아가는 사람들(슬라브 민족)을 이상적으로 표현하고 있다. 이는 구체적인 경험과 관찰의 결과라기보다는 아프리오리한 이념의 렌즈에 의해 '착색된 현실'이라고 할 수 있다.

「노령근해」는 두만강의 하구를 건너 국경선을 가로지르는 저물녘의 국제여객선 갑판에서 시작한다. 여기서 화자는 뱃전에 의지하여 이야기를 나누는 두 선객을 발견한다. 이 중 한 사람이 "코 높은 '마우자馬子子'(러시아 사람을 낮추어 부르는 말—原註)"(2: 133)이다. 낙타빛 가죽 셔츠와 검은 에나멜 혁대, 툽툽한 구두, 창 빠른 모자, 이와 같은 차림을 언급하며 화자는 그를 영웅적으로 보인다고 말하고 있다. 게다가 "연해주의 각지를 위시하여 네르친스크 치타 방면을 끊임없이 휘돌아치느니만큼"(2: 133) 대륙적인 호방한 기운이 느껴진다며 이를 "슬라브족다운 큼직한, 호활한 풍모"(2: 33)라고 칭양한다. 이러한 러시아인에 대한 외경의 심리는 일종의 서구취향이나 백색동경으로 이해되는데, "서구 문명에 정향된 미적 보편주의"[37]를 주장했던 이효석의 지향의식이 이 작품에서 러시아인을 바라보는 화자의 시선 속에 침윤되어 있다고 할 수 있다.

이 국제여객선의 살롱에서는 육지의 그것과 다름없이 질펀하게 먹고 마시는 잔치가 열리고 있는데, 이에 화자는 술과 아름다운 풍경이 보이는 살롱은 선경, "초열(타는 듯한 더위—原註)과 암흑의 기관실"(2: 135)은 지옥으로 비유하며, 육지에서의 그릇된 대조가 이 바다 위의 작은 집합 안에서도 노골적으로 드러난다고 계급적 인식에 기초한 분노의 감정을 드러낸다. 이윽고 암흑의 공간에서 노역에 시달리는 기관실 동료에게 준비한 음식을 가져다주며 뽀이는 "그들의 한 때의 양을 줄이면 우리의 열 때의 양은 찰 걸세."(2: 140)라고 말하며 부르주아에 의해서 왜곡된 부의 불평등 구조에 대한 비판의식을 발현한다. 이어 조금만 참으면 꿈꾸던 나라에 내리게 된다고 덧붙이는데, 그 나라란 다름 아닌 소비에트를 가리킨다. 이는 화자가 꿈꾸는 '부자도 없고 가난한 사람도 없고 다 같이 살기 좋은 나라'(2: 142)라는 사회주의적 이상에 정향된 의식에 부합한다.

「상륙—어떤 이야기의 서장」(『대중공론』, 1930.6)은 석탄 화물선에 몸을 싣고 밀항하여 "아세아 대륙의 동방. 소비에트 연방의 일단"(2: 184)인 해삼위에 닿아 사회주의 이상 국가에 발을 딛게 된 환희의 감회를 서술하고 있는 작품이다. 화자는 한시라도 빨리 "가죽옷 입고 에나멜 혁대 띤 굵직한 마우자들 숲에 한시라도 속히 싸여보고 싶었다"(2: 185)는 욕망을 감추지 못하며 사회주의 신흥계급의 이상을 경험하고자 한다. 이윽고 "각 파쥐삐— 예테?"(2: 188, 어떻게 지냈어요?—

인용자 주)라는 러시아인의 말에 동지애를 느끼며 고국에 대한 애수를 떨쳐버리고 그곳에 발을 딛게 된다.

이와 같은 동반작가로서 이효석이 가지는 이념적 지향성은 서사적 조건의 상정보다는 열띤 침입적 논평에 의지하는 바가 크기 때문에 리얼리티와 소설적 핍진성에는 부합되지 못한다. 이 3부작 소설 중 마지막 「북국사신北國私信」(『신소설』, 1930.9)도 북국의 한 항구(해삼위)를 배경으로 역시 직접적이고 웅변적 형태의 서술 태도가 서두 부분에 노골적으로 드러난다. 그러나 노동자들의 오아시스 '카페 우스리'에서의 후반부 장면은 나름의 서사성을 획득하고 있다.

서두 부분은 사회주의 사회의 씩씩한 기상을 묘사하는 데 할애하는데, 이와 같은 자본주의 구습을 타파한 새로운 문화는 퇴근 무렵의 노동자의 모습에서 유감없이 나타난다. 굽 높은 구두에 불안정한 체력을 싣고 걷는 얇은 다리에는 "멸망하는 계급의 불건강한 미학"(2:

해삼위(블라디보스토크)항 전경. 동반작가 시기 이효석의 소설에 등장하는 해삼위는 소비에트에 대한 동경과 사회주의 진영 인민들의 기상을 표상하는 공간으로 등장한다.

261)이, 굽 얇은 구두에 탄력 있게 걸어가는 밋밋한 다리는 "신흥한 나라의 건강한 미학"(2: 261)이 있다고 말하는 것이 그것이다.

이어 자신의 사생활에 관한 에피소드가 길게 이어지는데, 이는 카페 우스리에서 "아름다운 이 나라의 미인의 키스를 받고 사랑을 얻은 이야기"(2: 261)이다. 이 카페는 "모보(모던보이-原註)들이 재즈를 추고 룸펜들의 호장(호탕하고 씩씩함-原註)된 기염을 토하는 곳"(2: 262)이 아닌 진정한 노동자의 안식처라고 소개하며 자본주의 사회의 퇴폐 문화와의 차별성을 밝힌다. 이 공간에서 카페 주인의 딸을 놓고 벌어지는 키스 경매에 관한 사건이 장황하게 펼쳐지는데, 어찌 보면 음란하고 퇴폐적으로 들릴 놀이가 실은 건강하고 허물없는 장난에 불과한 것이었다는 이야기를 통해 "여기에 또한 슬라브다운 기풍"(2: 276)이 내포되어 있는 것이 아니냐는 논평을 가함으로써 사회주의 국가의 인민에 대한 동경의식을 표출하고 있다.

하지만 이러한 동반작가 시기의 북국 3부작에 내포된 사회주의를 향한 꿈과 동경은 그리 오래 가지 않는다. 이태 후에 발표된 「북국점경北國點景」(『삼천리』, 1932.3)만 보아도 두만강 접경 지역의 풍경은 근대화에 대한 깊은 회의와 혁명 후 쫓겨나온 백계 러시아인의 부르주아 문화에 대한 양가적 감정, 아들을 기다리는 실성한 여인네, 비행기 폭격 장면, 참외 속에 권총과 총알을 숨긴 모던걸을 하나하나 점경으로 그려냄으로써 세계사적 격변기에 맞물린 시대고의 장면을 음울하게 형상화하고 있다.

이러한 인식의 변모는 「하얼빈」(『문장』, 1940.10)에 이르면, 이념의 지표와 시대의 희망이 산산이 부서져 작품 전반에 음울한 회의주의의 짙은 그림자가 드리워 있음을 발견하게 된다. 이와 함께 『벽공무한』
은 작가의 "1939년 두 번의 만주여행 체험을 바탕"[38]으로 씌어진 소
설인데, 이 작품에 그려진 하얼빈은 주로 "'제국의 이상이 실현되는
공간', '구라파의 흔적이 남겨진 공간', '범죄와 공포의 공간'이라는
세 가지 층위가 공존하는 헤테로토피아"[39]로 나타난다.

　"193·40년대 하얼빈은 일본의 만주 침략과 함께 형성된 콜로니얼
도시"[40]이자 "작은 서양이자 구라파인 동양의 파리"[41]로 인식되었다.
송화강가의 작은 어촌마을이었던 하얼빈은 20세기 세말세초에 러시
아에 의해 동청철도가 건설되면서 "상이한 민족들이 어울려"[42] 사는
국제도시로 성장하였다. 이어 러일전쟁기(1904~1905)에는 러시아의
군사기지로, 1917년 러시아 혁명 후에는 본국에서 탈출한 사람들의
피난처가 되기도 했다. 이어 일본이 만주국(1932~1945)이라는 괴뢰국

1930년대 하얼빈 중앙대로 전경. 1930~40년대 하얼빈은 일본의 만주 침략과 함께 형성된 식민지
도시이자 동양의 파리"로 인식되었다. 송화강가의 작은 어촌마을이었던 하얼빈은 20세기 세말세초
에 러시아에 의해 동청철도가 건설되면서 여러 민족이 혼거하는 국제도시로 성장하였다.

가를 수립한 이후엔 다시 일제의 손아귀에서 식민을 경험할 수밖에 없었는데 이처럼 하얼빈은 20세기의 세계사적 혼란과 부침을 경험하고 이를 구석구석 새겨 넣고 있는 도시라고 할 수 있다.

서사는 화자가 키타이스카야(하얼빈의 중앙대로-原註)의 중심지에 있는 호텔[43]에서 거리를 관찰하는 장면에서 시작한다. 도회의 소음으로 가득한 거리를 바라보며 화자는 "번번이 슬퍼져감"을 느끼고 "이유를 똑똑히 가릴 수 없는 근심"(1: 465)이라 명명하며 자신의 시선과 밖의 풍경을 중개仲介하고 있는 우울의 본질을 명료하게 인식하지 못한다. 일단 화자는 자신의 우울의 원인을 우선적으로 거리의 풍경에서 발견하고 있다. 서구 문화에 대한 깊은 동경을 가지고 있었던 이효석에게 하얼빈이란 동양의 파리라 일컬어지는 바와 같이 유럽적인 문화를 경험할 수 있는 공간이라 할 수 있다. 그러나 만주국 수립 이후 도시 지배의 주체가 일본으로 넘어가면서 도시의 풍광 속 서구적 가치가 훼손되고 상실되어 간 것이고 이에 화자는 애수를 느낀 것이라고 할 수 있다.

이러한 감정은 폴란드 태생의 어머니의 피를 받은 혼혈 여성 '유라'와의 만남을 통해 이루어지는 도시 기행을 통해 하나하나 구체화된다. 유라는 화자의 우울의 감정에 직접적으로 다음과 같이 호응한다. "보세요. 저 잡동사니의 어수선한 꼴을. 키타이스카야는 이제 벌써 식민지예요. 모든 것이 꿈결같이 지나가 버렸어요."(1: 467, 강조-인용자) 이는 곧 러시아, 중국, 일본이 혼재되어 있는 하얼빈의 혼종성 안에서 그 지배자가 일본이 됨으로써 유럽적 미학이 점점 꿈결처럼 사라져버린 것에 대한 한탄이다. 이 공간에서 유라 역시 외국인처럼

자신을 느끼게 된다는 것은 이에 대한 구체적인 반응이다.44)

이어 부두구埠頭區 일대의 주택 지대를 거니는 중에 발견하게 된, 본국과 연락마저 두절된 채 초라한 사택으로 전락한 불란서 영사관과 셋집이 되어 버린 화란 영사관은 2차 세계대전의 참화로 인한 유럽적인 것의 훼손과 상실을 의미하며 이는 화자에게 깊은 애수의 감정을 심어주게 된다. 이어 송화강 가를 산책하다 요트구락부에 이르러 '떼파러'(갑판－原註)에서 한창인 저녁 식사 자리로 장소를 이동하게 된다. 여기서 흘러나오는 음악을 화자는 "하얼빈의 큰 사치의 하나"(1: 473)라고 폄하하며, 음악에 관심도 없고 이를 이해하지도 못하는 이들에게 "차이코프스키의 실내악은 개 발에 편자"(1: 473)일 뿐이라고 말한다. 이는 그만큼 하얼빈이라는 공간이 서구문화의 본령에서 떨어져나와 중국인, 백계 러시아인, 조선인, 일본인이 뒤엉킨 혼종적인 문화 속에서 속루해진 상황을 가리킨다. 도무지 식욕이 없는 유라와 파러를 나올 때, 화자는 "판타지아의 변소를 지키는 늙은 뽀이"(1: 475) 스테판에게 팁을 더 주지 못한 것에 부끄러움을 넘어 죄책감까지 느끼는데, 그는 혁명 후 쫓겨 달아난 백계 러시아인으로서 다시 소비에트로 돌아가기 위하여 십만 리 먼 길을 가기 위한 찻삯을 모으고 있는 것이다.

스테판이 그렇듯, 혼혈인인 유라도, 조선을 떠나 여행을 온 화자도 하얼빈은 꿈을 꿀 수 없는 공간이고 이들이 지향하는 공간은 지금－여기가 아닌 다른 곳에 있다. 유라의 입을 통해 말해지는 것처럼 "무서운 회의주의자"이자 "우울한 얼굴"(1: 472)의 소유자인 화자나 "몸이 좋아져선 뭘 하게요."(1: 475)라거나 "—언제나 죽구 싶은 생각뿐

예요."(1: 478)라고 말하는 유라는 모두 하얼빈이라는 근대도시의 멜랑콜리커다. "세계를 관조하고 해독하는 우울한 시인의 자기 정체성을 보들레르는 산책자45)와 댄디dandy의 개념으로 설정"46)하였듯이 화자와 유라는 "단순한 우울자가 아니라, 우울이라는 시대적 감정을 인식론적이고 존재론적인 전략으로 구사하는 메타적 우울자"47)라고 할 수 있다. 그런 의미에서 이 작품의 화자와 유라는 "산책자의 토성Saturn적 정조를 자신의 존재론적 원칙으로 확립하는 주체"48) 즉 댄디의 정서적 태도로 하얼빈을 관찰하고 있다고 볼 수 있다.

이 작품에서 화자와 유라의 상태는 "자애심의 추락"49)이 나타나지 않는 애도mourning50)와는 철저하게 구분되어야 한다. "애도는 궁극적으로 대상의 상실을 인정하고 자신감을 잃지 않으면서 새로운 대상을 찾아 나서"51)지만 "멜랑콜리의 주체는 자신을 쓸모없고 무능력하고 도덕적으로 타락한 자아라고 비난하고, 이 사회에서 추방되고 처벌받기를 기대"52)하기 때문이다. 여기서 화자는 서구적 이상이 철저하게 파괴되어가는 하얼빈의 식민지적 현실을 목도함과 동시에 더 깊은 상실의 감정을 느끼게 되고, "담배만 먹고 식욕이 없고 황새같이 여윈", "속으로 죽음을 생각"(1: 478)하는 유라 역시 스스로 느끼는 "도덕적 열등감의 망상은 불면증과 단식斷食"이라는 멜랑콜리의 일반적인 발현태과 상통하고 이는 멜랑콜리적 자살 성향으로 귀결된다. 따라서 이 작품의 배면에 "기조 화성"53)으로 존재하는 멜랑콜리는 식민지 상황에서 식민지인들이 경험하는 멜랑콜리와 조응하며 이는 액면적으로 드러나지는 않지만 시대의 추극(식민 극복)이라는 "초자아적 요구에 대한 도덕적 마조히즘적 반응"54)이라고 이해할 수 있고, 이러한 관점에서 이효석의 「하얼빈」은 반시대적 성찰이라는 문학적 길항력을 획득하고 있는 것이다.

이처럼 북국 3부작에 해당하는 이효석의 동반작가 시기 작품에서는 맑시즘에 정향된 작가의 의식이 소비에트 사회주의 종주국과 그 인민들에 대한 강한 동경의식을 직접적으로 웅변하여 서사적 흠결이 노정되기도 하였다. 이후, 스산한 두만 접경 공간을 배경으로 격변기의 혼란과 불안을 삽화적으로 그려낸 「북국점경北國點景」을 지나 「하얼빈」에 이르면 일본의 만주 침략과 2차 세계대전의 대혼란 속에서 상실과 퇴락을 경험하는 이국의 도시를 멜랑콜리의 시선으로 부조함으로써 문학적 내성內省을 발휘하고 있음을 알 수 있다.

5. 도시문화의 양가성과 위생강제

이효석 소설의 인물들이 영위하는 도시적 일상성은 주로 도시 산책의 대상으로서의 거리는 물론, 백화점·호텔·바·카페·끽차부·유곽을 중심으로 한 공간에서 이루어진다. 앞서 논의한 「성화聖畵」에서 즉흥적으로 결정한 여행을 위하여 다양한 여행 용품들을 구입하는 장면이나 「마음의 의장意匠」에서 도시 산책 후 남자의 기분전환을 위해 백화점에서 유쾌한 빛깔의 넥타이를 골라주는 여성의 모습은 대도시에서 백화점이 단순하게 물건을 사는 공간이라기보다는 일상을 구매하는 공간으로 확고한 문화적 의미를 점유하고 있음을 보여준다.

「하얼빈」의 경우, 호텔은 키타이스카야 거리라는 이국의 거리를

조망하며 도시의 풍물을 관조하는 공간이 되기도 하고, 「성화聖畵」에
등장하는 호텔 로비는 탱고 음악에 맞춰 남녀가 춤을 추는 장소로
등장하기도 한다. 따라서 호텔은 단순한 숙박업소 이상의 공간으로
도시 공간에 등장했지만 "호텔의 모더니티와 사치"55)라는 모순된 지

경성의 5대 백화점: 미나카이三中井 백화점_左上, 미츠코시三越 백화점_右上, 조지야丁子屋 백화점_左中, 화신
和信 백화점_右中, 히라타平田 백화점_下. 이효석의 소설에서 백화점은 단순하게 물건을 사는 공간이라기보다
는 일상을 구매하는 공간으로 당대의 도회적 환경 안에서 확고한 문화적 의미를 점유하고 있음을 보여준다.

점으로부터 아직 자유롭지는 못한 것도 사실이었다. 가령, 「성화聖畫」의 '유례'가 사상범으로 투옥됐다가 보석으로 풀려났다는 상황이 전제되어야 하겠지만, 그녀에게 호텔이라는 공간은 "당치 않은 것"(2: 459)이다. 그녀는 "로비는 사람을 주럽(피로하여 고단한 증세-原註)만 들게 하고 금빛 벽은 이유 없이 사람을 압박"(2: 459)한다고 말하며 호텔이란 "이 세상에서 갈 마지막 곳"이라 여겨진다.

한편, 바·카페·끽차부·유곽은 이효석의 소설에서 가장 빈번하게 등장하는 도시적 공간이다. 이 공간들은 남녀 사이의 유혹이나 성희가 이루어지는 공간이기에 에로티즘과 데카당스가 편만한 장소이다. 또한 '현실도피의 쾌락을 제공하는 동시에 식민자의 모욕과 신체, 감정, 도덕, 문화에 대한 규율이 수행되는 공간'56)이다. 이효석의 성담론에 등장하는 여성들은 주로 카페 여급, 창녀, 타락한 여성 운동가 들이 중심을 이룬다. 특히 당대의 모던걸이 자유와 성적 자율성을 추구하는 근대 도시의 전위적 상징이었다고 할지라도, 이효석의 소설이 그러하듯 "남성 사회주의자의 담론 속에서"는 "'遊女로서의 모던걸', '성적으로 문란한 불량소녀'로서 낙인"57)찍힌 채 등장한다. 이 여성들은 겉으로는 성적 욕망을 거리낌 없이 드러내고 봉건적인 유습으로부터 자유로운 것처럼 보인다. 가령, 1930년대 성풍속도를 그린 「성찬聖餐」(『여성』, 1937.4)에서 바의 여급인 '보배'가 끽차부의 '민자'에게 "아직 깨끗하다는 것이 현대에 있어서는 자랑두 아무것두 아니거든."(1: 47)이라고 말하는 것만 보아도, 성 관념에 대한 전환기적 시대상을 보여준다고 할 수 있다. 하지만 이러한 리버럴한 성적 관념에도 불구하고 여전히 여성은 내면화된 왜곡된 성의식에 속박되어 있거나 남성에 대한 타자적 위치에 놓인 성적 유희의 대상일 뿐이다.

한편 「장미 병들다」(『삼천리 문학』, 1938.1)는 "진보적 서적을 모조리 읽은"(1: 191) '남죽'이라 는 사회주의 여성 운동가의 전 락을 모티프로 한 후일담의 성 격이 강한 작품으로, 당대 남죽 이라는 모던걸을 대하는 남성 들 사이의 아이러니를 묘파하 고 있다. 춤을 추고 싶다는 남죽 의 청請에 맞춤한 곳을 찾지 못 하자 그들은 뒷골목을 헤매다 결국 조촐한 바에 들어가게 된 다. 이 자리에서 현보는 거리의

1930년 개업한 카페 銀座(本町 4丁目). 이효석 소설에 등장하는 도회의 바와 끽차부는 룸펜의 일상으로 허비되거나 남녀 간의 유혹이나 성적 유희가 벌어지는 공간으로 제시된다.

부랑자(불량자의 뜻으로 보인다-原註)의 권유에 멋지게 춤을 추는 남 죽에게 질투 어린 시선을 던진다. 이튿날 그들은 강가에서 보트를 빌려 유희하다 배가 전복되는 해프닝 끝에 잠자리를 갖게 되지만, 이로 인해 현보는 그녀에게서 성병이 옮고 만다. 그러나 남죽에게 춤을 청한 불량자인 김장로의 아들 역시 그녀와의 관계로 인해 같은 병고에 시달리고 있다는 서사적 결말은 "뼈저린 비꼼"(1: 209)의 상황 을 낳는다. 이처럼 도회의 데카당스한 밤문화에 탐닉하는 인물의 행 위는 한 때 그들이 지향했던 이념의 의지가 단지 포즈에 지나지 않았

다는 사실의 반증이자 그것이 썰물처럼 사라진 뒤의 모습을 드러낸 그들의 일상이란 무책임한 소비와 방탕에 다름 아님을 보여준다.

이처럼 이념의 열정이 사라진 황폐한 정신적 갯벌은 하릴없는 룸펜의 일상으로 허비되거나 철저히 데카당한 자본주의적 위악적 포즈로 채워지며 이는 주로 도회의 바와 끽차부에서 주고받는 남녀 간의 유혹이나 정해진 수순처럼 벌어지는 성적 유희로 나타난다. 이효석 소설에 나타나는 성담론은 당대의 모던걸과 모던보이 들에게서 분방한 즐김의 대상으로 변모하게 된 성을 반영하고, 이때 등장하는 성희는 표면적으로는 성적 자유의 표상인 것처럼 보이지만 기실은 미래의 시간으로부터 단절된 전락의 메타포로 기능한다고 할 수 있다.

「천사와 산문시」(『사해공론』, 1936.4)에서 화자가 술집을 전전하다 허둥지둥 걸어 들어간 곳은 '그런 곳'으로 "으슥한 홀을 거쳐 한쪽의 방"(2: 568)을 두고 있는 구조의 공간이다. 마의 소굴이 홀이라면, 매음이 이루어지는 방은 지옥이라고 판단한 화자는, 곧 "조출한 한편의 방"이 "하늘에 속하는 것이 아니었을까."(2: 568)라고 자신의 생각을 수정한다. 따라서 방에 등장한 여주인공은 "지옥의 악마가 아니요, 천사"(2: 569)가 되는 것이다.

그리하여 화자는 천사와의 성희를 통해 "거리의 천사도 마음의 천사가 될 수 있"(2: 573)다고 말한다. 이렇게 "가혹한 현실로 돌아와 자신의 꼴과 처지를 반성하는 것이 아니요, 다시 그의 아름다운 자태에 취하여 그 방의 운명을 한없이 행복하게 여기는"(2: 569) 화자의 태도는 도피나 망각의 포즈로 읽힌다. 도시 체험을 "산문의 경험"에 비유하는 화자는 천사와의 사랑이 즐거운 추억이 되며 그것이 다시 아름다운 노래가 되어 한 편의 산문시로 남는다고 말하고 있지만, 이는 술집 순례 끝에 우연히 들른, 술집과 사창을 겸한 변태적인 공간에서 환락을 경험한 체험담으로서 '천사와 산문시'라는 메타포는 오히려 반어적 의미를 환기한다.

이처럼 이효석은 도시 체험을 산문에 비유하였는데, 「인간산문」(『조광』, 1936.7)을 보면 초점화자인 '문오'는 "지저분한 거리의 산문"(2: 578)에 대해 강박적으로 혐오하는 신경증자의 모습으로 등장한다. 여기서 산문의 거리란 사람에 의해서 끊임없이 더럽혀지고 퇴락해가는 "쓰레기통 속 같은 거리"(2: 575)를 가리킨다. 심지어 그 거리의 사람들까지도 자신의 정한 표준norm에서 벗어나는 존재—가령, "얽은 사람, 절름발이, 장님"(2: 577)—는 정리의 대상으로 인식하는 지독한 강박을 나타낸다. 또한 거리의 사람들의 옷을 벗겨보면 "모두 상아같이 하얀 살결을 가지고 있을까"(2: 577) 생각하며, 그 중 한 사람이 불결한 몸을 드러내놓았을 때 그것은 얼마나 환멸의 대상이 될 것인가 상상해 보기까지 한다. 이렇게 극단적인 결벽증과 백색 선호 취향은 모두 일종의 '위생강제'[58)에서 오는 발현태들이다.

그러나 한 선행연구에서는 표면적으로 드러난 이효석의 소설에 등장하는 산문 혐오적 발언을 근거로 "주어진 현실을 의식적으로 외면하면서" "차츰 산문정신보다는 운문정신에 가까운 서정성과 낭만성을 띤 작품으로 변화"[59)하게 되었다고 주장한다. 그러나 이러한 결론에는 해석적 오류가 작동하고 있는 바, 그것은 인물이 처해 있는 상황성과 정신적 강박을 연관시키지 못한 채 이를 작가의 정신세계와 동일시하고 있는 점이다. 먼저 문오는 "어지러운 사랑"(2: 581), 즉 유부

녀인 '미례'와의 이른바 불륜의 상황에 놓여 있다. 게다가 피부에 풍진이 돋은 그는 자신의 육체에까지 자학적 환멸을 가지게 된다. 이 모든 그의 병적·악마적 결벽증의 원인은 운명처럼 찾아와 스스로를 괴롭히게 된 어지러운 사랑에 있으며, 그의 산문 혐오는 이러한 난잡한 불륜의 관계에서 비롯한 알레고리적 성격이 강하다.

그도 그럴 것이 그가 학교 연구실을 나와 타지에 있는 회사로 직장을 옮기게 되어 현지에 도착했을 때, "피부는 고패를 넘어 회복기에"(2: 596)에 접어들었으며, 불륜의 상대인 미례가 온다는 말에 그녀를 짐스럽게 여겼던 그는, 가정을 정리하고 비로소 자유의 몸이 되었다는 그녀의 말을 듣게 되자 "혼란과 불안은 구만리의 하늘 밖으로 날아버리고"(2: 600) 그동안 자신을 괴롭혔던 거리의 혼란에 대한 강박이 사라지게 되기 때문이다. 이처럼 이효석은 도시의 혼종성을 산문에 비유하여 시처럼 정제되지 않은 다양한 삶의 혼란과 그로 인한 번민을 알레고리화하였는데, 그의 소설에 등장하는 인물의 산문 혐오는 불륜으로 상징되는 도시적 삶의 "영원한 부정리. 끝없는 카오스."(2: 580)에 대한 은유적 서사로 이해할 수 있다.

이처럼 이효석의 소설은 대도회의 일상성을 중심으로 백화점과 호텔이라는 공간의 근대의 일상과 사치라는 이중성, 그리고 카페·술집·유곽으로 대표되는 공간에서 나타나는 근대의 데카당스와 그 반대급부로서의 위생강제라는 정신적 양가성을 포착하고 있다. 이는 그의 소설이 근대 도시문화의 멘탈리티의 표리를 포괄하는 서사적 프리즘을 가지고 있음을 뚜렷하게 증거하는 것이기도 하다.

6. 이효석 소설의 당대성과 스펙트럼

이효석은 향토적 서정을 추구하며 당대성을 초월한 구경적 이상을 좇은 작가가 아니다. 그는 "1928년『조선지광』7월호에 「도시와 유령」을 발표하여 문단의 주목을 받기 시작"(2: 630)한 이래 1942년 36세의 젊은 나이에 요절하기까지 언제나 당대의 문제에 대해 질문하고 그 답을 구하던 작가였다. 앞서 언급한 바와 같이 그의 소설의 권역은 국내는 물론 동북아시아에 걸쳐 있고, 그 각각의 좌표(도시)들에서 역사적 근대가 부려놓은 소여所與의 지점과 세계의 함수 관계를 성찰하였던 것이다.

먼저 '이중도시로서의 식민지 경성'은 주로 동반작가적 경향을 뚜렷하게 나타내던 시기에 창작된 작품 속에 구체적으로 형상화되었다. 식민지 경성은 식민지 근대의 진척에 따라 혼종성이 나타난 것을 무시할 수 없지만 지배와 피지배라는 상수가 근본적으로 존재하는 한 식민지 도시 특유의 불균등 발전에 의한 이중 도시의 특성은 반영될 수밖에 없다.

'전유된 공간으로서의 전원과 관광의 탄생'에서는 식민지 근대의 영향으로 경성과 평양 등 대도시를 중심으로 한 도시화와 그에 따른 도회 문화의 확산에 따라 전원과 휴양지와 교외의 관념이 어떻게 형성되고 행해지는지 분석하였다. 이를 통해 근대 도시인의 시각에서 자연이 새롭게 전원의 개념으로 전유됨과 동시에 무목적적·우연적 즐김이라는 오배誤配로서의 근대적 관광의 행위가 1930년대 도시 소설의 내면에서 발생하고 있음을 실증하였다.

'동경과 멜랑콜리의 공간으로서의 북국'에서는 해삼위와 하얼빈이라는 북국의 도시를 배경으로 이념적 지향성과 당대의 국제사회적 정체 속에서 시대의 향배를 성찰하고 있다. 동반작가적 경향이 짙은 초기작의 경우는 주로 소비에트 사회라는 사회주의 혁명 종주국과 그 인민들을 향한 동경이 짙게 배어 있고, 「북국점경北國點景」, 「하얼빈」의 경우는 일제의 만주 침공과 2차 세계대전으로 상징되는 격동하는 시대상에서 빚어지는 퇴행적 상황성을 짙은 멜랑콜리의 시선 하에서 부조하고 있다.

마지막으로 '도시문화의 양가성과 위생강제'에서는 백화점·호텔·바·카페·끽차부·유곽이라는 도시 문화 공간에서 나타나는 대도회의 일상성을 중심으로 고찰하였다. 여기서 백화점과 호텔이 일상을 구매할 뿐만 아니라 모더니티와 사치라는 이중적 기표를 갖고 있다는 점을 지적하였다. 카페와 술집, 유곽은 이념의 선에서 일탈한 여성의 전락이라는 후일담적 요소와 모던걸과 모던보이로 대표되는 이들의 성희로 구체화된다. 이들에게 성은 자유의 기표이기보다는 건강성이 부재한 사회적 현실과 미래의 시간으로부터 단절된 데카당한 몸부림이며 이러한 도시문화의 퇴폐적 이면과 불륜으로 인한 강박증을 산문경멸이라는 위생강제로 알레고리화하고 있다.

이처럼 작가 이효석은 자신의 작품 세계 속에서 역사적 근대성에 길항하는 미학적 응전력을 팽팽하게 유지하고 있는바, 그가 그려낸 식민지 시대의 도시 군상들은 그 시대의 다양한 지향점과 그 상실의 지점을 대변하고 있음을 알 수 있다. 따라서 그는 식민지 시대, 서사적 사유의 공간을 경성과 평양을 넘어 두만 접경지역은 물론 하얼빈과 해삼위까지 폭넓은 스펙트럼으로 제시하여 세계사적 층위에서 한반도와 동북아시아의 시대상을 성찰한 작가라는 사실이 분명해졌다. 그런 의미에서 이 장의 논의는 「메밀꽃 필 무렵」에 가려진 이효석의 도시 소설의 층위를 종합적인 논의의 수면 위에 올려놓았다는 점에서 그 학술적 의의에 값한다고 하겠다.

|주|

1) 블랑쉬 겔판트Blanche H. Gelfant는 『미국 도시 소설The American City Novel』(1954)에서 사회학자들이 보통 도시성urbanity이라고 부르는 도시생활의 전형적 특징들을 인간의 고립과 소외, 공동체의 붕괴, 전통적 규범의 소멸, 아이덴티티의 위기 등으로 설명하고 있다. (한용환, 『소설학 사전』, 고려원, 1992, 112쪽.)

2) 도시 소설이라는 용어는 연애 소설, 전쟁 소설, 해양 소설처럼 다분히 소재주의적인 경향이 강한 편의적인 명칭이어서 개념적 엄밀성이 희박하다고 할 수 있다. 게다가 도시가 보편적이고 현실적인 생활공간으로 경험되는 상황에서는 도시적 라이프 스타일이 소설 속에 반영되지 않을 수 없기 때문이다. 그러나 도시와 도시적 삶의 양태에 대하여 유달리 관심을 기울인 소설이 존재한다고 했을 때 이 용어는 유의미성을 갖는다. 실제로 영미권의 학자들은 도시 경험urban experience이 현대 사회에서의 개체적, 사회적 삶의 성격을 결정한다는 믿음을 전제로 도시의 현상과 풍속을 탐구하는 소설에 국한시켜 도시 소설의 범위를 설정하는 경향이 있다. (위의 책, 111쪽.)

3) 이중 도시란 "식민지 통치자가 부과한 독특한 토지 이용 패턴"으로서 "종족적 경계 및 사회경제적 경계 둘 다에 따른 격리segregation로 특징지어진"(현재열·김나영, 「비교적 전망에서 본 식민지 도시의 역사적 전개와 공간적 특징」, 『석당논총』 50, 동아대학교 석당학술원, 2011, 674쪽) 도시 형태를 가리킨다.

4) 김성연, 「'꿈의 도시' 경성, 그 이면의 '폐허'—이효석 「도시와 유령」을 시점으로」, 『한민족문화연구』 27, 한민족문화학회, 2008, 227~249쪽. 김상모, 「도시 공간의 인식을 통한 근대성 탐구—이효석의 「도시와 유령」을 중심으로」, 『어문학』 115, 한국어문학회, 2012.3, 381~406쪽.

5) 이수형, 「1930년대 모더니즘 문학과 도시의 정신생활」, 『현대소설연구』 56, 한국현대소설학회, 2014, 409~436쪽.

6) 이미림, 「이효석 문학의 커피향기와 카페공간 고찰」, 『현대소설연구』 70, 한국현대소설학회, 2018, 209~240쪽.

7) 김종건, 「이효석 소설의 도시공간과 작가의식」, 『통일인문학』 41, 건국대학교 인문학연구원, 2004, 1~27쪽.

8) 강심호·전우형·배주영·이정엽, 「일제식민지 치하 경성부민의 도시적 감수성 형성과정 연구—1930년대 한국소설에 나타난 도시적 소비문화의 성립을 중심으로」, 『서울학연구』 21, 서울시립대학교 서울학연구소, 2003, 101~148쪽.

9) 방민호, 「이효석과 하얼빈」, 『현대소설연구』 35, 한국현대소설학회, 2007, 66쪽.

10) 이 장의 텍스트는 이효석, 『메밀꽃 필 무렵―이효석 단편전집』 1, 애플북스, 2014와 이효석, 『도시와 유령―이효석 단편전집』 2, 애플북스, 2014이며 출전은 인용문 말미에 (전집 권수: 면수)의 형식으로 밝히기로 한다.

11) 경성부민의 대다수는 절대 빈곤층이었다. 1928년 7월 현재 하루 한 끼만 먹는 극빈자는 경성 시내에 1만7천호 10만여 명에 달하여 경성 시내 전체 조선인의 40%를 넘었다. 또 경성부의 조선인 가운데 60%는 세금을 전혀 납부하지 않는 무소득, 무소유자였다. (손정목, 『일제강점기 도시사회상 연구』, 일지사, 1996, 106쪽.)

12) Karl Marx, 최인호 외 옮김, 「1844년의 경제학 철학 초고」, 『칼 맑스 프리드리히 엥겔스 저작 선집』 1, 박종철출판사, 2000, 80쪽.

13) 서울의 조선인과 일본인들은 거주지역에서, 상권에서, 그리고 도시개발 면에서 서로 다른 도시에 살고 있었다. 그 분단된 양측의 중심에는 각각 종로와 본정이 있었다(전우용, 「종로와 본정―식민도시 경성의 두 얼굴」, 『역사와 현실』 40, 한국역사연구회, 2001, 163~164쪽).

14) 김백영은 러일전쟁의 발발로부터 제2차 세계대전 종전에 이르는 시기(1904~45)의 서울의 도시사를 네 개의 시기로 구분한다. 제1기(1904~14)는 러일전쟁 발발로부터 경성부京城府 성립에 이르는 시기이고, 제2기(1914~26)는 도심부의 주요 상징건축물 및 간선도로망이 완비되는 시기이며, 제3기(1926~36)는 식민지 수도로서 본격적인 도시 성장과 자본주의적 소비문화의 발전이 이루어지는 시기이고, 마지막으로 제4기(1936~45)는 확장된 대경성大京城의 도시적 갈등과 사회적 모순이 전시총동원체제의 수립을 통해 봉합되는 시기이다(김백영, 「일제하 서울에서의 식민권력의 지배전략과 도시공간의 정치학」, 서울대 대학원 박사학위논문, 2005, ⅰ~ⅱ). 그는 '표주박형 이중도시'가 성립되는 제1기와 이중도시의 성격이 강화되는 제2기를 지나 1926년 조선총독부 청사의 이전으로 상징되는 일본인 세력의 북촌 진출과 함께 소비문화가 확산되는 제3기에 이르면 일부 피식민자들은 두 개의 공간을 드나들며 이중적 주체성을 연출하는 혼성과 모방(위의 책, 227쪽)의 양상을 나타낸다고 보았다. 그는 이러한 현상이 "더 이상 남촌과 북촌을 가르는 이중도시의 민족적 경계가 절대적 성격을 띠지 못하게 되었음"(김백영, 『지배와 공간―식민지도시 경성과 제국 일본』, 문학과지성사, 2009, 376쪽)을 의미한다고 해석하였다.

15) 진수미, 「모던보이와 암살의 본정과 종로 재현 연구―탈식민주의를 중심으로」, 『한국콘텐츠학회논문지』 19(7), 한국콘텐츠학회, 2019, 236쪽.

16) 종로 상가는 구각舊殼을 탈피하고 있었지만 그 상업적 지위는 여전히 위태로웠다. (…중략…) 고객의 끊임없는 빈곤화와 북촌의 슬럼화는 종로를 위협하는 최대의 요인이었다. 거지가 되어 종로거리를 배회(『東亞日報』, 「鐘路署에 乞人群」, 1929.10.27)하거나 게리멜 조각을 들고 동정을 호소히는 소년행상(『東亞日報』, 「鐘路 帶에 彷徨하는 少年少女롬펜行商群」, 1934.2.10)이 종로거리를 덮었다. (전우용, 위의 책, 188쪽.)

17) 김종근, 「식민도시 경성의 유곽공간 형성과 근대적 관리」, 『문화역사지리』 23(1), 한국
문화역사지리학회, 2011.

18) 이효석은 1936년부터 1938년까지 평양 숭실전문학교에 재직하다 이 학교가 폐교됨에
따라 1939년 대동공업전문학교의 개교와 함께 영문학 교수로 취임한다. (「이효석 연보」,
2: 628)

19) 「내 地方의 特色을 말하는 座談會-平壤篇」, 『조광』, 1939.4. 이 좌담회는 평양의 지방
지를 구성할 정도의 방대한 주제를 가지고 진행되었고, 이 자리에 대동공전에 재직 중인
작가 이효석이 출석하였다. (정종현, 「한국 근대소설과 '평양'이라는 로컬리티」, 『사이間
SAI』 4, 국제한국문학문화학회, 2008.5, 110쪽.)

20) 위의 책, 111쪽.

21) 위의 책, 111쪽.

22) 위의 책, 112쪽.

23) 박준형, 「청일전쟁 이후 일본인의 평양 진출과 평양성 내에서의 '잡거' 문제—일본인
신시가의 형성 과정을 중심으로」, 『비교한국학』 23(3), 국제비교한국학회, 2015, 41쪽.

24) 위의 책, 50쪽.

25) 정종현, 앞의 책, 111쪽.

26) 강심호·전우형·배주영·이정엽, 앞의 책, 109쪽.

27) 아즈마 히로키, 안천 옮김, 『관광객의 철학』, 리시올, 2020, 23쪽.

28) 위의 책, 24쪽.

29) 따라서 당대의 전원은 궁핍한 농촌을 지칭하는 것이 아니라 이미 도시인에게 삶의 위안과
활력을 주는 소비의 대상으로 변모했다는 것을 알 수 있다. "이에 따라 '교외'가 드라이브
코스가 되었고, 청량리, 뚝섬 같은 경성 주변이 명소로 변했다. 또 성천, 덕천 등의
온천장 역시 도회 사람들의 향유지가 되었다."(강심호·전우형·배주영·이정엽, 앞의 책,
109쪽)

30) 생활이나 직업상의 필요로 하는 여행은 관광이 아니다. 관광은 원래 갈 필요가 없는
장소에 기분에 따라 가서, 볼 필요가 없는 것을 보고, 만날 필요가 없는 사람을 만나는
행위다(아즈마 히로키, 앞의 책, 36쪽).

31) 위의 책, 36쪽.

32) 위의 책, 37쪽.

33) 종국적으로 아즈마 히로키가 제시하는 '관광객'의 개념은 자유주의와 내셔널리즘, 그리
고 글로벌리즘 사이의 분열을 극복하기 위한 상징적인 정치적 주체를 가리키는 것으로
서, 여기서 인용한 『관광객의 철학』의 제1장에 해당하는 '관광'은 이러한 논의를 위한

기본적인 전제이자 그의 철학적 추론과정의 서설에 해당하는 것이다.

34) 이러한 '쓸모없음'은 오배誤配의 다른 이름으로서 '목적에 도달하지 않는 것'을 지칭한다. (아즈마 히로키, 안천 옮김, 『철학의 태도—'사상의 패배' 시대에 철학은 무엇을 해야 하는가』, 북노마드, 2020, 106쪽.)

35) 이미림, 「하얼빈의 산보객 시선과 근대도시 풍경 고찰」, 『우리문학연구』 61, 우리문학회, 2019, 243쪽.

36) 위의 책, 243쪽.

37) 김미란, 「감각의 순례와 중심의 재정위—여행자 이효석과 '국제 도시' 하얼빈의 시공간 재구성」, 『상허학보』 38, 상허학회, 2013, 183쪽.

38) 이미림, 앞의 책, 243쪽.

39) 이경재, 「이효석의 『벽공무한』에 나타난 하얼빈」, 『현대소설연구』 58, 현대소설학회, 2015, 331쪽.

40) 이미림, 앞의 책, 245쪽.

41) 박종홍, 「하얼빈 공간의 두 표상—「심문」과 「합이빈」의 대비를 통한」, 『현대소설연구』 62, 한국현대소설학회, 2016, 99쪽.

42) 위의 책, 99쪽.

43) 이곳은 이효석이 하얼빈을 방문할 때마다 묵었던 곳으로 1906년 러시아인이 세운 '모데른modern' 호텔일 것이다. (김남극, 「하얼빈에서 만난 애수—북만주에서 만난 이효석의 흔적들」, 『작가세계』 19, 작가세계, 2007.11, 98쪽.)

44) 만주국 수립 이후 하얼빈에는 "일본인과 중국인이 신시가지에 거주하며 지배계층이 된 반면 주변의 구시가지로 밀려난 백계러시아인과 조선인, 그 외 소수 종족은 피지배계층이 되어야 했"(조은주, 「일제말기 만주의 도시 문화 공간과 문학적 표현」, 『한국민족문화』 48, 2013.8, 117쪽)다.

45) 김홍중의 글에는 '만보객flâneur'으로 되어 있으나 용어 사용의 일관성을 위해 산책자로 변경하기로 한다.

46) 김홍중, 「멜랑콜리와 모더니티」, 『한국사회학』 40(3), 한국사회학회, 2006, 24쪽.

47) Proust, F., *L'histoire à contre-temps. Le temps historique chez Walter Benjamin*, Paris: CERF, 1994, p. 78(위의 책, 24쪽 재인용).

48) 위의 책, 24쪽.

49) 지그문트 프로이트, 윤희기 역, 「애도와 멜랑콜리」, 『프로이트 전집 13—무의식에 대하어』, 열린책들, 1997, 249쪽.

50) 프로이트에 의하면 애도는 '애도 작업'을 통해 대상 상실을 치유하게 된다. 이는 대상에

대한 리비도의 철회를 통해 이루어지는데 이는 고통스럽지만 "어느 지점에서는 리비도의 구속력으로부터 자유롭게" 되어 애도가 완성된다. 그러나 "애도가 끝난다 하더라도 애도가 아무런 흔적 없이 사라지는 것이 아니라" "무의식에 깊은 흔적traces"을 남기게 되고 "어느 시점에서는 우울증으로 발전"할 수도 있다. (정경훈, 「애도, 우울증, 상실을 다시 생각하다─프로이트, 라캉, 클라인, 신경과학의 통합적 접근을 향하여」, 『현대정신분석』 23(2), 한국현대정신분석학회, 2021, 121쪽.)

51) 오형엽, 「멜랑콜리의 문학비평적 가능성」, 『비평문학』 38, 한국비평문학회, 2010, 378쪽.

52) 위의 책, 378쪽.

53) 김홍중, 앞의 책, 21쪽.

54) 구자광, 「'멜랑콜리'와 탈식민 '정치'─W. B. 예이츠의 경우」, 『한국 예이츠 저널』 28, 한국예이츠학회, 2007, 13쪽.

55) 이미림, 앞의 책, 254쪽.

56) 유선영, 『식민지 트라우마』, 푸른역사, 2017, 156쪽.

57) 유광렬 외, 「모던걸-모던보이-대논평」, 『별건곤』, 개벽사 1927. 12, 112-113쪽.

58) 위생강제는 "청결과 위생에 사로잡힌 오늘날의 사회는 부정성의 모든 형태에 대해 역겨움을 느끼"게 하며 "위생적인 이성의 조명하에서는 모든 애매성, 모든 비밀이 더러운 것으로 지각"된다고 보았다.(한병철, 이재영 옮김, 『아름다움의 구원』, 문학과지성사, 2016, 21-22쪽.)

59) 김종건, 앞의 책, 5쪽.

제2장
전후 사회와 도시

1950년대

부르디외의 상징폭력과 1950년대 상경인上京人의 소외의식

___최일남의 「서울의 초상」

1. 전후문학과 리얼리티의 문제

한국문학사에서 전후戰後라는 시기는 일반적으로 1950년대를 가리
킨다. 하지만 이러한 시대적 구분에는 어폐가 있는 것이 사실이다.
우선 한국전쟁은 휴전상태로 사실상 전쟁이 끝나지 않았기 때문이고
1950년 6월부터 3년간의 전면전이 끝난 이후를 지칭한다고 해도 그
기간은 지금–여기까지를 포괄하지 않을 수 없기 때문이다.[1] 그럼에
도 불구하고 전후문학은 1950년대 문학과 동격으로 받아들여졌고,
그 기간은 "한국전쟁의 와중에서 전후 4·19 전까지라는 공간에서 형
성된 문학"[2]이라고 단정되어 왔다. 한국전쟁에 대한 성찰적인 차원에
있어서도 전후를 1950년대에 가두려는 것은 역사를 단절적으로 파악

하고 지금도 계속되고 있는 전쟁의 상흔과 질곡을 특정 시기에 유기해 버리는 것이기도 하다.

　이 장에서는 최일남의 「서울의 초상」[3]을 텍스트로 1950년대 서울의 상징폭력과 상경인의 의식, 아프레 게르apres guerre의 상황 속에서 영위되는 도시적 삶의 일상성, 영원한 이방인이라고 할 수 있는 상경인의 실향 의식에 대하여 살펴보려 한다. 이 작품은 1983년 『소설문학』에 발표된 작품으로 한국전쟁 직후 서울의 상황을 상경인의 체험에 근거하여 일상성의 차원에서 구체적으로 형상화하고 있다. 이미 작가 최일남은 소시민적 삶의 허구성을 성찰하기 위해 세태 풍자에 집중한 바 있는데 이는 "악착같이 서울 생활을 견뎌내어 돈을 모으고 어느새 자신의 신분을 과장하려드는 이른바 '출세한 촌놈'을 추적하는 것"[4]으로 나타난다. 가령, 「차 마시는 소리」, 「우화」, 「서울 사람들」이 그것

전후 서울의 모습. 최일남의 「서울의 초상」은 1950년대 아프레 게르apres guerre의 상황 속에서 영위되는 도시적 삶의 일상성과 영원한 이방인이라고 할 수 있는 상경인의 실향 의식을 잘 보여준다.

인데, 도시적 삶 조건 속에서 "삶의 참다운 가치 기준을 잊어버린 주인공들의 행태를 희화적으로 그려내고"[5] 있다. 「서울의 초상」은 이러한 출세한 촌놈의 허위의식의 원인이자 그 전사前史에 해당하는 작품이라고 할 수 있다.

한국전쟁 직후의 서울을 배경으로 상경上京 청년의 도시 적응기를 다루고 있는 이 작품은 도시 소설의 형식적 층위에서 이른바 '도시입성형 체험 소설'[6]의 전형적 문법을 따르고 있다. 이 소설에 주목해야 하는 이유는 소위 전후문단으로 지칭되는 1950년대 소설과는 변별되는 삼중三重의 여과장치를 지니고 있기 때문이다. 이러한 필터링의 장치는 1950년대 서울이라는 공간을 문학적으로 형상화한 리얼리티에 값하고 있을 뿐만 아니라 이 작품을 문제작으로 여기기에 충분한 근거가 된다.

첫째, 이 작품은 1983년에 발표된 것으로서 1950년대의 사회상이나 문학적 상황과 거리를 두고 있다. 사실상 1950년대의 문학적 상황에서 "6·25를 다룬 우리 소설의 대부분은 전쟁의 압도적 압력에 휩쓸려 비극적 순간의 포착에 머무르거나, 또는 설익은 고발이나 소박한 휴머니즘의 수준에 맴돌았으며, 이념적 이분법의 틀에 갇혀 경직된 추상적 관념의 세계를 구성하는 데 그쳤"[7]기 때문이다. "손창섭의 「비오는 날」(1953)이 보여주는 병신스러움의 세계",[8] 전통주의와 순수문학에 근거한 김동리나 황순원 류의 "서정적인 휴머니즘",[9] 오상원의 「유예」(1955)나 선우휘의 「불꽃」(1957)에 노골적으로 나타나는 단선적 반공 이데올로기가 각각 이에 대응한다.[10] 앞서 언급한 바와 같이 회고의 방식으로 서술되는 「서울의 초상」은 이러한 1950년대 전후문단의 부정적 상황에서 벗어나 있을 뿐만 아니라 전후의 문제가 단지 1950년대에만 국한되는 것이 아니라 그 이후에도 끊임없이 문학적 성찰이 수행되고 있고 그 노력이 지속되어야 함을 보여준다.

둘째, 이 작품은 현실적으로는 "그렇게 갈망하던 '서울에 남는 일'에 성공"(305쪽)한 초점화자가 서울 수복과 함께 서울로 복귀하여 생활하던 젊은 시절을 돌이켜보는 회고적인 서술방식을 취하고 있다. 과거를 회상하고 있는 초점화자의 현재의 입장은 작품 말미에 언급됨으로써 그 서술의 시점이 종국적으로 드러나게 되지만, 작중 사건과 서술 시점의 불일치를 통한 회고적 서술방식은 전쟁 직후의 서울이라는 도시의 공간 속에서 영위되는 불안한 삶의 일상성과 인식론적 거리를 갖게 한다. 이는 과장된 포즈와 위악적 태도에서 벗어나 1950년대 전쟁 직후의 사회상을 차분하고 냉정하게 바라볼 수 있는 토대를 마련해 준다.

셋째, 이 작품은 서울에서 나고 자란 서울 사람의 시선이 아닌, 시골이 고향인 상경 대학생의 입장에서 서술된다. 앞서 말한 회고적 서술방식이 시간적 차원의 인식론적 거리distance를 산출한다면, 시골이 고향인 인물의 시선으로 그려지는 서울의 풍경은 공간적 혹은 사회적 차원에서 인식의 거리를 만들어낸다. 서울이라는 대도회의 삶에 익숙해져 그 풍경이 하나의 자의식으로 내면화된 존재가 아니라 시골 출신의 한 대학생의 눈에 포착된 서울은, 그 낯섦만큼이나 강렬한 정동 affect[11]으로 포착되기 때문이다. 이것이 작품 속에서 언급되듯이 단지 "처음 밟아 본 서울의 땅을 일단은 자기 것으로 굳히기 위해서"(288쪽) 경험되는 일련의 사태라고 할지라도, 상경인이 겪는 통과의례의 과정들이 그 시대의 격랑을 통과하기 위한 상징적인 몸짓이라고 할 때, 그 경험들은 일상성의 차원에서 1950년대 서울에 대한 고현학적 검토의 대상이 된다. 이를 위하여 이 장에서는 삐에르 부르디외_{Pierre Bourdieu}의 '상징폭력과 문화재생산' 이론에 기초하여 상경인이 마주하게 된 서울이라는 공간의 상징폭력_{symbolic power}12)과 그 동화의 방식에서 나타난 아비투스_{Habitus}13)의 문제를 아프레 게르의 상황성에 기초한 서울의 사회·문화적 일상성 안에서 살펴보고자 한다.

2. 서울의 상징폭력과 상경인의 의식

「서울의 초상」은 초점화자인 '성수'가 기차 안에서 철교 아래를 굽어보며 한강을 목격하는 장면으로부터 시작된다. 그는 얼음에서 갓 풀려난 3월의 푸르고 잔잔한 한강에 기가 꺾이는 느낌을 받는다. 그것은 고향의 한계천寒溪川과는 비교도 되지 않을 만큼의 크기와 수량 때문이 아니라 "그것이 바로 서울을 의미하는 데서 오는 주눅들림"(239쪽)이었다. 이와 같은 '한강=서울'이라는 강렬한 상징성은 상경인에게 다가온 서울이라는 이름의 '위력'에 다름 아니다. 이는 1978년에서 1981년을 주요 시대배경으로 하고 있는 신경숙의 『외딴방』에서 16살의 나이로 상경한 시골 소녀가 서울역 광장 앞에 서 있는 대우빌딩을 바라보며 "거대한 짐승으로 보이는 저만큼의 대우빌딩이 성큼성큼 걸어와서 엄마와 외사촌과 나를 삼켜버릴 것만 같다."14)라고 진술하는 데에서 드러나는 형언할 수 없는 공포와 주눅들림과 그 맥을 같이 한다.

성수는 고향에서 일 년 동안의 전시연합대학戰時聯合大學 생활을 마치고 수복과 함께 서울로 복귀하는 학교를 따라 상경을 결행하게 된다. 고향을 떠날 때 초라한 역사驛舍에서, 연방 손을 흔들며 눈물을 찍어내던 누이를 보면서도 너무 흔해빠진 장면의 재연 같아 이를 외면하였지만 그 역시 같은 심정이었고 이 감정은 곧 "살붙이 하나 없는 서울에 대한 공포와 적개심"(284쪽)으로 이어진다.

이렇게 고향을 등지고 서울로 향하는 성수에게도 갈등이 없었던 것은 아니다. 그를 고향에 붙잡아 두려는 그의 부모의 의사는 고향에의 안주安住라는 강력한 구심력으로 작동한다. 그의 부친은 돈 없이 서울에 가서는 살 수 없으니 농사나 지으며 눙치고 살자고 말하며

1950년대 서울역. 한국전쟁 직후 서울을 배경으로 상경上京 청년의 도시 적응기를 다루고 있는 「서울의 초상」은 도시 소설의 형식적 층위에서 이른바 '도시입성형 체험 소설'의 전형적 문법을 따르고 있다.

그나마 전시연합대학이라도 다닌 것도 억지였음을 강조하고 서울행을 작파할 것을 강권한다. 그의 모친 역시 서울에 대한 공포를 과장함과 동시에 욕심 부리지 말고 농사 짓다 결혼하여 자식 낳고 사는 평범한 농민의 삶을 요구하며 서울행을 만류한다.

이에 성수 역시 서울에 대한 두 가지 감정—"가자니 까마득하고 눌러 있자니 어떤 들쑤심 같은 것을 하여 견딜 수가 없는"(285쪽)—에 휘말린다. 그는 결국 가슴 밑뿌리에 있는 서울을 향한 열망을 견딜 수 없게 되고, 상경에의 욕망이 갖는 원심력의 향배를 따르기로 결심하게 된다. 이러한 결정에 조그마한 불씨를 당겨준 것은 서울 여자와 결혼하여 서울에 거점을 마련한 선배 'H'의 조력—딱 보름만 자신의 처가妻家에 기식할 수 있도록 해줌—때문이었다. 이렇게 그의 본격적인 서울 생활 최초의 전초기지가 마련된 셈이었는데, 선배 역시 성수의 서울에서의 안착을 소망하고 있다기보다는 "모처럼 서울 구경이나 하고 내려가거라. 전쟁으로 쑥밭이 되어서 볼 것이 그다지 많지는 않겠지만 그래도 너에게는 볼 만한 것이 많을 테니까."(286쪽)와 같이 서울에 대한 일회적인 경험의 기회를 부여한 셈으로 여기고 있는 것이다. 하지만 성수의 상경은 정착을 위한 것이었고 이를 위한 노력은 촌놈의 때를 벗고 철저하게 서울이라는 상징적인 질서에 적극적으로 동화하는 방식으로 나타나게 된다.

삐에르 부르디외에 따르면 "사회세계의 의미를 둘러싼 투쟁이야말로 계급투쟁의 주요 측면"이며 "기존질서가 사회적으로 재생산되는 것은 주로 상징폭력이라는 문화적 재생산 과정에 의해서 보장"[15]된다. 즉, "사람들이 자신들의 실천을 지배적인 평가기준에 맞추어 나갈 때, 진정으로 상징적 지배가 시작"16)되는 것이다. 따라서 서울이라는 정치적·경제적·문화적 상징폭력은 강제적인 지배가 아니라 "점잖고 또 비가시적인 형태의 폭력"17)으로 행사된다.

서울에 들어선 기차 안에서 성수는 기가 죽어서는 안 된다고 스스로에게 다짐하며 서울에 대한 막연한 적개심을 불태운다. 하지만 이 적개심은 동화되지 않겠다는 적대적인 감정이 아니라 이른바 '촌놈'의 열등에 기인한 피해의식이라고 볼 수 있다. 결국 이러한 상징폭력에 의한 심리적 열등의식은 서울과 같아지려는, 즉 서울이라는 상징 속에 내재한 지배문화를 무비판적으로 수용하는 방식으로 동화의 전략을 꾀하게 되고, 이는 "오인과 인식의 독특한 혼합mélange"18)의 형태로 상징폭력이 작동함을 보여준다.

3. '촌놈'의 아비투스와 열등의식

서울에 입성한 성수의 제1의 행동 규준은 촌놈으로 보이지 않으려는 것이다. 그는 서울역에 도착해 휑뎅그렁한 역사와 이른 봄의 간간한 바람에 으스스 떨며 썰렁한 기분을 떨쳐내지 못한다. 이윽고 군용 담요로 만든 외투를 걸친 늙은 여자가 깨끗한 하숙과 예쁜 색시가 있다고 호객을 해도 첫 서울이 주는 당혹감에서 쉽사리 헤어 나오지 못한다. 그는 여자를 밀치고 역전의 잡답雜沓 속으로 자진해서 휘말린다. 그 이유는 두 가지인데, 그 하나는 "멀거니 서 있거나 사방을 뚤레뚤레 훑다가는 영락없는 촌놈으로 치부"(286쪽)된다는 얻어들은 상식 때문이고, 다른 하나는 "이유 없이 갑자기 몰아닥친 황폐감을 달래기 위해서"(286쪽)이기도 하다. 작중 인물이 처한 상황과 이에 따른 행위가 연결되는 심리문체mind style19)의 요소는 '당혹감', '황폐감', '자진해서'이다. 여기서 황폐함은 첫 서울이 주는 당혹감 때문이고, 이러한 감정에서 벗어나기 위한 회피기제로 나타난 행위가 대도회의 익명적 군중 속으로의 자발적 휘말림인 것이다.

이 적극적 동화의 방식에 의해서 얻어진 학습효과는 두 번째 다가온 여자에게 "여자까지 끼워서 하룻밤 자는 데 얼마요?"(286쪽)라고 미리 묻는 것으로 분명하게 나타난다. 더 나아가 그는 단골집 운운하며 이골이 난 오입쟁이 같은 말씨를 놀리는 데까지 나아간다. 여기서 회상의 시점에 서 있는 서술자는 이에 대해 이렇게 언급한다. 그것은 촌놈으로 보이지 않으려는 행위였으나 결국 "상촌놈의 허세"(287쪽)일 지도 모를 일이라고 말이다. 하지만 작중 사건 속의 인물에게는 동화의 성공 여부와는 상관없이 허세까지 동원해서라도 촌놈의 기질은 감추어야 할 것이었고, 그것이 서울 입성의 제1의 과제였던 것이다.

H선배의 처가를 찾아간 성수는 그의 방문을 떨떠름해하는 선배의 부인과 장모에게 냉대를 받는다. 연방 아래위를 훑으며 자신을 살피는 그들의 눈길에, 성수는 퇴색한 잠바며 무릎이 튕겨져 나온 바지가 서울역에서 갓 보고 온 껄렁한 건달과 진배없다고 생각하며 자신의 남루한 행색에 대해 자각한다. 그는 언제까지 있을 것이냐, 여기를 나가면 있을 데가 있느냐, 등 조금의 망설임도 없는 건조한 질문에 시달리지만, 그는 자취하는 친구들과 어울려 볼 것이라고 말을 돌려대며 선배의 처가에 거처를 마련한다. 이를 기반으로 이튿날부터 그

는 서울 시내 이곳저곳을 돌아다니기 시작한다. 그것은 처음 밟아 본 서울 땅을 자기 것을 굳히기 위한 전유의 한 방식이었다.

성수는 그렇게 며칠 서울 땅을 밟고 돌아다니자 "자기가 서울 사람이 다 된 것 같고 덜떨어진 몸짓으로, 또는 때가 긴 꼬락서니로 뒤뚱거리고 있는 고향 친구들이 한 단계 밑으로 내려다 보여지고 있음"(288쪽)을 느끼게 된다. 이처럼 중앙과 로컬의 우열적 이항대립 구조는 로컬을 타자화·열등화함으로써 중앙의 선민의식을 강화하게 된다. 따라서 서울에의 자발적인 동화의 노력은 고향을 낮추보는 인식에 의해서 작동되는데 이처럼 "상징폭력은 우선 모든 사물과 현상을 이항 대립으로 분류할 뿐 아니라, 그 대립에 위계적인 의미를 부여"[20] 한다. 서울의 상징폭력을 자발적으로 내면화한 그는 어떤 일이 있어도 서울에 남아 서울을 단단히 부여잡음으로써 자기를 확인하려는 생각을 키워가게 된다. 그런 그에게 서울에서 몰려나는 것은 패배이자 구석으로 밀려나는 것이기에 그는 악착같이 서울에 살아남기 위해 스스로를 달구질한다.

이렇게 서울에서 살아남기 위해서는 이른바 촌놈의 아비투스를 거세해야 하는데, 이는 길에서 만나는 사람들이나 장사치들에게 우연히 건네는 한마디 말에도 "깍듯한 서울 말씨"(289쪽)를 섞으려 애쓰는 행위를 통해 구체화된다. 물론 이것이 서술의 시점에서 다시 뒤집어 보면 "촌놈의 열등감"(289쪽)일 수 있을 것이라는 반성기제가 작동하나 전쟁 직후의 혼란상 속에서도 촌놈의 내면에서는 서울의 상징폭력이 이렇게 작동하고 있었던 것이다. 여기서 성수가 사투리 사용자로서의 오래된 언어 습관을 버리고 깍듯한 서울 말씨를 쓰려는 이유는 사투리가 '언어 자본linguistic capital'을 다른 자본(사회적 지위, 부富 등)으로 전환21)하는, 이른바 '태환성兌換性'이 없다고 판단했기 때문이다.

여기서 자본으로서의 언어의 문제가 부상하는데, 이는 담론의 장을 하나의 '언어시장'으로 볼 수 있게 한다. 여기서 언어시장이란 언어 자본, 즉 문법적으로 완벽한 표현을 생산할 수 있는 능력뿐 아니라, 특수한 시장에 내놓을 수 있는 적절한à propos 표현을 생산할 수 있는 능력22)이 교환되는 장champ으로 정의할 수 있다. 정당한 언어능력은 권위를 인정받은 사람—권위자—이 공식적 상황에서, 정당한(즉 공식적인) 언어—공인된 권위 있는 언어로서 널리 인정되고 믿을만한 가치가 있는, 한마디로 수행능력이 있고performative(성공할 가능성이 많은) 효력이 있다23)고 주장되는 담론—를 사용할 수 있는 제도적으로 승인된 능력이다.

여기서 서울 말씨라는 '공식 언어'는 대중적이고 순수히 구어적인 방언들을 '사투리patois'로 격하시키고, 부정적이고 경멸적인 것으로 규정한다. 이러한 공식 언어의 정당성에 대한 인정, 그것은 종종 점진적이며 암묵적이며 감지할 수 없는 주입과정을 통해 성향disposition 속에—보다 정확하게는 아비투스 속에—새겨진다. 따라서 공식 언어의 정당성을 인식하고 있음에도 불구하고 그것을 구사할 수 있는 능력을 가지지 못한 화자는 '지식 없는 인식reconnaissance sans connaissance'의 상태에 놓이게 된다. 여기서 공식 언어에 정당성을 부여하는 인식reconnaissance 속에 포함되어 있는 집단적 오인méconnaissance이나 관습적 합의에 의해 자신들의 실천을 지배적인 평가 기준에 맞추어 나갈 때, 상징적 지배가 시작되는 것이다.24)

성수는 H선배의 처가에 몸을 담은 지 열흘쯤 되었을 때, 노골적으로 이제 그만 나가주었으면 하는 기색을 발견한다. 그의 뻔뻔함을 힐책하는 애기가 요란한 설거지 소리에 섞여 들려오자, 그는 결국 고향 친구들이 자취하고 있는 방에 끼어들게 된다. 친구들에게는 수중에 있는 돈을 건네고 버틸 때까지 버텨보자고 애기를 해두었는데, 자기 안에 내장되어 있는 배짱이 점점 두터워지고 있음을 느끼며 그는 친구들 사이를 파고들게 된다. 그는 이들과의 관계 속에서 서울의 속살에 더욱 근접하게 되고 이른바 서울에 길들여지는 경험이라는 이름의 학습을 시작하게 된다.

4. 청년들의 연대와 살아남음의 의미

성수는 결국 "잘 왔다. 거덜날 때가지 벼티어보자."(290쪽)라고 말하는 고등학교 동기동창이자 건어물상의 아들인 '기철'과 "어쩌면 이 시대가 주는 이런 멜랑콜리와 시련은 우리 자신을 더 튼튼히 동여매는 조건이 되어 줄지도 몰라."(290쪽)라고 말하는 고향 유일의 외과 의사의 아들인 '필구'의 환대를 받으며 이들의 자취방으로 거처를 옮기게 된다. 이와 같은 "청년들의 연대"25)는 전쟁 직후의 피폐함과 궁핍함 속에서 펼쳐지는 여타의 소설에서 쉽게 발견되는 특징적 장면이라는 점에서 주목을 요한다. 가령, 서기원의 「암사지도」(1956)에서 전장에서 유일한 친구이자 전우였던 미대생 '김형남'과 법대생 '박상덕'이 만든 연대를 보자. 거처도 의지할 곳도 없는 형남은 우연히 만난 상덕의 권유로 그의 집에 기거하게 된다. 이 상황에서 상덕이 함께 살고 있던 윤주라는 여자를 두고 제안한 이른바 '윤주 공유론'은 심각한 갈등의 씨앗이 되는데, 이에서 비롯한 정신적 파탄과 마멸의 과정을 볼 때 이들의 관계는 진정한 의미의 공동체라고 할 수 없다. 또한 「이 성숙한 밤의 포옹」(1960)에서 연인인 '상희'가 폐병으로 죽어간다는 편지를 받고 탈영한 화자는 시골처녀를 겁탈하려다 실패하고 신고에 두려운 나머지 처녀를 죽이고 상희의 집에는 가지도 못한 채 방황한다. 그러다 사창가에서 만난 '선구'가 자신의 방을 은신처로 제공해주는 과정에서 기묘한 동거가 시작된다. 이들 사이에 '진숙'이라는 창녀가 가로놓이는데, 진숙의 동반 자살 제안에 선구는 죽어야 할 이유조차 발견할 수 없고 절망하게 된다. 전자와 같이 "춘천에서 교대로 놀던 일 잊었니?"[26]라며 상덕이 윤주를 공유할 것을 제안하면서 벌어지는 갈등이나, 후자와 같이 "침대 밑 창고 속에 세워두었던 오줌병과 똑같은 자격으로" "그 병들도 선구의 배설물로 위를 채우면서 이 방에서 기식"[27]하고 있었다는 사실은, 이들 청년들의 연대가 기실, 자기모멸과 절망의 공유지점에서 만들어진 서로를 되비추는 비참한 거울일 뿐이었다는 것을 알게 한다.

하지만 「서울의 초상」에서 성수가 기철과 필구의 자취방에 끼어듦으로서 만들어진 청년들의 연대는, 서기원의 작품에서와 같이 살벌한 전장이나 사창가에서 만들어진 관계가 아니라, 같은 고향 친구라는 공동기억의 토대 위에, 모두 서울에 유학을 온 20대 초반의 동갑내기 청년들의 연대라는 점에서 이들 사이의 부정직 계기성은 존재하지 않는다. 이들은 전쟁 직후의 황폐한 서울이라는 낯선 공간에 내던졌지만 그 절박한 상황에서 만난 동향의 친구라는 사실에서 보다 순연한 연대의식이나 공속감을 공유한다. 여기서 초점화자인 성수는 세 사람의 합류를 자축하기 위한 술자리에서 친구들에 대한 고마움과 그 동거의 지속 여부에 대한 불안이 뒤섞이는 가운데 "병병하면서도 짜릿짜릿한 느낌"(290쪽)을 받는다. 그는 이 자리에서 고향에 대한 생각은 조금도 나지 않고, 서울이라는 치열한 생존의 장에서 서로 만나 욱신거리는 젊음을 달래고 다스릴 수 있다는 사실에 "달콤새콤"(290쪽)한 감회에 젖는다. 더불어 이런 자리에 끼지 못하고 일찍 죽어 간 동갑내기 사촌형을 떠올리며 오직 "살아남았다는 사실"(291쪽)만이 기특하고 소중하다 생각한다.

여기서 전쟁이라는 엄청난 환란 속에서도 단지 살아남았다는 사실이 여타의 존재의 의미를 부차적으로 만들고 절대적 가치로 군림하는 순간, 전후의 상황은 또 다른 의미의 거대한 생존의 장으로 변모한다는 사실을 놓쳐서는 안 된다. 그리하여 성수의 눈에 비친 전쟁 직후 서울의 풍경은 중요한 의미를 지닌다. 성수가 일차적으로 포착한 서울 사람들의 낯빛에는 전쟁의 초조함이나 공포가 사라져 있다. 그것은 앞서 화자 자신이 드러낸 감정과 같이 살아남았다는 사실에서 오는 기특함이나 소중함과 맞닿아 있는 것이다. 문제는 전후의 잿더미 위에서 살아남았다는 사실이 포개어졌을 때 나타나는 탐욕과 보상욕망이다. 이러한 상황에서는 체면이나 도사림 같은 일체의 문화적 코스튬이나 윤리적 여지는 소거되고 자신을 곧추세워야겠다는 탐욕이 꿈틀거리기 마련이다. 전쟁이라는 '킬링 필드'를 통과한 자들의 눈빛에는 아직도 살벌함이 남아 있고, 이는 곧 자기 자리를 찾기 위한 이전투구가 판을 치는 또 다른 의미의 '베틀 필드'로 전환된다.

이것이 전후 사회의 민낯이었다면, 실존주의의 늪을 헤매며 음울한 인간군상의 화석화된 이미지를 직조하던 1950년대 문학은 이와 얼마나 많은 거리를 두고 있었던 것일까. 가령, 전후문학의 대표작으로 손꼽히는 손창섭의 문학 세계를 보자. 잘 알려진 대로 "'비', '골방', '병자'는 손창섭의 소설을 설명해 주는 주요 키워드로서"[28] 그 시대의 문학적 상상력을 상징적으로 대변하고 있다. 가령, 「비 오는 날」(1953)의 경우 '원구'와 친구인 동욱 남매(여동생 '동옥')의 관계를 보라. 원구는 장마가 계속되던 어느 날, 동욱의 집에 찾아가 짧고 가는 다리로 절고 있을 뿐만 아니라 적대적인 눈초리로 자신을 노려보는 동옥을 발견한다. 그럼에도 원구는 비가 올 때마다 원구는 동욱 남매의 집을 찾아간다. 동욱은 원구에게 동옥을 보살펴 줄 것을 이야기하며 그녀와의 결혼을 은근히 요구하지만 원구는 즉답을 피한다. 하지만 소설의 말미, 동욱 남매는 이미 집을 떠난 상태였고, 집 주인은 동옥의 얼굴이 반반하니 몸이라도 팔아서 굶어죽진 않을 거라고 말한다. 이에 원구가 느끼는 죄의식은 바로 "이놈 네가 동옥을 팔아먹었구나"[29]라는 자책 속에 잘 나타난다. 물론 이러한 죄의식을 포함하여 작품 전체를 지배하는 "멜랑콜리는 바로 이러한 능동적 우울"[30]로 이해할 수도 있고 더 나아가 "타자에 대한 지속적인 사랑"[31]으로 파악할 수도 있겠지만, 서로를 물고 뜯고 밀어내는 전후의 살벌한 생존의 장 안에서 이러한 윤리가 전후의 상황성을 핍진하게 포착한 것일 수 있을까 의문부호를 던지게 된다.

어쩌면 비 내리는 골방 안에서 자학과 모멸을 곱씹으며 상처의 나날들을 보내는 손창섭의 인물이 그 시대의 알레고리라면 거기서 건져올린 인간적인 연민이나 애도의 가능성도, 관념이 지어낸 상징적 풍경이 아닐까. 여기서 원구가 가지는 윤리의 가능성은 「생활적」(1954)에서 사타구니에 구더기가 꼬무락거리는 순이가 죽자 "왈칵 시체를 끌어안고" 그 "주검에 키스를 보내는"[32] '동주'의 행위와 같은 엽기적이면서도 억지스러운 장면으로 이어진다. 소설적 형상화에 있어 리얼리티가 아무리 "재현되는 것이 아니라 창조되는 것"[33]이라고 할지라도 시대의 구체적인 장소성이나 당대 삶의 핍진성으로부터 멀어진 위악적 포즈와 작위성 자체를 수동적 재현에서 벗어난 리얼리티의 재구성이라고 할 수 있을까. 1950년대의 현실적인 삶의 공간으로서의 서울은 이데올로기와 윤리와 같은 거대이념이 지배하는 곳이라기보다는 누군가를 물어뜯고 밀어냄으로써 자기 자리를 찾고자 하는 보상의 욕망으로 가득 찬 공간이었음을 작가 최일남은 적확하게 증언하고 있는 것이다.

5. '종삼'과 '르네상스'라는 구원의 방식

전후라는 황폐한 삶을 전제로 저마다 절박한 생존의 이전투구를 지속하고 있는 사회적 조건은 관능과 퇴폐를 근간으로 하는 데카당스라는 문화적 저류와 자웅동체의 관계에 놓인다. 「서울의 초상」에서 "엊그제 전쟁 마당을 지나온 젊은이들은 유난히 그쪽을 파고들었다."(292쪽)는 화자의 진술은 모든 것이 혼란스러운 전후의 상황에서

성性이 "가장 확실한 위안이자 삶의 확인"(292쪽)이었기 때문이라는 심리적 근거를 통해 합리화된다. 이때 종삼鐘三이라는 사창가는 전후 권력의 방조와 묵인 하에서 이루어진 "성매매의 집결지"[34]로서 일종의 남성 욕망의 "배설의 공간, 망각의 공간"[35]이자 "사내다움"과 "낭만성"으로 포장되어[36] 온 장소다.

한편, 전후파 여성, 즉 아프레 걸apres-girl로 지칭되는 당시의 여성의 풍속도도 이러한 현실과 맞물린다. 잘 알려진 바와 같이 아프레 걸은 "직업 전선에 뛰어든 미망인, 미군을 상대하는 성매매 여성, 고등교육을 받은 (리버럴한) 여성"(괄호는 인용자)[37]을 지칭하는 용어로서 "퇴폐해진 사회 속에서 등장한 신종의 여성"[38]으로 받아들여졌다. 문학적으로도 이러한 전후의 데카당한 성풍속도를 드러내는 여성 캐릭터는 빈번하게 등장한다. 가령, 김승옥은 「생명연습」(1962)을 통해 "상부喪夫한 후로 피란지에서 낯선 사내를 집에 들이는 어머니, 그 어머니를 살해할 궁리를 하는 형, 그런 형을 낭떠러지에서 밀어버리는 '나'와

1950~60년대 종삼 유곽. 종삼鐘三이라는 사창가는 전후 권력의 방조와 묵인 하에서 이루어진 성매매의 집결지로서 남성 욕망의 배설 공간으로 사내다움과 낭만성으로 포장되어 온 장소다.

'누나'"39)를 통해 전후의 반윤리성을 감각적으로 드러냈다. 또한 서기원은 「암사지도」에서 전쟁터에서 맺어진 남성 연대male bonding인 '형남'과 '상덕'의 아프레 걸 '윤주'를 성적으로 공유하는 엽기적이자 그로테스크한 상황을 통해 전후의 암담한 현실을 형성화한 바 있다.

　「서울의 초상」에서 초점화자인 성수는 자신의 친구인 "기철이와 필구가 종삼과 르네상스 얘기를 꺼낸 것은 좀 과장하면 구원"(291쪽)이었다고 말한다. 종삼에 첫발을 들인 이들은 우선 흥정부터 해야 한다는 풍월을 떠올리며 서울 토박이로 굴러먹어서 이런 방면에는 달통한 사람처럼 보여야 한다고 생각하지만, 막상 들어선 사창가에선 모든 행동이 얼어붙고 만다. 살벌한 전쟁을 지켜본 몸임에도 불구하고 이들은 약간의 무서움까지 느끼고 마는 것이다. 하지만 이들에게 종삼에서의 매음은 모두 "서울생활에 익숙해지기 위한 훈련의 하나"(295쪽)이자 "서울에 길들여지는 한 방법"(296쪽)으로 여겨지며 이러한 맥락에서 그 행위는 정당화된다. 이는 서사적으로는 서울이라는 공간에 자신들의 몸과 영혼을 순치시키기 위한 통과의례일 뿐, 성수와 기철과 필구로 상징되는 "'종삼동서들'의 남성 연대"40)의 행위는 서술의 시점에서도 반성적으로 사유되지는 않는다. 그저 필구의 말과 같이 "나는 허망하고 괜히 눈물이 나올라고 하더라!"(297쪽)와 같은 낭만성을 동반한 청년의 치기로 간주되고, 더 나아가 냉혹한 서울 살이를 위한 단련의 과정 혹은 경험치로 환원될 뿐이다. 그도 그럴 것이 성수는 여자에게 끌려가면서도 이를 통해 "조금씩 닳아지고 무디어지면서 한편으로는 아주 이악스러운 꼴로 변모될 것으로"(296쪽) 믿었다고 서술하고 있으며 이는 "서울이 주는 냄새나 꼬드김이라면 무엇이든지 맡고 핥고 싶은 그"(296쪽)였다는 서술자의 침입적 논평에 의해 뒷받침된다.

서울에서의 첫 매음을 경험한 이들은 일주일 후 '르네상스'[41]라는 클래식 음악다방으로 진출한다. 종삼이 이들에게 본능적이고 말초적인 위안을 선사한 형이하학의 최저낙원이었다면, 르네상스는 고급스러운 분위기와 데카당한 관념으로 장식되어 있는 형이상학의 별천지라고 할 수 있다. 도시 소설에서 "인공적 여가공간 중 다방"[42]은 "1950년대 소설에서 매우 두드러졌고 등장 빈도도 높았"[43]는데 이에 따라 그 공간의 의미도 변화하게 되었다. 그 공간은 단순히 차를 마시는 곳으로서의 의미를 넘어서, "전쟁 당시 서울에 남아 있던 자들의 외로움과 공포를 달래주는 공간이거나 전쟁으로 인해 파괴된 주거공간이 주지 못하는 안정감과 아늑함을 주는 공간"[44]으로 기능한다.

「서울의 초상」에서 르네상스를 가는 데 앞장선 필구는 그 다방이라는 공간을 데카당들이 모이는 곳으로 뭣 좀 안다는 치들이 있는 곳이

고전음악실 르네상스. 르네상스는 실존했던 클래식 음악다방으로, 한국전쟁 당시 박용찬이 대구 중구 향촌동에서 1951년 문을 열었다. 이후 1954년 서울 종로구 인시동에서 6년간 문을 열었고 그 후 1960년 12월 서울 종로1가 영안빌딩 4층에 자리 잡은 이후 전성기를 구가했는데, 당시 예술인들의 문화적 갈증을 풀어주며 명소가 되었다.

니 촌놈 티를 내지 말 것이며, 특히 K여고 출신들이 많이 모인다고 경고를 날린다. 이어 회상의 시점에서 화자는 고향에 있을 때는 몰랐지만 서울의 한 귀퉁이를 차지하고부터는 늘 촌놈 냄새를 의식해야 했고 "하루 빨리 자기를 서울의 살갗에 갖다 붙이고 더불어 휩싸이고자"(297쪽) 애썼다고 서술한다. 이 촌놈의 아비투스는, 앞서 논의한 바와 같이, 지속적으로 내장된 성향체계로서 육체에 새겨지고 육체적 핵시스Hexis45)의 한 차원을 구성한다. 이것은 귀로Pierre Guiraud가 말하는 '조음 스타일'(입모양)의 한 측면과 상통하는 면을 가지고 있다.46) 부르디외는 이러한 육체적 핵시스를 계급적 성향과 연관시켜서 설명하고 있는데, 이것이 바로 몸에 새겨진 일종의 촌놈의 계급성이다. 결국 「서울의 초상」에서 이 세 명의 촌놈들은 르네상스라는 서울의 고급스러운 문화공간의 문턱에서 또 한 번의 진입장벽을 경험한 것이라고 할 수 있다.

르네상스의 첫 느낌은 이들에게 "조금은 느적지근하고 사람의 목덜미를 간지럽히는 고급스런 냄새"(298쪽)로 다가온다. 이 공간의 반대편에는 "막걸리 냄새"나 "도나캐나 쇠똥말똥 밟은 흙발"(298쪽)이 상징하는 일상인의 삶의 범주가 자리한다. 이 지극히 가라앉은 치장으로 휩싸여 있는 르네상스에 앉아 있는 사람들은 대부분 고개를 모로 꼬거나 눈을 지그시 감음으로써 흘러나오는 음악 소리에 자기를 맡기고 있는데, 이들의 그런 모습은 이 공간에 첫 발을 들인 그들에게 이상한 감동의 파장을 불러일으킨다. 그것은 그 공간이 전쟁이라는 형언할 수 없는 비극을 목도한 그들이 겪어온 세상과 정반대의 자리에 놓여 있기 때문이다. 성수는 이러한 미묘한 감정의 엇갈림을 감지하며 얼마 전에 겪은 '종삼'과 '르네상스'의 거리가 한 없이 멀리도 턱없이 가까운 것으로도 느낀다. 이렇게 '종삼'과 '르네상스'라는 서울의 두 얼굴—"무르고 따뜻한 살덩이를 사는 일"(292쪽)이라는 본능적 세계와 클래식 음악에 파묻혀 있어 "어쩐지 안온하고 구원받은 것 같은"(300쪽) 고답적 세계—은 현실도피나 현실망각의 지점에서 결국 동일한 소실점에 모인다. 그런 의미에서 르네상스라는 공간에서 얻게 되는 위안은 모든 것이 전쟁으로 파괴된 상황과 상반되는 "도착된 여유"이고 그 공간은 죽음과 삶의 벼랑을 헤매다가 찾아든 "또 하나의 피난처"(300쪽)인 것이다.

이렇게 들뜨지 않고 아픔이나 상처 따위를 조용히 삭이고 있는 것 같은 가라앉은 분위기와 조금은 위악(僞惡)스럽게 타락의 냄새를 풍기고 있는 사람들의 모습에 매료당한 성수는 다시 르네상스를 찾게 되고, 첫날 만났던 럭키스트라이크라는 담배를 피우던 새파란 여자와 다시 마주치게 된다. 이러한 조우는 서울을 익히기 위해서는 어떤 풍물이나 거리, 그리고 막연한 인심보다는 구체적으로 사람과 만나는 일이 중요하다는 생각으로 이어진다. 하지만 몇 마디 말이 오가기도 전에 그녀는 성수에게 대뜸 시골에서 올라왔느냐고 먼저 묻고, 그녀와의 인연은 서두부터 헛된 망상으로 날아가 버리고 만다. 이후 성수는 여러 번 르네상스를 찾아갔지만 그녀를 다시는 만나지 못한다. 슈펭글러의 『서양의 몰락』[47]을 읽던 이지적인 그녀의 얼굴을 떠올리며 성수는 "모처럼 손에 쥔 살아 있는 서울"(303쪽)을 놓친 기분에 휩싸인 채 전쟁 중에 있었을지도 모를 그녀의 비극적인 가족사를 상상하고 그 픽션 속에 그녀의 이미지를 봉인하고 만다. 이렇게 전후 서울의 극적인 두 장면, 형이하학적 체험기로서의 종삼과 형이상학적인 경험기로서의 르네상스로 상징되는 서울 입성을 위한 성수의 통과의례는 막을 내리게 된다.

6. 서울에 남는 일과 실향 의식

「서울의 초상」의 말미에서 같이 자취를 하고 있던 기철과 필구가 성수에게 이제 그만 나가주었으면 하는 눈치를 보이면서, 잠시 유지되었던 청년들의 연대는 끊어지고 만다. 그럴수록 성수는 서울에 남아 있어야 한다는 강고한 의지를 다지며, 가정교사를 시작으로 대학을 졸업하고 출판사 교정원으로 취직하기까지 서울에서의 요행과 불행을 무수하게 경험한다. 그는 종삼과 르네상스를 만난 것처럼 서울의 이곳저곳을 섭렵하고 바람처럼 사라져간 르네상스에서 만난 여대생과 비슷한 여자들과도 여러 번 조우한다. 그리고 마침내 그는 그토록 갈망하던 "서울에 남는 일"(305쪽)에 성공한다. 회상의 시점에서 기술되던 작중 사건은 여기서 대단원의 막을 내린다. 하지만 이 작품의 대미를 장식하는 아웃트로에 해당하는 에필로그 서사는 성수가 영원히 서울 사람이 될 수 없다는 사실에 최종적인 방점을 찍고 있다.

성수는 요즘에 와서야 비로소 그가 혼신의 힘을 다해 매달렸던 서울이 자신의 생에 어떤 의미를 가지고 있는지 성찰한다. 그러나 생각할수록 그 일에의 시비是非에 대한 결론은 오리무중이다. 그러나 집안에서 혼자만 쑥죽을 찾아먹는 그에게 아들이 "아버지는 그런 풀을 어떻게 잡수세요. 아버지는 촌사람이야."(305쪽)라고 말한다든지, 술만 마시면 '타향살이'를 흥얼거리는 자신에게 부인이 "당신은 갈데없는 실향민이로군요."(305쪽)라고 하는 것과 같이, 조소 섞인 말을 들을 때마다 아직도 서울이 온전히 자신의 것이 아니라고 회의를 느낀다. 몸에 새겨진 촌놈의 육체적 핵시스는 결코 지워지지 않고 언제나 근원적인 잠재태로 항상적으로 존재하기 때문이다.

아울러 그는 "고향에 대한 미안함"(305쪽)을 동시에 떠올리는데 서울에 정착한 수많은 촌놈들도 이와 같은 마음을 지니고 있을 것이라 생각한다. 여기서 고향에 대해 지니는 미안함이란 서울사람이 되기 위하여 고향이라는 자신의 존재론적인 근본을 철저하게 탈색하려 했던 지난날에 대한 부끄러움이다. 이는 우리 문학사에서 무수하게 씌어졌던 상경上京 소재 작품들에서 공통적으로 나타나는 반성적 사유이다. 가령, 김승옥의 「무진기행」(1964)에서 '윤희중'이 종내 느끼게 되는 부끄러움의 본질은 무엇인가? 그는 어두웠던 과거를 통과하고 출세가도를 달리기 시작하자 무진을 잊고 살았던 편이었다고 말한다. 이때 고향을 잊는다는 것은 "'돈'과 '빽'으로 표상되는 도시적 삶에로의 편입 내지 동화를 의미"[48]한다. 아내 덕에 대회생제약회사 전무 자리를 보장받은 그는 "도시에서의 성공을 떳떳하게 느끼지 못하고 수치로 인한 도피"[49]로서 '무진'행을 선택한 것이다. 그는 그곳에서 자신의 분신과도 같은 인물들을 만나서 안개 속의 유영을 계속하지만 결국 "급상경 바람"이라는 아내가 보낸 '전보'라는 서울에의 인력引力에 이끌려 다시 서울이라는 세속의 공간을 향하는 과정에서 결국 심한 부끄러움을 느끼고 마는 것이다.

이상과 같이 최일남의 「서울의 초상」은 1950년대 전후문학에서 발견되는 이념적 경직성이나 위악적인 비극의 포즈에서 벗어나 한국전쟁 직후 서울의 모습을 젊은 시절을 회상하는 상경인의 렌즈를 통해 경험적·상징적으로 재구성하고 있다. 그런 의미에서 이 작품은 지금—여기 서울공화국이라 칭해지는 서울의 상징폭력을 전쟁 직후 서울에 상경한 젊은 대학생의 시선에서 그려냄으로써 수부 중심 이데올로기의 파행의 원적지를 탐문한다. 이는 구체적으로 촌놈의 아비투스와 열등의식으로 나타났으며, 전쟁 직후 살아남음의 의미가 유일무이의 가치로 받아들여지던 시기, 청년들의 연대와 상징적 경험을 통해 종삼과 르네상스로 대표되는 당대 서울의 도피와 망각의 문화적 풍속도를 형상화하였다. 하지만 그토록 탈색하려 했던 촌놈의 아비투스는 서울에서 살아남았음에도 불구하고 촌사람의 지표로 남겨지고, 결국 실향민의 처지에 놓이게 된다는 아이러니와 이를 통해 감득되는 고향에의 미안함은, 수부 중심 이데올로기를 맹목적으로 받아들이려 한 지난날에 대한 반성기제로 작용한다.

이러한 부끄러움이라는 반성적 의식은 토착주의indigenism의 맥락에서 문제를 제기하는 로컬리티locality의 관점과도 연관된다. 즉 로컬리티가 구성하려는 메타 역사는 "국가의 거대 기억, 공식기억에서 배제되거나 묻혀진 '소사회'의 기억을 통해 국가경계 단위로 서술된 국민의 역사가 아닌 다원화된 '소사회' 질서 속의 인간의 역사를 읽어내"50)는 것이기 때문이다. 게다가 서울이라는 수부의 역사가 곧 한 국가의 정체성과 연관된 거대역사를 대표하는 것이 지금까지 우리 역사의 한계였다면, 이는 지역과 소사회의 역사 더 나아가 개인사 안에서 재구성되어야 할 필요가 있다. 또한 "중앙집권체제가 가져온 '레드오션' 체제가 모든 한국인의 삶을 피폐하게 만들고 있는 현실"[51]은 모든 길은 서울로 통한다는 식의 '경로 의존path dependency' 때문이며 곧 이것이 지방을 서울의 내부 식민지로 만든 의식의 핵심이라고 할 수 있다.

|주|

1) 거시적인 맥락 하에서 보아도 전후postwar의 개념은 국제정치적 맥락에서 복합적인 기의를 형성하고 있다. "한국문학에서 '전후' 혹은 '전후문학'이라는 기호는 '한국전쟁 이후'라는 1차적인 기의 이외에도, '아시아·태평양 전쟁 이후'라는 일본적 기의와, '2차대전 이후'라는 구미歐美의 기의가 혼용되어 있어서, '1950년대 문학'이라는 기호와는 별개의 다의적이고 중층적인 개념"(한수영, 『전후문학을 다시 읽는다』, 소명출판, 2015, 34쪽)이기 때문이다.

2) 구인환 외, 『한국전후문학연구』, 삼지원, 1995, 14쪽.

3) 이 장의 텍스트는 최일남, 『꿈길과 말길』(한국소설문학대계 41), 동아출판사, 1996이며 출전은 인용문 말미에 쪽수를 괄호병기 하는 방식으로 밝히기로 한다.

4) 권영민, 『한국현대작가연구』, 문학사상사, 1991, 251쪽.

5) 위의 책, 251쪽.

6) Diane W. Levy, "City Signs-Toward a Definition of Urban Literature", *Modern Fiction Studies*, Vol. 24, No. 1, 1978, p. 66(이재선, 『현대한국소설사』, 민음사, 1991, 278쪽에서 재인용). 도시입성형 경험 소설이란 "시골 태생의 순진하고 감수성 있는 어리거나 젊은 주인공이 익명·소외 그리고 혼잡·고독 등의 표상을 지닌 도시 입성과 그 도시에서의 삶에 대한 개인적인 경험과정을 통해서 도시의 삶의 특성과 그 실체를 발견하거나 동화됨을 드러내는 과정을 그리는 소설"(같은 책, 278쪽)을 뜻한다.

7) 김윤식·정호웅, 『한국소설사』, 예하, 1993, 322쪽.

8) 김윤식, 「60년대 문학의 특질」, 『현대문학』, 현대문학사, 1985.1, 56쪽.

9) 최애순, 「1950년대 사상계와 전후 신세대 오상원의 휴머니즘」, 『우리문학연구』 57, 우리문학회, 2018, 443쪽.

10) 게다가 당시 작가들이 구현한 언어적 성취도 "모국어미달 상태"에 놓여 있었고, 이는 "손창섭류의 허무주의로 변장한 과도한 낯설음의 세계로 혹은 선우휘 식의 사회적 팜플랫의 세계로 주도하는 데"(정영화, 「1950년대 소설 연구—선우휘와 손창섭을 중심으로」, 『어문론집』 30, 중앙어문학회, 2002, 356) 악영향을 미쳤다고 할 수 있다.

11) 여기서 정동이란 "인간 존재들의 관계를 통과하며 그 과정에서 의식, 감정, 사유를 발동시키는 '되어감'의 힘"(안미영, 「현대문학 연구에서 정동 이론의 성과와 활용」, 『사람의 문학』, 도서출판 사람, 2018년 가을, 218~219쪽)을 가리킨다.

12) '상징폭력'은 문화적 상징을 통해 사회행위자로 하여금 사회적 위계를 수용하도록 함으로써 지속적인 문화적 헤게모니를 작동시키는 원리를 가리킨다. 이는 일종의 상징적

지배symbolic domination로서 "외적 압력에의 수동적 복종도, 지배적인 가치의 자발적인 선택도 아닌 일종의 공모共謀를 전제"(삐에르 부르디외, 정일준 옮김, 『상징폭력과 문화재생산』, 새물결, 1995, 51쪽)로 한다.

13) "아비투스는 개인이 사회적 주체로 성장하는 과정에서 부여되는 경제, 교육, 언어, 혈통, 지역의 요소들이 신체에 축적된 기질의 총체이다. 아비투스는 그런 점에서 개인들의 사회적 성향을 이해하는 데 있어 경험적이면서도 구조적이며, 주관적이면서도 객관적인 상호성을 갖는다. 아비투스는 문화자본에 의해 형성된 개인의 독특한 삶의 기질을 나타내고, 특히 문화적 취향이 어떻게 사회적 관계 속에서 구조화되는지를 이해하는 데 있어 중요한 키워드이다." 이동연, 「한국인의 일상과 문화 아비투스」, 『문화과학』 61, 문화과학사, 2010, 170쪽.

14) 신경숙, 『외딴방』, 문학동네, 1999, 33쪽.

15) 정일준, 「왜 부르디외인가?—문제는 '상징권력'이다」, 『상징폭력과 문화재생산』, 새물결, 1995, 27쪽.

16) 위의 책, 51쪽.

17) 위의 책, 47쪽.

18) 위의 책, 70쪽.

19) Leech, Geoffrey N. Short, Michael, H., *Style in Fiction*, Longmangroup limited, 1981.

20) 조애리, 「상징폭력과 의식고양—『작은 변화들』」, 『신영어영문학』 33, 신영어영문학회, 2006, 154쪽.

21) 삐에르 부르디외, 앞의 책, 57쪽.

22) 위의 책, 58쪽.

23) 위의 책, 144쪽.

24) 위의 책, 50~51쪽.

25) 박필현, 「아비 잃은 자의 아비 되기, '포르트 다fort-da'의 윤리—서기원 초기 소설 속 청년들의 연대와 불안정한 욕망 회로」, 『한국고전연구』 45, 한국고전연구학회, 2019, 81쪽. 이 용어는 서기원의 소설에서 빈번하게 나타나는 전후 청년들 사이의 공생관계를 말하는 것으로, 선행연구에서는 이를 '청년들의 연대'라는 다소 반어적인 어법으로 지칭하였다.

26) 서기원, 『암사지도』, 민음사, 1995, 16쪽.

27) 위의 책, 75쪽.

28) 강유진, 「손창섭, 경계 위의 생애와 그의 소설」, 『작가세계』, 작가세계, 2015년 겨울,

19쪽.

29) 손창섭, 「비 오는 날」, 『잉여인간 外』(한국소설문학대계 30), 동아출판사, 1995, 59쪽.

30) 이다온, 「전후 손창섭 문학의 애도와 멜랑콜리」, 『춘원연구학보』 13, 춘원연구학회, 2018, 468쪽.

31) 위의 책, 474쪽.

32) 손창섭, 「생활적」, 『잉여인간 外』(한국소설문학대계 30), 동아출판사, 1995, 85쪽.

33) 정여울, 「소설의 리얼리티 vs 현실의 리얼리티」, 『자음과모음』, 자음과모음, 2011년 여름, 436쪽.

34) 종로의 유곽은 1930년대부터 시작되어 "1950년대 전쟁기반의 붕괴로 밀매음이 급속히 증가"했고 "공식적으로는 공창제폐지령을 통해 성매매를 금지했으나 예규를 통해 성매매로 인한 성병 확산을 관리하는 역할을 명시함으로써 암묵적으로 성매매를 인정하는 조치를 제도화"(박정미, 「한국 성매매정책에 관한 연구―'묵인‒관리 체제'의 변동과 성판매 여성의 역사적 구성, 1945~2005」, 서울대학교 박사논문, 2011, 66~76쪽)하였다. 특히 한국전쟁 당시에는 "'위안소'를 설치하고 운영함으로써 '위안부'가 재등장"하는가 하면, "미군 주둔이 장기화하면서 '기지촌'의 필요가 생겨났다"(위의 책, 146~149쪽).

35) 전종한, 「도시 뒷골목의 '장소 기억'―종로 피맛골의 사례」, 『대한지리학회지』 4(6), 대한지리학회, 2009, 791쪽.

36) 이희영, 「은유로서의 '종3輩ㅌ', 이동하는 '박카스아줌마'―서울 종로 3가 성매매 공간의 정치학」, 『젠더와 문화』 13(1), 계명대학교 여성학연구소, 2020, 20쪽.

37) 이임하, 「여성, 전쟁을 넘어 일어서다」, 『서해문집』, 서해문집, 2004, 207쪽.

38) 백철, 「해방 후의 문학작품에 보이는 여인상」, 『여원』, 학원사, 1957, 156쪽.

39) 김정남, 『현대소설의 이해』, 경진출판, 2020, 84쪽.

40) 이희영, 앞의 책, 20쪽.

41) 르네상스는 실존했던 클래식 음악다방으로, 한국전쟁 당시 1·4후퇴 때 박용찬(호남 갑부의 아들로, 일제강점기 일본 명치대 유학시절부터 음반을 수집)이 자신이 소장하고 있었던 음반과 관련 기기를 가져와 대구 중구 향촌동에서 1951년 문을 열었다. 이후 1954년 서울 종로구 인사동에서 6년간 문을 열었고 그 후 1960년 12월 서울 종로1가 영안빌딩 4층에 자리 잡은 이후 전성기를 구가했다. 이곳은 곧 음악학도들과 문화예술인, 클래식 음악애호가들의 음악에 대한 갈증을 풀어주며 명소가 되었다. 문인 김동리·전봉건·신동엽, 음악가 나운영·김만복, 화가 김환기·변종하 등이 유명 단골손님이었다. 이후 1987년 문을 닫게 되고 1만3천여 종에 달하는 음반과 오디오 기기 등을 문예진흥원에 기증했다. 김봉규, 「박용찬, 세간 다 버리고 음반 한 트럭만 싣고 피란 와 개업…향촌동 음악다방 '르네상스'」, 『영남일보』, 영남일보사, 2020.7.16.

42) 이은숙·정희선·김희순, 「도시소설 속에 나타난 도시민의 여가공간 변화―1950년 이후 수도권 배경의 도시소설을 중심으로」, 『한국도시지리학회지』 11(3), 한국도시지리학회, 2008, 146쪽.

43) 위의 글, 146쪽.

44) 위의 글, 146쪽.

45) '핵시스'란 아리스토텔레스의 『윤리학』에서 '품성 상태'를 의미하는 용어로서 활동으로부터 습득된 성격·기질·성향을 가리킨다. (장미성, 「중용을 통해 본 아리스토텔레스 윤리학의 특징」, 『서양고전학연구』 49, 한국서양고전학회, 2011, 297~298쪽.)

46) 삐에르 부르디외, 앞의 책, 64쪽.

47) 르네상스에서 여자가 읽고 있었던 『서양의 몰락』이라는 책에서 저자인 슈펭글러는 역사를 단선적으로 사유하는 데서 벗어나 유기체적인 관점에서 발생, 성장, 쇠퇴, 사멸의 과정을 겪게 된다고 본다. 그는 20세기 서구의 문명이 제국주의와 러시아 혁명, 세계대전을 정점으로 이미 쇠퇴의 길로 접어들었다고 파악했다. 이념적 냉전구도와 강대국의 대리전의 양상을 띠었던 한국전쟁과 그로 인한 파국의 상황 역시 슈펭글러가 말하는 서구 근대문명의 파행적 말로와 같은 맥락에 서 있다.

48) 김정남, 위의 책, 46쪽.

49) 위의 책, 46쪽.

50) 오미일, 「로컬리티 연구의 쟁점 메타 역사의 재구성, 로컬 히스토리 쓰기」, 『로컬리티의 인문학』 31, 부산대학교 한국민족문화연구소, 2013, 7쪽.

51) 강준만, 『지방은 식민지다』, 개마고원, 2008, 347쪽.

제3장
4·19세대와 도시

1960년대

1960년대 서울의 도시성과 사회적 전유

__박태순의 1960년대 소설

1. 박태순 소설과 전유의 의미

소설가 박태순은 1964년 「공알앙당」으로 『사상계』 신인상을 받으며 등단한 이래, 이청준과 김승옥과 함께 "4·19 세대의 순종 삼총사"[1]로 일컬어지며 1960년대 소설사의 한 맥락을 형성했다. 하지만 이들의 작품의 경향은 서로 다르거나 상반된 흐름을 나타낸다. 그는 "장인匠人 계보 소설"[2]이 보여주듯 정신주의적 색채를 짙게 드러낸 이청준이나, "새로운 감수성과 감각적 문체"로 "선악관념을 떠난 주관적 미의식"[3]의 세계를 탐구한 김승옥과는 "다른 방향에서 문학적으로 실천하고 확장"[4]해 나간 역사 증언의 작가로 평가받고 있다.

작가론적인 맥락에서도 이들 작가들이 겪은 서울이라는 도회 공간으로의 입사 과정과 그 경험 내용은 상이하다. "근본적으로 소도시, 시골의 감각에 입각"5)해 있던 김승옥·이청준과는 달리, 정부 수립을 전후한 무렵 38이북지방인 해주에서 월남6)한 박태순은 영원히 고향을 잃어버린 '뿌리 뽑힌 존재déraciné'이다. 그의 1960년대 문학은 "자유주의 이념에 근거하고 있는 『산문시대』의 동인들, 즉 김현, 김주연, 이청준, 김승옥의 자장 안에 있었던 것으로 평가"7)되는 것이 선행 연구의 일반적 견해지만, '외촌동' 연작의 시발점이 된 「정든 땅 언덕 위」가 등단 후 2년이 지난 1966년에 이미 발표되었다는 점을 고려할 때, 그의 문학적 지향성은 애초부터 그들과 동궤에 있지 않았다고 할 수 있다.

이에 대한 문학적 평가에 있어서도 평자들에 따라 옹호와 비판이 첨예하게 대립되는 양상을 보인다. 김현과 김병익 그리고 오생근 등 당대 비평가들은 그의 개인주의적 사고와 인텔리 작가라는 한계에 기초하여 그가 결코 민중의 삶과 동화될 수 없음을 지적하였고, 그 형상화의 밀도 역시 미흡할 뿐만 아니라 각박한 현실에 대해 국외자다운 가벼움에서 벗어나지 못하고 있다고 비판한 바 있다.8) 하지만 이 장에서는 이러한 선행 연구의 일관된 비판적 논점에서 벗어나 그의 1960년대 소설이 지니고 있는 문학적 가치를 사회적 전유專有, appropriation의 문제에 입각하여 밝혀냄으로써 '외촌동 사람들' 연작으로 대표되는 현실인식과 이후 르포적 글쓰기로 나아간 실천적 영역에 이르는 그의 문학적 기반을 해명하고자 한다.

그의 소설에서 사회적 전유는 중핵적인 부분을 차지한다. 원론적인 의미에서 전유란 "자기 것으로 삼기, 남의 것이나 공동의 것 혹은 자기 것이었어도 빼앗겨 남의 것이 된 것을 다시 자기 것으로 소유한다는 의미이다."9) 이에 대해 앙리 르페브르Henri Lefebvre는 전유를 "자신의 육체, 자신의 욕망, 자신의 시간을 타인에게 맡기는 것이 아니라, 그것을 스스로 장악하고 주체적으로 관리한다는 의미"로 사용하는데 이는 '강제'의 반대 의미로 "소외되지 않은 인간, 자기 존재를 자기가 소유하고 있는 인간"을 말하는 것이다.10) 즉 전유란 "포이에르바하적 의미에서 자신의 본질을 재소유한다는 의미이고, 소외에서의 탈피"11)를 뜻한다. 그런데 이 전유는 사회적으로 일회적으로 끝나는 것이 아니라 담론의 장 혹은 사회적 현장에서 재전유re-appropriation에 의해 끊임없이 전복되고 그 위계가 재설정된다는 것에 주목하지 않으면 안된다. 엔리케 레프Enrique Leff는 "삶의 조건과 질을 개선하기 위한 사회적 투쟁은 자연의 사회적 재전유social reappropriation of nature에 명백한 새로운 민주적 가치와 문화적 권리를 만들어내고 있다"12)고 말하며 재전유에 정치 생태학적 의미를 부여하고 있다. 또한 전유와 재전유의 역동적인 관계는 문화적인 맥락에서 "아방가르드적 실천"을 통해 "무수히 많은 전유와 전용의 상황들"13)을 만들어내고 있어, "물질적이고 상징적인 공간을 재분할"14)하는 메타-정치적 실천을 담보한다.

박태순의 소설은 1960년대 사회의 소시민적 일상성 안에서 발견되는 전유의 문제, 근대의 사회적 문화적 전유 상황 속에서 나타나는 떠돌이 의식의 문제, 정치적 폭압과 데몬스트레이션의 과정에서 나타나는 전유의 양가적 의미, 도시의 확장과 도시 난민의 발생에 따른 공간의 서열화와 전유의 문제 등 근대 도시의 다양한 일상적·문화적·정치적·공간적 상황성에 기초한 전유와 재전유의 문제의식을 담지하고 있다. 따라서 이러한 접근은 1960년대 박태순 문학의 위치를 재전유하는 일이자 1960년대 박태순 초기 소설의 경향을 그 이후의 문학적 지향과 단절의 과정으로 이해하는 선행 연구를 비판적으로 보완하는 작업이 될 것이다.

2. 소시민적 일상성과 전유

앙리 르페브르에 따르면 일상이란 "추락의 방향도 아니고, 봉쇄나 장애물도 아니며, 다만 하나의 장場인 동시에, 교대, 하나의 단계이며 도약대, 여러 순간들로 이루어진 한 순간이고, 가능성(가능성의 총체)을 실현시키기 위해 반드시 거기서부터 출발해야 하는 변증법적 상호작용"15)이다. 학문적 담론으로 일상성quotidienneté이 주목의 대상이 된 것은 한국 사회에선 1990년대에 들어와서다. 정치와 계급 혹은 민족이라는 거대담론 아래 짓눌려 왔던 지난 연대의 사회적 분위기 속에서 보잘 것 없어 보이는 일상의 문제는 말 그대로 미시의 영역 속에 파묻혀 있었다고 할 수 있다. 특히 사회구성 과정의 층위를 말할 때, "위로부터 아래로의 담론(정치, 경제, 이데올로기)은 새로운 지배관계의 재생산에 대해서 상당한 설득력을 가질 수 있었지만, 인간의 실천과 경험을 통해 구조에 대한 변화의 주체로 작용하는 과정(아래로부터 위로의 담론)에 대해서는 별다른 설명이나 그러한 과정을 포괄할 수 있는 이론적 범주들이 부재"16)했기 때문이다. 하지만 어떤 초월적인 것도 다시 일상 안에 수렴되어 실천되고 지속되고 때로는 저항의 대상이 되기 마련이다. 그런 의미에서 박태순의 초기 소설에 등장하는 소시민의 일상세계는 1960년대 도시성의 일부이자, 비동시적인 것의 동시적 공존으로 설명되는 한국적 근대 내부의 지속과 단절, 억압과 해방, 욕망과 좌절의 지점들이 서로 부딪치고 갈등하는 상징적 시공간이라고 할 수 있다.

우선, 「생각의 시체」(1967)는 산책자 모티프에 의해 서술된 이른바 '소설가 소설'로서 1960년대 한국 사회의 세대론적 전유의 문제를 내밀하게 고찰한 작품이라고 할 수 있다. 이 소설의 화자는, 자의식의 렌즈를 통해 경성이라는 공간을 고현학적으로 탐색한 박태원의 '구보'씨에서 발견되는 아웃사이더이자 만화경적 관찰자[17]와는 다르다. 화자는 투고한 소설이 입선이 되어 갓 데뷔한 신인 작가로 등장하는데, 작품 속에서 사안은 분명하게 제시되지 않지만 "아주 중요한 인생사에 관계되는"(2: 47)[18] 일에 피해를 입고 '홍윤표'(이하 홍)라는 이에게 무엇인가를 시인받고자 하는 절박한 상황에 놓여 있다. 이를 위하여 화자는 그의 주변에 있는 '진삼'과 'K'를 통해 조언을 얻고자 하지만 그들은 무관심하거나 냉소적인 태도로 일관한다.

진삼을 찾아간 화자는 관공서 건물에서 위압감을 느끼며 그 건물의 관료적인 분위기에 질식할 듯한 느낌을 갖게 된다. 그곳의 사람들에게서 화자는 날카롭고 음침한 족속들이 전부 몰려든 것 같은 느낌을 받는다. 그들의 표정은 단순한 무표정이라기보다는 압박에 기인한 차가움과 두려움을 가지고 있고, 그러한 화자의 인식 속에서 그들은 하나의 "확대 재생산품들"(2: 35)로 사물화事物化된다. 1960년대 관공서 공간의 권위적 분위기와 그곳 사람들의 관료적 태도에서 한 시민을 압도하는 왜곡된 정치적 전유 양상을 발견할 수 있다.

　마침내 화자는 눈물 흘리기를 멈추고 홍에게 단단히 따지리라 생각하며 그에게 간다. 하지만 홍은 화자에게 "마치 화를 내기로 작정이라도 한 것처럼 고함을"(2: 46) 질러대는데, 화자는 이러한 홍의 태도가 "한 세대에 의하여 이 거대한 사회가 독점 운영되고 있음의 보기"(2: 47)라고 적시한다. 여기서 독점 운영이란 곧 세대론적 전유 상황에서 나타나는 하나의 "세대 폭력"19)이다. 이 작품에서 수류 세대란 곧 40대를 지칭하는데 이들의 가치판단이나 실력 행사만이 허용되고, 위로는 육십 대나 아래로는 이십 대의 판단과 행위는 용납되지 않는다. 이에 화자는 현실에서 "살상 제일 억울하고 부당한 대우를 받는 것은 어린 놈, 젊은이들인 것"(2: 46)이라고 일갈한다. 이렇게 도시의 일상을 마감하고 돌아가는 '하루'라는 형식의 텍스트에서 화자가 발견한 세대 폭력의 현주소는 관료주의와 권위주의로 무장한 1960년대 불통의 사회상으로도 그 의미망을 확대해 볼 수 있다.

　「동사자」(1966)는 의식의 흐름으로 쓰인 박태순의 유일한 소설이다. 이러한 기법으로 인하여 의식의 빈번한 분절과 반복이 이루어지는데, 이는 "반복이란 정신적인 구조물"20)이라는 서사담론적 의미를 지닌다. "세현이 …… 이제 앞으로 무슨 일을 하려는가?"와 "세현이는 이날 저쪽에서 살인이 이루어지는 광경을 손가락으로 보았다."는 일일이 인용 페이지를 언급하는 것이 무의미할 정도로 반복적으로 언급되며 이후 이어지는 문장을 통해 변주된다.

　세현은 두 가지 차원에서 불안의 상황에 놓여 있다. 하나는 자신이 "낙하산 계"(3: 59)라는 것을 만들었고 이러한 불법적인 영리행위가 법망에 걸려들어 파산의 상태에 놓여 있을 뿐만 아니라, "교도소, 전과자, 이제 앞으로 무슨 일을 하려는가?"(3: 59)의 진술에서 알 수 있는 바와 같이 범법자로 쫓기는 신세라는 점이다. 다른 하나는 자신이 낙원동 뒷골목에서 한 영감이 다가오는 것을 보고 영감을 쫓다가 그만 그가 무엇엔가 걸려 넘어져 일어나지 못하는 상황을 그대로 둔 채 떠났다는 사실에서 기인한다. 그는 결국 동사자東死者가 되어 버렸고, 단지 담뱃불을 빌리기 위한 것이었다 하더라도 세현이 그를 방치한 것은 그의 죽음을 방조한 것이 되기 때문이다.

이러한 상황을 놓고 볼 때, 세현이 처한 현실에서 1960년대 도시성의 부당한 전유 양상을 유추해 볼 수 있다. 하나는 '낙하산 계'로 상징되는 부조리한 지하경제의 음험한 현실이고, 다른 하나는 한 사람이 동사자로 죽을 수 있음을 알면서도 이를 방조하고 마는 주아主我에 빠진 극단적 에고이즘21)이다. 이런 와중에 유일한 따뜻함으로 인식되는 아가씨를 통한 성욕의 해소는 타락한 사회 속에서 얻을 수 있는 유일한 탈출구이다. 요컨대, 영하 십칠 도로 제시되는 혹독한 추위가 1960년대 도시성을 감싸고 있는 외적 조건이라면, '범죄 사실'로서의 낙하산 계, '윤리의 배반'으로서의 죽음에의 방조, 유일한 '세속적 위안'으로서의 섹스는 그 상징적 내용들이라고 할 수 있다.

「연애」(1966)는 서울 시내의 한 뮤직홀에서 구술의 형태로 제시되는 가상의 연애담을 그 중심내용으로 한다. 실제 인물인 '은실'은 이야기 속에서 화자의 애인이라는 가공인물이 되고, 화자의 말을 듣고 있는 '억근'과 '주일' 그리고 '선희'는 청자의 역할을 담당하고 있으며, 뮤직홀은 이러한 구술을 가능케 하는 시공간을 제공하고 있다. 그러한 의미에서 이 작품은 허구적 텍스트의 소통 구조를 모델링하고 있다고 할 수 있다. 화자는 밤 10시 쯤 여인에게 "요란스럽게 자극되어"(4: 75) 뒤를 쫓다가 그 여인으로부터 자신의 이름이 억근이며 다음 날 폴 앵카 뮤직홀로 나오면 자신을 만날 수 있다는 애기를 듣게 되는데, 정작 다음날 뮤직홀을 찾아가 보니 억근이라는 별명을 가진 사람은 그녀가 아니라 야비한 인상의 한 남자였다는 것이다. 이 자리에서 선희라는 여인이 은실이를 찾는 것이 아니냐고 말을 하고부터 화자는 "어제 만났던 그녀가 은실이라는 이름을 가지고 있어야 한다"(4: 81)고 고집을 부리게 되고 여기서부터 은실은 화자의 애인이 되어 장황한 연애담의 주인공이 되는 것이다.

화자는 자신의 거짓말에 신이 났고 말해가는 동안 은실이와 실제 연애를 해 왔다는 착각마저 생겨날 정도로 이야기에 몰입하게 된다. 듣는 이들 역시 화자의 연애담이 거짓말이라는 것을 알고 있지만 화자의 이야기를 중단시키지 않고 일종의 추임새를 넣음으로써 서사의 진행을 부추기고 있다는 점에서 이 텍스트의 구연적 상황은 안정적으로 유지된다. 하지만 실제 은실이가 뮤직홀에 등장함과 동시에 화자의 거짓말은 끝이 나고, 당연히 은실과도 무연한 관계임이 드러난다. 다음날, 화자가 뮤직홀로 가자 어제 만났던 그 일당들이 다시 모여 있는 것을 발견하게 된다.

이처럼 이야기를 시작하기 전의 상황과 그 이후의 상황이 조금도 변화가 없다는 것은, 이 텍스트가 의식의 성장을 내포하고 있는 이니시에이션 스토리가 아니라는 사실을 반증하고, 이 이야기가 헛바퀴 돌 듯 끝없이 반복될 수 있음을 암시한다. 이는 곧 제드 에스티Jed

Esty가 말하는 "비非성장의 젊음unseasonable youth"22)을 지칭하는 것으로서, 그 외연은 1960년대 한국 사회의 질곡에 맞닿아 있다. 이때 폴 앵카라는 뮤직홀은 공간적인 측면에서 그 이전 시대의 다방을 대체하는 1960년대 젊은이들의 풍속도를 대표하는 장소이다. 이와 같이 새로운 문화 트랜드로 전유된 뮤직홀이라는 공간 안에서 벌어지는 공허하고 부조리한 언어들은 1960년대 한국의 도시 공간에서 젊은이들이 겪고 있는 실존적 방황과 그 한계를 내포하고 있다.

마지막으로 「뜨거운 물」(1967)과 「하얀 하늘」(1969)도 소시민적 일상성 위에 구축되어 있는데, 전자가 "세계의 혼란함"과 동거同居의 형식으로 제시되는 "소시민의 초라한 안정"(6: 140) 사이의 길항적 관계에 대해 말하고 있다면, 후자는 "미리 맛보는 소시민 핵가족 부부"23)의 이야기로 결혼제도와 부부의 의미를 조명하고 있는 작품이다. 이 두 작품은 각각 동거 커플과 부부라는 사회의 미시적 단위에서 발생하는 남녀 관계를 통해 이야기를 풀어내고 있다. 동거녀에게로 재복귀하는 소시민적 안정으로의 회귀로 귀결된 전자의 경우와 "남편이라는 단어에서 이광수가 그려놓은 1930년대의 그러한 냄새"(7: 153)를 느끼면서도 남자에 대한 본능적 이끌림에 속수무책인 후자의 경우는 모두 세속적인 혹은 본능적인 삶이 구획한 현실의 전유로부터 비매개적 초월은 있을 수 없다는 메시지를 전하고 있다.

3. 근대의 전유와 방랑

1960년대 한국 소설에 대한 논의에서 중요한 입각점 중 하나는 관념이 아닌 일상성의 층위에서 근대성에 대한 내밀한 성찰이 이루어지고 있다는 점이다. 이는 한국전쟁의 포화가 피폐화시킨 상황이 수습 국면에 접어들고 본격적으로 도시화와 산업화가 추진된 당시 한국사회의 현실과 맞물린다. 이러한 맥락 하에서 당대 소설 문학의 경우, 박태순과 김승옥은 근대사회의 메커니즘에 대한 알레고리를 중요한 서사 기법으로 다루었다는 측면에서 유사성을 보인다. 가령 김승옥은 서울로 대표되는 근대사회의 문화적 특성을 「力士」(1963), 「누이를 이해하기 위하여」(1963), 「차나 한잔」(1964), 「서울 1964년 겨울」(1965) 등을 통해 예각적으로 조명한 바 있는데, 여기서 개인은 표준의 힘을 통해서 조절되며 이 힘은 눈에 보이지 않기 때문에 효과적[24]이라는 사실을 명증하였다. 박태순의 1960년대 작품 역시, 「서울의 방」, 「이륙」, 「도깨비 하품」에 나타나는 방랑의 서사에 기초한 알레고리의 수법으로 근대사회의 제도가 전유하고 있는 도시 공간에 대한 비판적 성찰을 수행하고 있다.

「서울의 방」(1966)은 창신동의 빈민가와 양옥집이라는 대립적 공간에 기초한 김승옥의 「力士」에 비견되는 작품[25]으로서 '방'이라는 공간의 상징성을 기반으로 근대의 기만과 허위를 드러내고 있다. 이야기는 하숙집을 옮긴 화자가 먼젓번 하숙집에 거울을 놓고 오는 바람에 애인인 '지온'과 함께 그것을 찾으러 가는 것으로 서사구조는 매우 단순하다. 하지만 이 작품을 지탱하는 것은 먼젓번 하숙집과 새로운 하숙집 사이의 대립구도이다. 전자가 신축양옥이라면, 후자는 "조촐한 한옥 기와"(1: 19)를 얹은 집이다. 화자가 서교동의 한옥으로 하숙을 옮긴 것은 양옥에서 겪은 불편함들 때문이다. 화자는 마루방에 난로를 피워야 하는 양옥이 아니라 온돌방이, 고가의 냄새를 조금이라도 풍겨주는 방이 그리웠다.

특히, 먼젓번 하숙집인 신축 양옥에서 가장 상징적인 장소는 바로 "수세식 변소"(1: 21)이다. 화자는 식모가 온갖 정성을 기울여 청결을 유지하는 변소가 부담스러울 뿐만 아니라 거기에 걸려 있는 달걀귀신 같은 거울에도 무서움을 느낀다. 식모 윤실은 이 화장실을 자랑하고 싶어 안달이 난 듯, 자신의 시골집에 있는 변소가 얼마나 지저분한지를 기를 쓰고 설명한다. 이때, 수세식 변소는 재래식 화장실에 대비되는 근대 건축의 하나의 표상이자 근대의 '위생학'이 전유한 상징적 공간이다. 같은 맥락에서 "전통 뒷간은 서구문화의 확실한 식민지"26) 라고 할 수 있으며 이에 따라 전통=불결, 근대=위생의 이분법 하에서 근대인의 위생 강박이 작동하게 된다.

이 외에도 화자가 양옥집을 싫어하게 된 이유 중 하나는 이층방이라는 점이다. 여기서는 도시가 전망이 잘 되었지만 그만큼 "시장 한복판에 내 방이 있는 것"(1: 22)처럼 아늑한 맛을 잃어버리게 했고, 아래에 있는 기와집 내실에서 벌어지고 있는 방사(房事)까지 목격하고선 망루에 올라서 있는 듯한 기분이 들고 만다. 아늑한 집이라기보다는 4개의 방이 있는 2층은 "사람이라고 하는 동물들이 적당히 수용되어 있는 우릿간"(1:22) 같았고 벽이 얇아 벽가 소유도 참을 수 없는 지경에 이른다.

양옥은 "지은 지 고작 이 년 남짓한 건물"(1: 23)이었지만 새로운 맛은 사리진 지 오래고, 재목이 썩고 층계는 못이 빠져 요란한 소리를 내며 와삭 무너져 버릴 듯하다. 화자는 이 양옥집의 낡음을 "고가의 붕괴와도 또 다른 이 퇴락"(1: 30)이라고 말한다. 이는 "표면의 현대식 양상과 이 내부의 지저분함은 어떻게 연관이 될까?"(1: 30) 하는 의아

1960년대 한옥 기와집_上, 1960년대 2층 양옥집_下. 박태순의 「서울의 방」은 창신동의 빈민가와 양옥집이라는 대립적 공간에 기초한 김승옥의 「力士」에 비견되는 작품으로서 '방'이라는 공간의 상징성을 기반으로 근대의 기만과 허위를 드러내고 있다.

심과 함께 "정신의 연륜축적이 전혀 없이도 발생되는 이 고물古物"(1: 30) 속에서 제법 만족하기도 했던 데 대하여 분노의 감정을 찾아낸다. 여기서 양옥집은 외화내빈의 질곡을 안고 있는 근대의 흉물이자, 근대 기획의 허술함, 더 나아가 무의미성을 상징한다고 할 수 있다. 이는 다시 화자의 경험적 현실로 확대되는데, 화자는 자신이 딛고 있는 현실을 "위대한 황무지"(1: 31)라고 정의하며 "이 황폐를 인정하고 그 황폐가 낙토인 양 기만하여 우선 기만부터 배우란 말인가?"(1: 32)라는 일갈을 통해, 넓게는 근대 기획 자체의 모순을, 좁게는 한국적 근대화의 허구성을 비판한다.

한편, 「이륙」(1967)은 1960년대 유행한 경제학적 용어(한 나라의 경제가 전통적인 사회에서 벗어나 공업화 사회로 진행하는 일27))를 사회적 배경으로 하고 있는데, 이는 당시 한국이 개도국으로의 이륙take off 단계에 접어들었다는 경제적 진단을 뜻한다. 하지만 이러한 도약의 과정에서 "날개를 미처 달지 못해 이륙할 수 없는 자는 어쩌란 말이냐"28)라는 질문과 함께 이러한 "경제적 도약단계 또는 이륙단계가 되면 인간 정신의 이륙도 이루어진다는 관리들의 말에 속아두는 체"(5: 114)할 수 없다는 것이 이 작품의 핵심적인 창작 동인이라고 할 수 있다.

이 작품에서 화자는 자신의 친구인 '진땅'과의 만남을 통해 그를 관찰하고 그 인상기를 바탕으로 자신과 사회를 성찰하는 위치에 서 있다. 먼저 화자와 진땅의 근본적인 사회적 차이는 근대가 전유한 '도시의 시간' 안에 존재하는가 그렇지 않은가에 있다. 화자는 고정된 출퇴근 생활에 익숙하고 그 생활에 저항을 느끼지 않는 "화석화化石化한 생활"(5: 115) 이외의 것에 관심을 두지 않고 있는 반면, 진땅은 이러한 제도화된 현실로부터 이탈되어 이륙은커녕 비참한 현실에 타락해 "땅바다을 기기에 급급"(5: 114)한 인물로 비춰진다. 그러한 의미에서 진땅이라는 작명作名의 의도 또한 이러한 그의 현실과 부합된다.

하지만 이러한 진땅이 자신을 "경멸하고 조롱하고 있다"(5: 116)는 느낌을 받게 된 화자가 부지불식간에 자신을 뼈아프게 성찰하게 된다는 점에 주목해야 한다. 가령, "어쨌든 나는 꽁생원이 되었고 소심한 인간이 되었다"(5: 116), "이 더러운 도시에서의 생계가 내 인간성을 더럽게 만들어주고 있다"(5: 116), "내가 비겁한 소시민 근성에 사로잡혀 있는 인간이며 제 앞일만 생각하기에 여념이 없어 매정스러운 짓을 벌이는 그러한 인간이라는 일종의 자책감을 느꼈어야 했다"(5: 119)라는 반응들이 그것이다. 그리하여 화자는 도리어 "무엇인가를 추구하고 있는 듯한 진땅의 태도가 옳은 것이라고 생각(5: 117)하게 된다.

더 나아가 이는 근대의 논리가 전유하고 있는 세계에 대한 비판적 시선으로 옮아간다. 이는 곧 "현대의 세계가 바로 천민賤民들의 세계"(5: 122)라는 소시민성에 대한 자각과 "배고픔에 겨운 생존경쟁의 영역에 있어서 청춘이란 다만 젊은 노인에 불과"(5: 123)하다는 자기실현의 불가능성이 그것이다. 결국, 화자가 "우물 안 개구리"(5: 124)라면 진땅은 "우물 밖 개구리"(5: 123)인 셈인데, 우물 밖이라는 체제 외적 존재는 사회적으로 도태되거나 격리될 수밖에 없다. 결국 진땅은 친구들 사이에 무성한 소문만 남긴 뒤 자취를 감추게 된다. 친구들은 그의 이륙 실패가 그의 책임이 아니라 "이 나라가 조금만 더 광활하다 하더라도 그 녀석은 크게 활약할 수 있었을 텐데"(5: 130)라고 말하며 "조그만 나라, 상상력이 차단된 지하의 세계"(5: 123)로 지칭되는 1960년대 한국 사회의 현실을 향해 비판의 시선을 던지게 된다.

「도깨비 하품」(1968)은 화자의 친구인 '주황'과 그의 애인인 '강경자'와의 관계를 통해서 "의뭉스럽고 사변적이며 은둔자적"(8:163)인 그에게 "도끼비 하품 같은 소리는 그만두란 말야."(8: 166)라는 핀잔으로 대표되는 질책의 과정을 통해서 그가 어떻게 "나긋나긋한 근대정신"(8: 166)을 수용하게 되는가를 다룬 작품이다. 그는 대학 졸업 후 "반도에서 우물 안 개구리 노릇할 생각 말고 선원이나 되자"(8: 165)고 했던 원대한 꿈의 소유자였지만, 친구들로부터 자취를 감추고 만다. 그는 자신이 사놓은 말죽거리에 있는 땅에 조그마한 집을 집고 칩거에 들어가는데 여기서 그가 한 일의 대부분은 경험에 의존하지 않는 '사변' 그 자체였다. 그는 결국 "아주 병신스러워졌으며, 자신을 잃어버렸고, 소심한 인간으로 되어 가고"(8: 170) 있었다. 이후 그는 말죽거리에서 지하실을 파고 버섯 재배에 온갖 노력을 기울이지만 결국 실패하고 만다. 그와 동시에 그곳은 도시에서 밀려나온 이들에 의해서 "초가집을 멸시하듯 재건주택이 들어차기 시작하여 새로운 빈민가를"(8: 173) 형성하고 있었다. 이에 그는 빈민촌의 사람들을 "햇빛을 견디어내지 못하며 습도가 육십 퍼센트 이하인 곳에서는 살 수 없게 되어"(8: 174) 버린 버섯과 같은 음지식물에 비유한다. 그는 후줄근한 모습으로 오랜만에 강경자를 만나 변함없이 사변적인 관념을 늘어놓고, 이에 다시금 도깨비 하품 같은 소리라는 비판과 함께 "제발 건전한 얘기를 하란 말예요."(8: 178)라는 책망을 당하게 된다. 결국 주황은 빈민촌에서 집 장사를 하게 되는데, 이처럼 자본의 현실에 눈떠가는 그의 모습에 드디어 강경자는 만족해 한다.

요컨대 이 작품은 자본이 전유하고 있는 '양지'의 현실에 적응하지 못한 한 '음지'의 한 개인이 어떻게 자본의 논리를 수용하며 이에 눈떠가는가를 추적한 작품이라고 할 수 있다. 여기서 '도깨비 하품'이란 자본의 논리에 부합하지 않는 관념과 추상을 의미하는데, 이에 근거한 강경자의 질타는 자본의 전유 공간에서 일체의 형이상학을 질식시키고 경제적 동물이라는 편만한 형이하학의 세계가 팽창하게 되는 사회상과 맞물려 있다. 도깨비 하품이란 비판을 통해 나긋나긋한 근대의 정신을 주입시키려는 그녀의 의도는 앙리 르페브르 식으로 말하자면 자본을 증식하는 "노동의 아름다움을 노래하는 일종의 주술적 멜로디"이자 이를 "부르주아적 화음으로 변주를 하는 것"[29]에 다름 아니다.

4. 정치적 강제와 전유

4·19혁명은 "8·15해방을 주체적인 것으로 만드는 혁명이자 조선왕조의 봉건체제, 식민지 전체주의체제, 이승만 정권의 독재체제로부터 자유민주주의를 본궤도에 올려놓기 위한 한국판 부르주아혁명의 일종"[30]으로 이해된다. 하지만 민중 스스로가 자신의 잠재력을 주체적으로 해석하고 조직하는 능력을 구비하지 못해, 이를 대신하여 학생들이 변혁을 주도하였고, 학생이라는 신분적 제약에 따른 '관념적 낭만성' 또는 '소시민적 세계관'에 매몰되어 변혁의 열망을 대변하지

못한 한계를 지니고 있다.[31] 이러한 변혁 주체의 한계와 동력의 상실은 이듬해 5·16군사쿠데타의 발발로 이어지는데, 결국 미완의 혁명으로 남은 4·19혁명은 의거로 그 의미가 격하되고, 혁명 정신은 퇴조하여 소시민 의식의 팽배를 불러오게 된다.

혁명의 걸림돌은 혁명의 정신이 계승되어 현재화되지 못하고 "단지 역사화되거나 속화된 방식으로 기념비화monumentalisation"[32]되는 것이다. 그렇기 때문에 혁명의 진정한 가치는 역사책에 기술된 의미나 달력에 적혀 있는 기념일 속에 있는 것이 아니다. 따라서 혁명의 현장에서 목격한 저항의 함성뿐만 아니라 거대한 혼란과 무질서라는 이면적 진실에도 주목해야 한다. 주지하다시피, 박태순의 「무너진 극장」(1968)은 "혁명을 온전히 미화하고 있는 소설이 아니"[33]라는 점에서 문제적이다. "1960년대에 접어들자마자 일어났던 4·19사태에 대하여

4·19혁명 당시 학생 시위. 혁명의 걸림돌은 혁명의 정신이 계승되어 현재화되지 못하고 단지 역사화되거나 속화된 방식으로 기념비화monumentalisation되는 것이다.

우리가 갖는 정직한 느낌은 과연 무엇이었을까? 우리는 그것을 알지 못했다."(12: 295)라는 문장으로 시작한다. 여기서 말하는 정직한 느낌은 바로 그 무엇으로도 환원될 수 없고 그 누구에게도 전유될 수 없는 혁명을 구성하는 여러 의미망 중에서 가장 실체에 가까운 어떤 것을 의미한다.

이 작품에서 화자와 '광득'은 4·19로부터 6일이 지난 25일, 마포 형무소에서 풀려나온 '융만'을 만나 향후 정국에 대한 이야기를 주고받으며 시내 중심가로 향해 간다. 거리는 대열을 지어 집총한 채 서 있는 군인들과 그들의 시선을 피해 우울하게 하늘을 바라보는 시민들 사이로 팽팽한 긴장이 감돈다. 화자와 광득과 융만은 망우리 공동묘지의 '평길'의 무덤을 찾고, 종로5가 서울의대 부속병원에 갈비뼈가 부러진 채 신음하고 있는 '혼수'를 병문안한다. 이어 서울 문리대 '대학 교수단'의 행진을 목격하고 대학이 진리의 보금자리임을 실감한다. 이윽고 밤이 되자 막걸리집으로 들어가 술을 마시던 중 시내에서 시위대와 경찰이 총질을 하고 있다는 소식을 듣게 되고 결국 군중 속에 휩쓸리고 만다.

화자는 이승만 정권의 비호를 받고 있는 정치깡패인 임화수가 경영하는 "평화극장을 부숴라."(12: 300) 절규하는 군중에 속에 서 있다. 이어 잠복해 있던 경찰의 발포가 이어지고 극장 안은 아비규환의 현장으로 변한다. 스크럼을 짜고 극장 안으로 들어간 화자는 "무의식중에 앞에 보이는 물건을 부수기 시작"(12: 303)한다. 관람석은 온갖 소음으로 가득 차고 그것은 "세상이 파괴되는 음향"(12: 303)으로 들린다. "사람들은 동물이나 내는 기괴한 탄성"(12: 303)을 지르며 "눈앞에

닥친 무질서에 환장해버려서, 마치 사회의 인습과 생활 규범을 몽땅 망각한 것"(12: 303)처럼 날뛴다. "사람들은 관람석을 분해시켜 그곳의 효용 가치를 파괴시키는 무질서에의 작업"(12: 304)에 광분한다. 이러한 군중의 파괴와 무질서는 가시적으로는 극장이라는 공간의 물리적 재전유를 의미하고, 상징적으로는 정치깡패 임화수를 희생양으로 삼은 정치적 강제에 대한 재전유를 함의하고 있다.

또한 시위의 이러한 광기적 모습은 거창한 정치적 슬로우건과는 별개로 "원시적이고 본능적인 무질서에로의 해방 상태"(12: 306)에 대한 도취가 그 내적인 동인이라고 화자는 일갈한다. 그 외곽에 비로소 "법률적인 것, 도덕적인 것, 종교적인 것, 심지어 신화적인 것"(12: 306)이 지켜주고 있을 따름인 것이다. 화자는 이처럼 시위의 "당돌한 무질서의 상태"에 주목하면서 그 공동의 무의식이 바로 극장을 다 태워버릴 심상치 않은 기운의 원동력임을 주장한다.

여기서 이에 맞서는 또 하나의 함성이 있었으니 그것은 이 동네에 사는 사람들이었다. 그들은 시위대가 극장을 불태우면 동네 자체가 잿더미가 될 것을 우려하는 이들이다. 하지만 군중은 "본능적인 느낌으로 이들을 적수로 간주"(12: 307)한다. 성난 군중에 맞서 주민들 또한 자신들의 재산을 보호하기 위해 안간힘을 쓴다. 화자는 여기서 "두 가지 계층의 사람군群"(12: 307)을 목도한다. 극장을 파괴하고 더 나아가 전소시키려는 시위대의 반대쪽에 "사회인이 가지는 냉정한 눈초리"(12: 307)가 자리하면서 이들의 재전유를 저지하고 있는 것이다. 시위의 상황에서 언제라도 대립할 수 있는 이 두 이슈에 대하여 화자는 중립적인 태도를 견지하는 듯하지만, 시위대의 "극장 파괴라는 이 놀음"에 대해서는 "냉혹한 도취", "왜곡된 광장廣場, 또는 완성된 무질서 상태"(12: 309)라는 비판적 판단을 내린다. 이 와중에도 2층 영사실에는 물건을 훔치기 위해 광분하고 있는 좀도둑들이 있으니 이들이야말로 앞서 말한 두 가지 사람군과 무관한 자리에 놓이는 우중愚衆의 상징이라 할 수 있다.

이윽고 군인들이 극장 안으로 쳐들어오고 사람들이 순식간에 물러가자 장내에는 화자 혼자만 남게 된다. 한밤중이 되자 화자는 이 무서운 밤이 빨리 지나가기를 바라며 "능히 무질서를 수용하며 그것을 승화시킬 수 있는 새로운 질서는 찾아올 것인가?"(12: 312)라는 의구심을 피력한다. 이것은 곧 대안세력이 부재했던 4·19혁명의 한계를 적시하는 것이자, 시위 과정에서 광기에의 도취로 나타난 군중의 물리적·정치적 재전유의 모순점을 가리키는 말이다. 결국 날이 밝았고 그날 4월 26일은 이승만 정권이 무너진 날이었다. 따라서 지난밤의 광기는 하나의 "고귀한 무질서"(12: 314)일 수 있겠으나 이에 대한 가치평가가, 작품 결미 부분의 개작과정에서 잘 드러나듯이, 하나의 난경을 형성한다.

이 작품의 원작의 결미부의 문장은 다음과 같다. "그러나 우리는 나이를 먹어갔으며, 어떤 철학자의 말처럼 「한 순간의 흥분을 너무 과대평가하여 기억하는 것의 무의미함」을 어느덧 배우기 시작하였으며 그리하여 우리가 힘들여 끌어올렸던 그 무질서의 위대한 형식이 역사성 속의 미아처럼 다만 한 순간의 고립에 불과하고 말았음을 보았다."34)(밑줄은 인용자) 하지만 작가는 개작을 통해 이 문장을 다음과 같이 고친다. "우리는 얼마 안 가서 어떤 철학자의 말처럼 '한 순간의 흥분을 너무 과대평가하여 기억하는 것의 무의미함'을 어느덧 배우기 시작하였으며 그리하여 우리가 힘들여 끌어올렸던 그 무질서의 위대한 형식이 역사성 속의 미아처럼 다만 한순간의 고립에 불과하고 말았다고 주장하는 세력이 여전히 의연히 버티고 있음을 보았다."(12: 315)35)(밑줄은 인용자) 여기서 부정적 평가의 주체는 '우리'가 아닌 어떤 '세력'으로 전도되어 있어, 혁명의 역사적 평가에 대한 전유와 재전유가 개작의 과정에서도 이루어지고 있음을 알 수 있다. 작가는 개작을 통해 무질서에의 도취와 광기라는 시위 군중의 이면적 가치와 그 대안 세력이 존재하지 않음으로 인해 그것이 한 순간의 고립에 불과했다는 부정적 평가를 뒤집고, 4·19혁명의 가치와 역사적 의미를 부각시키는 방향으로 선회하고 있음36)을 알 수 있다. 게다가 "우리는 결코 속아 넘어가지 않을 뿐 아니라 혁명은 의연히 계속 진행 중임을 도리어 확인하는 것이다."(12: 316)라는 문장까지 추가되어 있어 혁명의 역사적 당위성과 그 현재적 의미를 더욱더 강조하고 있다. 이는 "군사정권의 근대화론이 4월혁명의 자유와 민주주의라는 추상적 이념을 압도"37)하던 시기에서 오는 정치적 강박이 작용한 것이라고 볼 수 있다. 하지만 혁명의 이면적 실체를 예각적으로 드러냈던 원작이 개작의 과정에서 대문자 히스토리에 기록된 역사적 당위로 축소 내지는 재전유된 것에 대해서는, 텍스트의 중심내용을 차지하고 있는 시위 군중의 광기와 무질서에의 도취라는 부정적인 의미와 호응되지 않는 선후당착적 귀결로 평가될 여지도 있다.

한편, 「당나귀는 언제 우는가」(1969)는 성지석 이슈와 직접적으로 연관되는 것이 아니라, 미완의 혁명인 4·19와 5·16군사쿠데타 이후 나타난 "지독한 소화불량증에 걸린"(9: 209) 사회에 진입하지 못한 채 낙오된 젊은이들의 숨죽인 비극을 다루고 있는 작품이다. 그 공간은 폐업한 한 공장인데, 이는 5·16쿠데타의 주역인 예비역 대령 '변 사장'과 자수성가한 사업가인 '오 사장'이 합자로 설립한 '플로라 조화 회사'로 이들은 당시 달러 벌이를 명분 삼아 각종 특혜를 받고 "톡톡히 재미를 보게"(9: 182) 된다. 하지만 이들의 과욕은 불법 밀수에까지 손대게 하고 이어 변 사장의 횡령과 해외 도피로 인해 폐업을 맞게 된다. 이때 총무부장인 '이근택'이 공장에 여러 젊은이들을 끌어들여 "무중력상태와도 같은 빚잔치"(9: 187)를 벌인다.

이들은 폐업한 공장의 용도를 재전유하여 자신들의 아지트로 삼고, 자신들이 당대 한국 사회에서 겪은 여러 가지 울분을 토로하며 일상

5·16군사쿠데타. 5·16군사쿠데타의 발발로 인해 미완의 혁명으로 남은 4·19혁명은 의거로 그 의미가 격하되고, 혁명 정신은 퇴조하여 소시민 의식의 팽배를 불러오게 된다.

의 경계를 뛰어넘어 데카당한 일탈 속으로 빠져든다. 이곳은 일시적으로 젊은이들의 욕망의 배설구로 전유되는데, 이 과정에서 당대 젊은이들이 겪는 '출구 없음'의 비극이 펼쳐진다. 월급을 받지 못한 채 해고된 여직공들이 찾아오면 이들을 요령껏 물리치는 '최건달'과 그를 "새로운 기성旣成"(9: 190)으로 정의하는 정외과 출신의 '득현', "지긋지긋한 조국으로부터 도망가"(9: 192) 캐나다로 이민을 떠나는 '지현덕', 조화를 가지고 아가씨를 유혹해 데려온 후 사랑을 즐기는 '양문신' 등이 그들이다. 이들은 모두 빚잔치를 즐길 만큼 즐긴 후 놀음이 시들해지자 스스로의 행위를 자조하게 되지만, 이에 대해 양문신은 "과연 이 나라 이 회사가 어떻게 움직이고 있는가를 똑똑히 보고 있는"(9: 215) 것이라며 빚잔치를 통해 직간접적으로 경험하게 된 일에 의미를 부여한다. 그도 그럴 것이, 오 사장은 공장을 팔아넘기는 일에 이근택을 끝까지 이용한 후, 밀수 혐의가 적발되자 해외로 도피한 변 사장과 총무부장인 이근택이 공모한 일로 떠넘겨 버렸기 때문이다. 5·16쿠데타 이후 온갖 비리가 만연한 사회상을 목도한 젊은이들은 "새로운 세대는 단지 기생처럼 껴묻어 있을 뿐"(9: 209)이라는 뼈아픈 자각에 이르게 되는데, 이는 부패한 기성 사회가 젊은이들의 사회적 진입과 그들의 정당한 재전유를 차단하고 있는 세대론적 비극이라 할 수 있다.

5. 도시 공간의 서열화와 전유

전근대 사회에서 도시 공간의 위계는 왕궁을 중심으로 한 여러 표상 공간과 신분적 차별에 따른 구획 원리에 따라 구조화되었다고 할 수 있다.[38] 하지만 근대사회에서 이러한 신분적 공간 구조가 붕괴하자 도시는 과도한 인구유입에 따른 과밀화가 나타나고 이에 따라 슬럼화를 필연적으로 겪게 된다. 슬럼 지역의 도시 빈민들은 신분이 아니라 자본의 영역에서 배출된 일종의 '인간 쓰레기human waste'[39]이다. "자본주의 시장이 정복한 새로운 전진기지마다 땅과 일터, 공동체적 안전망 등을 이미 박탈당한 사람들의 무리에 수많은 사람이 새로 추가되고"[40] 있는데 이들은 "재활용 장치의 처리 용량으로는 감당하지 못하는 과잉인구"이자 "잉여인간human surplus"[41]이다. 이들을 국가가 관리하고 (재)배치하는 것은 근대의 국가이성의 과제 중 하나이다. 이에 따라 근대 도시의 서열화된 공간이 형성되는데 국가가 바로 이 조절과 배치의 문제를 강제적으로 전유할 수 있게 된다.

4·19혁명 이후 찾아온 정치적 공백 상태를 불법적으로 전유한 박정희 군부정권은 집권 초기부터 경제개발 정책에 과감한 드라이브를 걸기 시작하는데, 이에 따라 도시 인구 과밀화와 슬럼화가 가속화된다.[42] 이 문제를 해결하기 위해 1960년대 이후 대대적인 주택공급 정책이 진행되는 한편 다른 한쪽에서는 무허가 건물들을 철거하기 시작한다.[43] 이에 박정희 군사정권은 도시빈민에 대한 강제철거이주 정책을 강행하게 되고 이에 반발하는 주민들의 저항에 부딪치게 되는데 '광주대단지 사건'(1971.8.10)이 그 대표적 사건이라고 할 수 있

다.44) 이 시기가 바로 박태순의 '외촌동 사람들' 연작과 조세희의『난
장이가 쏘아올린 작은 공』연작, 윤흥길의「아홉 켤레의 구두로 남은
사내」를 낳게 한 사회적 배경이라 할 수 있다.

　박태순의 외촌동 사람들 연작의 최초의 작품인「정든 땅 언덕 위」
(1966)는 "'난곡'을, 70년대 초반 외촌동 연작이 대거 발표되었을 때는
'광주 단지'를"45) 실제 배경으로 하고 있다. 이 작품은 작가 스스로
"난민소설 계보"로 "의도적으로 기획된 풍속 문학"46)으로 규정하고
있는데, "서울시 도시계획에 따라 무허가 집들을 철거"(11: 164)한 후
"날림으로 공영주택"(11: 164)을 지어 난민들을 이주시킨 '외촌동'이
라는 한 공간을 배경으로 그곳에 살고 있는 인간 군상들을 만화경적
으로 관찰한 결과물이다.

1971년 광주대단지사건. 도시 인구 과밀회의 슬럼회는 가속착됨에 따라 박정희 군사전권은 도시빈
민에 대한 강제철거이주 정책을 강행하게 되고 이에 반발하는 주민들의 저항에 부딪치게 되는데
'광주대단지 사건'이 그 대표적 사건이라고 할 수 있다.

먼저 외촌동 공영주택의 구조는 형형색색의 비늘을 가지고 있는 뱀 세 마리의 형국으로 가옥마다 매겨져 있는 일련번호가 217번까지나 있는, 집이라기보다는 수용소의 형태를 띠고 있다. 이러한 가옥 구조에도 불구하고 74호 복덕방, 193호 과부댁 술집, 55상회, 이런 식으로 이웃이 곁들면서 "억척스럽게 가난"(11: 265)한 삶 속에서도 나름의 사람살이를 형성하게 된다. 작가는 이러한 난민들의 삶을 관찰하되, 이들을 비극적으로 그려내기보다는 해학과 절제를 통해 풍자적으로 형상화하였다. 그런 점에서 이 작품은 동시대 여타의 작품들과 갈라서 있다. 이는 이들 장삼이사들이 서로를 기만하고 질투하며 뒤엉켜 사는 모습을 그 어떤 정서적 공감이나 연민 없이 객관적인 태도로 서술하고 있기 때문에 얻어진 효과다.

나종열과 연인관계인 미순이가 약장수 패거리를 따라 도망가자 나종애에게 술집 작부 노릇을 강권하는 의붓어머니 구 여사, 정도령으로 칭해지는 정의도를 오매불망 기다리는 처지라 작부 일을 거부하여 더욱 구박덩이가 된 종애,[47] 이 두 사건 외에도 파독 광부로 가 있는 아들의 가족수당을 위해 종애에게 서류상의 혼인신고를 제안하는 고리대금업자인 변 노인과 다시 이를 거부하는 종애를 구박하는 구 여사, 약장수와 도망갔다가 약 일주일쯤 전에 되돌아와 변 노인의 돈을 훔쳐 나종렬과 함께 도망가는 미순이는 다들 국가의 도시 계획에 의해 도시 변방으로 강제 이주된 사람들이지만, 작가는 이들의 삶에서 "비극적이거나 암울한 느낌"을 전하기보다는 "외촌동 주민의 삶을 전체적으로 조망하고 그 속에서 건강함"[48]을 드러낸다. 그런 의미에서 박태순 문학에 등장하는 기층 민중들은 과거 프로문학에서 노출되던 관념화된 이상적 민중의 모습은 아니다. 그들이 자신의 속물성을 조금의 거리낌도 없이 드러내게 하고 그로 인한 갈등을 아무런 이념적 중개(仲介) 없이 보여줌으로써, 작가는 역설적으로 그들 삶에 내재한 강력한 생명력을 드러내고 있다. 이는 외촌동 난민촌 변소 간에 삐뚤삐뚤 쓴 "진영이 자지는 말방울 자지다."(11: 265)라는 문장이 말해주는 "생의 요란스런, 그리고 점잔빼지 않는 낯설은 음향"(11: 265)이 뜻하는 범속한 트임과 같은 맥락에 서 있는 것이다.

한편, 3편의 소설을 옴니버스로 엮은 「삼두마차」(1968) 중 '쥐꼬리 장사'와 '팔금산으로 가자'의 경우, 서열화된 근대 도시 공간과 이에 따른 전유 구조가 형상화되어 있다. 먼저 '쥐꼬리 장사'는, 5·16에 가담했던 허 중령을 내세워 쌍바윗골이라는 그의 고향에 극장을 지어 땅값을 올리는 방식으로 땅장사를 하는 이야기를 풍자적으로 그리고 있다. 이 작품에서 허 중령이 목격한 고향의 거리 풍경은 "관계의 부재, 역사성의 부재, 고유한 정체성의 부재 등의 특징을 지니는 비장소(non-place)[49)]화된 모습이었다. 뿐만 아니라 "애들 유학 보내는 바람에 서울특별시에다가 바치는 학자금 조공만 해도 일 년에 천만 원가량 됩니다. 서울은 점점 살이 찌고, 이곳은 헐벗을 수밖에 없지요"(10: 238)라고 말하는 면서기의 말에서 로컬의 공동화 현상을 엿볼 수 있다. 국토 공간의 서열화는 이미 1960년대 한국의 상황에서부터 서울중심주의의 맥락에서 착취(서울)와 피착취(지역)의 관계가 형성되어 있음을 알 수 있다. 허 중령의 쥐꼬리 장사란 시골에 극장을 지어 땅의 시세차액을 노린 전형적인 투기(投機)이지만, 그의 이런 행위는 "어차피 쇄국정책은 쓰지 못할 테니 서울특별시를 닮아갈 방안이나 세우시오."(10: 248)라는 주민들을 향한 속엣말로 끝맺게 되는데, 이러한 냉소는 곧 "유의미한 '장소'의 상실, 혹은 비중 감소"50)를 의미하는 것이자, 지방은 서울의 내부 식민지51)라는 사실을 선취한 1960년대 소설의 한 반향이라고 할 수 있다.

'팔금산으로 가자'의 경우도 「정든 땅 언덕 위」의 '외촌동'이 동일하게 등장하는데, 서술자는 이 공간을 "대한민국의 모든 인간쓰레기들을 갖나버리는 장소"(10: 248)라고 단언함으로써 수직적으로 서열화된 도시 공간의 특성을 드러낸다. 이 작품에서는 외촌동이라는 공간의 형성 과정을 구체적으로 드러내고 있는데, 부동富洞이라는 시내 중심가의 유흥가 주변의 무허가 판자촌에서 화재가 발생하자 시당국은 "이 기회에 저 거러지 같은 족속들을 말끔히 청소해버려야겠다"(10: 249)는 생각으로 이러한 인간 쓰레기를 외촌동에 갖다버린 것이다. 이러한 강제적 전유는 국가가 "인간 쓰레기를 재활용하는 것에서 폐기하는 것으로 전환"52)한 것이라고 할 수 있으며, "국가는 안전한 쓰레기 처리장을 새로 설계하고 건설함으로써"53) 이러한 요구에 부응한다.

서술자는 "사람들은 고향을 잃어버리고 정든 집을 잃어버렸어"(10: 250)라고 말하며 이들은 "한국의 현실에 끼어들 자격조차 상실"(10: 250)했다고 절망한다. 이러한 관점에서 서울은 "돈 없고 땅 없는 농민들의 최후의 피난지"이고 외촌동은 "서울이 배설하는 분비물을 받아내는 곳"이라는 서열화된 공간적 형식을 완성한다. 지방 → 서울 → 외촌동이라는 공간 이동은 사회적 전락의 수순이며 이때 외촌동은 국가 권력이 만들어 놓은 하나의 게토ghetto라고 할 수 있다. 한편, 동네 유지들은 서울시에 밀가루 배급이라도 받기 위해 청원을 내지만, 관리는 "당신들은 일하기 싫어서 고생을 하는 것이오. 고생해도 싸지 뭐요."(10: 251)라고 말하며 빈곤의 문제를 개인의 무능과 나태의 결과라는 식의 발언을 서슴지 않는다. 그렇다면 어떤 이들에게 최후란 때론 자살일 수도 있지만 "집단자살이란 것도 하도 상식화된 일이라서 세인의 눈을 끌기에는 틀려버렸지"(10: 251)라는 발언에 기초해 볼 때, 도시 빈민의 죽음이란 자본의 이름으로 무자비하게 자행되는 현대판 홀로코스트라 할 수 있다.

6. 박태순의 소설과 1960년대 도시성

지금까지 '전유'라는 개념을 통해 박태순 소설에 나타난 일상적·문화적·정치적·공간적 상황성에 따른 1960년대 도시성의 특성을 도출해 보았다. 첫째, 일상성의 차원에서는 세대 폭력의 맥락에서 관료주의와 권위주의로 무장한 1960년대 불통의 사회상(「생각의 시체」), 범죄와 윤리의 배반 그리고 도피적 염원으로 점철된 도시성(「동사자」), 1960년대의 질곡 속에서 비非성장의 젊음을 겪는 청춘들의 실존적 방황(「연애」), 소시민적 일상성 위에 구축되어 있는 초라한 안정과 관계성의 문제(「뜨거운 물」, 「하얀 하늘」)라는 의미를 도출했다.

둘째, 문화적 차원에서는 근대의 전유와 방랑의 문제에 대하여 접근하였다. 「서울의 방」에서는 외화내빈의 질곡을 안고 있는 근대의 흉물인 양옥집이라는 공간의 상징을 통해 근대 기획의 허술함과 한국적 근대의 기만성을, 「이륙」에서는 천민賤民들의 세계가 현대의 세계라는 사유를 바탕으로 소시민성에 대한 자각과 자기실현의 불가능성을, 「도깨비 하품」에서는 자본의 전유 공간에서 경제적 동물이라는 편벽한 세계가 팽창하게 되는 사회상을 각각 이끌어냈다.

셋째, 정치적 강제와 전유의 맥락에서는 4·19혁명의 과정에서 나타난 전유와 재전유에 담긴 정치적 함의와 혁명의 이면을 읽어냈다. 「무너진 극장」에서는 평화극장이라는 공간에 대한 시위대와 주민 그리고 군인들 사이의 입장을 둘러싼 전유의 정낭성 논란과 함께, 시위의 과정에서 나타난 냉혹한 도취 혹은 무질서라는 왜곡된 광장을 어떻게 평가할 것인가에 대한 혁명의 이면적 의미를 도출했다. 혁명과 그 실패에 따른 후일담이라고 할 수 있는 「당나귀는 언제 우는가」는 미완의 혁명인 4·19와 5·16군사쿠데타 이후 나타난 소화불량증에 걸린 사회에 진입하지 못한 채 낙오된 젊은이들의 숨죽인 비극을 그려냈다.

넷째, 근대 도시 공간의 팽창에 따른 공간의 서열화와 강제적 전유의 문제는 외촌동 사람들 연작의 시작이라고 할 수 있는 「정든 땅 언덕 위」와 옴니버스 소설 「삼두마차」에서 잘 나타난다. 먼저 「정든 땅 언덕 위」는 인간 쓰레기라고 할 수 있는 난민들을 강제 이주시킨 외촌동을 배경으로 그곳에 살고 있는 인간 군상들을 만화경적으로 관찰하고 이들의 인생유전 속에 담긴 끈질긴 생명력에 주목하였다. 「삼두마차」 중 '쥐꼬리 장사'는 서울중심주의에 기초한 농촌의 황폐화를 풍자의 기법으로 형상화했으며, '팔금산으로 가자'는 지방에서 서울로 다시 서울에서 외촌동으로 이어지는 전락의 구조를 통해, 한국의 현실에 끼어들 자격조차 상실한 최후의 인간 쓰레기장 혹은 게토로서의 외촌동의 형성 과정에 주목했다.

　박태순의 1960년대 소설의 현실은, 2010년대를 살고 있는 우리 시대의 여러 모순의 출발점이자 그 왜곡 양상의 배양토였다. 미완의 혁명으로서의 4·19와 5·16군사쿠데타 이후 강제적으로 전유되기 시작한 한국적 근대의 파시스트적인 가속도는, 소시민적 일상성 안에서도 무수한 좌절과 공포를 자아내고, 이러한 허위의 근대는 개인을 기만했으며 도시를 넘어 전국토의 공간을 서열화하여 인간 쓰레기를 폐기하는 외촌동이라는 난민촌을 낳게 했다. 도시 현실로 구체화되는 1960년대의 사회적 전유 양상에 대한 집요한 탐구는 이후 펼쳐지는 박태순 문학의 사실성과 르포적인 글쓰기와 연결되는 인식론적 토대라고 할 수 있다. 그러한 면에서 그가 정직하게 들여다본 1960년대의 도시성은 지금-여기 우리의 기형성을 낳은 부패의 산란장이었다.

　자본주의의 엔트로피의 증가에 따라 지금 우리 사회엔 여러 겹의 매트릭스가 깔려 있고 거기에 진입하지 못하고 도태된 이들이 각 직종 직급 사이에 인간 쓰레기로 자리하고 있다. 이것이 바로 지그문트 바우만이 말하는 액체 근대liquid modernity의 증거인데, 우리는 영구운동기관perpetuum mobile이라는 모델54)에 가까워지려고 악을 쓰며 서로 경쟁하고, 거기서 만들어진 공포가 스스로를 재상산하는 메커니즘 속에 갇혀 있다. 그런 의미에서 우리는 지금도 여전히 박태순의『무너진 극장』에서 배양된 악마의 판도라 상자 속을 헤매며 아우성치고 있는 것인지 모른다.

|주|

1) 김윤식, 「'무너진 극장'에서 '밤길의…'까지」, 『문학사상』, 문학사상사, 1988.5, 363쪽.

2) 김정남, 「이청준 소설에 나타난 예술과 연구」, 『국어국문학』 133, 국어국문학회, 2003, 341쪽.

3) 김정남, 「김승옥 소설의 근대성 담론 연구」, 한양대 대학원 박사학위논문, 2002, 121쪽.

4) 김윤식·정호웅, 『한국소설사』, 예하, 1993, 373쪽.

5) 조현일, 「박태순의 '외촌동 연작' 연구—이야기와 숭고」, 『우리어문연구』 29, 우리어문학회, 2007, 540쪽.

6) 배경렬, 「실향민의식과 현실인식—박태순론」, 『한국사상과 문화』 62, 한국사상문화학회, 2012, 104쪽.

7) 조현일, 앞의 글, 538쪽.

8) 김병익·김주연·김치수·김현 외, 『현대한국문학의 이론』, 민음사, 1972.

9) 앙리 르페브르, 박정자 옮김, 『현대세계의 일상성』, 기파랑, 2005, 36쪽.

10) 위의 책, 39쪽.

11) 박정자, 「역자의 글」, 위의 책, 22쪽.

12) 엔리케 레프, 허남혁 옮김, 「자연의 사회적 재전유에 관하여—특집 정치생태학으로의 초대」, 『공간과 사회』 16, 한국공간환경학회, 2011, 110쪽.

13) 이광석, 「오늘날 문화행동의 개념화와 역사적 유산의 재전유」, 『문화과학』 71, 문화과학사, 2012, 60쪽.

14) 자크 랑시에르, 주형일 옮김, 『미학 안의 불편함』, 인간사랑, 2008, 3쪽.

15) 앙리 르페브르, 앞의 책, 62쪽.

16) 강명구, 『소비대중문화와 포스트모더니즘』, 민음사, 1993, 7~8쪽.

17) 신동욱, 「박태원 소설에 나타난 내성적 서술자의 미적 기능과 지식인의 좌절의식」, 『현대문학』, (주)현대문학, 1994.6, 369쪽.

18) 이 장의 텍스트는 박태순, 『무너진 극장』, 책세상, 2007이며 작품의 일련번호는 수록 순서에 따라 다음과 같이 하기로 한다.
    1.「서울의 방」, 2.「생각의 시체」, 3.「동사자」, 4.「연애」, 5.「이륙」, 6.「뜨거운 물」, 7.「하얀 하늘」, 8.「도깨비 하품」, 9.「당나귀는 언제 우는가」, 10.「삼두마차」, 11.「정든 땅 언덕 위」, 12.「무너진 극장」
    이에 따라 인용출전은 '(일련번호: 해당 페이지)'의 방식으로 밝히기로 한다.

19) 김정남, 「한국적 모더니티와 '추방자들'의 세대론적 특성」, 『비교한국학』 26(2), 국제비 교한국학회, 2018, 167쪽.

20) 제라르 즈네뜨, 권택영 옮김, 『서사담론』, 교보문고, 1992, 103쪽.

21) 이러한 죽음에의 방조는 김승옥의 「서울 1964년 겨울」에서도 나타나는 바와 같이 1960 년대 도시성을 드러내는 중요한 모티프다.

22) 이와 관련하여, 한 선행연구는 한국 교양소설이 서구 교양소설과는 상이한 방식으로 '非성장의 젊음unseasonable youth'을 서사적으로 구축하고 있다고 말한 바 있다(복도훈, 「1960년대 한국 교양소설 연구—4·19 세대 작가들의 작품을 중심으로」, 동국대학교 박사논문, 2014, 220쪽).

23) 박태순, 「작가의 말—세 가지 질문과 답변」, 『무너진 극장』, 책세상, 2007, 12쪽.

24) McNay, Lois, *Foucault—A criticism Introduction*, Cambridge: polity, 1994, pp. 94~95.

25) 김진기, 「박태순 초기소설에 나타난 작가의식 연구」, 『한국문학이론과 비평』 10, 한국문 학이론과 비평학회, 2001, 225쪽.

26) 정연학, 「뒷간, 그 서구문화의 확실한 식민지」, 『실천민속학』 새책3, 실천민속학회, 2001, 161쪽.

27) 박태순, 「작가의 말—세 가지 질문과 답변」, 『무너진 극장』, 책세상, 2007, 11쪽.

28) 위의 글, 11쪽.

29) 앙리 르페브르, 앞의 책, 131쪽.

30) 김동춘, 「4·19혁명과 사회과학」, 『실천문학』, 실천문학사, 2010년 봄, 330쪽.

31) 박현채, 「4월 민주혁명과 민족사의 방향」, 강만길 외, 『사월혁명론』, 한길사, 1983, 56쪽.

32) 송병삼, 「4·19 소설의 감각체험과 재현방식으로서의 환상」, 『인문학연구』 49, 인문학 연구원, 2015, 131쪽.

33) 오창은, 「4·19 공간 경험과 거리의 모더니티」, 『상허학보』 30, 상허학회, 2010, 41쪽.

34) 박태순, 「무너진 극장」, 『월간중앙』, 중앙일보사, 1968.8, 419쪽.

35) 이 장의 기본 텍스트는 『무너진 극장』, 정음사, 1972.를 저본으로 삼고 있다.

36) 작품 개작의 이유와 그 의미는 이미 박대현, 「4월 혁명 이후의 공백과 탈공백」, 『한국문 학이론과 비평』 58, 한국문학이론과 비평학회, 2013에서 선행된 바 있음.

37) 위의 글, 216쪽.

38) 고동환, 「조선초기 한양의 형성과 도시구조」, 『지방사와 지방문화』 8(1), 역사문화학회, 2005, 80~100쪽 참조.

39) 지그문트 바우만, 정일준 옮김, 『쓰레기가 되는 삶들―모더니티와 그 추방자들』, 새물결, 2008, 21쪽.

40) 지그문트 바우만, 한상석 옮김, 『모두스 비벤디』, 후마니타스, 2010, 50쪽.

41) 위의 책, 52쪽. 여기서 바우만이 말하는 '잉여인간'이란 난민과 같은 "지구화가 낳은 산물"로서 "법의 바깥hors du nomos"에 존재하는 추방자이자 변경 지역의 사람들의 전형을 보여주는 존재이다. (위의 책, 65~66쪽.)

42) 유신체제기 도시 공간의 사회적 위계화에 대해서는 송은영에 의해 선행적으로 연구된 바 있다. 연구자는 "문화자본과 상징자본의 도시 집중은 한국 내부의 공간적 위계화를 심화시켰다"(송은영, 「유신체제기 사회적 공간의 위계화와 '동경－원한'의 감정구조」, 『역사문제연구』 29, 역사문제연구소, 2013, 86쪽)는 전제 하에 이러한 사회적 조건 속에서 형성된 멘탈리티를 '동경과 원한'의 감정으로 분석하였다.

43) 최인기, 「용산사태를 계기로 살펴본 철거민운동」, 『진보평론』 39, 메이데이, 2009년 봄, 185쪽.

44) 위의 글, 185쪽.

45) 조현일, 앞의 글, 542쪽.

46) 박태순, 「작가의 말―세 가지 질문과 답변」, 『무너진 극장』, 책세상, 2007, 12쪽.

47) 여기에는 각각 '콩쥐팥쥐전'과 '춘향전'의 모티프가 활용되어 그 해학성의 근본을 이루는 근원 사사로 기능한다. 이에 대해서는 각각 김종철, 「진정한 삶을 위한 편력」, 『정든 땅 언덕 위 外』, 동아출판사, 1996, 516쪽과 조현일, 앞의 글, 552쪽에서 선행적으로 언급된 바 있음.

48) 배경렬, 앞의 글, 118쪽.

49) 정헌목, 『마르크 오제, 비장소』, 커뮤니케이션북스, 2016, 28쪽. 부연하자면, 이 작품에서 허 중령은 '007 당구장', '오드리 헵번 미용소', '신선 소주 쌍암읍 지점', '피로 회복에는 박카스'를 달고 있는 약방, '산아제한 상담 병원', '우주 라디오 상회' 등등의 상점들을 보면서 자신의 고향이 "여하히 서울특별시로부터 착취당하고 있는가를 알 만"(10: 238)하다고 생각한다.

50) 위의 책, 6쪽.

51) 강준만, 『지방은 식민지다』, 개마고원, 2008, 8쪽.

52) 지그문트 바우만, 정일준 옮김, 『쓰레기가 되는 삶들―모더니티와 그 추방자들』, 새물결, 2008, 155쪽.

53) 위의 책, 156쪽.

54) 지그문트 바우만, 한상석 옮김, 『모두스 비벤디』, 후마니타스, 2010, 21쪽.

제4장

아파트와 도시

1970년대

도시 주거공간의 비장소성과 단자적 의식

__최인호의 「타인의 방」·채영주의 「도시의 향기」

1. 아파트와 오피스텔 그리고 소설 공간

우리나라에서 공동주거 형태의 건축물의 등장은 일제강점기 도시 인구의 증가와 함께 가속화된 주택난과 맞물린다. 1920년대 관공서, 은행, 회사 등에서 독신자용으로 건설한 사원용 숙사인 요寮[1]가 공급되고, 1921년 경성부京城府에서 '행랑식 부영주택府營住宅' 건설계획을 발표하고 단층 연립주택[2]을 짓게 되는데, 이것이 우리나라의 집합적 도시주거 형식의 출발점에 놓인다는 것이 학계의 대체적인 견해다. 이후 건물의 명칭에서 아파트가 사용되고 거주의 대상이 일반인 및 가족으로 화대된 사례는 1930년 4층 높이의 철근 콘크리트조로 건축된 도요타豊田 아파트로서 관사나 사택이 아닌 일반인을 대상으로 한 아파트의 효시로 볼 수 있다.[3] 해방 후, 주택의 수직적 집적화를 구현한 최초의 사례로 평가되고 있는 1957년 건립된 종암아파트[4]와 1962년 건설된 최초의 단지식 아파트인 마포아파트를 기점으로 우리의 아파트 역사는 근대화와 생활 혁명의 상징으로 여겨지며 본 궤도에 진입했다.

그도 그럴 것이 5·16 군사쿠데타로 집권한 박정희는 마포아파트

1920년대 경성 부영주택. 1920년대 관공서, 은행, 회사 등에서 독신자용으로 건설한 사원용 숙사인 요寮와 1921년 경성부京城府에서 지은 '행랑식 府營住宅'이 우리나라의 집합적 도시주거 형식의 시초이다.

1930년에 지어진 토요타豊田아파트(현 충정아파트). 아파트라는 명칭이 사용되고 거주의 대상이 일반인 및 가족으로 확대된 사례는 4층 높이의 철근 콘크리트조로 건축된 토요타아파트로서 관사나 사택이 아닌 일반인을 대상으로 한 아파트의 효시로 볼 수 있다.

준공식에서 우리나라의 의식주 생활의 비경제성과 비합리성을 지적
하면서 아파트야말로 "현대적인 집단 공동생활양식"의 모범일 뿐만

1957년 지어진 종암아파트. 종암아파트는 주택의 수직적 집적화를 구현한 최초의 사례로 평가되고
있다.

1962년 지어진 마포아파트. 최초의 단지식 아파트인 마포아파트를 기점으로 우리의 아파트 역사는
근대화와 생활 혁명 상징으로 여겨지며 본 궤도에 진입했다.

아니라 인구의 도시집중화에 따른 "주택난과 택지가격 앙등"을 막기 위한 필연적인 추세이자 "혁명한국의 한 상징"으로 그 정치적 의미를 강조한다.5) 이러한 정치적 후경과 함께 아파트는 우리나라의 고도성장과 맥을 같이 하며 국가주도로 추진된 도시형 주거형태의 대표 사례다. 통계청이 발표한 '한국의 사회동향 2017'에 따르면 현재 우리나라의 전체 주택 유형에서 아파트가 차지하는 비중은 2016년 60.1%로 조사돼 처음으로 60%대를 돌파했다.6)

이러한 역사적 맥락 하에서 아파트라는 현대적 주거공간은 우리 소설에서 어떻게 그 의미가 부조되었을까. 아파트 공간에 대한 문학적 성찰을 떠올릴 때 1971년 『문학과지성』 봄호에 발표된 최인호의

1970년대 반포주공아파트 단지. 최인호의 「타인의 방」은 아파트라는 풍속사적 감각을 선취하였을 뿐만 아니라 익명적인 사적 공간의 무력감과 고독을 빼어나게 형상화한 작품으로 이해되고 있다.

단편 「타인의 방」을 우선적으로 거론하지 않을 수 없다. 이 소설은 아파트라는 풍속사적 감각을 선취先取하였을 뿐만 아니라 익명적인 사적 공간의 무력감과 고독을 빼어나게 형상화한 작품으로 이해되고 있다.[7] 모든 존재들이 '타인'일 수밖에 없고 더 나아가 자신조차도 사물이 되어 버리고 마는 이 비극적 상상력은 보다 세심하고 주의 깊은 분석을 요구한다. 이는 흔히 말하는 도시화에 근거한 단자화와 사물화가 하나의 클리세가 되어 버렸기 때문이며, 문학에서 요구하는 실존의 구체적 형상화는 이러한 사회학적 개념으로 일반화되어서도 안 되기 때문이다.

한편, 1993년 『문학과사회』 겨울호에 발표된 채영주의 중편 「도시의 향기」는 오피스텔이라는 준주거 형태의 공간을 배경으로 하고 있다. 오피스텔officetel은 영미권의 스튜디오 아파트studio apartment와 유사한 형태를 뜻하는 한국식 영어로, 업무와 주거를 겸하는 사무실이라는 의미로 국내에 도입되었다. 오피스텔은 1983년 마포재개발지구에 지어진 17층짜리 성지빌딩이 효시인데, 이 건물은 아파트와 일반사무실이 함께 있는 복합건물로 지어져 이중 11~14층이 오피스텔로 꾸며졌다고 한다.[8] 이러한 오피스텔은 1990년대 우리 소설에서 원룸 아파트와 함께 지적노동에 종사하는 독신남녀의 주요 거주 공간으로 빈번하게 등장한다. 이러한 맥락에서 「도시의 향기」는 개인주의로 무장한 예술취향의 판화가인 화자와 무지막지한 완력으로 상징되는 시정의 한 젊은이와의 대립을 통해 자아와 타자, 예술과 사회의 파탄 양상을 에각적으로 형상화하고 있다. 이는 1990년대 댄디즘dandyism과의 연관성뿐만 아니라, 최인호 식의 자아분열의 상상력을 넘어 타자와의 구체적인 대립과 갈등을 통해 도시적 감성의 허구성을 드러내고 있기에 연구의 의미에 값한다.

이 장에서는 아파트라는 새로운 주거 형태를 문학적으로 선취한 최인호의 「타인의 방」과 그로부터 22년이 지나 공동주택 형태가 보편적인 주거 문화로 자리잡은 난숙의 시대, 오피스텔을 배경으로 하는 채영주의 「도시의 향기」를 통해 도시 공간의 비장소성과 단자적 의식의 문제를 살펴보고자 한다.9) 아파트라는 주거 공간의 탄생과 함께 이에 대한 한국 소설의 응전과 그 연구의 지평은 대체로 다음과 같다. 1960년대 이후 국가주도의 개발정책의 일환으로 도시빈민의 안정적

국내 최초의 오피스텔인 마포 성지빌딩. 오피스텔officetel은 영미권의 스튜디오 아파트studio apartment 와 유사한 형태를 뜻하는 한국식 영어로, 업무와 주거를 겸하는 사무실이라는 의미로 국내에 도입되었다. 오피스텔은 1983년 마포재개발지구에 지어진 17층짜리 성지빌딩이 효시이다.

주거 형태로 도입된 아파트는 우선, 주거공간의 획일성, 익명성, 비정성, 무관심, 비연대 등 도시의 부정적 특성을 간직한 공간이자 구별짓기와 계급의 분화를 상징하는 공간[10]으로 이해된다. 한편, 아파트를 둘러싼 중산층의 욕망과 관련하여 그 이중성이 언급되기도 하는 바, 익명성 속에 숨은 안락한 공간이지만 개체로 고립되어 있는 고독한 공간으로 이해된다.[11]

프랑스 지리학자 발레리 줄레조Valérie Gelézeau가 명명한 '아파트 공화국'[12]이라는 한국의 주거환경에 내재한 장소성과 이에 대한 문학적 응전 양상을 밝혀내는 작업은 도시 소설 연구에서 중요한 의미를 지닌다. 이러한 접근을 통해 비장소적인 도시 주거공간으로서의 아파트가 자아의 내면 속에, 타자와의 관계 속에, 더 나아가 여성을 타자화하는 남성의 의식 속에, 댄디로 무장한 도회적 감수성 속에 어떤 갈등과 균열을 내고 있는지를 밝혀내고, 획일성이나 익명성으로 대표되는 도시공간에 대한 피상적 이해를 넘어 이에 대한 내밀한 시선을 던짐으로써 아파트라는 현대의 주거공간에 대응하는 공간인식의 넓이와 깊이를 더하고자 한다.

2. 비장소적 도시 주거공간

일반적으로 시간에 대비되는 공간성을 논의할 때 학문적 용어상 장소place와 공간space은 분명하게 구분된다. 이는 도시공간과 그 주거형태를 논의할 때도 그 사유의 기본적인 바탕이 되는 대립적 개념이다.

애드워드 렐프Edward Relph는 인간이 직접적으로 경험하는 의미의 깊은 중심으로 장소를 이해하고 있다.13) 이 푸 투안Yi-Fu Tuan 역시 장소는 인간의 경험이 총체적인 생활 속에서 감각을 통해 이루어지는 곳으로 파악하고 있다. 따라서 공간과 장소는 모두 사전적으로는 유사한 뜻을 지니지만 추상적인 공간에 경험과 가치가 부여되었을 때 비로소 장소가 된다고 할 수 있다.14) 요컨대, 공간이 추상적 비경험적 영역이라면 장소는 구체적이고 실천적인 영역이라고 할 수 있다.15)

물론 도시 공간의 아파트 단지 혹은 아파트 내부 공간이 장소애 topophilia16)를 근본적으로 형성하지 못하는 것은 아니다. 누군가에게는 주체의 의지와 경험이 반영된 추억, 더 나아가 향수의 공간이 될 수도 있기 때문이다. 하지만 일차적으로 아파트는 집단이나 공동체의 전통적인 정체성과 분리된 파편화된 공간이거나 주거 공간 이상의 특별한 의미를 가지지 못하는 장소 혹은 장소가 가진 의미를 인정하지 않는 잠재적 태도17)를 지칭하는 '무장소성placelessness'의 공간으로 받아들여진다. 게다가 그곳이 '○○마을'이라고 불린다고 해도 그것은 전통적인 마을이나 동네의 이름이 아니다. 그 공간은 실천과 경험의 공간이라기보다는 아파트 가격으로 상징되는 자본의 욕망이 개입되어 있는 현장으로 변질되는 경우가 다반사다.18) 이처럼 장소의 독특하고 다양한 경험과 정체성이 약화되는 현상이 지배적인 상황은 실존의 지리적 토대에 상당한 변화가 발생했음을 말해 주는데, 이는 뿌리내린 삶으로부터 뿌리뽑힌 삶으로의 변화19)를 지칭한다. 더 나아가 마르크 오제 Marc Augé는 역사성과 정체성이 부재한 공항이나 대형쇼핑몰, 멀티플랙스 영화관 등의 장소가 인간적인(인류학적) 장소anthropological place가 될 수 없음을 주장하면서 이러한 공간을 '비장소'로 명명했다.[20] 오직 표지나 화면으로 이루어진 개별적인 공간들이 고립의 경험을 낳듯이, ○○아파트 몇 동 몇 호로 구분된 공간은 하나의 비장소일 수밖에 없다.

최인호는 「타인의 방」에서 아파트라는 공간을 자신의 방이 아니라 타인의 방이라고 명명하고 있다. 이때 타인의 방이라는 것은 아내의 부재로 인해 문을 두드려야 하는 화자와 시끄럽다는 이웃의 항의를 받고도 자신이 이 집의 주인이라는 사실조차도 인정받지 못한 채 의심의 눈길을 받아야 하는 상황에서부터 기인한다. "우리는 이 아파트에 거의 삼 년 동안 살아왔지만 당신 같은 사람을 본 적이 없소."(36~37쪽)라는 이웃 사내의 말은 그의 아파트가 타인의 아파트가 되어 버리는 상황의 전도를 극명하게 제시한다. 게다가 그는 자신의 집안에서도 낯선 사물들 속에 둘러싸여 안식을 얻지 못하고 마침내 스스로 하나의 사물이 되어 버리는 자기 소외의 양상을 경험하게 된다. 심리학적인 측면에서 말하는 자기 소외란 일반적으로 주체의 상실을 뜻하는 것으로 자기 존재의 내적 핵심에 접근하지 못하고 스스로를 이질적 존재로 경험하거나 이방인으로 느끼는 것을 뜻한다.[21] 즉 하나의 존재자entity가 자신으로부터 혹은 세계로부터 분리되는 행동적 개념과 그 결과 나타나는 메타 현상적metaphenomenal 상황을 포괄하는 개념이다.[22] 이처럼 자신의 아파트를 타인의 방으로 인식할 수밖에 없다는 것은 아파트라는 공간에서 경험하게 되는 장소상실placelessness이자 비장소의 특성을 극명하게 나타낸다. 따라서 이 공간에서 주체는 자신의 진정성authenticity을 상실하게 되며 타자로부터는 물론 자기 자신으로부터도 분리되어 있다는 고독감, 고립감, 무규준성 등의 심리 상황을 보이게 된다.

채영주의 「도시의 향기」(1993)는 "그 오피스텔은 처음부터 기분이 나빴다."(1607쪽)라는 첫 문장에서부터 오피스텔이라는 공간에 대한 화자의 정서적 거부감을 분명하게 제시한다. 판화가인 화자는 오피스텔에 입주하면서 주인에게 옆집에 사는 사람에 대한 이야기를 듣는다. 사글세로 살고 있는 옆집 사람은 젊은 남자인데 여섯 달이 넘도록 코빼기도 보이지 않는다는 것이다. 주인은 그를 질이 아주 형편없는 사람으로 규정하고 그가 보이면 연락을 달라고 부탁을 해 온다. 그는 주인의 부탁을 대수롭지 않게 여겼지만 그날 저녁부터 옆집 사람은 자신의 존재를 알려왔고, 그것은 요란하고 집요한 전화벨소리였다. 그 전화벨 소리에 화자는 아무 일도 할 수 없을 만큼의 심리적 위해를 느낀다. 화자는 결국 초인종을 누르고 이도 여의치 않자 현관문을 걷어찬 후 급기야 망치로 문의 손잡이를 내리친다. 그러자 한 젊은 남자가 "가득한 어둠 속으로"(1609쪽) 얼굴을 내민다. 화자는 왜 전화를 받지 않느냐고 따져 묻지만 그는 아무 말도 없이 문을 닫고 들어가 버린다. 이것이 화자가 입주 초반에 겪은 사건의 전반부의 일이다.

"눈가림 식으로 대충 만들어진 오피스텔 건물의 벽이 얼마나 얇은가는 아는 사람이면 모두 다 알고 있으리라."(1608쪽)라는 화자의 논평에 기초해 볼 때, 그가 입주한 오피스텔은 한 존재의 개별성과 자율성이 보장되는 공간이 아니다. 이러한 공간이 단자적 고립에 기초해 있는 것은 분명하지만, 공동주거공간의 설계상의 특수성은 이러한 프라이버시의 권리를 침해한다. 일반적으로 공동주택이 가지고 있는 단점인

층간 소음(벽간 소음), 프라이버시 침해, 관리비용 등의 문제가 바로 그것인데, 이는 오피스텔인 이 작품의 공간에서도 갈등의 시발점이 되고 있는 것이다. 이렇게 허름한 벽으로 구획된 공동주거시설은 그 자체로 개인에게 정서적 안정감과 사적인 충만감을 보장하지 못한다.

특히 오피스텔과 같은 건물은 건축물building의 의미일 뿐, 집house이나 더 나아가 자택home의 의미를 가질 수 없는 공간이다. 이는 주로 독신 남녀의 임시 거처이거나 작업실의 용도가 겸비된 준주거 형태의 건물이라고 할 수 있다. 따라서 이 작품의 화자가 거처하는 오피스텔은 정신적 공간성을 획득하지 못한 비장소의 공간이다. 이러한 장소상실은 타자의 틈입을 거부케 하고 옆집의 집요한 전화벨 소리로 상징되는 타자의 인기척은 "텅 빈 공동 묘지에서 홀로 일어난 망령처럼"(1608쪽) 여겨지는 것이다. 급기야 화자는 옆집의 전화벨 소리에 아무런 일도 할 수가 없는 심리 상태에 놓이게 되고, 급기야 동판화의 도구인 뷰린으로 "옆집의 남자를, 옆집을, 혹은 그 전화를"(1609쪽) 갈기갈기 찢어버리고 싶은 분노에 휩싸이게 된다. 이는 아파트나 오피스텔과 같은 공동 거주 건물의 벽식 구조가 낳은 비장소성에서 그 공간적 원인을 찾을 수 있다.

3. 단자화된 은둔과 왜곡된 소통

주체는 자율적으로 자신을 규정할 수 있으나 타자의 인정이 전제되지 않은 한 정의되지 않은 존재일 수밖에 없다. 그러한 의미에서 누군가를 안다는 것은 드러냄과 보여짐 사이에서 결정된 인지의 결과이자 그러한 정보의 결과들이 조합되어 만들어진 관념이다. 따라서 주체의 정체성은 타자 없이는 불가능한 것이고 자기정체성이란 애초에 불가능한 환상23)이라고 할 수 있다.

「타인의 방」에서 그와 이웃 사이가 생면生面의 관계라는 아이러니는 주체와 타자 사이의 관계성에 있어 보다 세심한 분석을 요구한다. 출장에서 돌아온 그는 아내가 문을 열어주기를 기대하며 초인종을 신경질적으로 누르지만 문이 열리지 않자 급기야 주먹으로 문을 두드린다. 그러자 여러 집의 문이 열리고 그 중 한 여인이 무슨 볼일이 있어 찾아왔는지를 묻는 한편, 파자마를 입은 사내는 그 바람에 자기 집 아이가 깼으니 그냥 돌아갈 것을 요구한다. 그는 정중하게 사과를 하고, 곧 열쇠 꾸러미를 꺼내며 자신이 주인이라는 사실을 말한다. 그러자 여인은 "당신이 그 집 주인이라구요?"라며 의아해 하고, 이어 사내는 "우리는 이 아파트에 거의 삼 년 동안 살아왔지만 당신 같은 사람을 본 적이 없소."(36~37쪽)라고 반박한다. 이에 그도 "나두 이 집에서 삼 년을 살아왔소. 그런데두 당신 얼굴은 오늘 처음 보오. 그렇다면 당신도 마땅히 의심 받아야 할 사람이 아니겠소?"(37쪽)라고 항변한다.

아파트는 각 세대 간의 사생활이 보장되는 사적 주거 양식이지만, 아내의 부재로 인한 화자의 분노가 외화되자 이웃 간의 불필요한 접촉을 유발한 것이라고 할 수 있다. 이는 3년 동안 주민으로 살아왔지만 서로가 서로를 생면부지의 사람으로 여겼고, 앞으로도 계속적으로 그럴 수 있었던 익명성을 화자 스스로 파기한 것이 된다. 초인종을 신경질적으로 누른다거나 문을 세게 두드리는 행위는 "타인의 사생활을 침해"[24]하는 것이고, 이것이 곧 3년 간 이웃과 생면부지로 살아온 너무도 자연스러운 익명적 상황성을 오히려 낯설게 인식하게 하는 원인으로 작용한다. 바로 이 지점이 타자가 개입하는 순간이다. "주체가 자율적인 주체라는 환상을 유지하려면, 자기 안의 타자들을 폭력적으로 추방"[25]해야 한다. 즉 아파트라는 공간에 자신 혹은 자신과 동거인들만이 존재한다고 생각하기 위해서는 타자인 이웃이라는 이물을 소거해야만 한다. 따라서 이웃과의 느닷없는 만남이라는 것은, 자신의 익명성에 항시 위협을 가하게 된다. 하지만 반대로 자신이 이 아파트의 주민임을 사실로 증명하기 위해서는 다시 타자의 인정을 필요로 하는 아이러니가 발생한다.

이웃 사내도 "당신을 의심하는 것은 안됐지만 우리 입장도 생각해 주시오."(37쪽)라며 그가 이 집의 주인임을 알아야겠다는 고집을 꺾지 않는다. 그는 집안으로 들어서며 아내를 부르고 형광등을 켜서 어둠을 밝히지만 사내는 문 밖에 서서 의심의 눈초리를 거두지 않는다. 이윽고 그가 어처구니가 없는 심정으로 문을 쾅 닫아버리고 나서야, 이웃 간의 어색한 조우의 상황은 종료된다. 그가 문을 닫지 않았다면 실랑이는 계속되었을 것이고 그 불필요한 만남은 더 많은 시간을 요구했을 것이다. 요컨대 아파트라는 공간은 단절을 통해서만 완성되는 사적인 공간이고, 그 단절은 접촉의 지속적인 차단과 익명성을 전제로 한다.

「도시의 향기」에서도 앞서 논의한 바와 같이 문제의 발단은 옆집에서 들려오는 집요한 전화벨 소리에 있다. 화자는 옆집에 아무도 없다는 전제 아래, 초인종을 누르거나 현관문을 두드리는 과정도 생략한 채 단도직입 망치로 문의 손잡이를 내리찍기 시작한다. 옆집에서 끈질기게 울리는 전화벨 소리로 상징되는, 부재의 증거가 오히려 타자의 존재를 입증하고, 그에 대한 심리적 예리도가 증폭되면서 마침내 화자의 분노가 폭발하게 되는 것이다. 하지만 "전화의 망령만이 홀로 춤추는 공동 묘지"(1609쪽) 같았던 그의 집의 손잡이가 돌아가더니 그 속에서 젊은 남자가 얼굴을 내민다. 그는 대뜸 불쾌한 표정으로 무슨 일이냐고 묻고, 이에 화자는 "충동과 충격의 틈새"(1609쪽)에서 어리둥절해 하고 만다. 이윽고 화자는 집에 있으면서도 전화를 받지 않는 이유에 대해서 묻지만 그는 그게 대체 무슨 상관이냐고 반문한다. 이에 다시 화자가 "전화 소리 때문에 일을 할 수가 없어. 받지 않으려면 줄을 뽑아버리든지 전화기를 부숴버리든지 할 일이지 왜 듣고만 있는 거야."(1609쪽)라고 말하지만, 그는 한심하다는 듯 화자를 쳐다보고는 문을 닫고 들어가 버린다. 이처럼 타자의 부재로 오인誤認된 끊임없이 울리는 전화벨 혹은 일부러 전화를 받지 않는 타자의 존재는, 화자의 사적인 존재를 위협한다. 철저하게 타자가 배제된 공간 안에서 누릴 수 있는 배타적 자유가 곧 오피스텔에서 찾을 수 있는 사적 자율성의 원천인 것이다.

이어 옆집 사람을 보거든 연락을 줄 것을 부탁했던 주인 노신사를 떠올린 화자는 그에게 연락을 취했고 노신사는 즉시 화자를 찾아온다. 화자는 옆집 거주자에 대한 주인의 결정이 궁금했기에 그를 반갑게 맞는다. 노신사는 옆집 사람을 암적인 존재로 규정하고 열흘의 기한 안에 무조건 집에서 나가 줄 것을 요구했다는 사실을 화자에게 전한다. 그러자 화자는 건물주인 그의 결정에 칭찬을 아끼지 않았지만, 궁금한 것에 대한 답을 얻게 되자 더 이상 "그 늙은이와 노닥거릴 생각"(1611쪽)은 사라지고 만다. 이러한 심리적 변화는 그 자체로 범상한 일로 여길 수 있지만, 주목해야 할 것은 화자가 타인을 대하는 동일한 태도 중의 하나라는 사실이다. 그 태도는 자신의 사적 이해와 목적에 부합하는가의 여부에 따라 관계의 가치가 결정되는 자아본위의 삶의 방식이며 더 나아가 예술가의 유아독존적 자아 숭배의 가치관과 이어지는 기저심리라고 할 수 있다.

4. 공간 악몽과 사물화

「타인의 방」에서 그는 자신이 이 집의 주인이라는 사실을 밝히지도 못하고 이웃의 의심스러운 눈초리를 문을 닫아버림으로써 단절한다. 집에는 아내 대신 아내의 부재를 알리는, "친정아버지가 위독하시다는 거예요. 잠깐 다녀오겠어요. 당신은 피로하실 테니 제가 출장 갔다고 잘 말씀드리겠어요."(38쪽)라는 메모가 경대 위에 올려져 있고, 그는 울분에 찬 기분으로 옷을 벗는다. 여기서 아파트라는 공간은 그의 집임에도 불구하고 안온함과 휴식의 공간이 되지 못한다. 그는 그 과정에서 거울에 비친 "주름살을 잔뜩 그린 늙수그레한"(38쪽) 자신의 모습을 발견하고 그를 향해 맹렬하게 욕을 퍼붓는다. 이러한 자학의 과정에서 그는 "철책에 갇힌 짐승"(38쪽)처럼 신음하며 집안을 거닌다. 트랜지스터는 꺼지지 않은 채로 윙윙거리고, 아내의 옷과 구멍난 스타킹은 너절하게 흩어져 있고, 루즈 뚜껑은 열린 채 뒹굴고 있다. 허기를 느낀 그는 부엌으로 가지만 거기엔 밥 대신 식은 빵이 놓여 있고, 그는 고무를 씹는 기분으로 이를 삼킨다. 신문을 찾지 못한 그는 일주일 전의 날짜로 죽어 있는 시계를 맞추기 위해 바늘을 돌리다 지쳐버리고, 아픈 다리를 끌며 욕실에 들어간다.

그는 욕실 안에서 하나하나 사물들을 응시하고 그것들 속에서 미시적인 사고의 단상들을 붙잡는다. 가령, 억센 수염을 깎다가 두어 군데 벤 얼굴에 휴지 조각을 붙이다 녹말기로 붙여지는 우표를 연상한다든지, 아내가 제모를 위해 사용하는 확대경을 발견하고는 형광등 불빛을 한곳으로 모으려 애쓰다가 지난 여름날의 하지夏至의 행복을 떠올리고 마침내 아무도 곁에 없는 현재의 고독에 무안함을 느낀다. 이러한 연상작용은 초점인물인 그의 감상적 태도 혹은 자기애와 무관하지 않다. 이는 비누를 풀어 온몸을 매만지자 "꼿꼿하게 피어오르는"(42쪽) 발기한 성기와 함께 끓어오르는 욕망과 연결된다. 이러한 자위 모티프는 오로지 자신의 감각을 위해서만 봉사하는 단자적 욕망 체계를 드러내기 위한 알레고리라고 할 수 있다.

심한 갈증을 느낀 그는 욕실에서 나와 주스를 만들기 위해 분말주스와 설탕을 녹이고, 전축에 LP판을 걸고 소파에 길게 누우며 비로소 안정을 찾는다. 그는 갓 스탠드의 불빛이 온 방안을 우울하게 충전시키는 것을 느끼며, 경대 위에 놓여 있던 아내의 메모를 떠올리며 아내의 메모가 거짓임을 깨닫는다. 그는 아내의 부재로 인한 고독을 느끼고 있지만 그 와중에도 아파트 내 일상의 전 과정을 세심하게 챙기고 있으며 그 안에서 생성되는 감각에 모든 것을 열어놓은 채, 자기 자신의 모습을 감상하는 도취적인 태도를 보인다.

하지만 그의 이러한 자기도취적 태도는 이어 벌어지는 사물들의 반란으로 일순 악몽으로 변한다. 잠근 샤워기에서 물이 쏟아져 내리고 부엌 석유풍로가 불붙고 있으며 재떨이의 생담배가 불이 붙여진 채 타고 있다. 그는 엄청난 고독감을 느끼며 "누구요?"(44쪽)라고 소리치지만 목소리의 진폭은 짧게 차단되고 그는 갇혀 있음을 의식한다. 이어 스푼이 번뜩이는 물고기처럼 튀어 오르는 것을 보자 그는 힘을 다해 스푼을 쥐었고 그것은 산 생선처럼 "뿌듯한 생명감과 안간힘으로"(44쪽) 요동친다. 스푼은 중력 없이 허공을 둥둥 떠서 날고 그러다 방 안이 갑자기 밝아온다. 그는 스푼이 손아귀에 쥐어져 있는 것을 발견하고 방안을 조심스럽게 훑어본다. 방금 전까지 흔들리고 튀어오르고 덜컹거리던 물건들은 뻔뻔스러운 낯짝으로 제자리에 앉아 있다. 그가 다시 스위치를 내리자 방 안 구석에서는 수군거리는 소리가 들려온다. 벽면을 기는 다족류 벌레의 발소리가 들려오며 벽이 출렁거린다. 소켓이 "오늘밤 중대한 쿠데타가 있을 거예요. 겁나지 않으세요?"(45쪽)라고 귓가에서 사근거린다. 그가 다시 스위치를 올리자 술렁임은 정지되고 모든 것은 시치미를 뗀다.

그는 집안을 찬찬히 살펴본다. 찬장을 열어 안에 가지런하게 정리되어 있는 빈 그릇들, 성냥통, 촛대를 살피고 옷장을 열어 걸려 있는 옷들의 주머니도 검사한다. 여기서 "옷들은 좀 괘씸했지만 얌전하게 주머니를 털어 보인다."(45쪽) 이 대목에서 사물은 드디어 하나의 인격을 획득한다. 하지만 화자는 끊임없이 집안의 모든 것을 하나하나 세밀히 관찰한다. "물건들은 잘 참고 세금 잘 무는 국민처럼 얌전하게 그의 요구에 응해주었다."(46쪽)는 서술에서와 같이 이제 인격화 personify된 사물은 "본래의 예사 물건"(46쪽), "어제의 물건"(46쪽)이 아니다. 그는 무생물에 놀란다는 것은 부끄러운 일이라고 스스로를 위무하고 다시 스위치를 내린다. 그러자 이제 사물들은 자기들끼리 수군거리고 마침내 배짱 좋게 깔깔거리며 서랍 속에선 내의가 펄펄 뛰고 책상을 받친 다리들이 흔들거리고 찬장 속 그릇들이 어깨를 이고 달그락거리며 "모반"(47쪽)을 꾀한다. 일제히 모든 것이 고래고래 소리를 지르며 날뛴다. 크레용이 날고 옷들이 펄럭이고 혁대가 물뱀처럼 꿈틀거리고 건조화들이 춤을 추고 벽이 다가와 눈을 꿈쩍거리다 물러나고 트랜지스터 라디오가 안테나를 세우고 도립하고 재떨이가 박수를 친다. 이는 아파트가 분명 공간이지만 주체에 의해 전유되지 못한, 다시 말하면 하나의 장소가 되지 못하는 상황에서 벌어지는 일종의 '공간 악몽'이라고 할 수 있다.

상황이 이에 이르자 그는 사물들과 "공범자가 되고 싶은 욕망"(47쪽)을 느낀다. 이는 곧 자신이 더 이상 사물들에게 저항하지 않겠다는 포기각서이자 자신이 사물과 동일화되겠다는 것에 다름 아니다. 바로 그때 그는 다리를 움직일 수 없음을 느낀다. 그는 몸이 이미 석고처럼 딱딱하게 굳어 감촉이 없는 것을 깨닫고 다리를 끌며 스위치가 있는 곳까지 가려고 안간힘을 쓰지만 이미 온몸이 굳어오는 것을 발견한다. 그는 드디어 물건과 같은 사물이 되어 버리고 만 것이다. 다다음날 오후쯤에 한 여인(아내)이 들어와 누군가 침입한 흔적을 발견하고 놀라지만 잃어버린 것이 없음을 알고 안심한다. 아내는 새로운 물건인, 사물화된 그를 발견하고 그 물건이 매우 좋아했던 것임을 알고 먼지도 털고 키스도 하지만, 그것이 더 이상 소용에 닿지 않자 다락 잡동사니 속에 처넣어 버린다. 그리고 친정아버지가 위독하다는 똑같은 메모를 써서 화장대 위에 올려놓고는 다시 방을 떠난다.

이러한 상황은 "아내의 부재를 감수능력을 통해 해결"하려한 일종의 유희충동의 일종으로 그의 "피로와 고독으로부터 가중된 권태가 이러한 유희적 상상력을 통해 극적으로 비약"26)한 것으로도 읽을 수 있겠지만, 사물들의 반란과 그의 사물화事物化 과정은 단순한 유희 본능의 발현이라기보다는 현실과 환상이 상호침투된 공간에서 빚어지는 '악몽'이자 그에 따른 '상징적 죽음'으로 이해하는 것이 적절한 것으로 보인다. 사실상 어디에서부터 환상이 시작되고 어디서 다시 현실로 귀환한 것인지도 분명하지 않고, 그 판타지 속에 현실이 얼마만큼 개입되어 있는지도 명확하지 않다. 그가 경험한 사물들의 발광과 그에 대한 결과로 이루어진 그의 사물화와 작품 결미부에 재등장해 석고처럼 굳어 버린 그와 잠시 유희하다 마침내 그를 치워버리고 다시 집을 나가는 아내의 행동, 이 모든 것이 실제 사건인지 단순한 상상 행위 안에서 이루어진 환상인지 알 수 없기 때문이다. 다시 말하면 이러한 악몽의 판타지를 하나의 알레고리로 생각했을 때, 이 작품의 환상은 사물들의 반란(꿈)→사물화(가위 눌림)→아내의 돌아옴(재회)→아내에 의해 버려짐(파경)→아내의 떠남(아내의 재가출)의 과정으로, 괄호 속에 숨겨진 팩트로 이해될 수도 있기 때문이다. 요컨대 아파트라는 공간 악몽은 사물들의 반란과 그의 사물됨으로 귀결되면서 아파트의 비장소성을 명징하게 드러내고 있다.

5. 인공낙원과 댄디의 종말

1971년에 발표된 최인호의 「타인의 방」과 1993년에 발표된 채영주의 「도시의 향기」는 그 발표시기의 격차에도 불구하고, 전자의 '그'와 후자의 '나' 모두가 도회적 감각의 라이프스타일을 지녔다는 공통점을 지니고 있다. 전자는 1970년대 생활사의 첨단이라고 할 수 있는 아파트라는 공간을 작품의 주무대로 등장시켰고, 아내의 부재로 인해 벌어지는 초점인물의 동선을 세밀한 시선으로 포착하면서 그의 내면 풍경과 그 몰락의 결과라고 할 수 있는 사물화의 과정을 초현실적으로 축조해냈다. 한편, 후자는 일군의 예술가들과 독신남녀의 선망의 공간이었던 1990년대 준주거 형태의 생활공간의 하나로 등장한 오피스텔을 배경으로, 오로지 자신의 미적 성취를 위해 복무하는 독존적 예술취향의 소유자인 화자를 등장시켜 댄디적 라이프스타일을 드러냄과 동시에 이러한 관념과 태도가 어떻게 허망하고 철저하게 파국을 맞게 되는지 그 시종을 집요하게 묘파했다. 이러한 일상생활의 심미화aestheticization of everyday life[27]는 댄디즘의 자아숭배적 태도와 연결되는 "관조의 쾌락"[28]에 가깝다.

「도시의 향기」에서 화자는 커다란 바다 장어의 사진을 동판 위에 새겨 넣기 위해 애면글면하고 있다. 옆방에서는 끊임없이 전화벨 소리가 "꼬마 아이의 발작"(1612쪽)처럼 들려왔지만, 그 방의 입주자가 열흘 후에는 떠나게 될 것이라는 기대를 유일한 위안으로 삼아 버티고 있다. 화자가 바다 장어의 매력에 빠진 것은 "몸통의 절반 이상을 죽음 같은 바위 속에 묻고 사는 이의 외로움"(1615쪽)을 발견했기 때문이며, 이를 표현하기 위한 미적 열망에 사로잡혀 있다. 화자는 열대여섯 군데의 수족관을 돌아다니며 장어의 모습을 관찰한다. 그것은 "가장 외로운 물고기"(1623쪽)를 찾기 위한 것인데, 그것을 바다 장어에게 빌려주고 싶은 것이다. 화자가 생각하는 물고기는 모두 외롭다. "싸움의 상대가 죽어도 그들은 혼자가 되며 사랑이 끝나도 수컷이 암컷을 쫓아"(1623쪽)버리는 태국버들붕어의 경우처럼, 화자는 물고기를 "세상은 어차피 혼자라는 것을 몸으로 실천하며 살아가는 현자들"(1623쪽)이라고 생각한다. 이는 화자의 의식과 장어의 고독이 동일시되었다는 것을 보여준다. 여기서 자신의 고독과 "소외감을 오히려 우월감으로 도치시키는 댄디 특유의 심리적 메커니즘"[29]이 작동하고 있다는 데 주목할 필요가 있다.

그도 그럴 것이 화자에겐 남편이 교통사고로 숨져 청상과부가 된 한 여인이 곁에 있지만 화자는 그녀를 통해 성욕만을 해결할 뿐, 그녀와의 관계가 일상화되는 것은 거부하고 있다. 그것은 스스로가 밝히고 있듯이 또 다른 인간을 받아들일 자리가 예비되어 있지 않기 때문이다. 이처럼 타인과의 관계를 배제하려고 하는 것은 "타인의 배려를 원치 않는 댄디의 고독한, 그러면서도 오만한 자아"[30]를 잘 설명해 준다. 이를 통해 고독한 자아를 즐김과 동시에 자신의 삶의 에너지를 모두 예술적 정념을 이끌어내는 데 집중한다. 그런 의미에서 화자의 오피스텔은 오로지 심미적 순간을 위해 복무하는 미적 자율성의 태반이자 예술가의 인공 낙원이라고 할 수 있다.

하지만 집요한 전화벨 소리를 들려주던 옆집 젊은 남자는 집을 비우기는커녕 복도에 자질구레한 짐을 잔뜩 쌓아놓고 무슨 용건이라도 있는 사람처럼 화자의 현관문을 두드린다. 그는 이 자리에서 자신과 잡동사니들을 사흘간 맡아주는 대가로 "텔런트 뺨을 왕복으로 갈기는 미끈한 팔등신 계집애를 붙여"(1615쪽) 주겠다고 제안한다. 물론 화자는 그의 말을 믿지 않았지만, 그가 아예 복도에 이부자리를 펴고 앉아 자신의 요구를 받아들여 줄 것을 우격다짐해 오자, 어쩔 수 없이 그를 집에 들이게 된다. 그것은 그에 대한 측은지심의 발로가 아니라 "승리자로서의 우월감" 혹은 "당당하고 사랑스런 교만함"(1616쪽) 때문이었다.

이제 그는 화자의 침대 발치에 이불을 펴고 자리를 잡는다. 그런 그가 본격적으로 자기 집처럼 일상의 모든 것을 자연스럽게 행하자, 화자는 그제야 "자신의 방에 어마어마하게 성가신 존재가 들어와 있다는 것"(1619쪽)을 깨닫는다. 그는 화자의 예술적 인공낙원인 방안의 풍경을 "히로뽕 제조장"의 분위기와 동일시하는 직관력을 발휘하며 화자의 예술적 지향이 하나의 미적 환상임을 꼬집는다. 그는 강남에서 여자들을 룸살롱이나 요정에 알선해 주던 일을 했다고 자신을 소개한다. 그러다가 장사가 망해 버렸지만 한때는 "좋은 곳에 보내어지려고 사타구니를 벌려대는 계집들이 한둘이 아니었"(1621쪽)다고 자신의 전성기를 회고한다. 그러면서 끊임없는 전화벨의 실체를 밝히게 되는데, 사연인즉 예전엔 백년 외상도 좋다고 하던 술집에서 이제는 외상 술값을 독촉하기 위해 집요하게 걸어대는 전화가 그것이라는 것이다.

이와 더불어 그는 자신의 삶의 방식에 대해 다음과 같이 말한다. "난 자네하고 달라. 사람들 사이에서 사람들이랑 부대끼며 살아야 하는 게 내 체질이란 말이야. 그런데 그러지 못하니 전화벨 소리라도 들어야지."(1621쪽) 그런 의미에서 전화벨 소리는 그에게 아직도 사람들이 자신을 잊지 않고 찾아준다는 사실의 징표임과 동시에 자신의 생활 감각을 끊임없이 상기시킬 수 있는 매개체였던 것이다. 반대로 옆집의 전화벨 소리는 화자에겐 자신이 만들어 놓은 예술 공간을 파괴하고 자신의 예술적 정념을 훼방하는 소음일 뿐이다.

화자에 대한 그의 조롱 섞인 비난은 끊이질 않는다. "한마디로 자네는 싸가지가 전혀 없더군. 사람 같지가 않아."라며 화자의 이기적 본성을 꼬집고, 더 나아가 함께 세 들어 사는 처지에 그렇게까지 주인의 야비한 개가 되어 자신을 내쫓아야 했느냐고 공격해 온다. 결과적으로 그에게 화자는 "아늑한 보금자리에서 쫓아내어 전화벨 소리조차 듣지 못하게 만든"(1623쪽)이가 되었다. 그는 화자의 동판화를 집어던지고 뷰린으로 화자가 심혈을 기울여 그리던 바다 장어를 난도질한다. 이러한 행위는 화자에 대한 직접적인 린치로 이어지는데, 화자는 그에게 팔이 비틀린 채 방바닥에 얼굴이 짓이겨지는 수모를 당한다. 그는 화자에게 "아직 파충류가 되지는 않았군."(1625쪽)이라고 말하며 냉혈동물과 같이 타자에게 아무런 관심도 없이 "고작해야 잘난 물고기들"(1625쪽)밖에 모르는 화자에 대한 힐난을 멈추지 않는다. 결국 화자는 그에 의해 마지막 남은 팬티마저도 찢겨져 채 피로 얼룩져 나뒹굴고 만다. 그는 마지막으로 엉덩이를 걷어차며 "예술가에게는 혼자만의 공간이 필요하겠지"(1627쪽)라고 비웃음 섞인 말을 던지며 열흘 후에 찾아오겠다고 약속한다. 결국 싦의 밑바닥에서 형성된 생활 감각과 무지막지한 완력에 의해 화자의 초연하면서도 냉담한 댄디의 환상은 완벽하게 파괴되어 버린다.

마침내 화자는 그가 돌아오면 그를 칼로 찔러 죽이겠다는 계획을 세우지만 그는 약속한 날에 나타나지 않고, 다시 열흘의 시간이 지난 어느 날, 카페로 나오라는 그의 전화를 받게 된다. 전화의 내용은 화자의 곁에 있었던 여인인 경희가 그의 연인이 되어 그와 함께 미국으로 가게 되었다는 얘기다. 그는 그곳에서 "우리처럼 행복한 쌍을 만들어주기 위해 결혼상담소를 열 계획"(1631쪽)이라는 말까지 덧붙인다. 그는 화자에게 "그럼 잘 있게, 위대한 예술가 양반. 자네가 그리울 거야." 라고 냉소하며 전화를 끊는다. 결국 그는 화자의 곁에 있던 모든 것을 빼앗았다고 할 수 있다. 그것은 삶의 감각과 절연된 예술적 인공 낙원, 그 속에서 얻고자 했던 심미적 순간들, 고독으로 포장된 자기애적 광증으로서, 그는 화자의 이 모든 것을 철저하게 조롱하고 힐난하고 결국 극단으로 파괴한 것이라고 할 수 있다. 이는 예술가적 초연함과 예술적 정념이 만들어낸 인공 낙원의 허약성과 그 초라한 말로를 보여준 것으로서, 삶의 자리와 연결되지 못하는 일체의 관념은 하나의 허상이며 이는 삶의 밑바닥에서 단련된 구체적인 생활 감각을 이기지 못한다는 메시지로 해석될 수 있다.

6. 타자화된 여성

여성의 타자화란 젠더 관계를 형성하는 문화적 규범과 법과 제도를 통해 남성의 주체성을 강화함과 동시에 여성을 예속화시키려는 배제의 원칙 혹은 통제의 전략을 지칭한다. 물론 타자에 관하여 "서양과 동양, 문명과 야만, 남자와 여자 등 지배 주체와 피지배 주체 혹은 자아와 타자를 구성하는"[31] 클리세는 무수한 대응쌍을 만들어낼 수 있다. 근대사회의 이와 같은 이분법적 타자화는 계몽의 야만화와 이성의 전횡을 낳았다. 특히 남성중심의 폭력과 이에 대한 비식별성은 젠더영역에서 교묘하게 은폐되어 나타나는데 이를 아감벤은 '포함하는 배제inclusive exclusion'[32]라고 칭한다. 물론 여성에 대한 타자화가 비도시 공간에서 더욱 두드러지는 것은 분명하다. 하지만 도시공간에서 여성의 자리는, 차별을 금지하는 제도와 규율의 은폐망 내부에서 보다 은밀하게 작동하고 있고, 이러한 포함인 배제의 상태가 비식별의 영역 속에서 내면화·영속화되고 있다는 데 문제가 있다. 속칭 '차도남'(차가운 도시 남자)으로 상징되는 세련된 도시 남성의 이미지 안에도 여성의 타자화는 은밀하게 내재되어 있다. 그런 의미에서 도시공간에서의 남성성과 타자화된 여성성에 대한 고찰은 중요한 의미를 갖는다.

「타인의 방」에서 출장을 마치고 아파트에 돌아온 그가 초인종을 누른 다음 기다린 것은 무엇인가. 그것은 "아내가 문을 열어주기를. 문을 열고 다소 호들갑을 떨며 눈을 동그랗게 뜨고 자기를 맞아"(34쪽)주는 것이었다. 문이 열리지 않자 초인종이 고장 난 것이 아닐까 의심한 그는 "아내가 지금쯤 혼자서 술이나 먹고, 그리고는 발가벗은 채 곯아떨어졌을 것이라고 단정"(35쪽)한다. 물론 그는 그의 열쇠 꾸러미 속의 자신의 열쇠로 문을 열 수 있다. 하지만 그는 "문을 열어주는 것은 아내된 도리이며, 적어도 아내가 문을 열어준 후에 들어가는 것이 남편의 권리"(35쪽)라고 생각한다. 이와 같은 그의 가부장적 의식은 문을 열어주지 않는 아내의 행동을 무책임이나 나태의 결과로 단정짓고, 아내가 문을 열어주는 것은 하나의 의무로 판단하는 심리적 근거로 작용한다. 그는 집 안에 들어가서도 끊임없이 투덜거리는데, 그 이유 역시 자신이 "더운 음식으로 대접"(38쪽) 받아야 마땅하다는 권리를 아내가 배반했다고 여기기 때문이다. 그런 의미에서 아내의 부재는 그에게 표면적으로는 고독이라는 상황을 만들어내지만 그 심리적 근원 속에는 아내를 향한 분노의 감정이 자리하고 있다.

게다가 출장 가기 전에 사용한 면도기에 수염의 잔해가 그대로 묻은 채 일주일 전과 같이 놓여 있는 것이 눈에 들어오자, 그는 "거리의 창녀에게보다도 더 심한 욕으로 힐책"(40쪽)하며 수염을 깎는다. 그의 분노의 감정은 가사노동을 여성에게 전적으로 부여된 의무로 판단하는 가부장적 젠더 롤gender role에 근거하는데, 이는 그의 퇴행적 젠더 감수성의 구체적인 증좌이다. 반대로 욕실 거울에 붙어 있던 아내의 껌은 그에게 유일한 위안거리로 받아들여진다. 아내는 "밥을 먹을 때나 목욕을 할 때면 밥상 위 혹은 거울 위에" 껌을 "타액을 충분히 적신 후 붙여놓는"(40쪽) 버릇을 지니고 있는데, 그것은 건포도알과 같이 응고되어 있지만 잠시 후엔 말랑말랑해져서 그의 입속에서 아내를 대신한다. 마침내 그는 아내가 거짓으로 편지를 남기고 집을 나갔음을 알아차리고 "근질근질한 염기"(43쪽)를 느끼지만, 아내의 성기에는 다른 여인과는 다른 "견고하고 질이 좋은 자크"(43쪽)가 달려 있다고 생각하며 웃어넘긴다. 이처럼 그는 아내를 가사노동과 정신적·육체적 욕망을 위한 대상으로 사물화시킴으로써 여성을 타자화하고 있음을 알 수 있다. 그러한 의미에서 아내가 부재한 아파트 공간에서 그가 경험한 사물들의 반란과 그의 사물화 그리고 마침내 아내에게 버림받는 상황은, 그의 아내에 대한 타자화된 인식 속에 선험적으로 내재되어 있던 비극의 씨앗이라고 할 수 있다.

한편, 「도시의 향기」에서 화자가 미술학원 수강생 중 한 명이었던 젊은 과부인 '경희'를 대하는 일관된 태도 안에도 여성에 대한 화자의 왜곡된 인식이 여실하게 드러난다. 화자는 그녀와의 관계를 "굶주린 남자와 여자가 함께 식사 하는 일"이자 "제자가 스승에게 감복한 나머지 몸으로 보답하는 일"(1613쪽)이라고 여기고 있다. 그러나 화자에게 문제는 그녀가 그에게 그 관계를 일상화시킬 수 있는 결합을 요구하고 있다는 것이다. 그녀가 가지고 있는 경제력은 충분히 유혹력을 가지고 있지만 화자에겐 또 다른 인간을 받아들일 자리가 없고, 따라서 "결혼 같은 건 꿈도 꾸지 말라고"(1614쪽) 냉정하게 말해 놓은 상태다. 화자에게 그녀는 "정액이 배꼽까지 차오르면 어딘가 쏟아부을 곳"(1614쪽) 중의 하나일 뿐이다. 이러한 화자의 태도는 타인의 관심이나 호의를 거부하며 스스로의 일상적 기호와 가치 위에서만 군림하려는 댄디의 "냉담한 초연함"[33]을 잘 나타내 준다. 앞서 언급한 바 있지만 화자의 오만한 자아는 자기함몰적인 예술가적 인물의 전형이며 이러한 댄디의 삶은 자아의 심미화와 그에 따른 충족감을 위해 타자를 도구화시키는 기생적 소비의 순간들이라는 점을 이해할 필요가 있다.

하지만 밑바닥의 생활 감각을 가진 옆집 남자에게 철저하게 복수를 낭한 후의 그의 모습은 이와 철저하게 대비된다. 옷은 갈기갈기 찢기고 팔은 비틀리고 엉덩이는 천장을 향해 치솟아 있는 상처투성이인 화자의 몸을 향한 옆집 남자의 일갈은 댄디의 비참한 최후를 보여준다. "이게 자네란 말이야. 대단히 고상한 척 굴어야 할 이유가 대관절 자네 몸 어느 구석에 숨어 있을까."(1626쪽)라는 말에서 드러나듯이, 화자의 비참한 모습 속에는 자신이 제일 똑똑한 줄 알고 자신만이 살아 있는 이유를 가진 유일한 존재라고 착각하며 다른 사람의 삶 따위는 안중에도 없는 오만한 자아는 조금도 남아 있지 않다. 이렇게 모든 것이 파괴되자 화자는 그제야 경희를 절실하게 필요로 함으로써 이기적인 대인관의 정점을 찍는다.

열흘 후에 다시 오겠다는 옆집 남자가 나타나지 않자 그는 "어처구니없게도 그가 나타나지 않는다는 사실에 대해 분노"(1630쪽)한다. 이틀이 지나도 나타나지 않던 그는 다시 열흘이 지나서야 전화를 걸어온다. 전화통화에서 이미 경희와 애인관계로 발전한 그는 곧 미국에 가 결혼상담소를 차릴 계획임을 말한다. 결국 그는 화자의 예술지상주의적 태도와 자기애로 무장한 유아독존적 삶의 태도를 철저하게 훼파했을 뿐만 아니라 더 나아가 곁에 있던 여인까지도 앗아가며 화자에게 처절한 파멸을 안긴다. 이러한 상황은 앞서 논의한 「타인의 방」의 결말과 같이, 타자화된 여성관으로 대표되는 주체의 왜곡된 인간관에 전제되어 있던 응보적 결과라고 할 수 있다.

7. 잃어버린 장소를 찾아서

지금까지 최인호의 「타인의 방」의 아파트와 채영주의 「도시의 향기」

의 오피스텔과 같은 집단적 공동주거 공간에서 나타나는 비장소성을 근간으로, 존재의 단자화된 은둔과 왜곡된 소통의 문제에 대하여 고찰하였다. 이렇게 장소를 상실한 이들이 갖는 존재의 유폐성은 「타인의 방」에서는 공간 악몽으로, 「도시의 향기」에서는 댄디로 무장한 허술한 인공낙원의 몰락과 패배로 귀결된다. 이 모든 것은 타자(특히 여성)를 대상화했기 때문에 나타나는 응보적 성격이 강해, 장소상실에 기인한 사물화 속에 은폐되어 있는 예외상태에 대한 성찰을 이끌어낸다.

개발독재 시기, 현대적인 공동주거 양식으로 선전되었던 아파트와 1990년대 청년의 댄디적 주거공간으로 각광받았던 오피스텔은 한국 소설사에서 뚜렷한 문학적 공간으로 나타났는데, 이는 그러한 공간이 갖는 획일성, 익명성, 비정성, 무관심, 비연대 등의 부정적 특성을 드러낸다. 특히 이러한 조밀한 공동주거 공간은 공동체의 전통적인 정체성과 분리되고 인간적 가치와 의미가 탈각된 사물화된 공간으로서 주체의 의식에 심각한 왜곡을 심어준다.

이는 단자화된 은둔과 왜곡된 소통의 문제로 나타나는데, 먼저 「타인의 방」에서는 단절을 통해서만 완성되는 사적인 공간인 아파트를 통해 접촉의 지속적인 차단과 익명성을 전제로 사물화된 아파트 공간을 부조하였다. 「도시의 향기」에서는 집요한 전화벨 소리라는 벽간 소음에 대한 신경증을 발단으로, 자신의 예술적 인공낙원을 축조하기 위해 자신 이외의 모든 존재를 타자화하는 한 인간의 냉혈적 태도가 몰고온 파국을 선명하게 드러냈다.

「타인의 방」에서는 비장소성에 기반한 소외의 양상을 사물들이 궐

기하는 공간 악몽과 자신이 끝내 그러한 사물과 등가적 관계에 놓이고 마는 아이러니를 통해 장소상실의 비극을 예각적으로 드러낸다. 「도시의 향기」에서는 오로지 자신의 미적 성취를 위해 복무하는 이기적 예술취향의 소유자인 화자와 구체적인 생활의 감각을 지닌 그 대립자를 통해, 삶과 절연된 댄디적 예술 탐닉으로 나타나는 자기애적 광증과 그것이 만들어낸 유아독존적 세계의 기만성과 허술함을 드러낸다.

이러한 아파트와 오피스텔로 상징되는 장소상실의 공간이 낳은 파국적 상황은 여성에 대한 혐오와 비하라는 '포함인 배제'의 위계적 관계에 근거한다. 「타인의 방」에서는 가부장적 젠더 롤에 기반하여 끊임없이 아내를 타자화함으로써 자신의 고독을 정당화시키려 한 것에 그 비극의 씨앗이 있었다면, 「도시의 향기」에서는 자신의 곁에 있는 여성을 단순한 성적인 대상 이상으로 인정하지 않고 관계성보다는 자폐적 상황 속으로 자신을 밀어 넣으며 자신의 고독한 자아를 문화적 귀족주의로 환치시키는 댄디의 기만성 속에 선험적으로 파국을 내장하고 있다고 할 수 있다.

인간은 구체적인 실천과 경험을 통해 공간을 장소로 만들어간다. 하지만 현대의 대부분의 주거공간과 상업공간 속에서 인간은 그 공간의 획일성으로 인해 주체의 가치와 지향이 벡터vector로 합성되지 못하는 비장소 속에 부유하고 있다. 현대인은 모두 장소나 배경과 맺는 정서적인 유대 및 결속을 잃어버리고 제도와 문화가 제시하는 균질적 공간 속을 끊임없이 이동한다. 현대가 신의 재림을 기다리는 끝없는 어둠의 시대라면, 그것은 우리가 깃들어 살며 위안과 평화와 안식을 얻을 수 있는 궁극의 처소를 상실해 버렸다는 데 근본적인 이유가 있을 것이다. 비장소의 공간에서 주체는 타자를 대상화하고 도구화하며 이 과정에서 주체는 공간의 노예가 되어 마침내 파멸을 맞게 된다. 우리가 도시재개발이나 재건축의 과정에서 끊임없이 장소를 잃어간다는 것은 우리 스스로 세계를 단자화된 유리감옥으로 만드는 일에 다름 아니다.

|주|

1) 유영진, 「한국의 아파트사」, 『공간』, 공간사, 1970.5, 36~37쪽.

2) 심우갑·강상훈·여상진, 「일제강점기 아파트 건축에 관한 연구」, 『대한건축학회논문집』 18(9), 대한건축학회, 2002, 160쪽.

3) 위의 글, 163쪽.

4) 김태오·최막중, 「한국의 아파트 공급과 수요의 역사적 연원에 관한 연구—해방 이후 주택의 수직적 집석화 과성을 숭심으로」, 『국토계획』 51(6), 대한국토·도시계획학회, 2016, 29쪽.

5) 대한주택공사, 『대한주택공사 20년사』, 대한주택공사, 1979, 237쪽.

6) 김문관, 「전체 주택서 아파트가 차지하는 비중 60% 첫 돌파」, 『조선Biz』, (주)조선비즈, 2017.12.17.

7) 권성우, 「도시산업화 시대의 문학적 대응—최인호의 '타인의 방'」, 권성우 외, 『한국의 고전을 읽는다』 8, 휴머니스트, 2016.

8) 편집국, 「事務室 패턴이 바뀐다—업무·住居 겸용 '오피스텔' 등장」, 『매일경제신문』, 매일경제신문사, 1984.7.26.

9) 이 장의 텍스트는 최인호, 「타인의 방」, 『작가세계』 28(2), 작가세계, 2016년 여름; 채영주, 「도시의 향기」, 『문학과사회』 6(4), 문학과지성사, 1993년 겨울이며, 출전은 인용문 말미에 쪽수를 괄호병기 하는 방식으로 밝히기로 한다.

10) 이평전, 「아파트 건축과 공간 질서의 생성과 파괴—1970년대 소설을 중심으로」, 『한국문학이론과비평』 60, 한국문학이론과비평학회, 2013, 147쪽.

11) 손종업, 「우리 소설 속에 나타난 아파트 공간의 계보학」, 『어문론집』 47, 중앙어문학회, 2011, 261쪽.

12) 발레리 줄레조는 한국의 아파트를 "권위주의 산업화의 구조와 특성, 여기서 비롯된 계층적 차별 구조와 획일화된 문화양식을 가장 잘 보여주는 사례이자 그 산물"(발레리 줄레조, 길혜연 옮김, 『아파트공화국』, 후마니타스, 2007, 148쪽)로 파악하고 있다.

13) 애드워드 렐프, 김덕현·김현주·심승희 옮김, 『장소와 장소상실』, 논형, 2005, 287쪽.

14) Yi-Fu Tuan, *Space and Place—The Perspective of Experience*, Minneapolis: The University of Minnesota Press, 1977, p. 6.

15) 한편, 미셸 드 세르토Michel de Certeau는 애드워드 렐프Edward Relph와 이 푸 투안Yi-Fu Tuan의 '공간+실천=장소'라는 개념적 정의를 정반대로 적용하고 있다. 그에 따르면 장소가 주어진 곳이라면 공간은 창조적인 곳이다. 즉, 주체에 의해서 장소가 전유되어 재해석

된 곳이 공간이다. 그런 의미에서 장소가 고유(추상)명사라면 공간은 실천된 장소(장소+실천=공간)이다(Michel de Certeau, trans. by Steven Rendall, *The Practice of Everyday Life*, Oakland: Univ of California Press, 2011).

16) 이 푸 투안이 말하는 토포필리아(topophilia)는 장소나 배경과 맺는 정서적인 유대 및 결속, 즉 장소에 대해 갖는 정신적 심리학적 애착의 상태를 지칭한다(Yi-Fu Tuan, *Topophilia—A study of environmental perception, attitudes, and values*, New Jersey: Prentice-Hall Inc., 1974, p. 4).

17) 애드워드 렐프, 앞의 책, 290쪽.

18) 최근의 롯데캐슬, 힐스테이트, 센트레빌 등의 아파트 명칭을 보면 아파트가 주체의 구체적인 경험과 실천은 배제되고 대신 부르주아적 허위의식이 주입된 욕망의 대상으로 변질되었음을 알 수 있다.

19) 위의 책, 35쪽.

20) Marc Augé, trans. by J. Howe, *Non-Places—Introduction to an Anthropology of Supermodernity*, London & New York: Verso, 1995, p. 117.

21) 안형관, 『인간과 소외』, 이문출판사, 1992, 31쪽.

22) 위의 책, 29~30쪽.

23) 임옥희, 「혐오발언, 혐오감, 타자로서 이웃」, 『도시인문학연구』 8(2), 서울시립대학교 도시인문학연구소, 2016, 98쪽.

24) 오창은, 「도시 속 개인의 허무의식과 새로운 감수성—최인호의 타인의 방을 중심으로」, 『어문론집』 32, 중앙어문학회, 2004, 261쪽.

25) 임옥희, 앞의 글, 98쪽.

26) 오창은, 앞의 글, 264쪽.

27) 남진우, 「견딜 수 없이 가벼운 존재들—댄디즘과 1990년대 소설」, 『숲으로 된 성벽』, 문학동네, 1999, 61쪽.

28) 위의 책, 64쪽.

29) 위의 책, 65쪽.

30) 위의 책, 69쪽.

31) 김미연, 「타자」, 『여성이론』 9, 여이연, 2013, 350쪽.

32) 조르조 아감벤, 박진우 옮김, 『호모 사케르—주권 권력과 벌거벗은 생명』, 새물결, 2008, 67쪽. (원문에는 '포함인 배제'로 번역되어 있으나 의미 전달의 정확성과 용이성을 위하여 '포함하는 배제'로 수정하였다.)

33) 남진우, 앞의 책, 70쪽.

제5장
서울과 위성도시

1980년대

1980년대 서울 위성도시의 장소성과 일상성

__양귀자의 『원미동 사람들』

1. 서울 위성도시의 축도로서의 원미동

양귀자의 연작소설 『원미동 사람들』은 1980년대 소시민적 삶의 풍속도를 사실적으로 그려내고 있는 작품으로서, 서울이라는 중심부에서 이탈되었거나 진입하지 못한 이들에 의해 형성된 위성도시의 특성을 세밀하게 묘파하고 있다. 여기서 원미동의 장소성은 '수도권'이지만 서울은 아닌 곳[1]이라는 사실에 방점이 놓인다. 서울이라는 장소로부터의 분리가 가져오는 심리적 부하는 이들의 장소를 정제되지 않은 속물성으로 들끓게 만들며, 여기서마저 밀려나면 안 된다는 불안감은 생의 국면을 보다 절박하게 만든다.[2]

하지만 원미동은 1980년대 말 제1기 신도시 건설 사업[3]으로 형성된 분당·일산 등지의 아파트촌과는 달리, 상가와 소규모 영세 공장과 주택가가 뒤엉켜 있을 뿐만 아니라 「마지막 땅」의 '강노인'의 밭으로 상징되는 최후의 농토는 물론 원미산이라는 자연 공간까지 인접해 있는 마을이다. 그런 의미에서 원미동은 주거·생산·상업·일상문화가 조밀하게 자리하고 있는 가운데, 원주민과 이주민, 전통과 현대, 자연과 도시라는 비동시적인 것이 동시적으로 공존하고 있는, 일종의 혼종적 장소라고 할 수 있다.

이 장에서는 양귀자의 『원미동 사람들』을 중심으로 1980년대 서울 위성도시의 장소성과 일상성의 문제를 탐구하고자 한다. 이를 위해

원미동 사람들 초판본(1987). 양귀자의 연작소설 『원미동 사람들』은 1980년대 소시민적 삶의 풍속도를 사실적으로 그려내고 있는 작품으로서, 서울이라는 중심부에서 이탈되었거나 진입하지 못한 이들에 의해 형성된 위성도시의 특성을 세밀하게 묘파하고 있다.

원미동이라는 구체적인 장소성에 주목하여, 주거 계급을 공간적으로 구획하는 도시 공간의 위계, 욕망으로 끓어 넘치는 도시 공간의 상황성과 이를 영속화하는 기만의 어법, 장삼이사들의 삶 속에서 노정되는 위선과 속물주의, 도시 공간의 장소상실의 문제와 바이오필리아, 마지막으로 소시민의 허위의식과 자기반성의 문제를 포괄적으로 살펴보고자 한다.

『원미동 사람들』은 현장 비평과 학술 연구에 있어 현재 많은 연구가 누적되어 있다. 그 연구의 맥락을 몇 가지로 정리해 보면 다음과 같다. 첫째,

형식 문제는 주로 이 작품의 구성원리라고 할 수 있는 연작의 기법에 주목해 왔다. 우선 연작 소설인 이 작품들은 각 편마다 다른 인물을 주인공으로 내세워 사건을 서술하고 있는데 이는 "다원화된 사회에서 표면화되지 않던 평범한 소시민의 이야기"[4]를 다루기 위한 것으로

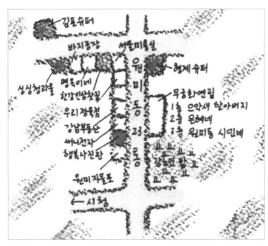

원미동 23통 거리_上, 원미동 전경_下. 수도권이지만 서울이 아닌 위성도시의 한 공간으로서의 원미동은 각종 상점과 소상품을 생산하는 공장에 이르기까지 생산과 유통과 소비의 사이클이 조밀하게 연관된 하나의 일상적 공간이다.

평가되고 있다. 한편 작가의 자전적 요소가 짙게 나타나고 있는 「한계령」이 가지는 이질성에 대한 해명도 중요한 자리를 차지하는데, 이는 "자전적 소설로서 갖게 되는 진정성, 혹은 리얼리티를 사후적으로, 앞의 연작들에 또한 부여하게 되는 것"[5]으로 주로 해석되었다.

둘째, 1980년대라는 사회적 맥락 하에서 접근한 연구는 『원미동 사람들』의 선행 연구 중 가장 많은 논의가 이루어진 영역이다. 여기서는 특히 국가폭력의 문제와 도시의 일상성과 도시공동체의 문제가 연구의 중심적인 화두가 되었다. 「원미동 시인」의 '몽달씨'가 겪고 있는 학원녹화사업의 후유증과 정치 깡패들의 폭력, 「한 마리의 나그네쥐」의 '그 사내'가 시달리고 있는 광주의 비극에 기인한 깊은 정신적 트라우마는 "국가 폭력으로 인해 그 시대를 살았던 개인들이 겪어야 했던 다양한 상처"[6]를 대변한다. 한편, 원미동이라는 장소를 하나의 도시 공동체라고 해석하는 연구자들은 이 작품이 "개인서사'나 '가족서사'가 아니라 '거리'의 서사"[7]라는 점에 주목하면서 원미동 23통 거리가 바로 장소적으로 그들의 심리적 연대의 기초가 된다고 파악하였다.

셋째, 『원미동 사람들』이라는 텍스트에 기반한 문학 교육의 관점에서 접근한 선행연구가 있다. 이는 이 작품이 가진 다성성에 입각하여, 텍스트의 비종결성과 상호텍스트성이 작품을 재맥락화하여 "관점을 지속적으로 수정하기 위한 내적 설득의 기능"[8]을 이끌어내는 데 효과적이라는 점을 부각한다.

이상과 같이 『원미동 사람들』은 다양한 연구가 이루어졌지만, 이러한 논의는 반드시 현재의 상황에서 재맥락화되어야 한다. 당대의 관점에서 주목한 변방적 소시민의 삶과 사회적 폭력의 문제가 이미 명확하게 밝혀져 있는 작품의 의미라면, 작품에서 형상화된 1980년대 공간의 위계는 현재 유리천장glass ceiling 사회로 고착되어 있는 우리 사회를 선취한 '오래된 미래'의 풍경임이 분명하다. 게다가 앞서 언급한 바와 같이 원미동이라는 장소성은 1기 신도시 사업을 필두로 최근 발표된 3기 신도시 사업에 이르기까지 30년간 지속된 뉴타운 건설이 보여주는 바와 같이 수도권 과밀화와 지방의 공동화라는 현재의 문제를 선취하여 보여주고 있기 때문이다.

2. 집과 도시 공간의 위계

"풍경이란 하나의 인식틀이며, 일단 풍경이 생기면 곧 그 기원은 은폐된다."9)는 가라타니 고진의 말은 언문일치를 포함해 리얼리즘이라는 근대문학의 제도를 설명하기 위한 것이지만, 이 말은 다양한 맥락에서 그 외연을 넓혀 볼 수 있다. 같은 논리에 입각해서 생각해 보면, 정치·경제·문화의 중심지인 서울에 살고 있을 때는 서울의 풍경은 보이지 않는다. 그것이 하나의 제도이자 자의식이 되기 때문이다. 이 전도된 풍경을 새롭게 인식하기 위해서는 서울을 떠난 자리에서 혹은 서울 밖의 시선에서 서울을 바라보는 인식의 원근법이 필요하다. 더 극적으로 말하자면 서울에서 쫓겨난 처지에서 생각해 봐야 서울이라는 거대도시metropolis의 위력과 서울중심주의의 실제를 미로소 몸으로 느낄 수 있게 된다.

「멀고 아름다운 동네」에서 서울을 떠나 부천으로 이사하는 그에게, 이제부터 서울이라는 특별한 도시의 시민이 아니라는 사실은 심각한 상대적 박탈감을 안겨 준다. 물론 열여덟 평의 연립주택을 마련하여 부천으로 이사하는 것이지만 노모의 감회와 같이 "가나안 땅으로 떠나는 일"(1: 17)[10]이 될 수는 없었다. 노모와 어린 딸은 조수석에 자리를 잡았지만 만삭의 아내와 자신은 트럭 짐칸에 몸을 싣고 길을 떠난다. 이렇게 인간이라는 존재가 하나의 짐이자 남루한 덩어리로 전락하게 된 것은 바로 공간의 위계에 의해서 발생한다. 서울−수도권, 수도권−지방, 대도시−중소도시, 도시−농촌 등의 구분이 그것이다.

이처럼 주택난에 허덕이며 결국 서울에서 터를 잡지 못하고 짐짝처럼 밀려나는 사람들이야말로 체제가 만들어내는 '인간 쓰레기'라고 할 수 있다. 바우만은 "현대적인 생활 방식을 '특권화된' 지역에서만 누리게 됨에 따라 인간 쓰레기가 생산"[11]된다고 설명하는데 이때 인간 쓰레기는 "잉여의', '여분의' 인간들, 즉 공인받거나 머물도록 허락받지 못했거나 다른 사람들이 그것을 바라지 않는 인간 집단"[12]을 지칭한다. 여기서 머물도록 허락받지 못한 이들을 어떻게 처리할 것인가에 대한 정책적 방안은 크게 강제이주와 같은 물리적 강제성을 동반한 경우와 체제에 의해서 자동 폐기되는 방식으로 나누어볼 수 있다.

먼저 도시빈민에 대한 강제이주의 대표적인 사례로 꼽히는 것이 바로 '광주대단지'(현 성남시)로의 이주 사업[13]이다. 당시 박정희 정권은 도시 미관을 해친다는 이유로 빈민가 정비와 무허가 건물 철거에 나선 것인데, 이로 인해 강제 이주된 이주민은 생산 기반이 전무한

곳에서 생존의 최소한의 권리조차도 박탈당한 채 버려진 채로 살 수밖에 없었다. 게다가 특기할 것은 이들의 재진입을 막기 위해 서울로의 주소 이전마저 금지하였다14)는 사실이다. 이는 이들이 서울이라는 장소에서 분리 수거된 쓰레기에 다름 아니었다는 사실을 보여주며 이는 "과도한 토지불하가격 및 열악한 정주환경에 대한 시정을 요구"15)하는 광주대단지 사건(1971. 8. 10)으로 이어진다. 하지만 이러한 국가폭력의 개입에 의한 도시빈민의 강제 이주 정책은, 경제의 성장과 체제의 자기조절 능력의 증대에 힘입어 과도한 물리적 강제성 없이도, 도시의 '잉여인간'을 배출하여 "경제적 균형과 사회적 평형상태"16)를 유지할 수 있게 된다.17)

안녕히 가십시오(서울시)_上, 어서 오십시오(부천시)_下. 「멀고 아름다운 동네」에서 화사가 바라본 도계道界에 세워져 있는 "안녕히 가십시오."라는 서울시의 표지판은 음흉한 작별이며, "어서 오십시오."라는 부천시의 인사말은 속임수가 담겨 있는 불안의 표지로 받아들여질 수밖에 없다.

그런 의미에서 「멀고 아름다운 동네」의 그가 바라본 도계道界에 세워져 있는 "안녕히 가십시오"라는 표지판은 "온갖 책략을 동원해서 그들을 쫓아낸 뒤" 고하는 "음흉한 작별"(1: 31)에 다름 아니다. 여기서 책략이란 물리적인 폭력을 동원한 강제 이주가 아니라 체제의 메커니즘이 그들을 쓰레기로 배출했다는 의미와 상통한다. 따라서 부천시 원미동은 서울로 상징되는 자본의 약육강식의 터전에서 낙오된 경제적 난민들의 게토이다. 같은 관점에서 어서 오십시오, 라는 번지르르한 부천시의 인사말은 "어떤 속임수가 담겨 있는"(1: 31) 불안의 표지일 수밖에 없다. 이들은 "국가 안에서 '내부적으로 배제된' 사람들"[18]로서 서울로의 재진입 혹은 계급 간의 상향이동이 불가능해진, 계급적 블랙홀에 빠진 존재라고 할 수 있다.

「멀고 아름다운 동네」가 서울과 원미동이라는 수평적 도시 공간의 위계에 대해 말하고 있다면 「地下生活者」는 도시 공간의 수직적 위계에 대해 형상화하고 있는 작품이라고 할 수 있다. 이 작품은 무궁화 연립 지하실에 사는 원단재단공인 '그'의 생존에 관한 이야기다. 그 서사의 기반은 그가 배설이라는 생물학적 기본 욕구마저 해결되지 못하는 조건 속에 놓인 지하세입자라는 데 있다. 지하실에는 화장실이 따로 없기 때문에 세를 놓은 1층 집주인의 화장실을 공유해야만 하는데, 1층에 사는 젊은 주인 여자는 결코 그에게 문을 열어 주지 않는 것이 문제의 핵심이다. 그가 지하생활자인 것은 단지 주거의 상황 때문만은 아니다. 그의 일터인 공장 역시 염색 원단에서 뿜어져 나오는 고약한 냄새로 가득 찬 지하 공장이기 때문이다.

하지만 그는 지하생활자인 자신에게 결사적으로 문을 열어 주지 않던 주인 여자도 한 남자의 시앗으로 만신창이가 된 지상의 또 다른 동굴의 소유자임을 알게 되고, 어설픈 스트라이크를 일으킨 공원工員의 처지가 공장 사장의 그것과 다를 바가 없다는 것을 깨닫게 된다. 이는 『원미동 사람들』이 보여주는 풍경이 단순한 계급론적 인식을 훌쩍 뛰어넘는 실존적 인식에 가 닿고 있음을 말해준다. 따라서 「멀고 아름다운 동네」에서 형상화된 서울과 원미동이라는 수평적 거리가 중심과 변방, 알짜와 잉여를 가르는 상수常數라면, 원미동이라는 장소 내의 수직적 거리는 지상과 지하, 사장과 노동자의 갈등과 화해를 매개하는 변수變數로 기능한다는 것을 알 수 있다. 하지만 여기서 나타나는 이해와 화해는 본질적인 갈등의 해소라기보다는 장삼이사들 사이를 일시적으로 봉합하는 임시방편적 성격이 강하다는 것을 염두에 둘 필요가 있다. 이는 배설이라는 기본적인 욕구조차 충족되지 못하는 지하 생활자의 삶이나 원단 가공 공장의 열악한 작업환경과 이에 대한 보상체계는 궁극적으로는 개선되지 못했음을 의미한다. 서로의 처지를 이해하는 선에서 이루어지는 화해란 세상을 바꾸는 힘이 되기보다는 기존 체제를 유지하는 보수적인 힘으로 작동하는 경우가 많기 때문이다.

3. 도시의 욕망과 기만의 일상성

잉리 르페브르Henn Letebvre에 따르면 '일상성'이란 근대의 철학자들이 쌓은 이분법, 즉 "하찮은 것과 중요한 것의 편을 가르며 한편은 존재,

깊이, 실체를 놓고 다른 한편에 현상, 덧없음, 드러냄을 놓는"[19] 사유를 거부하는 데서 출발한다. 그에 따르면 일상은 "추락의 방향도 아니고, 봉쇄나 장애물도 아니며, 다만 하나의 장場인 동시에, 교대, 하나의 단계이며 도약대, 여러 순간들(욕구·노동·향유−생산물·작품−수동성·창조·수단·목적 등)로 이루어진 한 순간이고, 가능성(가능성의 총체)을 실현시키기 위해 반드시 거기서부터 출발해야 하는 변증법적 상호작용"[20]의 지점이다. 이러한 관점에서, 수도권이지만 서울이 아닌 위성도서의 한 공간으로서의 원미동은 "한국 사회의 이주 현상을 표본실처럼 보여주는"[21] 공간으로서 각종 상점과 소상품을 생산하는 공장에 이르기까지 생산과 유통과 소비의 사이클이 조밀하게 연관된 하나의 일상적 공간이기에 세심한 주목을 요한다.

「방울새」는 남편이 부재하는 현실에서 자녀를 지키며 살아가는 두 여성의 동물원 산책기散策記를 바탕으로 들끓어 오르는 도시의 욕망과 여성의 자리를 되짚어보는 작품이다. 먼저 '윤희'는 이혼을 한 후 아들 '성구'를, '그녀'는 남편이 민주화 운동으로 투옥[22]된 후 딸 '경주'를 홀로 키우고 있다. 이렇게 남편 없이 아이를 데리고 일요일의 가족 군상들 틈에 끼어 공원을 산책한다는 것만으로도 남편의 부재는 더욱 크게 다가오기 마련이다. 윤희는 남편의 숱한 거짓말과 낭비벽 그리고 도박의 습성으로 이혼을 하게 되었고 지금은 역 광장 부근에서 식당을 하고 있다. 이렇게 "보장된 자유와 경제적 독립"(7: 158)으로 인해 윤희에 대한 유혹은 훨씬 더 대등한 위치에서 공격적으로 행해진다.

특히나 서울에서 윤희는 도시 공간을 "돈과 성욕, 그리고 권력에의 욕망으로 완전히 뒤덮여"(7: 159) 있다고 여긴다. 이것은 감상 이상의 실체로 다음과 같이 보다 구체적으로 진술되고 있다. "자유와 평등의 이념 아래서 그런 믿음이 갖는 뜻은 굴욕 이외 아무 것도 아니"(7: 159)며 누구든지 하나라도 더 갖기 위해 "천식 환자의 자지러지는 기침만큼이나 숨 넘어가는 속도로 돌진"(7: 159)하고 있다고 파악하고 있는 것이 그것이다. 이는 자본주의 사회에서 깃발처럼 나부끼는 선전의 도구인 자유와 평등의 가치에 대한 본질적인 회의를 드러내는 것이라고 할 수 있다. 슬라보예 지젝Slavoj Žižek이 일갈한 바와 같이 "실제로 우리가 가지고 있는 선택의 자유라는 것은 단지 우리가 억압과 착취에 동의했음을 의미하는 형식적 제스처로 기능하는 경우가 많"23)기 때문이다. 따라서 자유와 평등이란 무엇이든 얻을 수 있다는 희망의 원리가 아니라 자본주의의 사회의 광폭한 속도에 동력을 공급하는 참여자들의 자기착취적인 욕망을 재생산하는 이데올로기에 불과할 수도 있다.24)

　윤희는 이러한 도시의 욕망과 그 속에 도사리고 있는 음모를 '안개'를 통해 은유한다. "저 안개야말로 간밤에 내뿜어진 모든 욕망의 헉헉거리는 입김들의 잔해"(7: 159)로 생각하는 그녀는 자본주의의 밀실에서 품어낸 음모의 입김이 아침을 맞아 태양이 나타나면 슬금슬금 꽁무니를 뺀다고 여기고 있다. 싱글맘인 그녀가 부딪쳐야 하는 자본주의의 공간은 외디푸스화된 욕망들이 빚어내는 아비규환 그 이상도 이하도 아니기 때문이다. 그 안에서 벌어지는 욕망의 몸부림은 도시의 음험한 안개로 화하여 사람들을 가리고 자본에 찌든 악랄한 탐욕을 피워 올리기 마련이다.

　이처럼 수많은 오해와 편견으로 만들어진 욕망의 통조림 공장 같은 도시 공간에서 빚어지는 또 하나의 비극은, 한순간에 밀어닥치는 경제적 전락과 그 추락을 추인하는 기만의 어법이다. 기업의 구조조정의 과정에서 빈번하게 발생하는 부당한 해고는 하나의 사회적 타살[25]이라 할 수 있다. 여기서 해고자는 실직으로 인한 심리적 외상은 물론 경제적 압박과 사회적 관계의 단절을 경험하게 된다. "추락하는 일은 날아오르는 일보다 훨씬 간단하다."(2: 35)는 「불씨」의 서술자의 발언은, 창졸간에 나락으로 떨어지게 된 해고자의 절망어린 심정을 대변한다. 이 작품에서 '그'(진만이 아버지)는 아내의 장사 실패와 전보 발령, 그리고 기구 축소에 따른 부적당 사원의 해고로 이어지는 일련의 전락의 과정을 겪었다.

그가 이렇게 나락으로 떨어졌음에도 끊임없이 날아오르려 하는 이는 그의 아들 진만이다. 남의 장독을 깨고 다리를 다쳐도 슈퍼맨이 되겠다는 일념으로 보자기를 둘러쓰고 부단히 "비상의 훈련"(2: 39)을 거듭하는 진만이는, 아버지인 그의 추락과 대비되는 동시에 "다시 떠오르지 않을"(2: 39) 그의 처지를 은유한다. 그는 재취업을 위해 "될 듯 말 듯한 자리와의 숨바꼭질"(2: 40)을 겪으며 이력서를 들고 동분서주하면서도 일자리가 생길 것이라는 희망을 한 시도 놓지 않았다. 그러나 그 이유가 그의 의지에서 비롯되었다기보다는 무책임한 말들 때문이었다는 점은 주목을 요한다.

그것은 도시 공간에서 나타나는 기만의 어법인데, 가령 "조금만 기다려 봅시다, 혹은 올해는 아직 계획이 없으니 내년에 한 번 생각해 보도록 하겠습니다."(2: 40) 따위의 말이거나 "금명간 좋은 소식이 있을 겁니다. 잘해 봅시다."(2: 40)와 같은 조급한 희망을 갖게 하는 말이다. 이러한 말이 단지 인사치례였다고 할지라도, 이런 말로 헛된 희망을 던지는 것은 사회적 일탈을 경험하고 있는 이에게 가해지는 또 다른 폭력이다. 이는 해고 만화가의 하루 동안의 행적을 통해 '차나 한잔'에 담긴 1960년대 도회의 어법을 풍자한 김승옥의 「차나 한잔」(1964)으로 거슬러 올라갈 수 있는 기만의 언술이다. 김승옥은 "해고시키면서 차라도 한잔 나누는 이 인정"을 "회색빛 도시의 따뜻한 비극"26)이라는 패러독스에 담아낸 바 있다.

그는 이윽고 '전통문화연구회'라는 알쏭달쏭한 단체에 들어가 청동을 재료로 문화재를 조악하게 모사한 모조품을 파는 일을 하게 된다. 하지만 그의 지인들은 실제로 물건을 사주거나 도와주지도 않으면서 "몇 마디 말로 나누어가질 수 있는 최대치의 우정"(2: 47)만 헛되이 남발할 뿐이다. 정작 그가 파는 물건을 사준 사람은 친구나 지인이 아니라 고속버스터미널에서 우연히 만난 짐꾼이었다는 사실은, 도시 공간에서의 알음알이라는 것이 얼마나 피상적이고 공허한 것인가를 폭로한다.

전통적인 공동사회가 아닌 이상, 이익사회의 성격을 기반으로 하고 있는 현대사회에서 사회적 연대가 느슨해지는 것은 당연한 일이다. 그것은 모두가 철저하게 상품교환과 같은 대칭 관계에서 이루어지는 등가 교환의 원리에 의해, 철저하게 자신만을 위해 살아가기 때문이다. 하지만 사회가 안정적으로 돌아가는 중요한 이유 중의 하나는 바로 이러한 대칭적 교환 원리와는 다른 "비대칭 관계에서 성립하는 교환, 다시 말해 '증여적 교환'"27)이 어디선가 그 힘을 발휘하고 있기 때문이다. 하지만 원미동의 경우 그 공동체 내부를 떠받들고 있는 것은 누군가의, 혹은 눈에 보이지 않는 영역에서 이러한 비대칭적 교환이 행해지고 있기 때문이 아니다. 그것은 전통공동체의 1차적 관계가 철저하게 휘발된 무관심성 혹은 익명성으로 인해 얻어진 관용28)일 수 있다. 이러한 주장은, 서로 다른 지역에서 흘러들어온 원미동 주민들은 혼종적 구성29)을 보일 수밖에 없고 그만큼 다양한 접촉점으로 인해 갈등이 쉽지 않고 터져 나오지만 그 충격은 공동체 내부에 자연스럽게 흡수30)된다는 점을 논거로 삼고 있다.

『원미동 사람들』에 등장하는 모든 사람들은 「원미동 시인」의 화자인 소녀와 '몽달씨'를 제외하면, 이해관계에 따라 본능적으로 관여와 방관을 선택하거나 이익관계에 따라 결합과 재결합을 반복하는 장삼이사들이다. 이들은 결코 호혜적이지도 희생적이지도 않을 뿐만 아니라 오로지 각자의 생존을 도모해 가는 사람들이다. 그런 의미에서 이들은 선악의 이분법의 어느 한쪽에 치우쳐 있지 않고 이 두 자질이 자연스럽게 뒤섞여 있다. 따라서 소위 민중문학의 고착된 윤리적 이분법─부자는 악, 빈자는 선─은 이 작품에서 철저하게 부정된다.

일곱 살짜리 소녀를 화자로 등장시킨 「원미동 시인」에서 몽달씨는 하릴없이 동네를 배회하는 어딘가 정신이 나간 사람으로 그려진다. 화자는 그런 그의 유일한 친구임을 자처하며 그의 행위를 따라간다. 몽달씨의 새어머니가 김반장에게 하소연하는 말─"대학 다닐 때까진 저러지 않았대요. 저도 잘은 모르지만 학교서 잘렸대나 봐요. 뭐 뻔하죠. 요새 대학생들 짓거린. 그리곤 곧장 군대에 갔는데 제대하고부턴 사람이 저리 됐어요. 언제나 중얼중얼 시를 외운다는데 확 미쳐버린 것도 아니고, 아주 죽겠어요."(4: 87)─을 토대로 보면, 몽달씨는 학생운동→녹화사업(강제입영)→제대 후 정신이상으로 이어진 당시 국가폭력의 전형적 피해자라고 할 수 있다. 그런 그가 정치 깡패로 추정되는 정체 모를 이들에게 폭력을 당하게 되는데, 이때 김반장은 "무, 무슨 소리요? 난 몰라요! 상관없는 일에 말려들고 싶지 않으니까 나가서들 하시오."(4: 92)라고 말하며 몽달씨를 외면한다. 김반장은 자신의 가게에서 몽달씨를 종업원처럼 부리는 처지지만, 정작 그가 다급할 때는 그를 모른 척하는 위선을 보이는 것이다. 그런 그에게 화자는 "김반장은 나쁜 사람이야. 그렇지요?"(4: 99)라고 말해도 몽달씨는 아니라고 응수한다. 그러면서 화자에게 시 한 편을 읽어주는데, 그 작품이 바로 황지우의 「西風 앞에서」이다. 이 시에서 "박해받고 싶어하는 순교자"(4: 99)는 곧 시대의 희생양인 몽달씨의 삶과 대응한다. 문제는 이를 순정한 마음으로 들어주는 이가 오로지 일곱 살짜리 소녀이자 몽달씨의 유일한 친구를 자처하는 화자뿐이라는 사실이다. 이는 역으로 그를 향한 다른 원미동 사람들의 무관심과 속물성을 강하게 환기한다.

한편, 「찻집 여자」의 경우도 자신의 삶의 마지막 정착지가 되고 싶다는 소망으로 원미동에 들어왔으나 그 소박한 꿈이 쉽게 절망으로 바뀌고 마는 한 호스티스 여인의 이야기를 다루고 있다. 애초부터 원미동의 부녀자들에게 그녀는 "별볼일없이 가게에 죽치고 앉아 있는 사내들을 꼬드겨서 인삼차 한 잔에 천 원씩 부르는 불여우 같은 계집"(8: 181)에 불과했다. 결국 여자는 원미동의 모든 이들에게 저주의 대상이 되고 만다. 몇 푼 구전을 먹기 위해 강남부동산 박씨가 인삼찻집 자리에 화장품 할인 코너를 할 임자가 나타났다고 압력을 행사하고, 그녀의 힘겨운 삶을 누구보다 잘 이해하고 있는 엄씨 역시 "여자만 떠나준다면 금세 찻집 일은 잊어"(8: 201)줄 것이라는 생각에 다른 사람들과 같은 입장에 서게 되는 것이다. 엄씨가 이런 자신의 모습을 스스로 혐오한다고 해도 그녀는 현실적으로 자신의 불륜담의 화인火印으로 변해 버린 뒤였다. 이러한 자기모순은 센 바람에 'ㄱ'자가 날아가 버린 '행보사진관'의 모습으로 현시된다. 그리하여 한 여인의 원미동 정착기는 실패로 돌아가고 만다. 원미동 주민들은 호스티스라는 그녀의 출신을 따졌고 이를 근거로 그녀를 천시했으며 마지막으로 엄씨마저도 다를 것이 없었다는 사실은 소시민적 위선으로 무장한 원미동의 비정함을 증명한다.

「일용할 糧食」은 김포쌀상회가 김포슈퍼로 확장 개업하면서 김반장의 형제슈퍼와 할인 경쟁을 하다가, '싱싱청과물'이 새롭게 시장에 진입하자, 두 점포가 경제적 카르텔을 형성하여 이를 축출하게 된다는 이야기다. 게다가 이러한 부당한 상황에 가장 비판적인 입장을 보였던 써니전자의 시내 엄마 역시 싱싱청과물 자리에 새로 전파사가 들어선다는 소식을 듣게 되자, 자신이 그토록 비판했던 두 슈퍼의 주인들과 같은 입장으로 돌변하게 된다. 이러한 상황적 아이러니는 "오죽하면 여기까지 와서 장사를 벌렸을라구. (…중략…) 그깟것 같이 좀 먹고 살면 어때서, 너무 잔인해."(9: 219)라고 말했던 시내 엄마의 말을 "오죽하면 이 동네까지 와서 전파상을 벌일라구. 같이 먹고 살아야지. 안 그래?"라고 그대로 흉내내는 우리 정육점 안주인의 조소 어린 말을 통해 적나라하게 드러난다.

이러한 원미동 주민들 사이의 갈등이 적절하게 흡수될 수 있는 것은, 혼종적 구성으로 인한 이른바 '관용'의 창출 때문이라는 논거31)도

무시할 수 없는 이유가 될 수 있겠지만, 그보다 우선시 되어야 할 것은 원미동이라는 자본 생태계 내부에 절대적 강자 혹은 대립적인 둘 이상의 강자가 존재하지 않기 때문이라는 점이다. "원미동은 일차적으로는 주거 장소이지만, 그를 중심으로 해서 생산, 상업, 문화 등의 도시 공간이 빽빽하게 몰려 있는 전형적인 소상품 생산 양식의 거리"32)이다. 이러한 공간에서 장삼이사라 할 수 있는 소생산자, 소상인 및 봉급생활자들 사이에 갈등이 무수하게 발생한다고 해도 그것은 결코 커다란 사회적 물의를 일으키지 않는 소분규에 불과하다. 겉으로 보기에 그들은 끈끈한 유대 관계로 이어진 것 같지만 사실은 생존의 논리에 사로잡힌 채 반목과 기만을 일상적이면서도 항상적으로 유지하고 있을 따름이다. 그것은 "옆엣사람을 돌아보지 않는 악착스런 경쟁과 경쟁에 진 자의 굴종이 스스럼없이 공존"33)하는, 이른바 윤리와 문화라는 상위 규범이 작동하지 않는 삶의 모습들이다.

4. 장소상실과 바이오필리아

원미동이라는 도시 공간의 탄생은 그 이전의 전통적인 삶의 조건의 인위적이고 급작스러운 붕괴에서 시작되었다. 「마지막 땅」에 따르면 원래 원미동은 조마루, 혹은 조종리曺宗里라는 이름으로 불리던 조씨 성의 종촌이었다. 이곳에서 평생을 머슴으로 살면서 모은 몇 푼으로 몇 평의 논을 마련하고 죽은 이가 바로 강노인의 부친이었다. 강노인은 "네 크거들랑 이 조마루를 강마루로 만들거라."(3: 67)라는 입버릇처럼 반복된 부친의 말대로 조마루 사람들이 아들딸들의 유학비용으로 땅을 팔 때마다 차곡차곡 사두었던 것이다. 그렇게 강노인은 지주가 되어 부친의 유지를 실현시키는가 싶었지만 도시화에 따라 강제 토지 수용, 용도 변경, 택지 조성이 이어지면서 그의 땅이 잘려나가기 시작한다. 게다가 거름으로 인분을 신뢰하는 강 노인은 인분의 악취로 인해 항시 주민들과 대립하고 갈등하는데, 주민들로서도 원미동의 매물賣物이 될 강노인의 땅이 당장이라도 팔려 "번듯한 건물들이 들어서야 이 거리가 완벽하게 채워"(3: 74)진다고 여기고 있다.

강노인의 논밭은 원래 원미동의 주인이었지만, 현재는 "시청으로 가는 번듯한 도로인데다가 옆으로는 사진관, 전파상, 미용실, 인삼찻집, 치킨 센타들이 즐비한 속에 뚱딴지처럼 가운데에 파고 든 강노인 밭은 아닌 게 아니라 좀 기이하게도"(3: 62, 밑줄은 인용자) 보이는 것이 사실이다. 여기서 강노인의 밭이 상가건물들 사이를 '파고 든' 것이라고 했는데 이는 주객이 전도되어 있는 표현이다. 강노인의 땅을 장악한 것이 현재의 원미동을 차지하고 있는 건물들인데, 오히려 이런 건물들 사이를 강노인의 땅이 파고 든 것이라고 서술하고 있기 때문이다. 여기서 이 땅의 원소유자였던 강노인은 장소를 잃어버린 존재로 전락한다. "장소를 빼앗기고 장소에서 뿌리뽑힌 사람들의 항의"에도 불구하고 "경관 계획과 재개발이 이것을 명백하게 무시한 채 진행된다는 사실"[34]은 어제 오늘의 일이 아니다. 이렇게 이 땅은 '인류학적 장소anthropological place'로서의 특성이 탈각되고 "역사성의 부재, 고유한 정체성의 부재 등을 특징으로 지니는" "비장소"[35]로 변모된다.

주민들이 강노인에 대한 앙갚음으로 그의 밭에 연탄재를 버리고, 매년 겨울이면 밭이 쓰레기장으로 변하는데도 강노인은 "땅은 안 돼. 안 팔아!"(3: 78)라며 자신의 뜻을 굽히지 않는다. "이 만큼이라도 마지막 땅조각을 붙들고 있다는"(3: 78) 것이 유일한 위안인 강노인은 "서울바람이 몰아닥쳐 요 모양으로 설익은 도시가 되지 않았더라면 아직껏 넓디넓은 땅을 가지고 있을 것이 틀림없는 스스로를 생각"(3: 78)하며 치미는 울화를 견딘다. 강노인의 마지막 땅이 힘겹게 원미동 아니, 강마루라는 원미동의 역사적 장소를 간신히 증거하고 있고 이를 지키고자 하는 고집스러움이 오히려 반시대적으로 읽히는 것이야말로, 이 시대의 비장소화의 광포한 속도를 감득케 한다.

원미동의 이러한 비장소화의 저편에는 '원미산'이라는 자연이 자리한다. 「한 마리의 나그네 쥐」는 『원미동 사람들』에서 폭넓게 다루어진 서울—원미동의 공간 구조에 '원미산'을 추가하여 최종적으로 작품 전체를 삼원체계로 맥락화하도록 고려된 작품이라고 할 수 있다. 이 작품은 형제슈퍼의 평상에 어느 날 지물포 주씨, 사진관 엄씨, 강남부동산 박씨, 형제슈퍼 김반장이 모여 원미동의 어느 '사내'의 전설과 같은 이야기를 주고받는 과정을 통해 서사의 동력을 이어나간다. 이들이 사건의 모티프를 제시함과 동시에 논평을 가하고 그 내용이 깊어지면 사내라는 인물을 중심으로 한 내적 초점화에 의해 일관된 서술이 이루어지고 있다. 쉽게 액자기법이라고 말할 수 있겠으나 중요한 것은 초점인물인 사내가 철저하게 소문이라는 형태로만 존재하고 있다는 점이다.

원미산을 처음 찾았던 그는 "비릿한 냄새 때문에 욕지기가 솟구치려 하였"(5: 103)지만, 숲의 향기에 익숙해지는 한 달 간의 시간이 흐르자, 반대로 도시의 냄새에서 "짐승우리에서 풍겨오는 악취를 맡는 것"(5: 105) 같은 거부반응이 나타난다. 그는 사원식당에서, 도심의 거리에서, 치솟아 오르는 구토증에 시달린다. 퇴근길 발 디딜 틈 하나 없는 전철은 "짐승들을 가두어넣는 견고한 강철 상자"(5: 109)로밖에 보이지 않는다. 그러한 그의 심리적 억압은 만원 전철에서 "폭파해버릴 거야! 이 차를 폭파시켜버리겠다!"(5: 110)는 무의식적 외침이 비어져 나오기에 이른다. 이윽고 산을 헤매는 즐거움에 빠진 그는 숲의 모든 것과 교감하며 그곳에 자신의 전존재를 맡긴다. 이것은 에드워드 윌슨Edward Wilson이 창안한 바이오필리아biophilia의 가설과 그 맥이 닿는다. 그의 이론에 따르면 "심오한 보존 윤리의 근본적인 요소는 '생명 사랑'"이며 "우리의 마음은 가만히 두면 이 경향에 따라 자연스럽게

원미산 전경. 녹색 갈증, 자연 회귀의 충동은 원미산으로 스며들어 벌레 한 마리조차 정답게 느끼며 자연의 향연에 온몸으로 감응하는 「한 마리의 나그네 쥐」의 화자를 통해 잘 나타난다.

생명에 이끌"리는데, 이때 그 마음은 "장구한 진화의 역사가 우리의 유전자 속에 새겨 넣은 명령을 충실히 따른다".36)

이러한 녹색 갈증, 자연 회귀의 충동은 원미산으로 스며들어 벌레 한 마리조차 정답게 느끼며 자연의 향연에 온몸으로 감응하는 그를 통해 잘 나타난다. 하지만 주말이면 그는 "벌떼처럼 왕왕 거리는 사람의 물결"(5: 111)을 피해 밤에 산을 찾을 수밖에 없었다. 그가 이렇게 몰려드는 사람들에 섬뜩함을 느끼는 것은, 그들이 단지 자연 속에서의 은일을 방해하기 때문만은 아니다. 그는 5년 전 출장 차 가게 된 한 도시에서 "인간의 얼굴을 한 수많은 짐승의 무리들이 치켜올린 날카로운 발톱"(5: 112)을 목격했기 때문이다. 그것은 5월 광주의 핏빛 기억이었고 그때부터 그는 사람들이 모여 있는 장소에 가게 되면 가슴이 심하게 뛰는 정신적 외상을 겪게 된다.

결국 인간들이 무리지어 사는 도시로부터 벗어나 자연 회귀를 감행한 그는 숲에서 대부분의 시간을 보내며 그를 옭아맸던 사회적 시간으로부터 벗어나고자 한다. 그러한 생활 속에서 그는 "산을 헤매던 한 마리 쥐"(5: 120)와 마주치게 되는데 그 쥐와 눈빛을 주고받던 그는 잠자리를 찾아 숲을 빠져나가야 함에도 불구하고 나무둥치에 붙어 버린 듯 몸이 움직이지 않는다. 이것을 끝으로 "결국 그 남자는 사라져 버리고 말았군요."(5: 121)라는 사진관 엄씨의 말과 함께 이야기는 액자 밖으로 빠져 나온다. 그를 기다리던 가족들 또한 그럭저럭 살다가 어디론가 떠나버렸고 그의 행방은 아무도 알지 못한다는 말로 이야기는 마무리된다.

여기서 원미산을 "잃어버린 이상적 공간"37)이라고 파악할 수 있는 것은 그 남자의 자연 회귀가 다만 전설 속에서만 존재할 뿐만 아니라 어느 누구도 그처럼 "질식당하고야 말 것"(5: 109) 같은 물신화된 약육강식의 세계의 바깥으로 벗어날 수 없기 때문이다. 그런 의미에서 원미산이라는 공간은 거기 분명히 존재하고는 있지만 현실적인 삶의 장소인 원미동과 철저하게 이질적인 공간이라는 점에서 돌아갈 수 없는 근원적 공간의 함의를 지닌다. 따라서 선망과 애증의 장소로서의 '서울'(A)이 저편에 있다면, 그곳에서 떠밀려온 추방자들의 철저하게 속물화된 장소인 '원미동'(B)이 여기에 있으며, 자연 회귀의 상징으로서 '원미산'(C)이라는 근원적 공간이 단지 거기에 존재하는 것뿐이다. 이로써 『원미동 사람들』의 공간적 위계는 A(선망)—B(현실)—C(근원)의 형태로 완성되며, A는 물질적 욕망의 최대치를, C는 자연 회귀적 욕망의 최대치를, B는 세속적 욕망의 틀 안에 갇힌 채 비초월적 생을 이어가는 일상성의 최대치를 보여준다고 할 수 있다.

5. 소시민의 허위의식과 자기반성

원미동 사람들의 삶은 우리로부터 멀지도遠 그다지 아름답지도美 않다. 악착같이 싸우고 배신하고 밀어내는 이전투구는 끊임없음이라는 측면에서는 생명력이라고 부를 수 있을지도 모르지만 그 몰염치한 생존경쟁을 무비판적으로 긍정할 수는 없기 때문이다. 따라서 이와 같은 몰각의 상태에 내던져진 채 하루하루 생존 경쟁을 지속하는 삶이라면 이에 대한 성찰과 각성이 뒤따르지 않으면 안 된다. 물론 이것이 평범한 원미동 주민이 아닌 소설가로 등장하는 내포작가의 가정과 그녀 자신에게서 일어나는 인식의 변화라고 할지라도, 이에 대한 중요성은 간과될 수 없다.

「비오는 날이면 가리봉동에 가야 한다」는 은혜네 집(작가 자신의 집으로 설정되어 있는 장소)의 욕실 누수 공사를 둘러싸고, 일꾼 임씨와 집 주인인 그와 아내 사이의 미묘한 감정의 변화를 추적하고 있는 작품이다.「멀고 아름다운 동네」에서 그려진 바와 같이 서울을 떠나 부천으로 이사를 온 그들은 자기 집을 장만했다는 기쁨도 잠시, 집안 구석구석에서 터져 나오는 잦은 고장 사고를 겪게 된다. 이어 급기야 목욕탕 누수 사고가 터지자 이를 손보기 위해 지물포 주씨의 주선으로 일꾼 임씨를 들인다. 하지만 그와 그의 아내는 처음부터 임씨를 미덥지 않게 보았을 뿐만 아니라 임씨의 말솜씨까지도 검은 속셈을 은폐하고 있는 것 같다고 느끼는 등 불신을 갖는다.

서술자는 침입적인 논평으로 그와 임씨의 처지를 계산한다. 그는 서울 중심가의 직장을 둔 월급쟁이이자 회사 주변에 작게는 일이만 원에서 크게는 이삼십만 원의 외상 술값을 남겨놓을 만큼의 능력을 가진 사람이면서 동시에 실장의 곁눈질에 가슴이 철렁하는 소심함도 없지 않지만, 여름엔 공사판 막일, 겨울엔 연탄 배달까지 해야 하는 임씨의 처지와는 다르다는 진술이 바로 그것이다. 이는 천 만이 넘는 서울 인구 중에 자신들보다 못 배우고 더 가난한 이들도 분명 있을 터인데 부천까지 밀려 나왔다는 상실감과 결합하여 나타나는 쁘띠 부르주아·인텔리겐치아의 허위의식의 일단을 드리낸다.

이처럼 자신과 임씨의 처지를 구분하는 의식은, 임씨와 점심 식사를 겸상하겠다는 그를 우회적으로 무지르는 아내의 태도를 통해 뚜렷하게 나타난다. 그러자 임씨는 자신과 젊은 조수를 가리키며 "저희야 옷도 먼지투성이고, 일하던 꼴이라 망칙스러우니 사장님과 함께 들기가 뭐하네요."(6: 134)라고 말하며 그와의 겸상을 사양한다. 결국 아내는 마지못해 그의 밥과 숟가락을 상에 놓았지만, 임씨와 그의 아내 사이를 갈라놓는 계급의식이 자본주의의 허위의식이 자라나는 숙주가 되는 것은 분명하다.

이어, 고추 장사를 하다 망한 얘기, 지하실 단칸방에서 하루 두 끼를 백 원짜리 라면으로 대신할 수밖에 없었던 얘기, 몰래 먹이로 개를 유인하여 팔아먹던 개장수 시절의 얘기 등 먹고살기 위해 애면글면했던 임씨의 내력을 듣자, 그는 "그가 끌고 다녔을 개들의 인생과 별로 다를 바 없는, 도저히 구제할 수 없는"(6: 138) 그의 생을 생각하며 연민을 느낀다. 반면 그의 아내는 그런 산전수전을 겪은 임씨가 보통 수완이 아님을 간파했다고 말한다. 임씨를 향한 그와 아내의 시각은 조금 더 벌어지는데, 그가 임씨의 잡역부 역할을 톡톡히 하며 일이 마무리 되어 갈 즈음, 임씨가 다른 곳도 손봐주겠다고 자청을 하자, 아내는 "자기도 양심이 있나보지. 생돈을 그냥 먹으려니 찔리는 데가 있는 거예요."(6: 139)라며 철저한 의심의 눈초리로 그를 바라본다.

하지만 작업 말미에 옥상에 방수액까지 꼼꼼하게 부어가며 주문하지 않은 일까지 성실하게 마무리 하는 임씨를 바라보며 "저 열 손가락에 박힌 공이의 대가가 기껏 지하실 단칸방만큼의 생활뿐이라면 좀 너무하지 않나 하는 안타까움이 솟아오르기도 했다."(6: 142~143)는 대목에서 그는 임씨에 대한 인식 변화뿐만 아니라 사회적 불공정성에까지 문제를 제기하는 데 이르게 된다. 또한 바가지를 씌울 것이라고 생각했던 임씨가 처음 제시한 금액보다 적게 재견적을 내어 금액을 청구하는 대목에선 그의 우직하고 정직한 됨됨이가 여실하게 드러난다.

미안한 마음에 형제슈퍼 노천의자로 자리를 바꾸어 술 한 잔을 기울이는 자리에서 임씨는 비만 오면 가리봉동에 가는 이유를 밝힌다. 임씨는 처자식 얼굴에 검댕칠 묻혀놓는 자신을 한탄하며 가리봉동에 가서 떼인 돈을 받으면 고향으로 돌아갈 거라고 눈물을 흘린다. 거짓없는 올곧은 육체노동자 임씨를 통해 그가 얻게 된 성찰의 계기는, 서로가 서로를 배반하고 갈등하는 원미동이라는 소시민의 생존의 터전에서 보다 중요한 윤리적 의미를 지닌다. 원미동이라는 장소가 우리 세계를 담은 하나의 축도라고 했을 때, 혼종적 구성으로 인한 무관심성이 이 세계를 지탱하는 것이 아니라 이러한 윤리적 혹은 정치적 각성의 계기들이 모여 더 큰 인식의 전환으로 이어질 수 있기 때문이다.

한편, 「한계령」은 앞서 다루어진 소시민적 근성에 대한 성찰을 바탕으로, 보다 근원적인 생의 의미와 가치라는 물음에 답하며 연작소설의 대미를 장식한다. 이 작품의 주 스토리 선main story-line[38]은 화자가 25년 만에 은자의 전화를 받은 수요일부터, 일요일 밤 새부천클럽에서 은자가 부르는 노래를 듣고 다시 사흘이 지난 아침 화자의 무심함을 책망하는 은자의 전화를 받을 때까지의 일주일 간을 다룬 이야기나. 다시 여기에 고향에서의 은자와의 추억과 아버지의 몫을 띠맡아야 했던 큰오빠를 중심으로 한 가족사의 역경이 부 스토리—선subsidiary story-line으로 포개지면서 작품의 구조를 형성하고 있다.

전술한 바와 같이 서사의 발단은 화자가 어느 날 갑자기 고향 친구 은자의 전화를 받게 되는 장면에서 시작된다. 그 느닷없는 전화가 오랜 시간을 넘나들게 하여 지쳤다 하더라도 "넌 내가 안 보고 싶어? 아휴, 궁금해 죽겠다."(11: 254)라고 말하는 은자에 비해 화자는 여유 있는 태도를 보인다. 게다가 반가움에 한껏 들떠 있는 은자와는 달리 화자는 침착한 자세를 잃지 않는다. 물론 은자에 관한 유년 시절의 이야기를 소설로 썼을 만큼 그녀는 화자의 기억 속에서도 중요한 존재이다. 그녀가 무명가수이지만 노래를 놓지 않았기에 경인지역 밤무대에서 알아주는 '미나 박'이 되었다는 것 또한 그 진정성만큼이나 중요한 것이다. 하지만 당장 만나자는 그녀의 성화는 화자에게 딸아이의 잠자리, 내일까지 써 놓아야 할 산문보다 더 중요한 것이 못된다. 부천에서 노래를 부른다면 언제라도 만날 수 있지 않겠냐는 화자의 유보적인 자세는 밤업소의 계약이 일요일이면 만료되는 은자를 펄쩍 뛰게 한다.

아버지 대신 동생들을 맡아 가장 노릇을 했던 큰오빠가 조금씩 허물어지고 있다는 이야기, 그리고 재개발로 인해 고향집을 팔아야만 했던 상황은 화자의 기억 속에 강고하게 자리잡고 있던 고향의 원형을 시간의 후면으로 밀려나게 한다. 이런 처지에서 밤무대 가수가 된 은자를 만나게 된다면 마지막 남은 고향의 표지판을 잃게 될지도 모른다는 망설임으로 인해 화자는 계속적으로 은자와의 만남을 지연한다. 결국 노래를 부르게 될 마지막 이틀 밤을 남겨두고 은자는 화자에게 전화를 걸어온다. "설마 안 올 작정은 아니겠지? 고향 친구 한번 만나보려니까 되게 힘드네. 야, 작가 선생이 밤무대 가수 신세인 옛 친구 만나려니까 체면이 안 서대?"(11: 263)라고 말하며 자격지심의 감정을 드러낸다. 화자는 그렇게 대화가 어긋나는 것을 놓아둔다. 박은자가 미나 박이 되기까지 수없이 넘어져야 했던 시간도 이해한다. 하지만 화자에게 은자의 스토리는 부천에 이사 와서 듣게 된 "삶들의 윤기 없는 목소리"(11: 264) 중 하나일 뿐이다. 여기서 화자는 이런 삶의 부침을 듣고 있었다는 식의 관찰자적 입장에서 벗어나지 못한다. 작가의 분신인 화자는 시난고난한 삶의 온갖 고난과 일정 정도의 거리를 갖고 있으며, 그 거리만큼 은자와의 만남은 유예될 수밖에 없는 것이다.

하지만 화자는 결국 일요일 저녁, 새부천나이트클럽을 찾아가게 되고 거기서 한 밤무대 가수가 전신으로 부르는 '한계령'이라는 노래를 듣게 된다. 화자는 그 노래 속에서 가사 하나 하나를 음미하며 힘겹게 산을 오르는 인생의 국면을 연상하고 마침내 "큰오빠의 쓸쓸한 등을, 그의 지친 뒷모습"(11: 272)이 다가오는 것을 느끼며 눈물을 흘린다. 이런 화자의 감정은 "질퍽하게 취하여 흔들거리고 있는 테이블의 취객들"(11: 273)까지도 눈물어린 시선으로 어루만지게 한다. 이러한 화자의 각성은 그동안 방외인의 시선으로 삶을 만화경적으로 관찰하기만 했던 작가의 시선이 비로소 생의 실체와 맞닿는 순간이라고 할 수 있다. 집에 돌아와서 화자는 그 여가수가 은자라고 확신하며 큰오빠의 뒤를 따라 산봉우리를 오르는 꿈을 통해 노래를 현몽한다. 작가의 분신인 화사의 소시민직 태도는 25년 만에 이어진 은자와의 통화와 그녀가 불렀음에 분명한 '한계령'이라는 "놀라운 노래"(11:

272)를 통해, 넘어지고 또 넘어지며 묵묵히 산봉우리를 오르는 것이 곧 삶이라는 인식으로 이어지며, 이는 밤무대 가수가 된 은자의 삶은 물론, 가족사를 짊어졌던 큰 오빠의 삶과 더 나아가 모든 이들의 생으로 확대된다.

6. 서울 위성도시의 도시성과 욕망의 구조

1980년대 인구 천만이 넘는 거대도시로 성장한 서울과 그 주변 도시가 서로 연결되어 연담도시conurbation를 형성하는 수도권 내부의 구조 속에서 도시 공간은 위계화되고, 도시 인구의 적절한 수용과 배분은 인간 쓰레기를 둘러싼 첨예한 정치적 문제로 부각된다. 이러한 문제를 「멀고 아름다운 동네」가 수평적 위계를 통해 선망과 원망의 장소인 서울과 그 주변부로서의 원미동을 형상화하였다면, 「지하생활자」의 경우는 수직적 위계를 통해 계급론적 부면을 넘어선 원미동 내부의 존재론적·혼종적 변수를 제시했다고 할 수 있다.

이러한 상황 속에서 나타나는 도시 공간의 욕망은 곧 자본주의 사회의 가속도와 이를 둘러싼 욕망과 음모라는 것이 「방울새」가 거느리고 있는 풍경이라 했을 때, 「불씨」는 사회적 타살이라는 해고의 상황을 견디는 한 가장의 절망어린 일상과 이를 기만하는 도시의 비극을 형상화함으로써, 자본의 토양 위에서 선택의 자유라는 가치의 허상을 예각적으로 드러내고 있다. 게다가 원미동이라는 장삼이사들의 혼종적 장소는 겉으로는 호혜와 연대의 끈으로 연결된 것처럼 보이지만 기실은 끊임없는 생존경쟁의 과정을 반복하고 있다. 이러한 현상은 「원미동 시인」에서 몽달씨를 향한 무참한 폭력을 외면하는 위선적 태도, 호스티스 출신의 한 여인의 원미동 정착기를 실패로 귀결시키는 모종의 배타 심리(「찻집 여자」), 신참자의 진입을 원천적으로 봉쇄하는 경제적 카르텔(「일용할 糧食」)을 통해 분명하게 드러난다.

근대 도시는 인류학적 공간이 가지는 불규칙성과 다양성을 소거한 자리 위에 균질화된 공간을 창출하여 이에 따른 내적 규범화를 이루어낸 장소라고 할 수 있다. 「마지막 땅」에서 강노인이 그토록 지키려고 하는 땅은 조마루를 강마루로 만들라는 선친의 유지가 보존되고 있는 유일한 장소임과 동시에 상가건물이 즐비한 소자본의 거리로 변모한 장소상실의 반대편에 전통적인 의미에서의 땅을 고집스럽게 증거하고 있는 장소이다. 더 나아가 강노인의 밭으로 상징되는 전통적인 장소 저 편에 되돌아갈 수 없는 자연 회귀의 공간으로 원미산이 제시된다. 「한 마리의 나그네 쥐」는 하루하루 자본의 토양 안에서 질식당할 것 같은 삶을 살아가던 한 사람이 원미산이라는 자연 공간 안에서 황홀한 치유의 시간을 갖게 되고 마침내 실종되어 버린 이야기인데, 이는 역으로 전설 같은 이야기 속에서만 소문으로 존재하기 때문에 회귀의 불가능성을 반어적으로 환기한다고 할 수 있다.

한편, 혼종성에 기반한 이른바 관용의 창출이 원미동 주민들 상호 간의 갈등과 대립을 완화시켜 주는 조절기능을 담당한다는 선행 연구의 주장은, 기실 서민 혹은 민중을 이상적으로 보려는 심리적 경사가 반영된 관념의 소산일 수도 있다. 그러한 측면에서 허위의식 속에 갇혀 무자각 상태에 내던져진 소시민성이 일상의 작은 계기를 통해 각성되는 순간은, 공감과 연대라는 비현실적인 민중의식으로 이들의 삶을 윤색하는 것보다 더 중요한 정치적 의미를 지닌다. 엉터리 견적으로 주인을 속일 것이 분명하다 여겼던 임씨에게서 성실하고 정직한 삶의 모습을 발견하고 반성하는 「비오는 날이면 가리봉동에 가야한다」의 그의 각성이 바로 그것이다. 「한계령」의 화자가, 밤무대 가수가 된 고향친구에게 25년 만에 연락이 왔음에도 불구하고 그녀와의 만남을 이런저런 현실적 심리적 이유로 유보하다, 결국 그녀가 불렀음이 분명한 '한계령'이라는 노래를 듣고 밤무대 가수 은자는 물론 자신의 가족사를 포함한 모든 존재의 숭고한 삶의 가치를 깨닫고 커다란 위안을 얻게 되는 것도 마찬가지다.

『원미동 사람들』이 품고 있는 당대의 한국 사회는 광주대단지 사건과 같이 도시에서 발생한 '인간 쓰레기'를 강제로 내다 버리는 직접적 폭력 대신에 체제 스스로 이를 배출하여 경제적 균형과 평형을 유지할 수 있게 되었다는 데 그 핵심이 있다. 이러한 과정에서 형성된 수많은 거대도시 근교의 원미동은 자본의 비극이 만들어놓은 "작고도 큰 세계"[39]다. 따라서 이 연작소설은 오늘을 사는 우리들의 오래된 미래이자, 자본의 풍경과 이것이 만들어낸 내면의식을 누적적으로 검토함과 동시에 이를 각성하는 치명적 도약의 순간을 마련함으로써 그 돌파구를 암시하고 있다고 할 수 있다.

|주|

1) 이재현, 「도회적 삶과 모성」, 『양귀자』(한국소설문학대계 77), 동아출판사, 1995, 495쪽.

2) 이 장에서 사용하는 '장소'(혹은 '장소성')는 '공간'이라는 용어와 구분된다. 용어상의 정합성의 맥락에서 '공간'은 추상적·비경험적 영역, '장소'는 구체적·실천적 영역으로 분별되기 때문이다(애드워드 렐프, 김덕현·김현주·심승희 옮김, 『장소와 장소상실』, 논형, 2005, 287쪽; Yi-Fu Tuan, *Space and Place—The Perspective of Experience*, Minneapolis: The University of Minnesota Press, 1977, p. 6).

3) 이현주 외, 「수도권 제1기 신도시에 대한 평가 및 향후 재편방향 제안」, 『도시정보』 362, 대한국토·도시계획학회, 2012, 3쪽.

4) 김현숙, 「원미동, 삶의 용광로」, 강진호·이선미·장영우 외, 『우리 시대의 소설, 우리 시대의 작가』, 계몽사, 1997, 356쪽.

5) 이형진, 「『원미동 사람들』의 구성원리와 「한계령」, 연작이라는 형식에 대한 고찰을 중심으로」, 『한국현대문학연구』 43, 한국현대문학회, 2014, 552쪽.

6) 임희현, 「국가 폭력의 기억과 글쓰기—양귀자 문학 연구」, 『민족문학사연구』 65, 민족문학사학회·민족문학사연구소, 2017, 100쪽.

7) 이양숙, 「『원미동 사람들』에 나타난 도시의 일상과 도시공동체의 의미」, 『구보학보』 12, 구보학회, 2015, 251쪽.

8) 이주연, 「한국어 문학교육을 위한 '대화주의'적용 방안 연구—『원미동 사람들』을 중심으로」, 『원불교사상과 종교문화』 73, 원불교사상연구원, 2017, 454쪽.

9) 가라타니 고진, 박유하 옮김, 『일본 근대문학의 기원』, 민음사, 1997, 32쪽.

10) 이 장의 텍스트는 양귀자, 『원미동 사람들』, 1987, 문학과지성사이며 작품의 일련번호는 수록 순서에 따라 다음과 같이 하기로 한다.
  1. 「멀고 아름다운 동네」, 2. 「불씨」, 3. 「마지막 땅」, 4. 「원미동 시인」, 5. 「한 마리의 나그네 쥐」, 6. 「비오는 날이면 가리봉동에 가야한다」, 7. 「방울새」, 8. 「찻집 여자」, 9. 「일용할 糧食」, 10. 「地下生活者」, 11. 「한계령」.
이에 따라 인용출전은 '(일련번호: 해당 페이지)'의 방식으로 밝히기로 한다.

11) 지그문트 바우만, 정일준 옮김, 『쓰레기가 되는 삶들—모더니티와 그 추방자들』, 새물결, 2008, 23쪽.

12) 위의 책, 21~22쪽.

13) 1967년 7월 18일 김현옥 서울시장은 23만여 동의 무허가 주택을 철거하고 127만

명의 주민을 서울시 밖으로 이주시키는 계획을 세우고, 경기 광주군 중부면에 약 10만 5천 가구, 인구 50~60만이 살 수 있도록 전략을 세웠다(김동춘, 「1971년 8.10 광주대단지 주민항거의 배경과 성격」, 『공간과 사회』 21(4), 한국공간환경학회, 2011, 9쪽).

14) 박홍근, 「근대국가의 처분 가능한 인간 만들기—1971년 광주대단지 사태와 오늘날 강남 포이동 주민 집단 채무자화를 중심으로」, 『한국사회학회 사회학대회논문집』, 한국사회학회, 2014, 212쪽.

15) 조명래, 「8·10 성남대단지사건의 재해석과 성남—도시정체성의 모색 도시권리의 관점에서」, 『공간과 사회』 21(4), 한국공간환경학회, 2011, 35쪽.

16) 지그문트 바우만, 한상석 옮김, 『모두스 비벤디—유동하는 세계의 지옥과 유토피아』, 후마니타스, 2010, 56쪽.

17) 물론 울타리 바깥으로 옮겨지지 않고 안에 남아 있는 사람들은 비록 일시적으로는 필요하지 않더라도 '재활용 대상'이나 '사회 복귀 대상'으로 분류된다(위의 책, 56쪽).

18) 위의 책, 84쪽.

19) 앙리 르페브르, 박정자 옮김, 『현대세계의 일상성』, 기파랑, 2005, 62쪽.

20) 위의 책, 62쪽.

21) 양귀자, 「작가 후기」, 『원미동 사람들』, 문학과지성사, 1987, 288쪽.

22) 투옥의 구체적인 경위는 작품 속에 나타나지 않으나 그 사유를 민주화 운동으로 지칭한 것은 "그는 이 세상의 모든 이들이 가능하기만 하다면 평등하게, 그리고 따뜻한 마음을 나누면서 살아야 한다고 생각하던 사람이었다. 그 생각이 어느 무렵부터인가 주장으로 바뀌었고 이제 그는 그 주장만을 신봉하는 것처럼 보여졌다."(7: 155)는 문장에서 추리한 것이다.

23) 슬라보예 지젝, 김희진·정일권·이현우 옮김, 『폭력이란 무엇인가』, 난장이, 2011, 208쪽.

24) 선택의 자유니 기회니 하는 담론들이 자본주의적인 생산양식 하에서 경제적 선택, 경제적 자유, 경제적 기회라는 담론들로 변신하면서⋯⋯심지어는 경제적 자유가 곧 정치적 자유인 것처럼 만들기 때문이다(이득재, 「광고 욕망 자본주의」, 현실문화연구 편, 『광고의 신화, 욕망, 이미지』, 현실문화연구, 1993, 18쪽).

25) 모든 죽음은 사회적 타살이라는 에밀 뒤르켐의 말과 같이 해고 역시 사회적 살인이다. 그 이유는 첫째 해고가 낙인이 되어 재취업이 어렵다는 점, 둘째 실업급여 등의 조치가 있다 하더라도 수급 기간이 짧고 액수가 적어 바로 생활고로 이어진다는 점을 들 수 있다(장지연, 「사회적 타살과 노동」, (월간)『복지동향』 193, 참여연대사회복지위원회, 2014, 40쪽). 물론 『원미동 사람들』의 배경이 된 1980년대의 상황은 1995년 도입된 실업급여 제도와도 무관하여 해고로 인한 고통은 보다 극심했다고 할 수 있다.

26) 김승옥, 「차나 한잔」, 『생명연습』(김승옥 소설전집 1), 문학동네, 1995, 199쪽.

27) 가쓰미는 이러한 증여적 교환이 이루어지는 구체적인 영역을 의료와 교육의 예를 들어 설명한 바 있다(히라카와 가쓰미, 남도현 옮김, 『고양이 마을로 돌아가다―나쁜 자본주의와 이별하기』, 이숲, 2016, 139쪽).

28) 마크 고트디너·레슬리 버드, 남영호·채윤하 옮김, 『도시연구의 주요개념』, 라움, 2013, 22쪽.

29) 이양숙, 앞의 책, 2013, 253쪽.

30) 이양숙은 리차드 세넷의 논의에 기대어 다양한 접촉점을 확보하고 있는 혼종적 구성이 원미동이라는 도시촌락urban village을 유지하는 근간이라고 보았다(위의 책, 253쪽).

31) 선행연구에서는 루이스 워스(Louis Wirth)가 말하는 도시촌락의 혼종적 구성에 근거한 원미동 주민들 사이의 다양한 접촉점이 사회적 갈등을 조절하는 중요한 원인이라고 설명한다(이양숙, 앞의 책, 252~253쪽).

32) 이재현, 앞의 책, 495쪽.

33) 김승옥, 「그와 나」, 『생명연습』(김승옥 소설전집 1), 문학동네, 1995, 285쪽.

34) 에드워드 랠프, 앞의 책, 12쪽.

35) 정헌목, 『마르크 오제, 비장소』, 커뮤니케이션북스, 2016, 28쪽.

36) 에드워드 윌슨, 안소연 옮김, 『바이오필리아―우리 유전자에는 생명 사랑의 본능이 새겨져 있다』, 사이언스북스, 2010, 208쪽.

37) 김현숙, 앞의 책, 364쪽.

38) 동일한 집단의 개인들을 포함한 일련의 사간이 어떤 텍스트의 우세한 스토리 요소로 포함되면 주 스토리-선main story-line이 된다. 그리고 그 밖의 개인들의 집단을 포함하는 일련의 사건들은 부 스토리-선subsidiary story-line이 된다(S. 리몬-케넌, 최상규 옮김, 『소설의 시학』, 문학과지성사, 1985, 33쪽).

39) 홍정선, 「작고도 큰 세계」, 『원미동 사람들』, 문학과지성사, 1997, 275쪽.

제6장
세기말과 도시

1990년대

역사의 종언 이후 도시성의 질적 변화

_밀레니엄 전후, 도시성의 재인식

1. 개인의 발견

영화 〈파업전야〉(1990)는 '장산곶매'라는 영화패에서 만든 16mm독립영화로서 조합결성을 위한 노동자의 갈등과 투쟁을 그린 우리나라 최초의 노동영화이다. 그로부터 7년 후, 영화 〈접속〉(1997)이 〈파업전야〉의 간독(〈파업전야〉는 무려 4명의 감독이 만든 일종의 집단창작물이라고 할 수 있다.) 중의 한 사람인 장윤현에 의해 만들어진다. 벨벳 언더그라운드의 〈Pale blue eyes〉의 우울한 선율을 배경으로 PC통신을 통해 지나간 사랑의 그림자를 치유하는 두 남녀의 이야기는 1990년대 문화의 하나의 상성이었다. 이제 사람들은 PC통신을 통해 만나고, 개인의 기억과 감각을 통해서 교류하고 있었던 것이다. 거기에는 지난 연대의 계급이나 집단의 목소리는 아예 사라져 있었다.

세기의 늦가을─1990년대, 우리 문학사는 모천을 향해 헤엄쳐가는 한 마리의 은어와 마주하고 있었다. 윤대녕의 소설「은어낚시통신」(1994)[1]은 상실감과 비애감에 젖어 살고 있던 화자에게 어느 날 느닷없이 비밀지하모임인 '은어낚시모임'의 여자로부터 전화가 걸려오는 장면으로 시작한다. 이 두 사람을 매개하는 것은 다름 아닌, 빌리 홀리데이의 노래이다. "알코올과 약물중독의 늪에서 헤어나지 못한 채 1958년 마흔네 살의 나이로 자신이 늘 읊조리던 슬픈 노래처럼 죽어

영화 〈파업전야〉(1990)_左, 영화 〈접속〉(1997)_右. 영화 〈파업전야〉(1990)는 '장산곶매'라는 영화패에서 만든 16mm독립영화로서 조합결성을 위한 노동자의 갈등과 투쟁을 그린 우리나라 최초의 노동영화이다. 그로부터 7년 후, 영화 〈접속〉(1997)이 〈파업전야〉의 감독 중의 한 사람인 장윤현에 의해서 만들어진다. 벨벳 언더그라운드의 〈Pale blue eyes〉의 우울한 선율을 배경으로 PC통신을 통해 지나간 사랑의 그림자를 치유하는 두 남녀의 이야기는 90년대 문화의 하나의 상징이었다.

간" 흑인 가수. "혼자 있게 되는 음울한 저녁나절이면 매양 그녀의 노래를 들으며" "세상의 아주 외진 곳에 와 있다는 생각이 들어 진저리를 쳤다."라고 말하는 화자는, 전화를 걸어온 여자가 빌리 홀리데이의 음악을 알아채는 장면에서 동질감을 느낀다.

광고회사 촬영팀에서 일하던 화자는 제주도로 광고를 찍으러 갔을 때, '청미'라는 모델을 알게 된다. 그녀는 수영복 광고를 찍기 위해 초봄의 차가운 바닷물 속을 드나들어야 했고, 이때, 화자는 바다가 차라리 "사막같이 건조해 보였다"라고 말한다. 그들은 제주도 바닷가에서 첫 관계를 가진 후, 다시 서울로 돌아와 만남을 계속한다. 그러나 그 만남은 "돈까스, 맥주, 섹스. 비프스테이크, 맥주, 섹스. 돈까스, 맥주, 섹스"의 연속 이상이 되지 못한다. 이처럼 무정한 도시 공간에서 그녀는 화자에게 "사막에서 사는 사람", "상처에 중독된 사람", "비정한 사람", "무서운 사람"이라는 말을 남기고 떠난다.

은어낚시모임의 느닷없는 전화로 인해, 화자는 거기서 보내온 엽서를 뜯어보게 된다. 그 엽서의 앞면에는 커티스의 '호피 인디언' 사진이 인쇄되어 있었다. 이 작품 말미의 주석에는 다음과 같은 해설이 덧붙는다. "외계동물 같은 복장을 하고 서서 황혼녘의 들판을 내려다보고 있는 뒷모습을 찍은 것이다. 난쟁이처럼 왜소한 체구에 특이한 머리장식과 복장이 사라져 가는 종족의 쓸쓸함을 더해준다." 사라져 가는 종족인 인디언의 사진은 문명의 박해 속에서 소멸되어 가는 인간의 원형적 순수성을 의미한다.

화자는 엽서에 적힌 대로 약속장소로 나가게 되고, 거기서 만난 한 여자에게 이끌려 빨간색 스포츠카를 타고 은어낚시모임의 밀회장소에 가게 된다. 1990년대 문화의 아이콘이라고 할 수 있는 이 빨간색 스포츠카의 페인트 밑에는 은어낚시모임의 헌법이 그려져 있다. 그 헌법의 각 조항에서 소개되고 있는 현대 예술들과 탈규범적인 행동 양식, 지명 및 인명들은 "삶의 자유의지와 생명의식"을 표현하고 있는 것들이다. 그 모임은 서울 태생의 1964년 7월생들의 회합으로서 "삶으로부터 거부된 사람들"이 거듭나기 위해, 스스로를 "버티고 사는 법"을 배우기 위해 지하에 세운 또 하나의 부락이다.

밀회장소에 도착한 화자는 헤어졌던 애인 '청미'와 재회하게 된다. 화자는 자신의 몸에 와 닿은 손의 무게와 느낌으로 그녀가 '청미'임을 알아차리게 된다. 그녀는 화자를 낯선 장소로 데리고 들어간다. "삶의 사막에서, 존재의 외곽에서" 떠돌던 화자는, 그곳에서 그녀의 도움으로 "허위와 속임수와 껍데기뿐인 욕망과 이 불면의 나이"를 벗어버리고 원래 자신이 있던 장소를 향해 헤엄쳐가는 환상을 경험하게 된다. 그러나 "내가 원래 존재했던 장소로" 돌아가기 위해서는 "보다 많은 밤과 낮을" 필요로 할 것이다. 이처럼 1990년대 문학은 시원을 향해 거슬러 올라가는 작고 외로운 '은어'와 마주치게 되는데, 이는 투사도 영웅도 아닌 미시적 개인으로서 이 고독한 개인의 실존의식이 바로 역사의 종언 이후 1990년대 문학에서 발견되는 내면성의 표지이다.[2] 그러나 여기에서 부연하지 않으면 안 될 것은 이 작품에서 지향하는 초월의식이 지난 연대의 정치의식을 은밀하게 대속하고 있다는 점이다. 이는 곧 거대담론 하에서의 집단적 전망이 개인의 실존 의지로 대체된 것이라 할 수 있다.

하지만 새로운 세기의 문학은 이러한 실존 의지조차도 철저하게 소거되어 있는 양상을 드러낸다. 그 뚜렷한 징표가 정이현의 「낭만적 사랑과 사회」(2002)[3]이다. "나는 레이스가 달린 팬티를 입지 않는다." 라는 도발적인 문장으로 시작되는 이 소설은 "정녕 완벽한 남자"를 찾는 여자의 남성편력을 다루고 있다. "서울에서 제일 좋은 대학의 의대생"인 '상우'와 비디오방에 가게 된 화자는 '낡은 팬티'를 들키지 않기 위해, 짧은 만남을 핑계로 몸을 더듬는 그의 손을 적당히 거부한다. 그러나 '상우'의 결정적인 결점은 너무 서두르는 것이 아니라 '차'가 없는 것이다. 이것은 화자에게 대단한 감점요인으로 작용한다. 화

윤대녕의 『은어낚시통신』(1994)_左, 정이현의 『낭만적 사랑과 사회』(2003)_右. 1980년대 집단적 전망이 1990년대 개인의 실존 의식으로 치환되었다면, 2000년대는 그러한 개인마저도 사라진 채 오로지 감각에만 의존하며 삶을 연기한다. 근원적 실존을 찾아 지느러미를 끌며 강을 거슬러 오르는 은어는 이제 사라진 것이다.

자는 우울한 마음을 달래기 위해 "지방 캠퍼스를 다니는 데다 키스 하나 제대로 못하는 어리어리한" '민석'을 불러낸다. 그에게는 '은색 투스카니'가 있기 때문이다. 화자는 그의 차에 올라 강변도로를 드라이브하고, "유리야, 너 때문에 미치겠어. 나 널 너무 사랑하나 봐."라고 말하며 관계를 요구하는 그에게 할 수 없이 오럴섹스를 해 주게 된다. 역시 낡은 팬티를 들키지 않기 위해서 말이다.

이러한 그녀의 라이프스타일은 어떠한가. 남자친구와의 실수로 임신을 하게 된 '혜미'를 위로하기 위하여 만난 자리에서 화자는 '스트로베리 바나나 콜라다'를 마신다. 쇼케이스 안에는 여러 종류의 과일들이 진열되어 있었는데, 이 "국적도 계절도 상관없는" 음료를 갈면 전혀 다른 맛의 음료가 만들어진다. 이 음료는 '먹고 사는 것'이 중요한 것이 아니라 '먹고 즐기는 것' 자체가 중요한, 그것이 하나의 문화적 상징이 된 도시 공간의 현실을 정확하게 반영하고 있다. 그렇기 때문에 화자는 텅 빈 '기의'인 자신의 삶 위에 어떠한 문화적 '기표'를 장식할 것인가를 고민하는 것이다.

친구 '혜미'를 진심으로 연민하던 화자는 밖으로 나오자마자 그 마음이 깨끗하게 사라진다. 그것은 '혜미'가 리모콘으로 시동을 건 "병아리 색 뉴비틀" 때문이었다. 화자는 "암팡지면서도 세련된 디자인"의 뉴비틀을 부러워하며 더불어 그녀의 물질적 조건에 대해 위화감을 느낀다. 이러한 것은 개인의 사회적 신분과 경제적 지위를 설명하는 중요한 기호가 된다. 화자 역시 "가리봉동이나 봉천동, 수유리"가 아닌 어엿한 강남문화권에서 성장하였지만, 혜미에 대한 상대적 박탈감은 "어차피 출발선이 다른 게임"이라는 자조의 감정까지 갖게 한다.

화자는 드디어 미국의 로스쿨을 나온 부유한집 막내아들인 '그'를 만나게 된다. 그러나 정작 화자는 그의 이런 배경보다는 찬찬한 성격과 미래성에 더 끌렸다고 말한다. 화자는 자신을 향해 '은방울꽃' 같다고 말하는 그의 말에 청순한 이미지를 강조하는 옷을 입고, 그에 맞는 행동을 하게 된다. 이렇게 실체는 사라지고 '포즈'가 전경화되어 있는 삶의 양상은, 그와 마주앉아 나누는 '80년산 메도크 포이약'이라는 와인을 설명하기 위하여 달려 있는 각주脚註를 통해 또 한번 분명하게 드러난다. "그해, 대한민국 남부 도시 울산에서는 가정용 승용차 '포니2'가 첫 출시되었으며, 계엄령과 함께 조용필의 「창밖의 여자」가 전국 방방곡곡에 울려퍼졌다." 1980년의 엄혹했던 정치·사회적 조건이 하나의 배경으로 존재하는 서술방식에서, 지난 연대의 일이 부차적인 장식적 요소로 배치되어 있음을 발견하게 된다.

화자는 그와 "유리의 성城"으로 불리는 하얏트 호텔로 향하게 되고 그와의 "완전무결한 첫날밤"을 위한 십계명을 실천하며 자신의 순결성을 연기演技하지만, 결국 그는 침대 시트에서 혈흔을 발견하지 못하고 만다. 그에게 "나의 혼적"(진짜)을 보여주고 싶었지만, "너 되게 뻑뻑하더라."(짝퉁)라는 그의 말에 위안을 삼을 뿐이다. 화자는 그에게 '루이비통 백'을 선물로 받으며 난생처음 짝퉁이 아닌 진짜를 받았음에 기뻐한다. 그리고 곧 보증서를 확인해 보고 싶은 조바심을 느낀다.

얼핏 자유롭고 쿨하게 사는 것 같은 그녀의 삶은 진짜인가 짝퉁인가. "엄마처럼 사는 일은 절대로 없을" 것이라고 말하는 그녀의 삶은 과언 이머니의 세대와 다른기. 사실, 이ㄴ 것 하나 기리낄 것 없이 개성을 마음껏 뽐내며 사는 것 같은 그녀의 삶은 유리성과 같이 매우 위태롭다. 그 위태로움은 과거와 미래로부터 모두 단절된 그녀의 부박한 실존적 조건에 기인한다. 1980년대 집단적 전망이 1990년대 개인의 실존 의지로 치환되었다면, 2000년대는 그러한 개인마저도 사라진 채 오로지 감각에만 의존하며 삶을 연기하고 있는 것이다. 우리는 그 보이지 않는 불안의 무의식을 지우기 위해 스스로를 장식할 뿐이다. 근원적 실존을 찾아 지느러미를 끌며 강을 거슬러 오르는 은어는 이제 사라진 것이다.

2. 도시의 방 한 칸

청년 1인 가구의 증가는 도시의 주택난과 관련하여 하나의 사회적 문제로 부상하였을 뿐만 아니라 청년 실업, 고용 불안정 등의 청년 빈곤이라는 문제와 맞물리면서 기성세대와의 세대론적인 갈등의 측면으로 확산되고 있다. 박민규의 「갑을고시원 체류기」(2004)[4]는 1990년대 폐쇄적인 구조의 고시원에 살았던 2년 6개월의 시간을 회고하는 형식을 취하고 있다. 이 작품에서 화자는 아버지의 사업부도로 인해, 친구집에 얹혀살다가 "귓속의 달팽이관 같은 고시원의 복도 끝방"에 들어오게 된다. 고시원은 창문 하나 없이 외부세계와 철저히 차단되어 있고, 그 내부는 세포막 같은 얇은 베니어로 일정하게 구획되어 있는 구조를 갖고 있다. 얇은 베니어 벽은 사람들 사이를 단절하고, 의자를 책상 위로 올려놓지 않으면 다리조차 펴고 누울 수 없는 협소한 공간 속에 개인들을 유폐시킨다. 그 공간은 "방房이라고 하기보다는, 관棺"이다. 소리조차 크게 낼 수 없는 공간에서 화자는 점점 소리 없는 인간이 되어가고, 몸은 딱딱해져 마침내 "늘 그 자리에 붙박이인 오래된 가구"처럼 되어간다. 각자가 구획된 개별적 공간 안에 고립적으로 존재하는 모습은 전형적인 소외의 조건을 환기한다.

시절은 1991년, 더 이상 고시원이 고시공부의 장소가 아니고 일용직 노무자들이나 유흥업소 종사자들의 여인숙 대용 역할을 하던 때이다. 하지만 그곳에도 최후의 진짜 고시생이 있었으니, 사람들은 그를 '김 검사'로 불렀다. 여기서 그와의 1cm 두께의 베니

고시원의 내부. 박민규의 「갑을고시원 체류기」는 1990년대 폐쇄적인 구조의 고시원에 살았던 2년 6개월의 시간을 회고하는 형식을 취하고 있다.

어판을 사이에 둔 동거가 시작된다. 고시원에 사는 대부분의 사람들은 자신의 처지를 부끄럽게 생각하여 가능한 한 사람들과 마주치지 않고 서로를 피하는 것이 예절로 자리잡혀 있는데, 유독 그만은 최후의 고시생답게 보는 사람이 민망할 정도의 당당함을 가지고 있다. 그런 그와의 갈등이 이 소설을 이끌어가는 주된 플롯이다.

고시원에 들어온 첫날, 잠이 오지 않았던 화자는 워크맨을 꺼내 전혀 가사를 알아들을 수 없을 만큼의 최저 볼륨으로 쟁쟁거리는 소리를 듣다가 ㄱ의 방문을 받게 된다. 조용히 해, 그가 남긴 말과 실내 정숙에 각별히 신경을 써 달라는 주인아줌마의 충고에 의해 화자는

점점 소리가 나지 않는 인간이 되어 갔다. 방귀 소리도 제대로 내지 못하고 김 검사를 의식하며 살던 화자는, 어느 날 묘령의 여자 앞에서 울고 있는 그를 발견하게 된다. 방에 돌아와서도 슬픈 벌레 같은 그의 울음소리는 멈추지 않았다. 결국, 김 검사는 거듭된 낙방 끝에 낙향을 하게 되고, 화자의 형은 감전 추락사로 사망하여 갑을고시원의 공간과 닮아 있는 납골당 속에 안치된다.

작가의 말대로, 모두가 자신의 밀실 속에서 희로애락을 겪으며 살고 있다. 그로부터 10년이 지나, 그때의 일을 회상하는 화자는 작은 임대아파트를 마련했지만, 여전히 밀실 속에 살고 있는 느낌이라고 말한다. 한때, 고시원 방에 있던 화자의 386 DX-Ⅱ 컴퓨터는 지금은 용도폐기되었지만, 한때는 화자의 전 재산이었고, 우리는 그와 같은 것을 모으고 지키기 위해서 살고 있는 것이라고 말한다.

박민규가 그리고 있는 1990년대 고시원의 풍경은, 사람이 집에 거주하고 있는 것이 아니라 집이 사람을 수용하고 있는 전도된 형국을 보여준다. 숨소리도 제대로 낼 수 없었던 공간에서 지냈지만, 회상의 시점에서 10여 년 멀어져 있는 지금의 화자는 과거를 비교적 긍정적으로 추억할 수 있는 여유도 갖게 되었다. 그러나 마치 가구와 같이 붙박이로 고단한 삶을 살고 있는 지금의 자신의 모습이 과거의 고시원의 연장선상에 놓여 있다는 사실도 함께 느낀다. 문제는 공간의 크기와는 상관이 없는 것이다. 그 어떤 형식의 공간이라도 쉴 수 있는 개인의 밀실은 필요하기 때문이다. 문제는 하나의 존재자가 자신의 고유성으로부터 유리되지 않는 실존의 공간을 보유하고 있는가 그렇지 않은가에 있다.

한편, 이만교의 「쓸쓸한 너의 아파트」(2005)5)는 자신의 아파트를 마련하기 위해 세 들어 살고 있던 반지하 빌라에서 나와 고시원에서 숙식을 해결하며, 과도한 집에 대한 집착과 그와 관련된 애정행각을 벌이는 남편('김선우')의 이야기와 아이를 유산하고 남편과 떨어져 친정어머니의 식당에서 일을 도우며 돈을 모으는 아내('혜민')의 이야기를 통해서, 우리 시대 왜곡된 집의 의미를 강하게 부각시키고 있다. 남편은 기침 소리나 옆방의 책장 넘기는 소리까지 또렷하게 들릴 만큼 갑갑하고 삭막한 고시원에서 살고 있으나, 전세금과 적금을 해약하고 융자까지 얻어 새로 구입한 아파트 가격이 날이 갈수록 올라가는 행운에 만족한다. 선우는 그 아파트에 세 들어 살고 있는 단란한 가족들을 부러워하지만, 머지않아 그 아파트에 들어가 그들처럼 살게 될 미래를 꿈꾸며 행복해한다. 더불어 고시원에서 공인중개사 시험까지 준비하며 착실한 생활을 하던 그는, 직장동료인 '정희'라는 여자와 한강변의 아파트를 구입하게 되는데, 이를 위해 아내가 자신의 적금으로 들고 있던 통장도 해약하고 거금의 융자도 받게 된다. 이를 계기로 아내 모르게 정희와의 계약동거가 시작된다. 선우는 주말이면 처가에 내려가지만, 나머지 시간들은 마치 신혼부부처럼 정희와의 달콤한 시간 속에 빠져든다. 그러나 곧 정희의 생활상의 단점들이 눈에 들어오게 되고, 친구들을 재워주기로 했다며 사람들을 불러 술판을 벌이는 그녀를 더 이상 받아들이기 어려운 지경에 빠지게 된다. 더 큰 문제는 새로 구입한 아파트 시세가 주춤하자 선우가 융자금의 이자를 붓는 일에도 벅차하기 시작한 것이나.

그러나 결국, 아내 혜민이 모든 사실을 알게 되고, 은행빚을 갚기 위해 자신의 아파트를 내놓은 선우는 전세를 사는 사람들에게 이민을 가게 됐다며, 아파트 구입에 관한 의향까지 타진하게 된다. 선우는 아내의 거부에도 불구하고 처가에 내려가 아내와의 만남을 시도하지만 실패하고, 일이 끝난 아내가 어느 사내와 호프집에서 이야기를 나누다가 그 사내의 입맞춤을 받으며 노래방 계단을 내려가고 있는 것을 발견하게 된다. 그는 그들을 따라 내려가 그들의 옆방에서 혼자 노래를 부르며 눈물을 흘린다.

어느 해 봄부터 2년 후의 봄까지 아홉 번의 계절의 순환과 맞물려 있는 이 작품에서 주인공의 상황적 추이가 상승의 곡선을 그리다가 갑자기 하강하여 시작과 다시 맞물리는 이른바 돈강법bathos의 형식은 우리 시대의 맹목적인 집에 대한 집착과 그 허망함을 보여주기 위한 서사적 형식이다. 살기 위해서 집이 필요한 것이 아니라 집을 마련하기 위해서 사는 형국 속에서 목적을 위한 방법의 정당성 따위는 고려의 대상이 되지 않는다. 아내 몰래 진행되었던 계약동거가 바로 그것이다. 이는 집에 대한 한 사내의 과도한 집착이 파국을 부른 것이라고 볼 수 있는데, 이때 집은 맹목적 가치의 대상으로 전도된다.

3. 도시적 일상과 노동

박민규의 「그렇습니까? 기린입니다」(2004)[6]는 "화성인들은 좋겠다"는 말로 시작된다. 화자가 화성인을 부러워하는 이유는 상고商高 여름방학 내내 아르바이트로 땀을 흘려야 했기 때문이다. 아버지는 마흔다섯에 시간당 삼천오백 원을 받으며 무슨 상사商社에 다니고, 어머니는 상가 건물을 청소하고, 집에는 병든 할머니가 있다. 화자는 오후에는 주유소, 밤에는 편의점에서 일을 하며, 시급으로 받은 돈을 통장에 차곡차곡 모으고 있다. 그러던 중 잘 아는 코치 형兄의 소개로 시급 삼천 원을 받고 지하철 푸시맨이 된다. 시간당 삼천 원은 주유소 시급 천오백 원보다, 편의점 시급 천 원보다 훨씬 많았기 때문이다. 그러나 아버지는 어린 나이에 힘겨운 일에 매달리는 화자에게 미안하다는 말밖에 할 수가 없는 처지이다.

지하철 승강장에서 푸시맨 일을 하게 된 화자는 매일 아침마다 수많은 사람들의 고통을 목격해야만 했다. 그들은 모두 열차가 들어와도 안전선 뒤로 물러서지 않는다. 그들에게 "신체의 안전선은 이곳이지만, 삶의 안전선은 전철 속"이기 때문이다. 여기서 열차는 공포스러운 괴물의 이미지로, 승객들은 그 동물이 옆구리를 찢어 토해져 나온 구토물로 묘사된다. 이처럼 경제적 생존을 위해 아비규환의 지하철 탑승 전쟁을 치러야 하는 도시인들의 삶은 그의 그로테스크한 묘사를 통해 한 시대의 지옥도로 완성된다. 코치 형도 승객을 사람이라고 생각하지 말고 하나의 화물로 생각하라고 말한다. 소외되어 있으나 소외를 인식하지 못하는 인류의 분실물들—떨어진 넥타이핀, 단추, 부러진 안경다리—을 수거하며 화자는 비로소 온몸이 땀에 젖었음을 느낀다. 그래서 다시 "화성인들은 좋겠다"는 말을 읊조린다.

지하철 숙직실에서 감독이 우리(푸시맨)가 국가 경제의 중추이고 교통대란을 막는 네덜란드 소년이며 우리 업계의 신화라고 아무리 설교를 해보아도, 지금 관두는 것이 억울해서 일을 하는 것은 피라미

드를 쌓은 "노예들의 산수"에 불과한 것이다. 또한 상습적인 만원 지하철의 변태들처럼 모두가 상습적으로 전철을 타고, 상습적으로 일하고, 상습적으로 밥을 먹고……, 할 뿐인 것이다. 여기서 상습적이라는 것은 살기 위해 무한히 반복해야 하는 일상에 다름 아닐 뿐만 아니라 "노동계급은 생산의 차원에서와 마찬가지로 소비의 차원이나 일상성의 차원에서 자신이 예속되고 착취되고 있음을 쉽게 알아차리지 못한다."[7]는 사실과 맥을 같이 한다.

푸시맨일을 계속하던 어느 날, 화자는 누군가 만원열차에서 튕겨

지하철 푸시맨. 박민규의 「그렇습니까? 기린입니다」에서 화자는 오후에는 주유소, 밤에는 편의점에서 일을 하며, 시급으로 받은 돈을 통장에 차곡차곡 모으고 있다. 그러던 중 잘 아는 코치 형뇨의 소개로 시급 삼천 원을 받고 지하철 푸시맨이 된다. 시간당 삼천 원은 주유소 시급 천오백 원보다, 편의점 시급 천 원보다 훨씬 많았기 때문이다.

나온 것을 보았는데, 그는 바로 화자의 아버지였다. 지하철을 놓친 아버지는 "승일아, 이번엔 꼭 타야 한다"는 말을 하고 화자는 세 번째 열차에 화물처럼 아버지를 집어넣는다. 매일 짐짝처럼 열차를 타고 출근하는 아버지는 이 작품에서 다음과 같은 다양한 이미지로 변주된다. 상가건물을 청소하다 쓰러진 어머니의 손을 잡고 있는 아버지의 표정을 화자는 "초원의 복판에서 갑자기 한쪽 다리를 못 쓰게 된 타조처럼—멍하고, 어두운 표정이었다"고 말한다. 이 불구적 심상이 아버지의 첫 번째 이미지이다. 담임의 재량으로 1교시 수업을 빼먹고 푸시맨일을 계속하던 화자가 전쟁 같은 출근을 준비하는 전 인류의 물결 속에서 아버지를 발견했을 때, 아버지의 이미지는 "부유하는 미역줄기"로 제시된다. 정주하지 못하고 물결에 이리저리 떠밀리는 미역줄기는 아버지의 무기력과 나약함을 보여주는 두 번째 이미지이다. 그와 동시에 아버지는 "아침바람 찬바람에 울고 가는 저, 기러기"로 변주되는데, 이것은 곧 그의 처량함을 가리키는 세 번째 이미지이다.

혹한의 겨울, 다시 태양과 가까운 금성인들을 부러워하며 일을 계속하던 중 아버지가 실종된다. 그 사이 화자는 아버지의 밀린 월급을 받아내고, 할머니는 "관인 사랑의 집"으로 보낸다. 화자는 아버지를 찾기 위해 경찰서를, 입원해 있는 어머니를 위해 병원을 오가며 힘겨운 생활을 이어간다. 그러던 어느 날, 어머니의 의식은 기적처럼 되돌아오고, 푸시맨일을 계속하던 화자는 이상한 환상을 경험한다. 양복을 단정하게 입고 플랫폼 이곳저곳을 천천히 거닐고 있는 기린의 모습을 목격한 것이다. 이때, 화자는 직관적으로 그 기린을 아버지라고 생각한다. 화자는 주저앉아 있는 기린에게 여러 가지 집안의 근황을 들려준다. 기린은 이제 그만 돌아오라는 아들의 말을 듣고도 자신은 기린일 뿐이라고 말한다. 이때 기린은 덕과 인을 상징하는 상서로운 동물이라기보다는, 도시의 열차 승강장에 느닷없이 등장한 양복차림의 야생이라는 점에서 문명에 옥죄인 가련한 존재를 환기하는데, 이 변신 모티프가 아버지의 마지막 이미지이다. 이처럼 애옥살이에 가까운 빈곤 가정을 배경으로 그려지는 도시적 삶은, 유리천장으로 겹겹이 둘러싸인 채 고착화되고 구조화된 가난 속에서 '바닥이 없는' 전락의 과정을 지속해야 하는 도시의 생존조건과 깊은 연관성을 갖고 있다.

4. 활자의 몰락과 TV 그리고 가상도시

김경욱의 「나비를 위한 알리바이」(2004)[8]는 케이블 TV를 세상 모든 지식의 원천지이자 공급원으로 파악하는, 어느 광고회사 명예퇴직자의 일상을 그리고 있다. 이 작품은 위에서 필자가 제기한 문제와 관련해, TV라는 미디어에 관한 날카로운 직관을 담고 있다. 그 사내(화자)의 아침은 이라크전쟁의 전황을 전하는 CNN 아침 뉴스로 시작된다. 잠시 후, 가슴확대수술을 한창 선전하고 있는 의료전문방송을 보던 화자는 리모컨 버튼을 유두에 비유한다. 발기된 유두처럼 볼록볼록 솟아 있는 리모컨의 버튼을 어떻게 조합하느냐에 따라서 TV와의 연애는 달라질 것이라고 말한다. 그 버튼으로 34번을 누르느냐, 43번을 누르느냐에 따라서, TV와의 연애는 프로레슬링이 될 수도 있고, 낚시가 될 수도 있다고. "리모컨 앞에서 모든 채널은 평등"하지만, 그것을 수용하는 자까지도 평등한 관계를 맺을 수는 없다. 수용자는 일방적으로 정보를 받아들이기만 할 뿐이다. 리모컨 버튼을 누르는 행위를 가슴을 애무하는 것에 비유한 것도 수용자가 이러한 매체에 중독되었다는 것의 반증일 뿐이다.

세상물정을 몰라도 너무 몰라, 정글의 법칙이 지배하는 사회생활에서 결국 낙오된 화자가 그러한 세상을 공부하기 위해 택한 것은 72개 채널이 방송되는 케이블 TV다. 그는 그것을 통해서 나는 세상을 더 많이 알게 되었고, 세상이 돌아가는 게 더 잘 보였다고 말한다. 이때, 케이블 TV는 화자에게 하나의 박식한 스승이며 훌륭한 정보공급원으로 기능한다. 화자에게 그것은 "우연히 발견한 신천지"요, "오래도록 잊고 있던 풍문 속의 보물섬"이었던 것이다. 그저, 세상은 브라운관 저 너머에서 내가 불러주기만을 기다리고 있다. 비가 오는 것을 확인하기 위해서 굳이 창문을 열 필요는 없다. 케이블 TV가 세상 모든 현실을

케이블TV. 김경욱의 「나비를 위한 알리바이」에서 세상물성을 몰라노 너무 놀라, 성글의 법직이 통하는 사회생활에서 결국 낙오된 화자가 그러한 세상을 공부하기 위해 택한 것은 72개 채널이 방송되는 케이블 TV이다.

화면으로 재현하기 때문이다. 이때, TV화면 속의 세상은 실제사건을 대체하는 일종의 의사사건pseudo-event이며, 시뮬라크르simulacre이다.

한편 화자에게 TV는 부자 간의 일체감을 느끼게 하는 매개체였다. 복싱 세계 타이틀전이나 축구 국가대표 대항전을 방영하는 TV 앞에서 그들은 불가사의한 연대의식을 느꼈던 것이다. 가족 간의 일체감을 고취시키는 TV는 이제, 한 사람의 죽음까지도 함께한다. 아버지의 수고로웠던 병상을 지켜준 것도 TV였고, 운명하기 전 그가 내뱉은 마지막 말도 일기예보의 볼륨을 높이라는 말이었다. 한마디로 요람에서 무덤까지 TV는 교육자이자 정보의 공급자가 된다. TV라는 영상 미디어에 중독된 자는 미디어와의 순간적인 절연도 견디지 못한다. 낡은 싱글침대에 누워 TV를 보고 있는 화자는 리모컨을 쥐고 있어야 불안함에서 벗어났고, 리모컨을 쥐고 있으면 세상을 움켜쥐고 있는 충만함에 사로잡히는 것이다.

한 달 동안의 시청 과정에서, 화자는 사적인 질문에 대해서 언제나 침묵하고 있는 TV의 한계를 절실하게 느낀다. 눈이 빠지도록 바라보는 사람을 거들떠보지도 않는 "바람둥이 연인" 같은 TV. 또한 사랑에 대해서라면 모르는 것이 없는 TV는 화자의 사랑에는 무관심하다는 사실을 깨닫는다. 아무리 「부부 클리닉—사랑과 전쟁」을 보아도, 「섹스&시티」를 보아도 여전히 대답이 없는 것이다. TV가 오로지 관심을 기울이는 것은 우리가 자신을 보는가, 그렇지 않은가에 있기 때문이다.

그럼에도 불구하고, 화자의 TV를 향한 믿음은 여전하다. 화자는 매체비평프로그램과 서적 관련 교양프로그램을 보면서 찬탄을 금치 못한다. 물론 서술자인 화자의 TV에 대한 탄복에 작가의 반어적 시선이 던져져 있음은 말할 것도 없다. 먼저 매체비평프로그램의 경우, 지난 한 주일 동안 자신이 저지른 악행을 스스로 고해하며, 작심한 듯 자신의 치부까지 들추는 용기에 화자는 박수를 보낸다. 또한 책을 말하는 TV의 경우도, 정복된 자를 관용으로 보살폈다는 로마제국에 비유한다. 매체 경쟁에서 구텐베르크식의 활자문화에 종언을 고한 영상매체가 책을 보살핀다는 이 시니컬한 발언에 주목하여볼 때, TV에 비친 책은 "과거의 영광을 곱씹으며 가까스로 연명하는 저 소아시아의 어느 왕국"의 초라함으로 전락하게 된다.

화자는 TV와 함께 세상을 공부하다가, 한 달 만에 밖으로 나온다. 그 외출에서 화자는 짝사랑했던 직장 여직원을 만난다. 그 자리에서 그녀는 자기 대신 명예퇴직을 신청한 화자에게 미안하다고 말한다. 그녀는 화자에게 임신중절을 위해 함께 산부인과에 가줄 것을 요구한다. 그러나 쌍둥이라서 아이를 지울 수 없다는 의사에 말에 그녀는 아이를 낳아서 기르겠다고 말한다. 화자는 그녀를 어떻게 설득할지 알 수가 없다. 그때, 화자에게 떠오르는 것은 TV이다. 인간 세상의 모든 것을 속속들이 다 꿰고 있는 텔레비전 드라마. 더욱이 불륜이라면 아침드라마를 봐야겠다고 생각한다. 여기서 TV는 화자에게 하나의 스승의 위치를 차지하고 있다. 이처럼 화자는 TV라는 매체에 의해서 만들어진 허구와 실재현실 사이에서 도착적 의식을 드러낸다. 더나아가 "현대적 생산 조건들이 지배하는 사회에서 모든 삶은 스펙타클9)의 거대한 축적물"10)로 나타타고 이러한 스펙타클은 "현실 사회의 비현실성의 중추"이자 "성보나 선선, 노는 광고물이나 곧바로 소비되는 오락물이라는 특정한 형태 아래 사회를 지배하면서 오늘날 삶의 전범"11)을 이룬다. 이는 단지 이미지의 과잉이라는 단순한 현상이 아니라 하나의 "물질적으로 표현된 실질적 세계관"이며 "반박과 접근이 불가능한 거대한 실증성"이라는 기 드보르Guy Debord의 주장은 "진실과 거짓의 경계를 소멸"시키고 "경험된 모든 진리가 억압"12)당하는 스팩타클 사회의 비극을 예각적으로 가리킨다.

백민석은 「믿거나 말거나 박물지 둘」(2003)13)에서 '신데렐라 게임'으로 거래되는 성性의 문제와 사이버 시뮬레이션으로 작동되는 가상도시에 대한 이야기를 각각 다루고 있다. 내용상 무관한 두 이야기가 옴니버스로 엮여 있지만, 신데렐라 동화를 모델로 하여 은밀하게 거래되는 성性과 컴퓨터로 프로그래밍된 가상도시의 사회적 문제가 모두 비실재적인 것에 기초하고 있다는 점에서 상관성을 가지고 있다. 더욱이 그 제목에 있어서도 일종의 기문奇聞인 박물지를 표방하고 있기 때문에, 근대소설의 문법인 서사적 완결성과 현실성으로부터 자유로울 수 있다.

'신데렐라 게임을 아세요?'에서 신데렐라 북숍이라는 책방의 위치와 외관을 먼저 살펴보자. 책방은 증권회사 빌딩과 꽤 알려진 케이블방송국 빌딩 사이의 리어카 한 대 서 있을 만큼의 좁은 공간에 위치하고 있다. 말쑥한 빌딩들 사이에 있는 것도 이상한 일이지만, 진열장 좌우로 시뻘건 통나무 설주가 있고 청동기와의 지붕을 얹은 책방의 외관은 더욱 낯설다. 더욱이 온라인서점들이 서적 유통 시장을 잡고 있고, 인근에 대형서점을 두고 있는 상황에서, 영어 회화나 IT 관련 서적은 물론, 아이들 참고서나 만화책조차도 없는 서점은 망할 수밖에 없는 아이템이 아닐 수 없다.

책읽기를 외면하는 직장동료들조차 새로 생긴 책방에 대해서 모르는 사람이 없었고, 그 책방의 배후에 '믿거나 말거나 박물지社' 회장님의 황태자가 있다는 사실은 공공연한 비밀이 되어 있었다. 그 서점의 특화상품은 가장 안쪽 책장에 진열되어 있는 책 『신데렐라』이다. 이 책들은 평범한 동화책에서부터 수제 가죽표지의 양장본까지, 얇은 것, 성경만큼 두꺼운 것, 단편, 장편, 원본, 수정본, 긴 주석을 단 연구서, 여러 나라에서 들여온 외국 책들로 이루어져 있다. 1년쯤 지나서 여주인과 얼굴이 익게 되었을 때, 그녀는 화자를 커피 테이블로 초대한다. 이는 하나의 자격이기 때문에 허락 없이 그 자리에 앉았다가는 괜한 눈총을 받게 되어 있다. 대학교 때 독서토론회에서 활동했다는 주인 여자는 대학가에 있던 사회과학서점을 따라서 이 서점을 차리게 되었노라고 말한다. 그러자 화자는 그녀가 황태자의 엑스 걸프렌드라는 생각이 싹 지워져 버린다. 그러나 그 책방에서 대개 퀸카로 불리는 공주 왕비과 여사원들을 종종 마주치게 되고, 이곳의 섹시한 오피스레이디들이 죄다 그 서점을 이용하는 모습을 보면서 화자의 의아심은 증폭된다.

대부분의 책들은 빈자리나 위치이동이 없는 것으로 보아 책이 잘 팔리지 않지만, 유독 신데렐라가 꽂혀 있는 책장은 종종 빈틈이 생긴다. 책이 팔린다는 얘기다. 대개 오피스레이디들은 "얇고 붉은 계통의 표지에 제목이 성경처럼 금박"이 입혀진 자극적인 디자인을 선호한다. 화자의 서점에 대한 생각은 점점 미궁 속에 빠져든다. 그 서점에서 발급하는 빨간 명함 내문에 직장동료들로부터 남창으로 오해를 받았던 화자는 그것의 실체를 묻게 된다. 서점 여자는 비로소 그것이 "가난

한 오피스레이디들을 위한" "신데렐라 게임"이라는 사실을 말해준다.

재투성이 하녀인 신데렐라가 왕자의 파티에 초대받은 것처럼 가난한 오피스레이디들이 황태자의 초대를 받아 그와 즐기는 현대판 신데렐라. 화자는 서점 여자에게 당신은 '뚜쟁이'라고 말하지만, 여자는 그저 "동화 속 수호요정"일 뿐이라고 대꾸한다. 더불어 남자 신데렐라 게임으로 '홍길동 게임'이라는 것이 있는데, 화자의 몸매로서는 어렵겠다고 곤란함을 표한다.

점점 쇠퇴의 길을 걷고 있는 오프라인 중소형 서점이 은밀한 남녀의 성을 매개하는 장소로 사용되고 있다는 사실은, 물론 믿거나 말거나이지만, 독서사회의 저변을 확대한다는 책방 여자의 말이 허울에 지나지 않았음을 보여준다. 책방이 성을 매매하는 장소로 사용되는 것은 책방의 위치에서도 분명해지는데, 거대한 자본이 거래되는 증권 빌딩과 다매체시대 각광을 받고 있는 케이블 방송국 사이에 작게 숨어 있다는 사실에서 그것이 지식정보를 보급하고 서적을 유통한다는 애초의 본질에서 벗어나 있으리라는 사실을 쉽게 추측할 수 있다. 너도나도 퀸카와 킹카를 꿈꾸며 부유층과 놀아나는 색정적인 현대판 신데렐라는 교환가치 속에 매몰된 우리 시대의 전도된 가치관을 보여준다. 더욱이 그 성이 거래되는 은밀한 장소가 책방이고, 『신데렐라』라는 책을 이용하여 성이 거래된다는 것은, 지식·서적·돈·섹스, 이 모든 것을 등가적 관계로 매개하여 책의 전통적 가치가 자본주의 사회의 일반적인 교환체계 안에 포함되어 있음을 말해주고 있다.

두 번째 이야기인 '진실된 거짓도시'는 컴퓨터 시뮬레이션 프로그램으로 서울과 싱가포르를 한데 합쳐 표준적인 가상도시를 만드는 프로젝트에 관한 이야기이다. 그 도시는 슈퍼컴퓨터 속의 프로그램에 의해서만 작동하는, 실재하지 않는 도시이면서 실제 도시와 다르지 않다는 점에서 '진실된 거짓도시'라는 명칭을 갖게 된 것이다. 그 프로그램 안에는 행정구역, 인구, 지리적 조건, 산업 무역 시설, 출생률, 사망률, 결혼율, 이혼율 등이 포함되어 있고, 특히 정신문화적 측면을 고려해 재단의 이름을 도시개발開發재단이 아닌 도시계발啓發재단으로 명명한 것이다. 이 모든 프로그램은 시뮬레이터에 의해서 각종 변수들이 상호연관을 맺으며 자족적自足的으로 변화하는 체계를 구축한 후 14개월이 지나자 그 프로젝트가 종료되었음을 알리는 일명 '쫑파티'가 열린다.

도시 건설 게임 심시티 SimCity 2000. 미국의 맥시스Maxis라는 게임 개발사에서 1989년 처음 출시되어 2014년 모바일 버전인 심시티 빌드잇SimCity Buildit에 이르기까지 버전업된 도시 건설 게임이다. 심시티에서 유저는 시장이 되어 빈 자리 공간에 도시를 건설하는데 주거지역R, 상업지역C, 공업지역I 능의 구역을 지정하여 도시를 개발하고 전력·수도·도로 등 사회 기반 시설을 구축하게 된다. 이를 위해서는 우선 세금을 필요로 하고 이에 따라 과도하게 세율을 인상하면 시민들이 시위와 파업을 하는 등 현실세계의 사회현상까지 반영하고 있다.

이 가상도시에서 고심했던 것은 IT산업의 지나친 발달이었다. 인간의 모든 활동이 인터넷 안에서만 행해지고, 실제 공간은 하나의 거대한 물류창고가 되지 않겠냐는 우려였다. 하지만 인간은 움직이지 않으면 좀이 쑤셔 살 수 없는 족속이라는 점에서 그것은 기우였음이 밝혀진다. 한편, 프로젝트의 최종목표는 사회갈등의 완벽한 해소였다. 사회의 각종 커뮤니티가 사회의 발전에 따라 점점 그 경계가 지워지도록 프로그래밍되어 있어 결국엔 하나의 세계를 만든다는 취지였는데, 인간이라는 족속이 원래 패거리를 짜고 경계를 짓는 본성을 가지고 있기 때문에 사회갈등지수는 여전하다. 국가나 민족, 더 작게는 소집단이 결국 모두 인류라는 이름하에 평등하게 어울려 살아야 한다는 "지난 시대 어느 순간에 크게 각광을 받은" 주의란 바로 사해동포주의를 가리키는데, 이 최종목표를 향하여 프로그래밍되어 있는 가상도시에서도 주민들은 하나의 커뮤니티를 형성하지 못한다.

한편, 이 이야기에서 풍자의 대상이 되고 있는 인물은 바로 '정치돼지 피가수스pigasus'이다. 정치돼지로 명명되는 이 인물은 여러 일에 끼어들어 시시콜콜 훼방을 놓았고, 이번 프로젝트에 내려진 "불결한 저주"로 인식된다. 그는 결국 독직 혐의로 도축되었으나, 혈연·지연·학연으로 똘똘 뭉친 시뻘건 돼지들의 힘에 의해서 조정관이라는 자격으로 이번 프로젝트에 들어오게 된 것이다.

정치돼지 피가수스는 확신범의 인격과 거짓말쟁이의 인격이라는 서로 다른 인격을 가지고 있지만, 결국 진실을 위장한 백 퍼센트의 거짓을 말한다는 점에서 그가 얼마나 위선과 기만으로 가득 찬 인물인가를 알 수 있다. 마지막 파티장에서도 정치돼지는 나타났고, 파티장 전체에서 그를 비난하는 목소리가 높았지만, 그는 슈퍼컴퓨터 전원에 볼품없는 성기를 휘두르며 오줌을 갈겨 누전을 일으킨다. 꿀꿀거리는 돼지의 언어로 사사건건 인간들에게 간섭하는 정치돼지는 지워버릴 수 없는 하나의 오물 같은 존재이다. 결국 그는 바비큐가 되었고 개한테 던져졌다는 최종보고서를 통해서 그의 말로를 확인할 수 있다.

정치돼지 피가수스가 이해할 수 없는 돼지의 언어로 끊임없이 인간들을 훼방하고, 가상 도시의 주민들이 패거리를 짜고 경계를 긋고 갈등을 일으키는 이 모든 모습은 현실세계와 가상세계 모두에게 던져진 상동적 비극이다. 그런 의미에서 인간의 사회적 행위의 발현이라고 할 수 있는 본질적인 작인作因을 넘어설 수 있는 과학기술이란 존재하지 않으며 세계시민을 향한 프로젝트인 테크노유토피아가 하나의 허상일 수밖에 없음을 이 작품은 적시하고 있다.14)

5. 도시인의 감정 교육

여기에 얼굴 표정 때문에 모두가 믿어 의심치 않는 씨氏가 있다. 초등학교 내내 동네 아주머니나 누나들로부터 귀여움을 독차지했으며, 그들의 말에 얼굴이 홍당무처럼 되어 굳어 버리는 순진한 소년. 중고등학교 시절, 순진한 표정을 감추지 못하는 씨는 친구들에게 왕따를 당해야 했다. 미남이긴 하지만 표정을 통해 속내가 훤히 들여다보이는 그에게 누구나 쉬이 경계를 푸는 것은 당연했고, "선의의 거짓말"이나 "부득이 감춰야 할 진실"을 그대로 표정을 통해 노출시키는 씨는 사회생활에 있어 곤란을 겪을 수밖에 없었다.

이만교의 「표정 관리 주식회사」(2004)[15]는 심적 정황을 표정으로 순진하게 내비칠 수밖에 없는 자아가 형성된 화자가, 사회생활 속에서 어떻게 자아를 교정하고, 그 교정을 위하여 어떻게 교육을 받으며, 자기계발에 성공했는가를 보여준다. 이어 그의 사회화 과정과 그 기록을 A·B 두 개의 버전으로 제시하고 있다. 이와 같은 표정관리를 통한 자아의 탐색·교육·사회화 과정 전반에 걸친 한 개인의 실패담이자 출세담인 이 작품은 "표정의 사회심리학"이라 할 수 있다.

자아교정교육을 받기 위해 씨는 학원을 수강하게 되고, 그 교육과정에서 개인별 교정프로그램에 참여하게 된다. "자기 본심의 미세한 변화까지도 아주 이그잭틀리하게 표현해 낼 줄 아는 퍼펙트한 마스크"의 소유자라고 씨를 평가한 원장은, 표정만으로 치면 일곱 살 아이의 그것과 같다고 말한다. 그러나 원장은 그것이 치료해야 할 부분이기도 하지만 재능일 수도 있으니 연기자반에 등록할 것을 권유한다. 결국 화자는 치료자반과 연기자반을 모두 수강하게 된다. 마침내 자아계발에 성공한 씨의 얼굴에서 풍부한 표정이 사라진다. 이에 대한 사람들의 반응은 어른스러워졌다는 긍정적인 평가보다는 무뚝뚝하다거나 냉정하다거나 무관심하다거나 피곤에 지친 사람처럼 보인다는 평가가 주를 이룬다. 그러나 중요한 것은 그가 마침내 표정을 관리할 줄 알게 되었다는 사실이다. 이제 그는, 결혼 승낙을 받으러 여자('혜영') 집에 찾아가 자신이 실직상태에 있음을 솔직하게 말하거나, 짝사랑하는 학원의 여학생('바비')에게 말조차 걸지 못하고 피해 다녀야 했던 사람이 아니다.

본래의 자기 모습이 받아들여지지 않는 도시 공간에서 표정은 반드시 관리되어야만 한다. 여기서 문제는 표정을 통해서 자신의 감정을 표출하는 것이 아니라 자신의 감정과 무관한 표정을 연출해야만 한다는 데 있다. 자신이 내비추고 싶은 스타일이나 상대방이 기대하는 성격이나 행동을 연기演技한다는 것은 타자에 의해서 자신의 행동이 강제된다는 것을 의미한다. 이는 과거의 육체노동과는 다르게 "감정 구조와 감정 표현에 사용되는 근육까지 노동 과정에 편입되었다는 것을 말해 주는 것"16)이다. 이러한 연기를 실행할 수 있게 되면서 씨에게는 그전보다 한결 "부드럽고 폭넓은 대인관계"가 형성되었고, 바비 앞에서도 자연스럽게 행동할 수 있게 되었다. 그러나 타자의 요구, 더 나아가 사회의 요구에 의해서 자신의 삶이 아닌 타자의 삶을 살아갈 때, 자아는 상실될 수밖에 없다. 이러한 자아의 내면성 상실은 타자의 욕망을 욕망하고 그것에 의해서 움직이는, 주체성이 없이 부유하는 '타인지향'의 존재의 상태를 말한다.17)

몇 년 후, 정식 모델로 데뷔하고 유명인사가 된 씨는 대중과 학계의 비상한 관심을 끌어모았다. 결국 씨는 다음과 같이 주장하기에 이른다. 첫째, 표정이 감정의 결과물이라는 사실은 표정에 대한 가장 고질적이고도 오래된 소박한 고정관념이다. 둘째, 표정과 감정의 분화가 얼마나 세련되고 세분화되어 있으며 자율적이냐가 그 사회의 문화성숙의 바로미터이다. 셋째, 표정은 타인과의 관계 속에서만 유의미한 것이므로 표정은 자아의 개성을 표현하는 것이라기보다 차라리 타자의 것이다. 넷째, 표정은 하나의 권력이자 기술이며 당대 문화의 상징적 시니피앙이다. 그는 이와 같은 나름의 표정학을 내세웠지만, 사생활에 대한 이상한 풍문이 나돌면서 그 이상 진전을 보지 못했고, 마침내 세인의 관심에서 사라졌으며 한국의 표정관리사를 다루는 학술서에서조차 소략하게 다루어지는 것에 그쳤다는 것이 그의 사회화와 기록된 자아의 A버전이다.

거꾸로 표정 속에 갇힌 기분이 들기도 했고, 자신에겐 표정 모델 자격이 없는지도 모른다고 자책을 하기도 했지만, "한국적인 표정"을 실현해보고자 하는 씨에게 수많은 찬사가 쏟아진다. "우리들의 잃어버린 순수성" 혹은 "우리 민족 특유의 가장 고유하고 순수한 표정" 더 나아가 "우리 민족의 순정한 인간성을 드러내는 문화전통"이라는 평가를 한 몸에 받게 된 것이다. 그러나 감정과 표정을 지나치게 별개의 것으로 구별짓고 살아가는 씨에게는 아주 강렬하고 자극적인 충격이 전해지지 않으면 감정이 살아나지 않는 직업병이 생긴다. 즉, 표현은 다채롭고 풍요로워졌지만, 감정은 도리어 무뎌지는 역설적인 상황이 발생한 것이다. 그는 온통 자신에 대해서 칭찬 일색인 글에 오히려 분개하며, "언제나 정도正道만을 걸어온 사람의 어투와 표정"으로 집을 나선다. 아내 '세아'는 그 표정이 좋다고 말하지만, 그것은 어디까지나 연출된 것에 지나지 않는다. 결국 그는 자신의 표정조차도 액세서리처럼 골라서 장식해야 하는 처지가 된 것이다. 이것이 그의 사회화와 기록된 자아의 B버전이다.

씨의 사회적 실패로 귀결되는 A버전과 사회적 성공으로 귀결되는 B버전은 서로 다른 후일담이지만, 감정과 표정의 극단적인 분리로 인하여 자아를 상실하게 된다는 점에서는 동일한 결말이라고 할 수

있다. 이러한 감정 관리에 대한 노력은 한병철의 말대로 일종의 자기
착취로서 이는 "자유롭다는 느낌을 동반하기 때문에 타자의 착취보다
더 효율적"[18]이다. 본의本意가 아닌 가식假飾이, 진실이 아닌 허위가 문
화의 이름으로 강제되는 사회에서, 주체는 끊임없이 타자의 시선 속
에 갇혀 자기기만의 가면을 벗지 못한다. 결국 관리되는 표정이란
가식과 기만이 지배하는 도시성을 수용해야만 하는 조건 속에 놓인
개인의 상실된 자아상의 표징이다.

6. 1990년대의 비망록 혹은 오래된 미래

영화 〈건축학개론〉(2012)이나 드라마 〈응답하라 199×〉 시리즈로
대표되는 1990년대 문화에 대한 향수는, 최근 복고문화retro culture 유행
으로 이어지면서 그 흐름이 계속되고 있다. 지나간 시간이 여러 가지
방식으로 추억되고 윤색되는 것은 당연한 일이지만, 그 시대는 결코
행복하기만 했던 것은 아니었다. 1990년대는 굳건할 것이라고 믿었던
여러 신화들이 무너지고 그 폐허 위에서 다시 새로운 것들이 돋아나
던 때였다.

1991년 12월 25일 소비에트공화국의 깃발이 내려지고 냉전체제가
붕괴되자 이념에 경사되었던 국내 지식인 사회는 커다란 사유의 공백
기를 맞아야 했고, 88서울올림픽으로 정점을 찍었던 1970~80년대 고
도성장의 신화는 '성수대교 붕괴 사고'(1994. 10. 21)와 '삼풍백화점 붕
괴 사고'(1995. 6. 29)를 거치면서 압축성장의 허점을 여실하게 드러냈

다. 또한 IMF구제금융 사태(1997. 12. 3~2001. 8. 23)라는 국가 경제의 파산 선언과 함께 몰아닥친 혹독한 구조조정과 노동시장의 유연화는 고용의 질을 악화시키고 사회적 양극화를 가져와 결국 계층 상승의 출구가 닫혀버린 유리천장의 사회로 이어지고 말았다.

이렇게 무너지고 해체되는 시대상의 다른 한편에는 그동안 과도한 정치성에 억눌려 있던 억압된 욕망들이 일시에 분출되면서 이른바 '신세대 문화'가 대중문화의 새로운 담론으로 사리하게 된다. 청년들은 더 이상 노동자·농민적이고자 하지 않았고, 소비대중문화 속에서

성수대교 붕괴 사고(1994. 10. 21)_左, **삼풍백화점 붕괴 사고**(1995. 6. 29)_右, **IMF 구제금융 요청**(중앙일보, 1997. 11. 21)_下. 1990년대는 굳건할 것이라고 믿었던 여러 신화들이 무너지고 그 폐허 위에서 다시 새로운 것들이 돋아나던 때였다.

감각적인 기호를 향유하는 것이 흉이 되지 않았다. 이 시대, 도시 사회에 새롭게 등장한 '오렌지족'으로 대표되는 압구정동 문화는 경제적으로 구애받지 않는 소비문화와 문화적 댄디즘이 결합된 새로운 감수성의 산물이라고 할 수 있다. 그리하여 이들은 "나는 나야."라는 모토 아래, "네 멋대로 해라."를 실천하며 "체제가 만들어낸 욕망의 통조림 공장"(유하, 「바람부는 날이면 압구정동에 가야 한다 2」)에서 감각을 발산하기에 주저하지 않았다.

그 욕망의 주된 동력원은 대중문화라는 숙주 안에서 자라났다. 랩 댄스 음악을 들고 나온 '서태지와 아이들'은 힙합과 록, 메탈 등 다양한 음악적 색채로 1990년대를 평정하고, 이어 여러 아이돌 그룹들이 가세하며 대중문화의 주도권은 10대층으로 이동하게 되고, 이들 아이돌의 문화적 트랜드가 문화의 생산과 소비의 바로미터가 되었다. 이때로부터 문화란 단순한 감상과 향유의 대상이 아니라 문화산업이라는 '굴뚝 없는 공장'으로 재편되기에 이른다.[19]

미디어의 측면에서 보면, 기존의 LP가 CD로 대체되고, 노래방의 보급과 함께 등장한 CMP 반주기는 대중음악의 디지털화를 촉진하게 되었으며, 무선호출기에서 시작된 이동통신기술은 휴대폰으로 이어지고, PC통신이라는 컴퓨터 통신망은 사이버스페이스라는 새로운 차원의 시공간을 열었을 뿐만 아니라 2000년대 인터넷 기반의 디지털 유목민의 등장을 예고하는 신호탄이 되었다. 이렇게 아날로그에서 디지털로의 전환은 문화를 하나의 콘텐츠 개념으로 전환시키며 정보와 문화라는 무형 자본이 하나의 상품 경제 안에서 작동할 수 있는 조건을 마련하였다.

이렇게 시대적 대격변기라고 할 수 있는 1990년대는 집단의 이념이 개인의 실존으로 급격하게 대체되었던 시기였고, 그 공백 속에서 많은 변화들이 찾아왔지만 너무 일찍 샴페인을 터뜨린 한국식 자본주의는 급기야 파산이라는 위기를 맞아 그 후 몰아닥친 경쟁과 적자생존의 환경은 "The winner takes it all."이라는 관용어가 지칭하는 승자독식사회를 만들고 말았다. 1990년대가 저물어갈 무렵, 한 가수는 그 시대의 풍경을 이렇게 노래한 바 있다. "아, 검은 물결 강을 건너/아, 환멸의 90년대를 지나간다"(정태춘, 〈건너간다〉, 1998). 그는 "무너지는 교각들 하나 둘 건너/천박한 한 시대"를 지나가며 물었다. "이 고단한 세기"를 지나가면 "다음 정거장은 어디오?"라고. 우리에게 맡겨진 고통의 시간들은 폭풍처럼 몰아치던 세기의 전환기인 1990년대가 부려 놓은 미래의 한 지점이다. 그것은 1990년대가 (진정한 의미의) 개인의 발견, 1인 가구의 증가, 가상공간과 소셜미디어의 출현, 문화산업의 형성, 고용불안과 사회적 양극화 등 도시성의 새로운 지반이 형성된 시대이기 때문이다.

|주|

1) 윤대녕, 『은어낚시통신』, 문학동네, 1994.

2) 김윤식은 A. 코제브와 F. 후쿠야마가 말하는 역사의 끝장 이후 문학이 위신을 위한 싸움을 포기하거나 대수롭지 않게 생각하는 인간형으로 정의할 수 있는 곳은 인간이 물고기나 철새와 같은 한갓 생물의 범주에 든다는 것 바로 '생물학적 상상력'이라고 말한다. 하지만 이러한 생물학적 상상력이 논리를 초월하는 대목은 바로 연어의 모천 회귀를 신호로 태양 컴퍼스에 따른 철새의 이동 감각에서도 엿보였으며 이 낯선 상상력이 신화적 상상력 속으로 넘나들고 있다고 지적한 뒤, 이것이 윤대녕의 『은어낚시통신』이 당대 '후일담계' 문학과 변별되는 지점이라고 논한다(김윤식, 「갈 수 있고, 가야할 길, 가버린 길 – 어느 저능아의 심경 고백」, 『정년퇴임 고별 강연 원고』, 2001.9.11).

3) 정이현, 『낭만적 사랑과 사회』, 『문학과사회』, 문학과지성사, 2002년 봄.

4) 박민규, 「갑을고시원 체류기」, 『현대문학』, (주)현대문학, 2004.6.

5) 이만교, 「쓸쓸한 너의 아파트」, 『문학사상』, (주)문학사상, 2005.1.

6) 박민규, 「그렇습니까? 기린입니다」, 『창작과비평』, 창비, 2004년 가을.

7) 앙리 르페브르, 박정자 옮김, 『현대세계의 일상성』, 기파랑, 2005, 182쪽.

8) 김경욱, 「나비를 위한 알리바이」, 『문학사상』, (주)문학사상, 2004.9.

9) 스펙타클의 대척점에 있는 직접 경험하는 것(vivre)—몸소 체험한 것(vécu)—은 소외 또는 분리 이전의 삶과의 직접적인 만남을 의미한다.

10) 기 드보르, 유재홍 옮김, 『스펙타클의 사회』, 울력, 2014, 13쪽.

11) 위의 책, 16쪽.

12) 위의 책, 212쪽.

13) 백민석, 「믿거나 말거나 박물지 둘」, 『작가세계』, 작가세계, 2003년 가을.

14) 한편, 윤대녕은 장편 『사슴벌레여자』(2001)에서 디지털 사회의 시스템을 내면화한 '서하숙'이나, 타인의 기억 속에서 자기 동일성을 잃어버리고 방황하는 '이성호'를 통해 모두 미시적인 디지털 권력의 손아귀에서 빠져나오지 못하는 비극을 그린 바 있다. 그의 소설은 디지털 사회의 풍경 속에서 모천母川으로 회귀하지 못하는 슬픈 은어銀魚의 운명과 만난 것이다(김정남, 「디지털 사회의 풍경—윤대녕의 『사슴벌레여자』論」, 『현대문학』, (주)현대문학, 2002.6, 218~219쪽).

15) 이만교, 「표정 관리 주식회사」, 『세계의 문학』, 민음사, 2004년 가을.

16) 강내희, 『공간, 육체, 권력—낯선 거리의 일상』, 문화과학사, 1995, 98쪽.

17) 가라타니 고진은 바로 여기서 일본적 스노비즘을 '타인지향의 사회심리＝대중소비사회의 속성＝아메리카적 생활양식'의 등식관계로 그 함의를 확장하고 있다(가라타니 고진, 조영일 옮김, 『근대문학의 종언』, 도서출판b, 2006, 72~73쪽).

18) 한병철, 김태환 옮김, 『피로사회』, 문학과지성사, 2012, 29쪽.

19) 김정남 외, 『1990년대 문화 키워드 20』, 문화다북스, 2017, 6쪽.

제7장
폭력과 강박의 도시

2000년대

도시 재개발을 둘러싼 권력과 저항의 담론

__손아람의 『소수의견』·주원규의 『망루』

1. 제도와 폭력 그리고 대항담론

신자유주의 담론이 만들어내는 경쟁과 성장 일변도의 정책이 사회적 소수자에 대한 물리적·제도적 폭력을 일상화하고 있다. 도시 재개발을 둘러싼 주민과 당국의 갈등, 그리고 정치·법·종교의 이름으로 행사되는 권력(폭력)은 소설적 논쟁의 핵심적 발화점이다.

2000년대 국가폭력의 참상을 가장 잘 보여주는 것이 '용산4구역 남일당 화재 사건'(이하 용산참사)[1]이다. 이와 같은 문제에서 소재를 취하고 있는 손아람의 『소수의견』(2010)과 주원규의 『망루』(2010)는 이러한 사회적 폭력성을 탐색한 작품이다. 법정소설로 장르화할 수 있는 전자의 경우는 법의 차원에서 가해지는 제도적 폭력을, 후자는 종교의 이름으로 행사되는 욕망과 구원, 권력과 저항을 다루고 있다. 이 장에서는 이 작품을 중심으로 담론적 차원에서 제도와 폭력의 의미를 분석하고, 이를 문학사회학적 의미망으로 확대해 보고자 한다.

이러한 접근은 1970년대 조세희의 『난장이가 쏘아올린 작은 공』(이하 『난쏘공』)에서 촉발된 도시빈민을 둘러싼 '권력과 저항'의 담론이 2000년대 문학의 자장 안에서 어떻게 변모했는지 그 사적 의미를 고찰할 수 있을 뿐만 아니라, 현재의 사회적 현실에 대한 문학적 길항력을 모색할 수 있는 기회가 될 수 있다. 『난쏘공』의 구도는 "노동자/자본가

용산4구역 남일당 화재 사건(2009). 이 사건은 2009년 1월 20일 서울시 용산구 한강로 2가에 위치한 남일당 건물 옥상에서 농성을 벌이던 세입자들과 이들을 무리하게 진압하는 경찰·용역 간에 충돌이 벌어지면서 철거민 5명과 경찰특공대 1명이 사망한 사건을 가리킨다. 이후 언론에서 이 비극적 사건을 '용산참사'라고 명명하였다.

의 대립구도를 확인하고 그 모순을 더욱 선명하게 부각시키기 위한 것"으로 "착취/피착취의 이분법으로 설명하는"[2] 도식성을 노정하고 있다. 이러한 이분법적 윤리관에도 불구하고 이 작품에 구현된 환상성과 동화적 분위기는 빼어난 미학성을 드러내지만,[3] 그 이면에는 계급적 억압구조 자체를 미화한다는 역설도 내포하고 있다. 자본주의 사회는 계속해서 분화되며 복잡한 지배구조를 형성해 가기 때문에 단순한 이분법으로는 그 심층구조를 파악할 수 없으며, 이러한 맥락에서 법·국가·종교라는 지배담론 체계의 고찰은 필수적으로 요구된다.

손아람의 『소수의견』(2010)_左, 주원규의 『망루』(2010)_右. 손아람의 『소수의견』과 수원규의 『망루』는 자본독재 시대에 끊임없이 주변부로 밀려나고 마침내 한 평 딛고 살 집과 땅조차 빼앗긴, 우리 시대의 노웨어맨Nowhere man들을 그려내고 있다.

2. 법의 의미와 한계

손아람의 『소수의견』[4]은 아현동 뉴타운 재개발 사업 부지 현장에서 강제철거에 저항하며 망루에 올라간 철거민과 이를 진압한 경찰 사이에서 발생한 사망 사건을 중심으로 한, 일종의 법정 소설이라고 할 수 있다. 이러한 논란의 핵심은 철거민 박재호 씨의 아들(박신우)과 진압 경찰(김희택), 이 두 사람의 죽음을 둘러싼 책임 공방인데, 작가는 이 과정에서 법의 한계와 법치의 모순을 예각적으로 파헤치고 있다.

> "지난 2월말 경찰이 아현동 뉴타운 재개발 사업부지의 현장을 점검하고 있던 철거민들에 대한진압에 들어갔습니다. 철거민들은 망루를 세우고 저항했지요. 진압 중 폭력 사태로 철거민 한 명과 경찰 한 명이 사망했고. 죽은 철거민은 열여섯 살 학생이고 폭행으로 사망했는데, 현장에 같이 있었던 사망한 학생의 아버지가 진압 경찰 중 한 명을 둔기로 내리쳐 골로 보낸 모양이오. 검찰은 그 아버지를 특수공무방해치사 혐의로 구속기소했소. 지금 피고인은 서울 구치소에 수용되어 있어요. 가능하면 오늘 중으로 만나보세요."
>
> —『소수의견』, 36~37쪽

사건의 개요는 열여섯 살 학생이 폭행으로 사망했고, 사망한 학생의 아버지가 둔기로 경찰을 사망하게 한 것인데, 이 둘 사이의 인과관계와 정당방위 여부가 사건의 핵심이다. 이로 인해 박신우의 아버지 '박재호'와 철거용역인 '김수만'이 피고인의 자격으로 법정에 서게 된다.

검찰 측의 입장은 박재호가 경찰의 진압작전에 저항해 진압 경찰 김희택을 사망하게 하였고, 철거용역 김수만이 박재호의 아들 박신우를 사망하게 하였다는 것이다. 그러므로 검찰은 이 두 사건 사이의 인과관계를 원천적으로 차단하고 있으며, 철거민의 아들 박신우에 대한 공권력의 책임을 원천적으로 무화시키려 한다. 이에 반해 박재호와 그의 변호인 측은 박신우를 죽게 한 것은 철거용역이 아니라 진압경찰이고, 진압경찰을 죽인 것은 폭행을 당하고 있는 아들을 구하기 위해서라고 주장한다. 그러나 유감스럽게도 법에는 사태의 진실도, 어떠한 정의도 없었다는 것이 이 작품이 말하고자 하는 주장의 요체다.

"이제 법률적인 견해란 말은 지겨워요. 나한테는 그게 세상에서 제일 비겁한 말로 들립니다. 인간적으로 말해보세요. 윤변호사님도 변호사이기 이전에 자기 생각을 가진 인간 아닙니까. 윤변호사님이 제 입장이라면 어떻게 하셨겠습니까?"

그의 손이 주먹을 쥐었다. 어떻게 하겠냐고? 나는 망설였다. 정지된 시간 속에 박재호의 삶이 펼쳐졌다. 그는 한 사람이 아니었다. 그는 역사였다. 그는 때로는 동정 받았고, 때로는 착취되었다.

(…중략…)

"박재호 씨는 아드님을 잃었어요. 5천만 원으로 끝내선 안 됩니다. 어떤 액수의 합의금으로도 턱없이 모자라요. 저라면 어떻게 하겠냐고요? 저라면 몇 년이고 매달릴 겁니다. 이 사건은 판결까지 가야해요. 1심에서 인 되면 고등법원, 대법원, 헌법재판소까지 두드려야 합니다. 이 사건의 판결이 법대 교과서에 실려서, 100년 동안 국가와 그 대리인의 오명이 낙인찍히도록 해야 돼요. 만일 패소한다면 판사의 이름까지도 말입니다.

—『소수의견』, 243~244쪽(밑줄은 인용자)

법에는 "변호사이기 이전의 자기 생각"이란 없다. 단지 변호사로서 법률적 해석만을 제시했을 때, 거기에는 사태의 진실은 없다. 그런 의미에서 "인간적으로 말해보세요"에 대한 법률적 답변은 항시 노코멘트일 수밖에 없다. 그러나 서술자인 윤 변호사(이하 윤변)는 박재호에게 부당한 합의금을 거부하고 판결까지 가야 한다고 말하고 있다. 여기서 서술자인 윤변은 박재호에게 당신이 내릴 수 있는 "유일한 징벌"은 합의하지 않고 끝까지 "국가와 그 대리인의 오명이 낙인찍히도록"해야 함을 강조하고 있는 것이다. 그러나 윤변 역시 변호사로서 법의 테두리 안에서 사건을 해석할 수밖에 없다. 그런 의미에서 법 밖의 시각이라는 것은 법정에선 무의미할 수밖에 없다.

"박재호 씨한테 뭘 해줬는데요. 그 잘난 법정의 정의가 말이에요. 뭘 해줬냐고요. 전에도 말했잖아요. 저는 법을 믿지 않아요. 법을 믿지 않을 뿐이에요. 제가 역겹다고요? 그게 고결하신 변호사님께서 법 바깥의 세상을 바라보는 시각인가요. 처음부터 그랬던 거예요?"

—『소수의견』, 330쪽

홍재덕 검사의 양형거래 육성이 녹음된 파일이 신문사 사회부 기자 이준형에 의해서 언론에 공개되었을 때, 장대석 변호사의 사무실이

압수수색을 당하는 일이 벌어지는데, 이를 앞두고 벌어진 논쟁에서 윤변에 대한 기자의 질타는, 법이 제시할 수 없는 법 밖의 세계에 대한 진솔한 문제의식을 제시한다. 윤변은 이준형 기자의 녹음파일 공개를 두고 역겹다는 거친 표현을 하지만, 그 여 기자는 그것이 변호사가 "법 바깥의 세상을 바라보는 시각"이냐고 응수한다. 기자는 "법 정의 정의"가 아들을 잃은 박재호 씨에게 아무 것도 해준 게 없다는 것을 상기시키며 "법을 믿지 않"는다고 일축한다.

그러한 의미에서 "법은 정의가 아니다. 법은 계산의 요소며, 법이 존재한다는 것은 정당하지만, 정의는 계산 불가능한 것이며, 정의는 우리가 계산 불가능한 것과 함께 계산할 것을 요구한다".5) 어떠한 규칙에 의해서 정의가 보장되는 것은 아니다. 그럼에도 우리는 제도적인 틀 안에서 법을 인정하게 되고 그에 의존하게 된다. 이러한 아포리아는 법이 "법적 목적들을 보호하려는 것이 아니라, 법 자체를 보호

대법원 내법성 입구에 설치된 성의의 여신상. "법은 정의가 아니다. 법은 계산의 요소며, 법이 존재한다는 것은 정당하지만, 정의는 계산 불가능한 것이며, 정의는 우리가 계산 불가능한 것과 함께 계산할 것을 요구한다."(자크 데리다, 『법의 힘』)

하려는 의도"6)만을 지닌다는 법의 한계를 적시한다.

그런 맥락에서 이 소설은 법의 테두리 안에서 사건의 시시비비를 가리기 위한 것이 아니라, 사태의 본질을 비켜가는 법의 한계를 지적하고 이를 통해 법의 존재의미에 대해 논쟁점을 던지는 데 바쳐진다. 이는 소설의 첫 장면에서 제시되는 조직폭력배 조구환 사건을 통해 이미 사전적으로 제시되었기에 설득력을 더 한다.

> 피고 조구환은 사체를 은닉했다. 1992년에. 사건 당시의 개정 이전 형사소송법에 따르면 이 죄목의 공소시효는 15년이다. 공소시효가 만료되었으므로 이 공소는 이유 없다.
>
> —『소수의견』, 11쪽

> 법전이 죽음의 경건함에 대해서는 말하거나 가르쳐주지 않았으므로, 우리는 그저 공소시효의 성립을 두고 추상적인 논리와 숫자를 다퉜다. 그게 법률가의 직무였으므로 우리에게는 거리낌이 없었다.
>
> —『소수의견』, 12쪽

> 버러지 같은 놈.
> 방청객 중 한 사람이었다. 죽은 피해자는 고아였으므로 피해자의 친인척이 아니다. 남자는 변호사를 노려보고 있었다. 조구환을 바라보는 게 아니었다. 남자는 똑바로 나를 노려봤다. 그는 말했다. 버러지 같은 놈. 나는 서둘러 법정을 빠져나왔다.
>
> —『소수의견』, 16쪽

법이 다루는 것은 조폭(조직폭력배) 조구환 사건의 본질이 아니라 공소시효 그 자체다. 공소시효의 경우, 공소 이유 없음으로 판결이 내려지면 그뿐이다. 이때 법이 다루는 추상적인 논리와 숫자만이 "법률가의 직무"이다. 살인범에게도 진실의 이름으로 형벌을 내리지 못하는 법정을 경험한 한 방청객은 윤변을 바라보며 "버러지 같은 놈"이라고 말한다. 이는 한 변호사 개인에 대한 분노라기보다는, 아무 것도 하지 못하는 법에 대한 법 밖의 공분을 대변한다.

3. 국가의 존재 의미에 대한 물음

법의 한계는 결국 법규범을 통해 유지되는 통치조직인 국가의 존재 의미에 대한 문제로 확대된다. 국가는 추상적인 존재로서 그것을 정의하기 위한 복잡한 심급이 존재한다. 막스 베버Max Weber가 주장한 것처럼 모든 국가에 적용시킬 수 있는 보편적인 목적이 존재하지 않기 때문에 국가를 목적으로 정의하는 것은 불가능하다. 따라서 국가는 '폭력행위'라는 수단에 의해 정의될 수 있다. 여기서 중요한 것은 국가가 '정당한 물리적 폭력 행사'를 독점한다는 점이다.[7] 베버의 이 말은 '부당한 폭력 행사가 있다면 거기에 실효적으로 대처한다'라는 뜻을 포함하고 있다.[8] 가령, 사형이라는 법적 조치는, '국가가 합법적인 살인을 독점'[9]하고 있다는 뜻이 된다. 이때 법은 이러한 폭력을 사회 내에서 관철하고 유지하기 위한 최종적인 근거가 된다. 이러한 매락에서 국가는 폭력과 권한을 법을 통해 부여받고 이를 실효적으로 유지한다.

"우리는 진리에 도달한다. 머리뿐만 아니라 가슴을 통해서. 파스칼의
『팡세』에 나오는 말입니다. 머리가 아닌 가슴으로 상황을 봅시다. 어떤
경우 국가는 거악으로 작용합니다. 어떤 경우가 그러냐고요? 이번과 같
은 경우가 그렇습니다."
　주민은 서슴없이 국가라는 이름의 거악을 설정했다. 그리고 그것의
피해자를 자신으로부터 박재호로 확장시켰다.

—『소수의견』, 157~158쪽(밑줄은 인용자)

　여기서 형법학 교수 이주민의 발언에 주목해볼 필요가 있다. 국가
의 기본적인 속성이 질서유지 능력이고, 민주주의를 선호하는 국민이
건 아니건 간에 국가의 질서유지 기능은 국민의 욕구에 부합한다.[10]
여기서 국가의 질서유지를 위한 폭력의 독점이 국가의 본질이라면,
이러한 폭력의 정당성은 어디에 물어야 할 것인가. 국가 폭력은 반드
시 대중을 통제하고 편성하기 위한 고도로 훈련되고 엄격하게 규율화
된 무장 그룹을 전제로 하며 이는 반드시 반대급부를 타자화하는 방
식으로 폭력이 행사된다.[11]
　아현동 철거현장에서 "박재호 씨의 아들을 진짜로 죽인 건 누구인
가?"(158쪽)라는 질문의 답은 결국 국가일 수밖에 없다. 폭력의 정당성
을 독점하고 있는 주체가 국가이기 때문이다. 이러한 폭력이 적법성
을 떠나 누구의 이익을 대변하느냐에 따라서, 반대급부에게는 거악의
대상이 될 수밖에 없다.[12] 이 작품에서 그리고 있는 아현동 망루 사망

사건과 같이 용산참사의 경우를 떠올려보면, 국가 폭력의 정당성은 심각한 회의의 대상이 된다. "경찰특공대의 모습으로 남일당 빌딩에 출현한 국가, 살아남은 농성자들에게 징역형을 구형하고 선고한 검사와 판사의 행위를 통해 모습을 드러낸 국가"는 "지배계급의 도구"라는 국가의 성격이 변하지 않았음[13]을 보여준다. 건물을 무단점거 하고 있는 이들에 대한 적법한 공권력의 행사였다는 주장은 국가가 법의 이름으로 거악이 될 수 있음을 명시적으로 나타낸다. 국가에는 위법한 사적인 폭력에 대해 사형을 언도할 수는 있어도, 공권력을 통해 국민을 살상할 권리는 없기 때문이다. 더욱이 경찰의 과잉진압으로 아들 박신우를 잃은 철거민 박재호가 오히려 국가에 의해 살인범으로 기소당하는 사태는 무엇을 말하는가. 이는 국가가 말하는 적법이 오히려 거악이 될 수 있다는 극단적인 상황의 일례라고 할 수 있다.

　내 앞으로 등기우편이 왔다. 흰 봉투 겉에 무궁화 로고가 그려져 있었다. 꽃잎 안에 암술 대신 흐트러짐 없는 균형을 잡은 저울이 들어섰다. 봉투를 뜯어본 후 오래도록 생각에 잠겼다. 긴 시간이었다. 나는 낮과 밤 사이 어딘가에 있었으나 조국 위에 있지 않았다. 잠시 결심 근처까지 갔다. 망명하자. 망명을 신청하자. 그저 떠나는 걸로는 부족해. 먼저 버려주자.

　나는 곧 평정을 되찾았다. 하지만 그 우편물은 내 가슴에 치유 못할 거대한 협곡을 패어놓았다. 조국에 대한 신뢰와 기대가 협곡을 나고 빠져나갔다. 앙상한 허리를 드러낸 그 협곡 꼭대기에서 나는 단지 선택권이 없어 국민으로 남았다.

—『소수의견』, 205쪽(밑줄은 인용자)

아현동 집회에 참여하여 변호사의 품위를 손상했다는 명목으로 대한변호사협회가 알려온 징계심 서류를 마주한 윤변의 처지는 국가의 존재 이유에 대한 신뢰와 기대가 무너지는 상황을 여실하게 대변하고 있다. 법조계의 소수자로서 윤변이 처해 있는 상황은 "조국 위에 있지 않"은 자의 허탈감을 보여주고 있는데, 이것이 곧 법의 이름으로 가해지는 폭력, 소수자에게 가해지는 국가폭력에 다름 아니다. 마치 징집영장처럼 아무 것도 선택할 수 없는 국민의 지위 말이다. 아현동 폭력 사태 이후 국가가 할 수 있는 최선의 사과는 단지 이것이다. "폭력방지에 최선을 다하지 못한 점, 국민 앞에 송구스럽게 생각합니다."(『소수의견』, 361쪽)

국민. 저 말을 들을 때마다 두드러기가 난다. 어떤 문장에서 보통명사로 국민이란 단어가 쓰일 때, 그것을 허공이란 단어로 바꿔도 의미가 성립한다는 것을 나는 열네 살 때 발견했다.

—『소수의견』, 361쪽

국민이라는 말. 국법國法의 지배를 받는 국가의 구성원이라는 뜻의 이 말은, 거악으로서의 국가에게는 단지 허공일 뿐이다. 법이 정의를 구현하지 못하고, 법을 악의적으로 활용하는 주체가 국가기관들이라면, 권력자와 그 하수인들에게 국민은 항시 피동적으로 존재하는 타자들일 뿐이다. "모든 사람은 전체 사회의 복지라는 명목으로도 유린될 수 없는 정의에 입각한 불가침성을 갖는다. 그러므로 정의는 타인들이 갖게 될 보다 큰 선을 위하여 소수의 자유를 뺏는 것이 정당화될 수 없다고 본다."14) 그럼에도 권력자들은 국민이라는 보통명사를 언제나 정치적 판단의 준거로 제시한다. 노동현장에서, 재개발 지구에서, 광장에서 국가는 정의라는 공리적 명분을 수시로 들먹이며 소수자의 권리를 억압했다. 그런 의미에서 정의는 "부정의에 대한 고발과 극복의 의지에서 비롯되어야 하며, 따라서 약자, 소수자가 부정의를 산출하는 힘들에 대항하는 전제이자 방법"15)이어야 한다.

윤변은 법정싸움에서 승리하지 못한다. 배심원 9명이 모두 박재호의 정당방위를 인정하였지만, 재판부의 판결은 배심원의 평결에 의하지 않는다는 법에 의해 재판장 한 사람이 배심원들의 판결을 뒤집어 엎는다. 이것이 법이고, 이것이 법 위에 존재하는 국가의 폭력이다. "법은 명령이다. 하지만 좋은 법은 좋은 명령이다."(아리스토텔레스, 『정치학』) 그러나 이 판결을 우리는 좋은 명령이라 할 수 없다. 국가는 법을 통해 어떠한 보상도 복수도 해주지 않았다.16)

4. 종교 권력의 부패와 세속화

권력과 금력과 종교가 결합하면 어떤 일이 벌어지게 될 것인가. 주원규의 『망루』17)는 교회의 권력 세습과 자본력의 확장과 이를 비호하는 권력의 타락상을 생생하게 그려낸다. 이 작품은 아버지 '조창석'

에게서 아들 '조정인'으로 이어지는 세명교회의 부당한 권력 세습과 도강동 재개발 사업을 통해 자본을 확장하려는 세명교회와 이 사이에서 갈등하는 초점화자인 '정민우'와 그의 신학대학 동창이자 한국철거민연합(한철연) 대표인 '김윤서'를 통해 불의한 사회적 문제를 제기하는 한편, 시장市場의 어수룩한 손재주꾼인 한경태(한씨)를 재림예수로 설정하여, 타락한 세계에서 진정한 인간 구원이란 무엇인가에 대한 깊은 종교적 문제를 제기하고 있다.

> "미국에서 한 짓이라곤 알코올 홀릭, 도박, 어설픈 펀드 놀음밖에 없던 사람이 무슨 재주로 저런 설교를 구해 왔는지 암튼 대단해. 동시에 의문이구."

—『망루』, 41쪽

타락한 한국교회를 비판하는 만평. 주원규의 『망루』는 교회의 권력 세습과 자본력의 확장과 이를 비호하는 권력의 타락상을 생생하게 그려낼 뿐만 아니라 타락한 세계에서 진정한 인간 구원이란 무엇인가에 대한 깊은 종교적 문제를 제기하고 있다.

민우의 동료 전도사인 재훈이 전하는 조정인의 미국 유학 생활이 목회자의 타락상을 증명하고 있거니와, 그의 설교 원고를 대필하는 민우에게도 그의 말은 묵직하게 다가올 수밖에 없다. 설교 원고의 "출처만 밝혀져 봐. 익명의 제보자가 되어 게시판을 도배해 버릴 거니까."라는 재훈의 말은 "세명교회에서 소위 녹을 먹는 사람"이라면 누구나 공감하는 자기 확신에 가까운 폄이다. 이러한 교회의 타락상은 단순한 폭로의 성격을 띠지 않고, 초점화자인 민우의 갈등을 통해 서술됨으로써 긴장감을 놓치지 않고 있다. 바로 이것이 이 작품이 단순한 고발이나 비판을 넘어서고 있는 가장 직접적인 이유이다.

> "이제 교회는 더 이상 예배만 드리고 성도들끼리 모여 밥이나 나눠 먹는 조악한 장소가 될 수 없습니다. 이웃과 지역 사회 개발을 위해 봉사하고 하나님의 질서에서 가장 성실하게 부합하는 자유민주주의의 이념을 받든 시장경제가 보다 활성화될 수 있도록 문호를 과감히 개방하는 복합 레저 타운을 조성하는 것이 세명교회가 할 수 있는 진보적인 하나님 나라 확장이라는 신념이 저에게 주신 하나님의 참된 소명이었던 것입니다."
>
> —『망루』, 43~44쪽

세명교회가 '하나님 나라의 확장'이라는 명목으로 '복합 레저 타운'을 건설하려고 하는 것은 교회권력이 자본과 결합하여 세속적인 탐욕을 구하는 일에 다름 아니다. 이것은 기독교적 가치의 구현에 기초한 것처럼 보이지만, 기실은 반기독교적일 수밖에 없다. 500여 년 전,

루터가 당대의 사업과 화폐경제가 타락한 것을 보고 이기적인 이윤추구의 욕망을 비난하고 고리대금업을 반대[18]한 것도 바로 이런 이유에서다. 베버도 자본주의가 종교적 금욕주의의 이상을 저버림으로써 세속화되었다고 비판하였다. 하지만 자본주의가 반인간적인 질서로 인해 붕괴될 것이라는 마르크스의 의견에는 동의하지 않았다. 많은 결점에도 불구하고 자본주의를 가장 큰 경제적 사회적 활력을 지닌 체제로 지지했던 것이다.[19] 그러나 자본주의의 원리가 그 자체로 우상화되는 것[20]은 반기독교적이다. 오히려 기독교의 여러 신학적 개념들과 상징들은 자본주의의 확산과 그에 따른 문제를 죄악의 상황으로 이해하고 이에 대한 실천적인 비전[21]을 제시할 필요가 있는 것이다. 다음에 제시되는 상징적인 공간성은 이러한 이유를 구체적으로 대변하고 있다.

> "그와 함께 저 반대편, 정인의 욕망의 설교 반대편에 홀로 외로이 솟아 있는 심판의 마지막 도피처, 마사다가 보였다. 그 요새를 향해 죽기를 각오하고 기어오르는 일군의 무리들이 눈에 띄었다. 윤서의 모습이 보였고, 남루한 차람의 백성들이 드러났다. 그들은 정인의 설교에 의하면 반드시 극복되어야 할 게으르고 생떼만 부리는 이 땅의 낙오자들, 사탄의 늪에 빠져 버린 우매한 땅의 인간. 영원히 신의 축복을 받지 못할 이교의 개들이었다.
>
> —『망루』, 240쪽

지상의 공간에 불법과 파괴의 면죄부를 받은 용역 깡패들과 중무장한 경찰 병력들이 함께 존재하고 있다. 그들은 서로를 묵인하며 오직 하나의 대상, 지상으로부터 밀려나 타의에 의한 유배를 감행한, 억지로 땅위로 내몰려진 존재들을 박멸하려는 목적에만 혈안이 되어 있는 것이다. 과연 그들의 눈에 성문당 4층, 그리고 곧 최후의 항전을 위해 마련된 푸르른 망루에 오르게 될 철거민들은 무엇으로 보일까. 과연 그렇다면 이런 식의 대치가 가능할 수 있을까.

—『망루』, 276쪽

기독교가 선민의식의 도그마에 빠지거나 금력을 추구하며 세속화될 때, 사회적으로 경제적으로 선택받지 못한 존재를 타자화시킬 수밖에 없다. 생존의 터를 빼앗기지 않기 위해, 죽음을 각오하고 망루에 오르는 그들이, "생떼만 부리는 이 땅의 낙오자들"이나 "사탄의 늪에 빠진 우매한 인간", 심지어 신의 축복마저도 피해가는 "이교의 개들"로 낙인을 찍는 것은, 종교의 탈을 쓴 야만의 행태일 뿐이다. 특히 한국 개신교의 윤리에 있어 지나친 성장주의는 패권주의와 결합하여 배타적, 반지성적 상황으로 신앙생활을 몰고 간다.[22] 이런 상황에서 교회권력은 자신의 패권적 질서에 반대하는 세력을 악으로 규정하고 이들을 처단하고자 한다. 이를 비호하는 세력은 정치권력이고, 이들은 언제나 공권력의 이름으로 민중을 불법이라는 명목 하에 사지로 내몰게 된다. 바로 여기서 종교와 자본과 권력의 삼각구도는 완성된다. 『망루』가 그려내는 불타는 예루살렘은 바로 우리 사회의 지옥도다.

5. 구원과 침묵의 배리背理

『망루』가 서 있는 또 하나의 서사의 축은 재림예수를 통해서 본 진정한 인간 구원의 의미를 묻는 데 바쳐진다. 한씨 아저씨라고 불리는 어수룩한 시장의 손재주꾼인 한경태를 "검붉은 환부에서 싱싱한 새 살이 돋아 오르는 기적"(『망루』, 148쪽)을 행하는 재림예수로 설정한 것도 바로 이러한 이유에서다. 이는 이 작품에서 '한씨와 윤서'의 이야기 사이에 교차편집되고 있는 '재림 예수와 벤 야살'의 이야기에서도 찾을 수 있다.

> 재림 예수는 망설이지 않았다. 방금 전까지만 해도 졸지에 남편을 잃은 유대 여인의 사타구니를 헤집던 짐승 같은 만행의 주범을 향해 몸을 웅크린 그가 하늘을 우러르며 기도하며, 로마 군인의 잘려 나간 두 팔과 다리를 다시금 접합시키는 경이로운 치유의 기적을 일으키고 말았던 것이다.
>
> —『망루』, 105쪽

재림예수의 이러한 이적은 벤 야살에게는 이해하기 어려운 일이었다. "사지를 잘린 로마 군사 한 명"이 "고통의 비명을 지르며" 버둥거리자, 재림예수가 만행의 주범인 그의 두 팔과 다리를 접합시키는 이적을 벌인 것이다. 심판의 대상인 자에게 치유의 은사를 베푼 재림예수를 벤 야살은 이해할 수가 없었다. 이러한 일은 다시 성문당 망루 위에서 재현된다.

'불길이 망루 전체를 휘덮고 있다. 이젠 정말 땅으로 내려가지 않으면 안 된다. 이것이 현실이다. 내려가야 한다. 내려가야만.'

그러나 민우의 눈앞엔 현실보다도 더 잔혹한 대립과 좌절의 악다구니가 그의 영혼을 압도하고 있었다. 한 가지 놀라운 장면, 납득할 수 없는 장면이 펼쳐졌기 때문이다. 불타는 망루를 벗어나기 위해 안간힘을 쓰는 특공대의 접진 발을 무릎을 꿇고 어루만지는 한씨의 행동이 그대로 윤서와 민우의 두 눈에 여보란 듯 발각되었기 때문이다.

— 『망루』, 287쪽

구원의 대상인 철거민들이 아니라 불 타는 망루에서 이들을 폭력적으로 진압한 "특공대의 접진 발을 무릎을 꿇고 어루만지는" 재림예수 한씨의 모습을 윤서는 이해할 수 없다. 재림예수는 왜 저렇게 모순된 일을 반복하고 있는 것일까. 그 반대편에는 재림예수를 향한 또 하나의 모순에 분노하는 이가 있다. 그는 세명교회 서리집사 '강맹호'이다. 병든 아들을 두고 그는 말한다. 재림예수는 "주님을 갈망하던 자들의 것이어야 하"는데, "고맙다는 말조차 인색한 거리의 노인들, 행려병자, 예수쟁이들이라면 욕하고 침 뱉는 인간 말종들에게만 치유의 기적"(230쪽)을 행하는 그가 무슨 구원자란 말이냐고 분노하는 것이다. 재림예수는 왜 그런 행위를 한 것인가.

"바로 그렇기 때문에 난 저들을 심판할 수 없소."
"뭐요?"
"저들 역시 내가 창조해 낸 피조물들이기 때문이오."

"……."

"저들의 욕망, 저들의 쾌락, 저들의 욕구, 저들의 야만, 저들의 타락, 저들의 비열함, 저들의 마성 모두 나의 창조의 터전 안에 있는 것들이오."

"……."

"그렇기 때문에 난 저들을 심판할 수 없소. 심판할 권리가 없는 것이오."

"……."

— 『망루』, 316쪽

문제는 그 모든 이들이 신의 피조물이고, 모든 이들의 욕망과 야만과 타락과 마성이 모두 신이 창조한 것이라는 데 있다. 왜 재림예수는 2000년 전 로마병사에게, 오늘날 특공대원에게 이적을 행한 것인지 분명해 진다. 그러나 한 가지 짚고 넘어가야 할 것은, 이들이 악의 무지한 하수인들이지 악의 핵심이 아니라는 사실이다. 악의 근원은 로마의 권력자들이고, 오늘날 세명교회와 같은 종교 권력 안에 웅거하는 타락한 성직자들이다. 물론 재림예수는 벤 야살과 마찬가지로 윤서라는 인물을 통해 죽게 되고, 이는 "쓰러져 가는 신의 무력함"(317쪽)을 의미하는 것 같지만, 작가의 의도는 이러한 단순한 논리 안에 있지 않다. 심판의 칼은 결국 인간의 것이고, 그 칼로 무력한 신을 찔러야만 정의가 회복된다는 논리는 인물이 드러내고 있는 표면적 사실일 뿐이다. 아마도 신은 이 땅의 악을 심판하지는 않았을지언정, 이 땅의 아비규환을 철저하게 외면한 것은 아니었다. 가장 소외된 자들, 가장 아픈 자들, 자신이 무엇을 하는지 알지도 못한 채 죄를 짓는 자들, 이 모든 이들의 영혼을 위무한 것이기도 하기 때문이다.

　진정한 종교적 구원은 단순한 죄와 징벌이라는 이분법적 구도 안에 있지 않다. 생존을 위해 망루에 올라간 철거민들만을 구하고, 그 나머지를 징벌해야 한다는 단순한 구도 속에는 진정한 구원이 깃들어 있지 않다는 것을 재림예수는 보여준 것이다. 억압된 자들을 구원하지 않는 무능하고 무책임한 신을 제시한 것이 아니라 이를 통해 진정한 구원이 무엇인지 당신의 피조물들에게 끊임없이 묻고 있는 것이다. 인간의 눈으로 구분한 선−악의 이분법의 틀 안에는 진정한 구원이 있을 수 없다. 오히려 이러한 '구원과 침묵의 배리' 속에 진정한 구원의 비의가 숨어 있는지도 모른다.

6. 법과 국가와 종교의 한계

　손아람의 『소수의견』과 주원규의 『망루』는 자본독재 시대에 끊임없이 주변부로 밀려나고 마침내 한 평 딛고 살 집과 땅조차 빼앗긴, 우리 시대의 노웨어맨Nowhere man23)들을 그려내고 있다. 『소수의견』은 표면적으로는 법정 소설로 읽히지만, 작품의 외연은 갑론을박을 주고받는 법정의 좁은 지평을 넘어선다. 이 작품은 법이 정의를 실현할 수 있는가 하는 심각한 의문을 던지는데, 사태를 낱낱이 밝혀 시시비비를 가려내야 할 법이, 오히려 형식논리에 매달려 진리를 사상捨象시켜 버리는 결과를 초래한다는 점에 상소섬이 있다. 너 나아가 법의 기반 위에 존재하는 통치 집단인 국가에 대해서도 심각한 의문을 제기한다. "나 이 나라가 무서워요."(208쪽)라는 이준형 기자의 말은 폭력을 독점하고 있는 국가 기관이 거악으로 작용할 수 있음을 보여준다.

주원규의 『망루』는 생존 자체가 억압받고 있는 우리 시대의 철거민들과 종교 권력과의 대립을 통해 종교 권력이 금력과 결합하여 대형화·자본화하는 종교의 타락상을 예각적으로 드러내는 한편, 재림예수를 통해 진정한 구원의 방식과 의미를 묻고 있다. 이러한 당대 현실의 문제를 첨예하게 드러내면서도, 아득한 구원의 비의에 대해 질문을 던지고 있는 이 작품은 사회적 문제를 끌어안은 뛰어난 기독교적 상상력으로 읽힌다.

자본주의의 자기중독 상태[24]는 반인간적인 가치를 끊임없이 확대 재생산하고 있다. 실물재화와 관계 맺지 않은 금융 자본은 스스로의 흐름을 형성한 채 경제 주체와 유리되어 있다. 자본의 전지구적인 확대가 무한 경쟁, 무한 파괴, 무한 오염을 가속화시키고 있음에도 불구하고, 우리 사회는 자본주의 시스템 자체를 성찰할 계기를 저버리고 증가되는 속도 속에 스스로를 내맡기고 있는 것이다. 이러한 사회적 체제는 법·국가·자본·종교 권력 등의 결속을 강화시키고 자본은 살을 찌우고 법과 권력은 이를 비호하며, 그 속에 존재하는 수많은 사람들을 체제의 이탈자로 만들어가고 있다.

이미 우리 사회는 탐욕적인 자본주의 체제를 재검토해 보아야 하는 임계점에 와 있다. 체제의 자기중독증을 스스로 파악하지 못하고, 전세계적인 금융 위기와 같이 체제가 통제의 범위를 벗어나는 것이 바로 그 증좌이다. 생존의 터를 빼앗기고 오로지 살기 위해 오늘도 망루에 오르는 이들이 있다. 소설은 이들의 삶에 대답한다. 법도 권력도 종교도 체제에 이바지하기보다는 그 안에 살고 있는 다수의 시민들을 위해 존재해야 한다고 말이다. 불타는 망루, 거기에 위기의 한계점에 와 있는 우리 시대의 지옥도가 있다.

|주|

1) 이 사건은 2009년 1월 20일 서울시 용산구 한강로 2가에 위치한 남일당 건물 옥상에서 농성을 벌이던 세입자들과 이들을 무리하게 진압하는 경찰·용역 간에 충돌이 벌어지면서 철거민 5명과 경찰특공대 1명이 사망한 사건을 가리킨다. 이후 언론에서 이 비극적 사건을 '용산참사'라고 명명하였다.

2) 김윤식·정호웅, 『한국소설사』, 예하, 1993, 398쪽.

3) 작품 수용의 지속적 생명력은 내용적 측면에서만 비롯된 것이 아니라 내재적인 문학성을 구유한 작품이기 때문에 가능한 것이다(우찬제, 「조세희의 『난장이가 쏘아올린 작은 공』의 리얼리티 효과」, 『한국문학이론과 비평』 21, 한국문학이론과 비평학회, 2003, 178쪽).

4) 이 장의 텍스트는 손아람, 『소수의견』, 들녘, 2010이며 출전은 인용문 말미에 '작품명, 쪽수'의 방식으로 밝히기로 한다.

5) 자크 데리다, 진태원 옮김, 『법의 힘』, 문학과지성사, 2004, 34쪽.

6) 위의 책, 144쪽.

7) 카야노 도시히토, 김은주 옮김, 『국가란 무엇인가—국가의 본질에 대한 역사적 고찰』, 산눈, 2010, 11~13쪽.

8) 위의 책, 14쪽.

9) 위의 책, 20쪽.

10) 이언 브레머, 차백만 옮김, 『국가는 무엇을 해야 하는가』, 다산북스, 2011, 28쪽.

11) 5월은 드골을 공포로 몰아넣었다. 이 지경에 이르면 무엇을 하든 그는 두려움을 느끼게 되는데, 이 두려움은 타자의 제거로 이어지는 인종차별적 공포이다. 타자는 언제나 거주지도, 권력도 없이, 길을 잘못 든—거리의 자식?—으로 취급되는 것이다(모리스 블랑쇼, 고재정 옮김, 『정치평론』, 그린비, 2009, 176~177쪽).

12) 가라타니 고진은 국가의 고유한 기반을 수탈과 재분배라는 교환형태로 생각하고, 국가의 존재가 본질적으로 강탈, 수탈에 있다고 본다(가라타니 고진, 조영일 옮김, 『근대문학의 종언』, 도서출판b, 2006, 140쪽).

13) 유시민, 『국가란 무엇인가』, 돌베개, 2011, 22쪽.

14) 존 롤즈, 황경식 옮김, 『정의론』, 이학사, 2003, 36쪽.

15) 김선희, 「정의 개념의 두 국면」, 『한국여성철학』 16, 한국여성철학회, 2011, 77쪽.

16) 하지만, 『소수의견』에서 아들을 잃은 박재호 씨를 위해 싸우는 나(윤 변호사), 이준형(기자), 이주민(형법학 교수)의 연대는 우리가 기대할 수 있는 최선의 대안일 수 있다. "이들 각자는 온전히 선하지 않지만, 이들의 만남과 연대는 서로를 성장시키는 동력으로 작동하면서 개인의 한계를 극복하게 하고 어쩌면 점차 역사의 방향을 돌려놓을 수도 있을 것이다."(이선우, 「서울은 어디에 있는가」, 홍승희 외, 『서울의 문화적 완충지대』, 삶이보이는창, 2012, 164~165쪽)

17) 이 장의 텍스트는 주원규, 『망루』, 문학의문학, 2010이며 출전은 인용문 말미에 '작품명, 쪽수'의 방식으로 밝히기로 한다.

18) 양창삼, 「문화 및 자본주의에 대한 기독교적 인식」, 『현상과인식』 통권 40호, 1987.10, 한국인문사회과학회, 105쪽.

19) 볼프강 몸젠, 이상률 편역, 「자본주의와 사회주의—베버의 마르크스와의 대화」, 『칼 마르크스와 막스 베버』, 문예출판사, 1985, 173~192쪽.

20) 권진관, 「강화되는 자본주의의 원리와 기독교」, 『기독교사상』 36, 대한기독교서회, 1992, 32쪽.

21) 위의 책, 32쪽.

22) 이원규, 『한국교회 어디로 가고 있나』, 대한기독교서회, 2000, 241~255쪽.

23) The Beatles의 노래 〈Nowhere Man〉(1965)에서 따온 것으로 '어디에도 머물지 못하는 이들'을 가리킨다.

24) 임태훈, 『우애의 미디올로지—잉여력과 로우테크(low-tech)로 구상하는 미디어 운동』, 갈무리, 2012, 27쪽.

뉴밀레니엄 시대의 도시 생태학과 윤리학

_정이현의 『오늘의 거짓말』

1. 현대도시의 생활양식

현대 도시의 생활양식과 상호관계는 각각 이 장의 주요 논거인 도시 생태학과 윤리학에 대응한다. 근대적 서사양식으로서의 소설이 대도시적인 삶의 양태와 소부르주아의 문화적 조건 안에서 태동했다고 했을 때, 현대 소설의 방점은 시티 라이프의 제양상에 찍혀 있다고 할 수 있다. 그러한 의미에서 현대 소설에서 도시 생태학은 무엇보다도 중요하고 그에 따른 주체와 타자와의 관계성을 함의하는 윤리학은 우리 시대 소설의 전부라고 말해도 과언이 아니다.

특히 작가 정이현은 '도시 기록자'로 불릴 만큼 도시성의 문제를 깊이 탐구해 왔다. 『낭만적 사랑과 사회』(2003)로 대표되는 초기 소설

은 단순히 '발칙한'이라는 수식어가, 『달콤한 나의 도시』(2006) 이후에
는 칙릿Chick Lit[1]이라는 카테고리가 그의 문학을 평가절하하게 했다.
하지만 『오늘의 거짓말』(2007)은 이러한 평가가 편견이며 단견에 불
과하다는 사실을 구체적으로 증명한다. 그녀의 소설 속에는 교환과
거래로 이루어지는 거대한 속물들의 세계인 도시 생태계의 풍경과
그 속에서 환멸과 냉소와 연민을 반복하는 인간 군상들의 모습이 동
시대 어느 작가보다 예각적으로 그려지기 때문이다.

  이 장에서는 정이현의 소설집 『오늘의 거짓말』(2007)에 나타난 서
울이라는 메갈로폴리스의 도시 생태학적 조건에 대한 분석과 함께
인물 상호 간의 관계성에 주목한 윤리의식을 고찰하고자 한다. 그동

정이현의 『오늘의 거짓말』(2007). 정이현의 소설집 『오늘의 거짓말』은 도시 생태계에 대한 세심한
관찰의 결과물이다. 도시 생태계의 기만의 논리 안에서 진정한 윤리학을 모색하는 것은 자신을
둘러싼 온갖 허위와 기만의 가면을 벗는 데서 출발한다.

안 한국 문학사에서 도시체험은 주로 여성들의 '무작정 상경물'[2]이 주요 모티프로 다루어졌다. 김승옥의 「누이를 이해하기 위하여」 (1963)의 '누이', 이호철의 『서울은 만원이다』(1966)의 '길녀', 최인호의 『별들의 고향』(1973)의 '경아', 조선작의 『영자의 전성시대』(1971~ 1973)의 '영자' 등 상경한 여인의 시련과 전락기를 통해 사물화된 도시의 비정함을 형상화한 것이다.

하지만 2000년대 도시 소설에서 이니시에이션initiation은 부재한다. 이는 더 이상 서울의 안과 밖이 존재하지 않는다는 것을 말해준다.[3] "삶의 전형성이라는 측면에서 보았을 때도, 전근대적 농촌이란 더 이상 존재하지 않"[4]기 때문이다. 출생과 동시에 도시를 호흡하고 도시에서 자라난 세대에게, 전 세대가 경험한 농촌이라는 준거집단과 도시라는 소속집단 사이의 간극은 형성될 수 없다. 따라서 이들에게 도시 공간에서의 타락이나 전락은 큰 의미가 없으며 도시의 생태적 조건과 윤리성 자체가 하나의 인식틀이 되어 버렸다고 할 수 있다.

이 장의 논의는 기본적으로 도시 생태학이라는 개념에 기초한다. 생태학은 원래 유기체와 환경과의 상호관계를 연구하는 학문으로서 연구하는 대상의 수목, 동물 등의 상호관계, 주변 환경과의 관계, 상호의존, 생존, 적응 등을 연구한다. 이러한 원리를 인간과 사회의 상호관계, 도시사회연구에 적용한 것이 인간 생태학human ecology 또는 도시 생태학urban ecology이다.[5] 2020년 현재, 우리나라는 전 인구의 85%가 도시에 집중되어 살아가고 있기 때문에 도시 생태학은 그 중요성이 날로 증대되고 있다. 이러한 도시 생태계는 인간의 경제활동을 비롯한 사회적 관계로 인해 생성되는 사회구조를 위해 생물군집이나 지형 등을 변형시키고 다량의 물질과 에너지를 소비하는 인공 생태계다. 여기서 도시 생태계는 단순히 인간과 자연의 문제가 아니라 인간이 살아가는 생산 활동 및 주거와 여가 생활을 포함한 사회적 관계가 핵심적인 변수로 기능한다.

인간 생태학은 1920~30년대 시카고 학파에 의해서 발전된 인간 조직 이론이다. 사회진화이론을 주장한 허버트 스펜서Herbert Spencer, 상호작용론을 주장한 게오르크 짐멜Georg Simmel, 사회학적 실증주의를 내세운 에밀 뒤르켐Emile Durkheim, 사회조사 방법론을 제시한 찰스 부스Charles Booth와 대부분의 사회다원주의의 학문적 노력에 영향을 받았다. 사실, 생태학적 조건은 조밀하게 짜여진 유형의 공동생활자 간의 상호의존을 바탕으로 하며 이것은 어디서나 발견되는 생물학적 조건이다. 이 속에서 발생하는 생물학적 질서는 도시와 같은 제한된 영역 내에 존재하는 개인들의 집합 속에서 자동적으로 형성된다. 이것은 개인이 깨닫지 못하는 자연적이고 본능적인 과정의 산물이다.6) 따라서 이와 같은 공동사회의 형질에 힘을 부여하는 비정의적 조건을 찾아내는 일은, 사회현상에 대한 하나의 반동일시counter-identification의 작업이라고 할 수 있다.

특히 도시 생태학에서 추구하는 연구 방법론은 대인적 관계의 그물망이 핵심이라고 할 수 있는데, 도시 생태계를 조율하는 생활양태와 시스템을 규명하고 이를 바탕으로 도시인 상호간의 관계성과 그 작동 원리를 도출해내는 것은 이러한 도시 생태학의 원리에 부합한다. 이것은 사회적으로 도시를 분석하는 데 있어, 노시 생태 안에서 공유된 문화와 의사소통의 방식, 더 나아가 이익이 교환되고 분배되는 양상까지를 포섭하는 하나의 가설이 될 수 있기 때문이다.

2. 도시인의 생활양태와 생태관

『오늘의 거짓말』에 수록된 작품들은 모두 도시를 원체험으로 경험한 세대의 동일성을 기반으로 하고 있다. 후기자본주의를 살고 있는 현대 도시의 시스템 안에서 억압 기제에 시달리며 그 안에서 스스로 사물화된 채 명멸하고 있는 존재들의 모습이 그것이다. 이곳에는 순수한 우정도, 사랑도, 로맨스의 판타지도 존재하지 않는다. 도시의 일상은 최소한의 인간성마저도 계량화된 채, 재혼정보회사에서 제공하는 B+등급(「타인의 고독」)이 상징하는 바와 같은 정량의 지표로 교환되는 세계다.

이 작품의 화자인 남자가 상대적으로 높은 평가를 얻은 항목은 주거와 과거 부분인데, 주거의 경우는 본인 명의의 아파트를 소유하고 있다는 점이고, 과거의 경우는 아이가 없다는 점이다. 그런데도 그가 B 클래스에 속하는 이유는 직업과 신장에서 점수가 감점되었기 때문이다. 더 이상 안정적인 직업이라고 볼 수 없는 서른 세 살의 과장 직급의 회사원, 180센티미터에 미달하는 173센티미터의 신장이 결점으로 작용한 것이다. 이때 이 등급은 교환의 수준을 결정하는 독립변수로 기능하게 됨에 따라, 화자 역시 B+ 레벨을 선고받은 이성을 동등하게 소개받게 된다. 이러한 시티 라이프의 기반 위에서 도시인의 일상은 어떠한 양상을 나타내는지 살펴볼 필요가 있다.

도시인의 일상은 스스로에 의해서 거두어지지 않는다. 일상의 거의 모든 것이 서비스라는 이름으로 상품화되어 있기 때문이다. 가장 평범하게는 세탁소에 맡기는 와이셔츠가, 통조림이나 김밥, 진공 팩에 담아주는 음식들로 이루어진 테이크 아웃 식사가 그것이다. 이들 음식들의 선택 기준은 한 번 먹고 버리는 일회성에 있다. 얼마 간 저장해 놓을 수 있는 보관식품들은 화자에겐 거의 공포의 대상이다. 불투명 밀폐용기에 담긴 채 방치되기 일쑤인 김치들은 뚜껑을 열어보는 일 자체가 두려울 수밖에 없다.

이러한 일회용 일상은 겉으로는 편리함으로 이해될 수 있지만, 생활의 의미를 최소화하고 그 가치를 탈각하려고 하는 의도와 관계된다. 어떠한 책임과 의무도 지지 않겠다는 전제 위에서 가능한 일회용의 삶이란 스스로를 철저하게 비인간화함으로써 얻어지는 것이다. 일상을 보듬고 가꾸지 않는 생활 태도가 삶에 대한 자발적인 방기를 의미한다면, 도시인의 편리함이란 효율을 극대화시킨 탈색된 일상의 단면을 반영한다. 이때, 유효기간이 지난 계란에서 "반쯤 부화된 채 웅크리고 있는 병아리"(1: 11)[7]가 튀어나오는 것은 상상만으로도 화자에겐 큰 충격으로 다가온다. 사물화된 생활공간에 느닷없는 출현한 생명이란 이물異物일 수밖에 없기 때문이다. 이에 119에 신고를 하는 방법 이외에 다른 방법을 모르겠다는 화자의 말은 건조한 비생명적 일상에 길들여진 생명에 대한 공포감을 반영한다.

「어금니」에 등장하는 중년 부부의 주방 풍경에서도 화자의 생태관은 이와 유사한 모습을 나타낸다. 이 작품의 화자인 마흔아홉 번째 생일을 맞은 중년 여인은, "시간이 많지 않다."(3: 71)라고 쓰려던 생일의 다짐을 "30분 일찍 기상할 것"(3: 71)으로 고쳐 적는다. 작년에는 "과도한 동물성 지방 섭취를 주의할 것"이라고, 재작년에는 "하루 50분 빨리 걸을 것. 일주일에 닷새 이상 반드시"(3: 71)라고 적었다. 이처럼 중년의 관심사는 건강에 집중되어 있는데, 이는 노화의 길로 접어들었다는 데에 대한 초조함 때문이다.

그들의 아침식사는 유우 한 컵과 토마토 한 개, 호밀로 만든 빵, 계란 프라이 반숙, 채끝등심, 그리고 유기농만을 고집하는 야채들로 꾸며진다. 유기농 채소만을 고집하는 건강에 대한 집착은 '몸의 마케팅'8)으로 왜곡된 웰빙문화의 일단을 보여주는 것이다. 바로 이 자리에서 상추 이파리 한 장을 쳐들었을 때 "검고 작은 벌레 한 마리가 고물꼬물 기어가는 모습"(3: 72)을 발견한 화자는 어리둥절해 하고 만다. 이어 화자는 "나는 서울 사대문 안에서 나고 성장했"(3: 72)고 따라서 "느닷없이 출몰한 낯선 생물의 명칭을 알아맞힐 만한 능력이 없"(3: 72)으며, 더 나아가 "명명은 책임질 수 있을 때나 하는 것임"(3: 72)을 알고 있다고 말한다.

현대 도시인의 '자연 결핍 장애nature deficit disorder'9)는 태생적인 것으로, 이는 도시화나 이주 등에 의해 나타나는 후천적 경험이 아니다. 이 작품에서 화자는 서울에서 태어나 서울을 벗어나본 적이 없다는 점에서 아침 식탁 위에 뜻밖에 등장한 벌레에 당황할 수밖에 없다. 이때 벌레는 낯선 생물이라기보다는 '도시 바깥'에 대한 경험이 전무한 화자에게는 차라리 '외계의 존재'라고 해야 맞는 말일 것이다. 한 번도 직접 본 적도 만져 본 적도 없는, 자연도감에서나 상상 속에서나 만날 수 있는 것이기 때문이다.

자연에 대한 도시인의 근원적인 결핍은 벌레를 무엇으로 불러야 할지 모른다는 당혹감과 이어진다. 이때 명명命名한다는 것은 존재가 언어 속에 머무르는 처소이자 존재가 개시되는 지점이다.[10] 더 나아가 어떤 대상에 이름을 붙인다는 것이 실재의 존재성에 개입하는 진위 인식의 토대가 된다[11]고 했을 때, 여기서 화자는 이 낯선 외계 생물에 대한 명명을 포기하고 만다. 상추 이파리에 사는 벌레는 도시인의 머릿속에 추상적 개념으로서의 '벌레' 그 이상도 이하도 아니기 때문이다. 그러한 의미에서 도시인에게 자연은 도시의 바깥을 지칭하

자연 결핍 장애(Vogue Korea, 2016. 06. 23). 인스턴트화된 일회용 일상과 자연 결핍 상태를 경험하는 도시인에게, 일상은 사물화되고 자연은 관념화된다. 도시인에게 자연이란 도시 공간에 남아 있는 개발 이전의 유휴공간이거나 공원과 같이 인위적으로 꾸며진 탈자연화된 공간이거나 놀이동산 등에서 만나게 되는 대체 자연이다.

는 관념화된 풍경의 일부일 뿐이다.

인스턴트화된 일회용 일상과 자연 결핍 상태를 경험하는 도시인에게, 일상은 사물화되고 자연은 관념화된다. 도시인에게 자연이란 도시 공간에 남아 있는 개발 이전의 유휴공간이거나 공원과 같이 인위적으로 꾸며진 탈자연화된 공간이거나 놀이동산 등에서 만나게 되는 '대체 자연'[12]이다. 여기서 자연은 문명의 일부 속에 강제로 '인용'된 개체에 불과하다. 결국 도시인이 받아들이고 경험하는 자연이란 인용된 것, 문명화된 것, 탈자연화된 것이다. 도시인에게 도시의 외부란 존재하지 않는 것이다.

3. 도시의 관리 시스템

도시인의 사물화된 일상은 현대 도시가 하나의 폐쇄적인 자족 시스템으로 작동한다는 구조적 사실에 기반한다. 도시의 교통망이나 물류 시스템은 물론 대규모 주거시설은 효율적인 관리를 위해 시설과 에너지, 인적 정보에 이르기까지 모든 관리시스템을 중앙통제 방식으로 제어하게 된다.[13] 「그 남자의 리허설」은 '시큐리티 카드'로 출입이 통제되는 초고층 아파트의 출입시스템에 가로막힌 한 남자의 머피의 법칙과 같은 고달픈 하루가 그려진다. 여기서 출입용 카드 키는 이 아파트의 주민이라는 신원을 확인해 주는 편리한 도구이기도 하지만, 이것 없이는 자신을 증명해줄 수 있는 것이 아무 것도 없다는 것을 의미하기도 한다. 경비원이나 주민들이 서로가 서로를 안다는 사실은 이 시스템 하에서는 무용지물이거나 과거의 사실일 뿐이다.

시큐리티 카드가 없다는 것은 이 아파트에 들어갈 수 없다는 뜻이다. 성악가인 남자는 수도권 모 위성도시의 시립합창 단원으로서 재계약을 앞두고 전전긍긍하고 있는 반면, 그의 아내는 오페라 기획자로서 의욕적인 나날을 보내고 있다. 목소리가 생명인 남자는 담배를 피우고 그의 아내는 집안에서 담뱃갑이 보여도 이를 묵인한다. 남자는 담배를 사기 위해 트레이닝복 위에 점퍼를 걸치고 맨발에 슬리퍼를 꿰신고 현관을 나선다. 그의 비극은 여기서 시작된다. 가장 중요한 카드 키를 집에 놓고 온 것이다. 출근을 해야 하는 그의 상황에선 빨리 집으로 다시 들어가야 하지만 경비원도, 호출을 받고 출동한 관리소장도 그를 알아보지 못한다. "입주자를 도둑놈 취급하고 이거, 이래도 되는 거야? 당신이 나한테 인사했잖아. 기억 안 나?"라고 따져

건물 출입을 통제하는 시큐리티 카드. 「그 남자의 리허설」에 등장하는 '시큐리티 카드'는 아파트의 주민이라는 신원을 확인해 주는 편리한 도구이기도 하지만, 이것 없이는 자신을 증명해줄 수 있는 것이 아무 것도 없다는 것을 의미하기도 한다.

봤자, 아무도 그가 이 아파트 입주자임을 증명해 주지 못한다. 여기서 주민 상호간의 앎을 통한 인지認知는 전자 감응 시스템에 의한 감지感知로 대체된다.

"가족 분께 연락하셔서 퀵 서비스로 카드 키를 받으세요."(5: 138)라는 말이 돌아오지만 남자는 아내의 휴대폰 전화번호도 가물거렸고, 회사 번호는 더욱이 외우지 못했다. '디지털 치매'14)라 불리는 이러한 상황 속에서 남자는 관리소장의 휴대전화기를 얌전히 돌려줄 수밖에 없었고, 그는 결국 자신을 증명해 줄 카드 키를 받기 위해 아파트 출입문을 나서게 된다. 아내를 찾아 오페라극장까지 온 그는, 후줄근한 차림새로 인해 경비원에게 쫓겨나려는 순간, 다행히도 오페라 단장에게 목격되어 대기실에 들어오게 된다. 거기서 그를 만난 아내는 "마치 유령을 목도"(5:148)한 듯한 표정이었으나 이내 담담하게 카드 키를 건네준다. 그는 집을 나선 이후 줄곧 자신을 괴롭히던 알 수 없는 악취가 혹시 자신에게 나는 것인지를 묻지만, 아내는 그의 상황을 이해하지 못한다.

다시 아파트로 돌아온 그가 아내의 카드 키를 인식판에 대자 그제야 문이 열리고, 경비원은 반사적으로 거수경례를 한다. 그와 동시에 경비원은 남자를 알아보고 묘하게 표정이 일그러졌고 그는 괜찮다는 의미의 미소를 보냈지만 그것은 마치 비웃는 것처럼 보였을지도 모를 것이었다. 사람과 사람 사이의 소통은 어긋나고, 결국 남자가 자신을 인식시킨 것은 카드 키일 뿐이다. 디지털 센서로 작동되는 초고층 아파트의 출입 시스템은 거대한 전자 감옥의 네트워크를 연상시킨다.

「빛의 제국」은 대학 부설 자살문화연구센터의 계약직 연구원인 '김현수'가, 2004년 10월 여성 전용 소년원인 비원여자고등학교에서 발생한 장유희의 자살 사건을 조사하면서 만나게 된 인터뷰이들의 진술을 문서화한 녹취록으로 구성되어 있다. 이 교화시설은 소년분류심사원에서 고등학교 학령에 해당하는 아이들의 범죄를 분류해 입소가 이루어지게 된다. 초범은 6호 처분을 받고, 7호는 반복해서 잘못을 저지른 경우로, 7호 처분에 해당하는 아이들이 이곳에 오게 된다. 이는 미셸 푸코가 광기의 여러 형태들을 논의하면서 '병리학 분류표'[15]에 근거한 광기의 치료에 대해 언급한 것과 동일한 맥락에 놓인다. 병원의 기능은 광기의 치료에 있지 않았고, 병원의 주된 관심은 격리와 '교화'에 있다[16]는 점을 상기할 필요가 있다.

신희경(45세) 책임 교도관은 비원여고라는 교화시설의 설립이념은 '국친國親'으로서 "부모가 제 노릇을 제대로 하지 못할 때 그 역할을 국가가 대신한다는 의미"(7: 193)라고 설명하며, 아이들을 "온전한 정상인"(7: 194)으로 만들 수 있도록 연구한다고 덧붙인다. 국가라는 권력은 지식을 동원하여 정상normal과 비정상abnormal을 구분한다. 이성이라는 최종심급이 감시와 처벌을 작동하도록 하기 위해 지식을 동원하고, 이를 통해 정상의 범주 바깥의 온갖 것들을 비정상으로 매도한다. 이 속에서 감금이 행해지고, 이러한 감옥의 형태는 극빈 아동들을 위한 기관들, 고아원, 수련생들을 위한 시설들로 확산된다. 더 나아가 자선단체, 선도단체, 관공서, 그리고 공장 노동 주택단지와 숙사들에 그 행형 체제가 남아 있다. 이 거대한 감금망은 사회에 산재하면서 작동하는 모든 규율 장치들과 연결되는 것이다.[17]

2022년으로 설정되어 있는 시간적 배경 하에서(민영으로 2004년 여름 설치된 최초의 청소년 교화기관으로 개원 18년째를 맞고 있다는 신희경의 진술을 토대로 볼 때) 이제 비원여고라는 교화시설은 문을 닫게 된다. "전국 교화 시설 아이들의 팔뚝에 마이크로 칩을 내장하는 법안이 국회를 통과"(7: 195)하여 "제7호 처분을 선고받은 아이들을 사회 밖으로 따로 격리하지 않고서도 통제할 수 있게 된 것"이다. 디지털화가 급진전하여 인간의 신체 속에 마이크로 칩[일종의 베리칩VeriChip18)]을 삽입하여 이들을 제어하게 되면 아이들은 "각자에게 정해진 생활 구역 밖으로 단 일 미터도 벗어날 수 없게"(7: 196) 되는 것이다. 더 나아가 책임 교도관은 빈곤 가정 출신의 아이들을 고위험 군으로 분류해서 "출생 시부터 특별 관리에 들어가도록 하는 법안을 지금 국회 복지위원회에서 심사 중"(7: 197)이라고 말한다. 경제적 빈곤이 사회적 낙인이 되어 인간을 구속하고, 이러한 생체권력bio-power에 의해 스스로를 통제하는 빅브라더의 세계가 바로 이곳인 셈이다.

한편, 비원 출신의 가정주부인 박은정(35세)은 "어떤 애가 흰 커버양말 대신 맨발에 구두를 신고 강당에 왔다가 교도대원한테 끌려"(7: 198~199)나간 뒤 영영 돌아오지 않았다는 사실을 통해 비원여고의 폭압적 규율 체제를 증언한다. 그러면서 오히려 장유희의 자살에 대해 당시 그 아이가 부러웠고, 정말 용감했다고 평가한다. 이어 장유희의 친오빠인 장유석(40세)은 여동생의 억울한 죽음을 밝혀달라는 글을 인터넷에 게시했지만, 동생의 유서가 발견되고 유동협 이사장이 방문을 하자 모든 것을 내려놓고 만다. 그는 비서가 건네준 위로금을 받지 않았다고 강변하면서 동생의 자살이 확증적인 사실임을 강조한다. 더불어 그 학교 출신으로 배우로 성공한 이마리(36세)는 사실 희생양이 필요했고, 그렇게 된다면 "어떻게든 우리를 구출해 주겠지, 싶었던"(7: 208) 것이 사실임을 털어놓는다. 그렇다고 누군가 유희의 등을 떠밀었다는 것은 비약이라고 단언한다.

결국 자살문화센터는 문을 닫는다. 센터를 담당하는 허교수가 원하는 것은 확실한 물증이지만 장유희의 죽음은 여러 진술들 사이를 떠돌며 진실은 실종되고 만다. 또한 비원여고의 이사장인 유동협이 제20대 대선에 출마하게 되는 상황은 장유희의 자살이라는 비극적 사건을 은폐하였다는 정황 속에서 아이러니를 유발한다. 결국 권력이 사회의 안전망을 마련한다는 미명 아래, 범죄자를 구분하고 이에 따라 인간의 신체를 폭압적으로 규율하는 생체 권력을 자행하고 있다는 사실이 분명해 진다. 이러한 규율을 가능케 하는 지식 체계는 도덕 교육, 보건 교육, 가정 교육의 형태로 끊임없이 재생산되고 이를 통해 권력은 자신의 입지를 영속화하게 되는 것이다.

4. 위생강제와 강박

거대한 전자감옥을 연상사키는 도시 시스템과 억압적인 규율 체계는 강박장애obsessive-compulsive disorder라는 병리적 현상과 연결된다. 「그 남자의 리허설」은 앞서 논의한 대로, 시큐리티 카드로 출입을 통제하는 초고층아파트에서 한 남자가 이를 소지하지 않은 채로 나갔다가 자신이 입주민임을 증명하지 못하면서 겪게 되는 죄충우돌기를 다루고 있다. 이제는 출입 카드를 받기 위해 아내가 근무하는 오페라극장으로 향하는 그 남자에게 끈질기게 달라붙었던 "누릿한 냄새"(5: 138)로 지칭되는 지독한 냄새의 의미를 고찰할 차례다.

드림빌 아파트를 나설 때 어디선가 악취가 콧구멍을 파고들었고, 그 냄새는 남자의 뒤를 계속해서 쫓아온다. 시립합창단의 단원인 그가 무단결근이면 벌점 30점에 해당한다는 사실을 떠올리며 일진이 사나운 날에 대해 불쾌한 감정을 토로하고 있을 때, 그의 어깨를 스치며 가던 중년의 사내가 코를 틀어쥐며 "어이쿠, 이게 무슨 냄새야?"(5: 140)라고 말한다. 이때부터 그는 그 냄새의 근원이 외부에 있는 것이 아니라 자신에게서 풍겨져 나오는 것임을 인지하게 된다. 그는 화장실에 들어가 겨드랑이에 코를 가져다 댔고 거기서 냄새를 맡게 된다. 그것은 "식초에 절인 훈제 소시지의 냄새, 시궁창 속의 생쥐 시체가 서서히 썩어가는 냄새"(5: 141)로, 뭐라고 딱히 한 마디로 정의내릴 수 없는 악취였다.

그가 들어간 식당에서도 우연인지 필연인지 그가 앉은 테이블 옆자리의 청년은 서둘러 식당을 떠났고, 아르바이트생은 유리문을 활짝 열어젖힌다. 그렇게 자신의 악취를 걱정할수록 남자의 불안은 증폭되고 집이 간절히 그리워진다. 결국 아내가 있는 오페라극장에 오게 된 그는 아내에게 자신에게서 무슨 냄새가 나는지 간절한 물음을 던진다. 아내는 왜 황당한 소리를 하냐며 핀잔을 하지만, 그녀가 카드 키를 건넬 때 손등으로 자신의 코끝을 훔치는 것을 보면서 그는 아내가 거짓말을 하고 있다고 확신한다. 이에 그는 다시금 솔직하게 말해달라는 부탁을 하게 되고, 아내로부터 "이제 아주 제대로 미쳤구나."(5: 149)라는 경멸의 말을 듣고야 만다. 우여곡절 끝에 집에 돌아온 그는 옷을 벗어 쓰레기 봉지에 넣고 주둥이를 조여 묶은 다음, 욕조에 몸을 누인다.

이상에서 논점으로 떠오르는 것은 그 남자에게서 과연 악취가 났을까 하는 점이고, 그것이 단지 심리적 기우였다면 그 원인이 어디에 있는가 하는 점이다. 중요한 것은 악취가 났든 안 났든 그가 자신에게서 지독한 냄새가 난다고 생각하고 있다는 사실이다. 이와 같은 위생에 대한 강박을 철학자 한병철은 '위생강제'[19]라고 명명하고 이는 '매끄러움'이라는 현대의 미학에 그 기원을 두고 있다고 설명한다. 그는 매끄러움이란 미적 효과의 차원을 넘어서 하나의 사회 전반적인 명령을 반영하는데, 이를 통해 오늘날의 긍정사회를 체현하는 것[20]이라고 말한다.

한병철은 제프 쿤스Jeff Koons의 〈풍선 강아지Balloon Dog〉와 같은 작품을 예로 들면서 이를 '좋아요'의 예술로 지칭한다. 이 매끄러움은 "와!"와 같은 감탄사 이외에 아무런 미적 효과도 없다. 그저 쾌적한 촉각만을 전달해 주기 때문에 여기에는 어떤 의미나 심오함도 개입될 수 없다[21]는 것이 그의 주장이다. 그의 논의는 여기서 한 발 더 나아간다. 그는 브라질리언 왁싱을 예로 들면서, 몸을 매끄럽게 만들고자 하는 것 역시 오늘날의 위생강제를 체현한다고 설명한다. 그에 의하면, 이 위생적인 것에 대한 강박은 오늘날 모든 형태의 부정성에 대해 역겨움을 느끼게 하는 긍정사회의 단면[22]이다.

현대사회의 위생강제는 한편으로는 각종 질병과 전염병으로부터 스스로를 지키려는 정신적 강박이 작동한 결과이기도 하다. 메르스, 신종 플루, 코로나 등 전염병의 창궐은 자신의 생존을 위해 위생에 더욱 신경 쓰지 않으면 안 되도록 만들었다. 휴지보다는 물티슈를, 비누보다는 세정제를 선호하는 경향이 바로 그것이다. 하지만 이러한 현상의 기저에도 일종의 백색신화[23)가 작동하고 있다고 할 수 있다. 더러움의 범주 속에 있는 것들은 대체로 거칠거나 불순하거나 추한 것들과 맥락을 닿는다. 하지만 바타이유가 말했듯이 에로티즘의 본질이 더러움에 있다[24)면, 현대 사회는 본질적으로 진정한 에로티즘을 사회로부터 제거하고 있는 것이라고 볼 수 있다. 어떠한 티끌도, 오점도 인정하지 못하는 위생 강박 속에 진정한 경험은 실종된다.

현대 도시인이 느끼는 이러한 위생강제는 재계약을 앞둔 시립합창단 소속의 성악가인 남자에게 뚜렷하게 나타난다. 시립합창단의 재계약을 앞두고 있는 그는 일주일에 세 번 출근부에 도장을 찍어야 한다.

제프 쿤스의 〈Balloon Dog〉(1994~2000). 철학자 한병철은 이 매끄러움이 "와!"와 같은 감탄사 이외에 아무런 미적 효과도 없으며 쾌적한 촉각만을 전달해 주기 때문에 여기에는 어떤 의미나 심오함도 개입될 수 없다고 말한다. 이러한 매끄러움과 만족을 추구하는 도시적 삶의 지향은, 우리 스스로 사회적 불안과 실존적 허기를 견디지 못하게 하고 자신을 악취가 나는 오물로 여기게 한다.

거기에는 남자처럼 외국에서 유학을 마치고 온 쟁쟁한 실력자들이 수두룩했고, 그는 자신의 실력이 동료들에 비해 내세울 만한 것이 아님을 잘 알고 있다. 이런 상황에서 결근을 하게 되고 이로 인해 벌점을 받게 되는 상황은 그를 불안하게 한다. 그는 잠시 담배를 사기 위해 집밖에 나온 것이지만 카드 키가 없는 상황에서 집으로 다시 들어가지 못하고 흡사 부랑자 차림으로 아내를 찾아 거리에 나서게 된 것이다. 게다가 오페라 기획자로 승승장구하는 아내와 오델로를 연기하며 힘찬 아리아를 토해내는 '남효준'이라는 유년의 한 친구에 대한 상대적 박탈감까지 겹쳐지면서 그의 정신적 억압은 극에 달한다. 이렇게 그를 둘러싼 여러 요인들은 자신을 하나의 오예汚穢로 인식하게 하는 사회적 기반으로 작용한다. 매끄러움과 만족을 추구하는 도시적 삶의 지향은, 한 남자의 사회적 불안과 실존적 허기를 견디지 못하게 하고 자신을 악취가 나는 오물로 여기게 하는 것이다. 따라서 현대 도시인의 위생 강제는 사회적 제도와 여러 규율 장치 속에서 배태되는 정신적 억압이라고 할 수 있다.

5. 교환의 원리와 내면관계

도시적 삶에서의 인간관계는 일반적으로 단순한 단절과 소외라는 개념으로 설명되어 왔다. 내면적 소통이 단절되거나 서로가 서로를 기만하는 관계 안에도 다양한 양상이 있을 수 있고, 그러한 관계 속에서도 서로를 연관짓는 다양한 매개 고리가 존재하고 있음에도 불구하고, 연구의 소박성이 노정되어 온 것은 도시인의 내면 관계에 대한 미시적인 시선이 부재했기 때문이다.

「타인의 고독」에는 생일이나 연말에 안부전화도 주고받는 사이이고 이혼과정에서 금전적인 트러블이 없었던 "친하지 않은 친구" 사이 정도로 정리된 이혼한 남녀가 등장한다. 이른바 '헐리우드 마인드'라고 일컬어지는 이들 사이에 문제가 시작된 것은 이들이 키우던 말티즈 수컷 강아지 한 마리 때문이다. 여자는 가끔씩 개의 안부를 남자에게 전하곤 했는데, 그럴 때면 그는 "아들의 성장 과정을 생부에게 보고하는 미국 영화 속 세련된 전처前妻처럼"(1: 12) 그녀를 느끼게 했다.

그랬던 강아지가 갈등의 원인이 된 것은 개를 부담스러워하는 그녀의 새 남자친구 때문이다. 그 갈등은 "자식의 양육권을 서로 떠넘기려는 파렴치한 부부의 대화"(1: 21)를 연상시킬 만큼 점입가경으로 치닫게 된다. "전처가 내팽개쳐버리는 개새끼를 덥석 떠맡고"(1: 22) 싶지 않은 남자는, 그녀가 경비실에 두고 간 강아지를 데리고 그녀의 집을 찾아간다. 거기서 강아지를 두고 실랑이가 벌어지는 사이, 그녀의 등 뒤로 이상한 음성이 들려온다. "왓 해픈 투 유?"(1: 28) 예수의 분위기마저 풍기는 그 이국의 남자는 두 사람의 밤 외출을 허락한다.

차 안에서도 그들은 계속해서 서로를 힐난하며 언쟁을 계속한다. 그러던 중 차선을 바꾸기 위해 핸들을 돌리려는 찰나 남자는 사각지대에 있는 차를 발견하지 못하고 그 차가 중앙선을 넘어 나동그라지는 사고의 원인을 제공하고 만다. 여자는 충격에 비명을 삼키고 있었지만, 그들은 서둘러 사고 현장을 벗어난다. 제집에 돌아온 그녀의 얼굴에는 더 이상 충격의 흔적이 남아 있지 않았고, "공통의 비밀을 공유"(1: 32)하는 공범이 된다. 개를 다시 안고 내리는 그녀에게 그는 그냥 놔두고 가라고 말하고, 그가 개와 단 둘이 남겨지는 것으로 서사는 마무리 된다.

이 도시의 생리는 단순한 단절과 소외의 장소가 아니다. 오히려 인간의 내밀한 감정조차도 거래되고 하나의 가치로 교환되는 세계[25]다. "'기브 앤 테이크'의 계약으로 이루어진 거대한 네트워크"(1: 34)의 세계가 바로 도시 생태계이기 때문이다. 반려견을 누가 키울 것인가를 놓고 서로 대립하던 그들의 갈등이 봉합된 것은, 교통사고라는 타자의 불행에 원인을 제공했음에도 불구하고 이를 함구했다는 공범 의식에 기반하고, 동승했던 그녀로부터 강아지를 넘겨받은 관대의 감정 역시도 여기에 기인한다고 했을 때, 이러한 주체들의 행동은 감정상의 거래라는 측면에서 도시의 생리를 반영한다. 도시 생태계 안에서 유발되는 미움과 사랑, 갈등과 화해는 철저한 기브 앤 테이크의 교환의 원리에 의해서 성립됨을 알 수 있다.

「삼풍백화점」은 1995년 6월 29일 발생한 삼풍백화점 붕괴 사고[26]라는 비극적 경험을 배경으로 하고 있다. "취업과 남자 친구를 양손에 거머쥔 아이는 금메달감이지만 아무것도 이루지 못한 아이는 목매달 감이라는군."(2: 44)이라는 분류법이 으스스하게 들리는 화자는 대학 졸업식을 앞두고 자기소개서를 써대고 면접을 보러가야 하는 처지다. 졸업식에 입을 옷을 사기 위해 삼풍백화점에 들른 화자는 거기서 고등학교 동창생인 R을 만난다. 피자 얼굴만 아는 사이라고 할 수 있지만, R은 그녀에게 호출기 번호를 물었고 화자 역시 예의상 R의 번호를 묻는다. 이것은 오랜만에 만나 서로에게 예뻐졌다고 칭찬을 해야 하는 도시인의 관습처럼 의례적인 것이었다.

하지만 하릴없이 도서관에서 시간을 보내던 화자는 닷새째 되던 날, 정신적 허기를 달래지 못하고 삼풍백화점으로 발을 옮기고 거기서 다시 R을 만난다. 이후 관계가 급속히 친해지자 R은 자신의 집 열쇠를 건네며 낮에 가 있을 데 없으면 언제든지 편하게 이용해도 된다며 호의를 전하지만, 화자는 형언할 수 없는 부담감을 느낀다. 화자에게 도시인의 윤리는 기브 앤 테이크라는 균형적인 교환 관계 안에서만 성립되는 것이기 때문이다.

이따금 삼풍백화점 Q매장에서 R의 일을 거들었던 화자는 일일 아르바이트를 하게 되고, 할인율을 잘못 적용하여 계산한 나머지 한 고객의 거친 컴플레인을 받게 된다. 이에 대한 책임은 계산을 잘못한 화자에게 있지만, 오히려 R은 "나 때문에 괜히 미안해"(2: 62)라고 사과를 하고, 화자는 그것이 자신이 먼저 해야 할 말임을 뒤늦게 깨닫는다. 따라서 R은 서울이라는 도시에 살면서도 대도회의 사물화된 윤리성 바깥에 존재하는 인물이라는 것을 알 수 있다.

이후 화자는 동물사료를 수입하는 회사에 취직을 하고 남자친구도 생기게 되면서 자연스럽게 R과 멀어지게 된다. 그러던 어느 날, 삼풍백화점이 무너져 버린다. 에어컨이 작동하지 않는 백화점에서 뻘뻘 땀을 흘리던 화자가 건물에서 빠져 나온 후, 10여 분이 지난 다음에 벌어진 일이었다. 그 후 화자는 회사도 결근한 채 아무 것도 하지 못하고 TV만을 본다. 그리고 10년이 지났다. R에게서는 아무런 연락이 오지 않았고, R과 화자의 호출기 번호도 세상에서 사라지고 만다.

이제 시대는 "호출기에서 핸드폰으로, 아이러브스쿨에서 미니홈피로"(2: 66) 변해 버렸기 때문이다. 화자는 싸이월드에서 R의 이름을 검색한다. 그 동명이인들 중에서 한 여자이이의 얼굴 사진이 걸려 있는 미니홈피를 보고, 아이가 R을 닮은 것 같다고 느낀 화자는 "그 아이가 R의 딸이기를"(2: 67) 간절하게 바란다. 이 뒤늦은 안부는, 화자의 삶을 지배해 왔던 생득적인 대도회의 비인간적인 윤리에 대한 후회이자 잠재적 회오의 발로라고 말할 수 있다.

「어금니」에 등장하는 마흔 아홉의 중년 부인은 "부주의로 타인에게 폐를 끼치는"(3: 76) 것을 피하기 위해 "더도 덜도 아닌 딱 오 분 먼저 도착하는 습관"(3: 76)이 몸에 배었다고 주장하는 도시인이다. 하지만 아들의 음주 운전 사고로 인해 동승했던 만 열여섯 살 소녀 '남보라'가 사망하게 된 사건은 철저하게 외면하는 이중성을 보인다. 미성년자 성매매와 연루된 사건이었음에도 불구하고, 가해자인 장현우의 아버지는 "소녀의 고향인 M시 시내에 30평짜리 아파트를 살 수도 있는"(3: 91) 거액의 형사합의금을 내놓고, 이른바 조손가정에서 손자손녀를 키운 남보라의 할머니는 장례를 치르기도 전에 합의서에 도장을 찍는다. 이어 남보라의 친모임이 분명한 젊은 여자 하나가 달려들어 "창자를 쥐어뜯는 울음"을 쏟아내지만, 이에 대해 화자는 다음과 같이 말한다. "이제 그녀들끼리 해결할 문제가 남아 있을 터였다. 타인들의 삶이었다."(3: 91) 게다가 아들 정현우 역시 동승했던 남보라의 생사에는 아무런 관심이 없고 이제 다시는 운전하지 말라는 아버지의 말에 툴툴거리기만 할 뿐이다. 이처럼 철저하기 기만적인 도시인의 윤리는 재력과 인맥을 바탕으로 사고를 은폐하는 데

전념하거나(아버지의 경우), "나와 영원히 화해하지 못할"(3: 94) 분열 속에서 자책을 의식적으로 유예하거나(어머니의 경우), 타자의 죽음에 원인을 제공했음에도 자신의 안위 이외에는 철저하게 무관심한 태도(아들의 경우)로 나타난다.

도시 생태계 안에서 주체들의 내면관계는 항시 무엇인가로 매개되고 거래된다. 이는 「타인의 고독」에서는 교통사고 뺑소니라는 공범의 식으로, 「삼풍백화점」에서는 타인의 호의와 이를 받아들이지 못한 데서 나타나는 불완전한 관계로, 「어금니」에서는 이기적인 자녀관으로 무장한 채 재력과 인맥으로 자녀의 범죄행위를 은폐하는 몰염치의 식으로 나타난다. 물론 「삼풍백화점」과 같이 뒤늦은 안부로 상징되는 진심어린 후회가 없는 것은 아니지만 도시 생태계에서 주체들 사이의 관계는 비례적 교환이 그 사이를 매개한다.

6. 도시인의 가면

도시 생태계의 먹이사슬이 기브 앤 테이크의 교환의 원리에 의해서 작동한다고 했을 때, 정이현 작가는 수많은 페르소나persona로 변신하며 그에 걸맞는 위선을 행하는 도시인의 가면을 명징하게 보여줌으로써 그 실체에 다가간다. 「오늘의 거짓말」은 거짓말이 곧 자신의 밥인 일명 인터넷 홍보회사에서 제품 후기를 작성하는 여성이 화자로 등장하는 한 편의 편지글이다. 화자에게 거짓말이란 "밥일 뿐만 아니라 커피이자 담배이며 맥주이고 또한 교통카드"(4: 97)인 것이다. 홍보해야 하는 상품은 가스오븐레인지로부터 영화, 장편소설, 여행상품에 이르기까지 다양한데, 이 간곡한 후기는 다른 사람들의 구매욕을 자극하는 바로미터로 기능한다. 이때, 화자가 달게 되는 별점은 천상에 반짝이는 별이 아니라 금화로 연결되는 자본주의의 별인 셈이다.

화자는 남자친구에게 자신의 아버지의 죽음에 대해 말하면서, 돌아오지 않는 부하를 찾으러 나갔다가 지뢰 폭발로 순직한 것이라고 말하지만, 기실 화자의 아버지는 "지저분한 추문에 휩싸여 불명예 퇴직"(4: 110)을 당하고 자살한 것이었다. 이처럼 "거짓말로 생활을 영위하고 있는"(4: 110) 삶에서 정말 거짓말 같은 일이 일어났으니 그것은 1979년 10월 26일 사망한 역사 속의 인물이 여전히 화자의 아파트 위층에 살고 있다는 사실이었다.

위층에서 들려오는 소음에 괴로워하던 화자는 드디어 그의 집을 찾아간다. 초인종을 누르고 한참을 기다리자 작고 깡마른 체구에 새까만 선글라스를 끼고 있는 노인이 얼굴을 내민다. 화자는 잠시 층간소음에 대해 항의를 하고 조심해 줄 것을 당부하고, 노인 역시 경상도 억양이 묻어 있는 "높낮이가 없고 감정도 배어 있지 않은 목소리"(4: 106)로 알아보겠다고 말한다. 이때 화자는 그가 바로 그 역사 속 인물이라는 사실을 벼락처럼 깨닫는다. 이어 "부하의 총을 맞고 철철 피를 흘리며, 아주 오래 전에 절명"27)(4: 109)한 그가 보란 듯이 살아있다는 사실을 남자친구에게 말하지만 그는 세상엔 비슷하게 생긴 사람이 많으며 망상에 사로잡히지 않는 강건한 인간이길 바란다는 핀잔 섞인 충고를 듣게 된다.

이윽고 그의 집안으로 들어갈 수 있는 있는 기회를 얻게 된 화자는

"쇠락한 바닷가 호텔방의 분위기"(4: 115)를 풍기는 그의 집에서 "차돌처럼 딴딴해 보이는 몸피"(4: 116)와 "냉랭하고 엄격한 표정"(4: 116)의 그를 목도하고 점점 미궁 속으로 빠져드는 기분을 느낀다. 러닝머신 위에 올라선 그가, 층간 소음의 원인이 러닝머신 위를 달릴 때 나는 쿵쿵거리는 소리인지 여부를 묻는다. 이에 화자는 조금 그랬다고 답하는데, 이 러닝머신은 그녀가 고요하고 적막하다고 후기를 달고 별점을 5개나 준 제품이었다. 그가 "아주 조용하다는 인터넷 이용 후기를 읽고 샀는데, 요즘에는 당최 믿을 놈들이 하나도 없어."(4: 118)라고 일갈하자 화자는 미안함을 느낀다. 직업적인 화자의 거짓말이 결국 부메랑이 되어 층간소음의 원인이 되었고, 역사 속 인물의 현현을 목도하게 되는 감당하기 힘든 거짓말로 확대되었다는 사실은 이 작품을 하나의 아이러니로 구조화한다.

회사를 그만 두던 날, 화자는 이 러닝머신에 대해 "고요하지도 적막하지도 않습니다. 지금 만약 달리고 싶다면 아래층의 누군가를 잊지 마세요. 당신의 땅이 누군가의 지붕일 수도 있으니까요."(4: 122)라는 후기를 단다. 거짓말로 밥을 먹을 수밖에 없었던 한 개인이 밥벌이로부터 자유로워지자 비로소 진실을 말할 수 있게 된 것이다. 자본주의의 욕망은 본질적으로 타자의 욕망이고 이것은 끊임없이 소비를 권면하고 이때 발생하는 잉여욕망은 새로운 욕망을 찾아 질주한다. 따라서 거짓말이란 자본의 욕망을 발생시키는 숙주이자 그것들을 매개하는 연결 고리가 된다.

「위험한 독신녀」는 기억상실을 모티프로 "우리가 마지막으로 만났던 1989년의 모습 그대로"(8: 217) 나타난 '양채린'에 관한 이야기다.

그녀와 화자는 여고 동창이자 대학 동문이다. 여고시절 채린은 군 장성인 아버지와 패션디자이너인 어머니라는 근사한 조합의 부모와 오히려 푼수에 가까운 성격에 많은 아이들의 인기를 한 몸에 받고 있었다. 하지만 62명의 재적인원 중 채린의 학급 석차가 꼴등이라는 사실이 알려지자 화자는 "한 줄로 세우면 양채린 뒤에는 대걸레랑 주전자밖에 없겠네."(8: 235)라는 말을 하게 되고 졸지에 그녀의 별명 은 '대걸레'가 되고 만다. 이후 영어 선생과의 치정 사실이 알려지면서 그 별명은 오랫동안 중의적인 의미로 사용된다.

그랬던 채린이 대학 졸업 후 브라질로 이민 결혼을 갔다가 갑자기 귀국을 한 것이다. "거기서 무슨 일이 있었는지 모르지만, 아무튼 그 시간들이 통째로 사라진"(8: 242) 채로 돌아왔다. 리우데자네이루에 채린의 딸이 있고, 동창들 사이에 퍼진 소문에 의하면 남편의 폭력에 시달리다가 몸만 겨우 빠져나온 것이라고 했다. 귀국한 채린은 화자 와 다시 연이 닿자 스토커가 따로 없을 만치 시시때때로 연락을 해온 다. 이에 화자는 심한 부담감을 느끼면서도 그녀와의 만남을 지속한 다. 머리를 직각으로 올려붙인 채린의 앞머리가 그렇듯 그녀는 1990 년대 초의 시대착오적인 헤어스타일과 패션으로 주위의 이목을 받고 있다.[28] 채린은 자신이 25살이며 지금이 1991년이라고 착각하고 있 는 것이다. 그녀는 이른바 외상 후 스트레스로 브라질에서의 고통스 러운 기억을 모두 지워버린 해리성 기억상실[29]을 겪고 있는 것이다.

이런 그녀를 대하는 사람들은 어떠한가. 채린이 비정상인 것을 알 면서도 그녀에게 치근대는 남자들의 위선의 가면뿐만 아니라 "어떻게 든 끈이 닿더라도 절대 모르는 척"(8: 250)해야 한다는 동창들의 절교의 선언은, 타자에 대한 진정성을 잃어버린 도시인의 내면에 도사리고 있는 비수를 감득케 한다. 이제 화자는 여고시절 채린에게 대걸레라는 별명이 붙게 된 것이 채린에 대한 악의에 기반한 하나의 미필적 고의라는 사실을 인정하면서 "어디서부터 사과를 해야 할지 막막"(8: 253)하다고 고백한다. 오랫동안 채린의 연락을 피해왔던 화자가 그녀에게 먼저 전화를 건 것은 진정한 사과의 출발이 된다. 이와 동시에 화자는 "우리는, 아직, 스물다섯 살이니까."(8: 253)라고 말하며, 채린과 같은 1990년대 초의 헤어스타일과 옷차림으로 그녀를 만나러 나간다. 채린을 괴롭혔던 수많은 남자들과 그녀의 동창들이 그랬던 것처럼, 온갖 속물들이 넘쳐나는 속악한 현실에서 벗어나, 채린이 서 있는 과거의 한 시점으로 같이 옮아가는 것이다. 이는 위선의 가면이 아닌, 절교와 같은 회피가 아닌 진정한 만남과 치유를 위한 결단이라고 할 수 있다.

「익명의 당신에게」에서 서사의 발단은 항문 수술을 받은 '주옥경'이 새벽에 누군가 자신의 항문을 소독한다는 이유로 사진을 찍어갔다는 사건에서 비롯된다. 그녀의 남편은 울화를 참지 못하고 날뛰고 있고 병원 측에서도 언론에 이 사실이 알려지는 것을 막기 위해 전전긍긍하고 있는 상황이다. 병원에서는 자체적으로 범인을 색출하기 위해 남자 성별을 가진 항문외과 전공의 및 수련의, 젊은 펠로우들을 조사한다. 이 과정에서 주옥경에 의해 가해자로 몰리게 된 안과 레지던트인 '한상현'은 억울함을 호소하지만 그녀는 자신의 진술을 번복하지 않는다. 이 과정에서 그들 부부에게 이 사건을 없던 일로 하는 대가로 만만치 않은 액수가 합의금으로 건네졌다는 풍설이 나돈다.

한편, 같은 병원의 임상병리사인 '연희'는 애인인 '한상현'이 오랫동안 연락이 되지 않자, 그의 집을 찾아가고, 그의 컴퓨터에서 여성들의 엉덩이만을 촬영한 사진들을 보게 된다. 여기서 연희는 상현이 여성들의 엉덩이에 대한 페티시가 있음을 알게 된다. 가해자로 지목된 상현은 자신에게 들씌워진 혐의를 반증하기 위해 사건이 있었던 토요일 밤에 자신과 함께 있었다는 알리바이를 입증해 줄 것을 연희에게 요청한다. "언제나 여유로우며 현실로부터 묘하게 한 발 빼고 있는 사람처럼 보였던"(10: 311) 그가 "금방이라도 부서질 것 같은 연약한 소년이 되어"(10: 312) 연희 앞에서 떨고 있는 것이었다. 그동안 연희에게 비춰진 상현의 세련된 문화적 아비투스가 하나의 코스튬이었음이 밝혀지는 대목이라고 할 수 있다.

이에 연희는 '고민 해결 도움센터'를 통해 주옥경의 신상에 대해 조사를 하게 되고, 주옥경의 남편이 올해 초부터 신용불량자가 되었고 세 번의 사기 전과와 한 번의 도박 전과가 있다는 사실을 알게 된다. 그리하여 연희는 주옥경 부부의 이웃이라 말하며 "익명의 당신에게"(10: 315) 이들 부부의 사기 행각에 현혹되지 않기를 바란다는 여러 통의 투서를 보낸다. 그리고 편지가 도착해 있을 사흘 뒤, 연희는 원장실에 찾아가 상현과 토요일 밤 내내 함께 있었음을 밝힐 것이라고 다짐한다.

여기서 주옥경 부부의 사건이 철저한 계산에 따른 사기극이라고 할지라도, 연희의 입장에선 애인인 상현에 대한 의심이 전적으로 사라진 것은 아니라는 사실이 중요하다. 언젠가 여성잡지에서 읽었던 구절 "남자가 괴로워할 때는 아무것도 캐묻지 말고 무조건 위로해 주어라. 그것이 현명한 연인의 자세일지니."(10: 312)를 무조건적으로 실천하는 것이다. 여기서 상현에 대한 연희의 사랑은 삼류 잡지와 같이 추레해지고 만다.

그러한 의미에서 그녀의 사랑이란 단정하고 명쾌한 언어들로 "「화양연화」의 매력을 찬미할 줄 아는 안과 의사"(10: 297) 한상현에 대한 사회적 환상의 결과물일 수밖에 없다. 이는 세차게 내리는 비에 볼품없어진 모습으로 상현의 차에 올라탄 그녀가, 감미로운 음악이 흘러나오는 쾌적한 차 안에서 "비 참 예쁘게 오네."라고 말한 상현에게서 느꼈던 모멸감을 애써 외면하려 했던 심리와 통한다. 따라서 그녀는 상현을 사랑한 것이 아니라 의사라는 사회적 지위, 세련된 문화적 취향, 냉정함으로 위장한 성격 등으로 대변되는 아비투스에 이끌려 그것을 사랑으로 오인한 것임이 명확해진다. 이처럼 도시 생태계의 상호관계는 가면과 가면, 위선과 위선, 허상과 허상의 만남이라고 해도 과언이 아니다. 자본주의 사회가 건설한 욕망의 소돔성이라고 할 수 있는 현대 도시는 온갖 거짓말의 토양 위에 수많은 가면으로 자신의 퍼스낼리티를 위장하는 거대한 스노비즘의 세계인 것이다.

7. 도시 생태학과 윤리학

『오늘의 거짓말』에 수록된 단편소설들(「타인의 고독」, 「삼풍백화점」, 「어금니」, 「오늘의 거짓말」, 「그 남자의 리허설」, 「비밀과외」, 「빛의 제국」, 「위험한 독신녀」, 「어두워지기 전에」, 「익명의 당신에게」)은 도시 생태계에 대한 세심한 관찰의 결과물이다. 이러한 작품들에 대한 논의를 도시 생태의 맥락에서 다음과 같이 정리할 수 있다.

첫째, 도시인의 생활양태는 일회성에 기반한 인스턴트화된 삶에 토대를 둔다. 여기서 발생하는 편리함이라는 것은 세계와의 접촉면을 스스로 차단함으로써 얻어지는 사물화된 일상을 의미한다. 이런 과정에서 도시인에게 생명은 공포의 대상으로 뒤바뀌게 된다. 여기서 나타나는 자연 결핍 장애는 자연을 하나의 실체가 아닌 관념으로 존재하게 한다. 그러한 맥락에서 도시인에게 도시는 그 자체로 하나의 에피스테메이고 그 바깥이란 존재하지 않는다고 할 수 있다.

둘째, 도시 생태계는 하나의 거대한 인공적인 시스템이다. 이 체계는 중앙통제 방식의 폐쇄적인 자족 구조를 나타낸다. 가령, 시큐리티 카드로 출입이 통제되는 초고층 아파트는 도시 시스템에 대한 하나의 메타포이다. 이때 디지털 감응제어 환경 안에서 도시인의 아이덴티티는 '앎−모름'의 관계가 아니라 '감지−미감지'로 전환된다. 미래사회를 배경으로 한 교화시설에 대한 실태를 보면 감시와 처벌이 내면화된 파놉티콘의 형태로 나타나고, 더 나아가 인간 자체를 분류하여 이에 따라 마이크로칩을 삽입하는 생체권력의 작동방식을 명징하게 보여준다.

셋째, 위생에 대한 도시인의 강박은 도시 생태계 속의 사회적 불안과 실존적 허기를 반영한다. 철학자 한병철이 주장한 바와 같이 위생 강제는 매끄러움과 연관되어 있고, 매끄러움이라는 과잉된 긍정성은 일체의 부정성을 소거한 상태를 의미한다. 여기서 자신을 오예로 인식한다는 것은 바로 과잉긍정의 산물이라고 할 수 있다.

넷째, 도시인의 내면관계는 단순한 소외와 단절의 논리로 설명할 수 없다. 도시 생태계 안에서 주체들의 내면관계는 항시 매개되고 거래된다. 그것은 공범의식으로, 인맥과 재력으로, 대칭적 교환관계로 성립된다.

다섯째, 도시 생태계의 에코 체인은 가식과 위선의 가면을 쓴 주체들의 무수한 거짓말 속에서 작동된다. 이때 가면은 인터넷 공간에서 주로 나타나는 익명의 가짜 정보로, 속물적인 위선의 가면으로, 구별 짓기로서의 문화적 아비투스로도 나타난다. 온갖 거짓말이 숙주가 된 음험한 욕망은 무수한 가면으로 자신을 위장하여 도시라는 거대한 속물들의 소돔성이 형성된다.

이러한 도시 생태계의 논리 속에서 진정한 윤리학을 모색하는 것은 자신을 둘러싼 온갖 허위와 기만의 가면을 벗는 데서 출발한다. 이러한 의미에서 「위험한 독신녀」에서 채린에게 진정한 사과를 하기 위해 "이제 나는, 그녀에게 간다."(8: 254)라고 말하는 화자의 발언은 허위의 가면을 벗은 정직한 인간의 목소리다. 이러한 진실한 관계맺음에의 의지는 거대한 디지털 파놉티콘의 수인으로 살고 있는 도시인으로 하여금 인간과 자연, 자아와 타자, 자아와 자아 사이의 진정한 관계를 모색하게 할 것이며, 멀지 않은 파국으로부터 우리의 삶을 유예하는 근원적인 윤리학이 될 것이다.

|주|

1) '칙릿'이란 Chick(젊은 여성)과 Literature(문학)가 결합된 신조어로서 1996년 영국에 서 『브리짓 존스의 일기Briget Jones's Diary』가 발표된 이후 영·미권에서 선풍적인 인기를 끈 가볍고 시류에 민감한 여성 소설류를 일컫는다. 대표작으로는 미국의 『섹스 앤 더 시티Sex and the City』, 『악마는 프라다를 입는다The Devil wears Prada』와 영국의 소피 킨셀라 Sophie Kinsella의 소설들인 『쇼퍼홀릭Shopaholic』 시리즈 등을 예로 들 수 있다. (남희진, 「칙릿—여성 대중서사의 한계를 넘어서」, 『새한영어영문학』 52(2), 새한영어영문학회, 2010, 52쪽.)

2) 이호철, 「작가의 말」, 『재미있는 세상』(이호철 전집 4), 청계연구소 출판국, 1989.

3) 이는 곧 "2000년대 소설은 서울에서 태어났다. 서울의 바깥은 없다. 서울은 텅 빈 기표이 다."(양윤의, 「서울, 정념의 지도」, 『현대소설연구』 52, 한국현대소설학회, 2013, 48 쪽)라는 말과 통한다.

4) 김정남, 「김중혁 소설에 나타난 도시성 연구—『1F/B1 일층, 지하 일층』에 나타난 도시 문명의 조건」, 『한민족문화연구』 55, 한민족문화학회, 2016, 208쪽.

5) 이병학 외, 『환경공학개론—지구환경과학』, 동화기술, 2007, 24쪽.

6) 고영복, 『사회학 사전』, 사회문화연구소, 2000, 295쪽.

7) 이 장의 텍스트는 정이현, 『오늘의 거짓말』, 문학과지성사, 2007이며 작품의 일련번호 는 수록 순서에 따라 다음과 같이 하기로 한다.
1. 「타인의 고독」, 2. 「삼풍백화점」, 3. 「어금니」, 4. 「오늘의 거짓말」, 5. 「그 남자의 리허설」, 6. 「비밀과외」, 7. 「빛의 제국」, 8. 「위험한 독신녀」, 9. 「어두워지기 전에」, 10. 「익명의 당신에게」.
따라서 인용출전은 '(일련번호: 해당페이지)'의 방식으로 밝히기로 한다.

8) 힐링이란 문화 코드가 유행한다는 것은 산업적으로 몸의 마케팅(1990년대 well-being) 에서 정서의 마케팅(2000년대 healing)으로의 전환 및 확대됨을 보여주는 것[류웅재, 「쿡방의 정치경제학」, 『문화과학』 83, 문화과학사, 2015, 170쪽(괄호는 인용자)]이다.

9) 리처드 루브, 류한원 옮김, 『지금 우리는 자연으로 간다—자연 결핍 장애를 극복하고 삶을 회복시키기 위하여』, 목수책방, 2016, 15쪽.

10) 마틴 하이데거, 이선일 옮김, 「휴머니즘 서간」, 『이정표』 2, 한길사, 2005, 124쪽.

11) 일반적인 사정은 언어가 스스로를 "선험적으로 기획 투사"하고 그 지평에서 기술한다는 것이었다. 언어는 세계 내적 사실들을 참이거나 거짓인 방식으로 기술한다. 우리가 언어 에 대해서 첫 번째로 말해야 하는 것은 앞서 "기획 투사"의 의미에서 언어가 하나의

세계를 준비한다는 것이다. 한대석, 「말―사물 동일성 그리고 논리―문법 공간 존재론」, 『철학』 116, 한국철학회, 2013, 117쪽.

12) "자연도 인용대상이다. (…중략…) 이 폭포는 그것이 가진 인공성을 적어도 일부는 자연으로써 구성하고 있다는 특징을 가지고 있다. 즉 자연을 대체하고 있는 것이 플라스틱 등의 인공소재가 아닌 진짜 자연이라는 점이다. 그렇지만 어쨌든 최종적으로 나타나는 '폭포'는 롯데월드라는 인공 환경의 일부가 된다. 이곳의 자연은 원래의 맥락에서 벗어나 인공을 바뀐다." 강내희, 「독점자본주의와 문화공간―롯데월드론」, 『문화연구 어떻게 할 것인가』, 현실문화연구, 1993, 70쪽.

13) 김정남, 앞의 책, 216쪽.

14) 디지털 치매란 디지털 기기에 너무 의존해 기억력과 계산 능력이 크게 떨어지는 상태를 지칭한다(국립국어원 2004년 신어 보고서).

15) 미셸 푸코, 김부용 옮김, 『광기의 역사』, 인간사랑, 1999, 190쪽.

16) 위의 책, 218쪽.

17) 미셸 푸코, 오생근 옮김, 『감시와 처벌―감옥의 역사』, 나남출판, 1996, 430쪽.

18) 생체 검증을 위하여 사람의 피하에 삽입하는 체내 이식용 마이크로 칩. 쌀알만 한 크기로 126개 정보 문자와 데이터 전송용 전자 코일, 동조 콘덴서 등이 실리콘 유리 튜브 속에 들어 있다. 무선 식별(RFID: radio frequency indentification) 기술을 사용하며, 약 4피트 거리에서 해당 스캐너로 칩 데이터를 읽는다. 처음에는 의료 경고용 팔찌와 같은 방법으로 의료 인명 구조용으로 사용되었으나, 의료는 물론 보안 목적으로도 사용된다(TTA정보통신용어사전 http://word.tta.or.kr).

19) 한병철, 이재영 옮김, 『아름다움의 구원』, 문학과지성사, 2016, 21쪽.

20) 위의 책, 9쪽.

21) 위의 책, 13쪽.

22) 위의 책, 21쪽.

23) 이에 대해 함돈균은 현대인의 감각은 끈적한 것들, 찝찝한 것들, 투명하지 않은 얼룩과 모호한 흔적을 잘 견디지 못한다고 말하면서 '오염'에 대한 불신과 불안은 현대인의 큰 특징이라고 설명한다. 이어 이러한 백색신화가 20세기 초 게르만족의 순혈주의에 기반한 인종청소의 비극과 연관된다고 주장한다. 함돈균, 「사물의 철학―물티슈 – 백색신화」, 『매일경제』, 매일경제신문사, 2014.03.28.

24) "성기도 배설물을 배설한다. 우리는 그곳을 수치스러운 곳이라고 부르며, 항문도 거기에 포함시킨다. 성 어거스틴은 성기의 외설성과 생식의 기능에 대한 언급에서, 〈우리는 똥과 오줌 사이에서 태어난다〉는 통렬한 말을 한 바 있다. (…중략…) 전체적으로 볼 때, 오물, 부패, 그리고 성은 한 부류에 속하며, 그것은 서로 오밀조밀한 곳에 있음이

사실이다." 죠르쥬 바타이유, 조한경 옮김, 『에로티즘』, 민음사, 1989, 62쪽.

25) 자본주의 사회에서 도구화된 이성은 등질적인 시간과 공간의 관념을 만들어내고 이 관념에 따라 삶의 질이 양으로 환원될 수 있다는 환상을 심어주었다. 윤구병, 「사용가치와 교환가치」, 『철학과현실』, 철학문화연구소, 1998.6, 33쪽.

26) 삼풍백화점 붕괴로 인한 사상자 수는 사망 502명, 부상 937명, 실종 6명 등 직접적인 피해자만 모두 1445명에 이르렀다. 삼풍백화점 붕괴의 직접적 원인은 부실공사와 부실관리였으며 그것은 실수나 나태가 아니라 체계적이고 지속적인 비리를 통해 의도적으로 이루어졌다. 홍성태, 「삼풍백화점 붕괴와 비리—사고사회」, 『경제와사회』, 비판사회학회, 2015.12, 233쪽.

27) "1979년 10월 26일 발생했던 10·26사건은 현직 대통령인 박정희가 그의 직속 부하인 김재규 중앙정보부장에 의해 살해당한 사건으로 한국정치사적으로 볼 때 박정희의 18년 정치체제가 종식을 고하는 역사적 사건이다. (…중략…) 이후 신군부세력의 요동과 12·12 쿠데타, 그리고 그들의 집권과정이 현실화된 상황에서 (…중략…) 소위 '서울의 봄'도 예기치 않게 얼어붙게 되었으니, 어쩌면 신군부의 등장은 10·26 사건과 민주화 일정을 부정하게 된 직접적 배경이 아닐 수 없다." 정주신, 「10·26 사건의 배경 분석」, 『사회과학연구』 18, 충남대학교 사회과학연구소, 2008, 113~114쪽.

28) 『오늘의 거짓말』에서 작가가 그려낸 1980~90년대의 풍경은 2000년대의 일상과는 대비되는 윤색의 측면이 있다. 「비밀과외」에서 "새빨간 나이키 로고가 날렵하게 수놓인 가죽 운동화를 살짝 신고, 앙증맞은 마두馬頭가 새겨진 조다쉬 청바지의 호주머니 깊숙이 열 장짜리 버스 회수권을 장전하는 것으로 너는 '80년대식 청소년'이 될 준비를 완료하였다."(6: 158~159)는 대목은 그 전형적인 예라고 할 만하다. 물론 당시는 화자의 말대로 매운 최루탄 입자가 흩날리는 시대였지만, 여기에는 제도화된 공포 속에서 실존적인 위기를 겪고 있는 2000년대 도시성과는 다른 1980년대 틴에이저 문화에 대한 노스텔지어가 내밀하게 스며 있다고 할 수 있다.

29) "해리는 의식, 기억, 정체성, 환경에 대한 지각 등에 이상이 생겨 그 기능의 일부가 소실되거나 변화되는 것으로 (…중략…) 대개 스트레스가 심했던, 또는 상처가 컸던 사건에 대한 기억이 망각되며, 심적 자극을 준 부분을 선택적으로 혹은 전체를 기억 못하는 경우도 있고, 때로는 지속적인 과거 생활을 포함한 전 생애나 ⌐ 중 일정기간에 대한 기억상실을 보이기도 한다." 민성길, 『최신정신의학』, 일조각, 1995, 343~345쪽.

제8장
새로운 도시의 미래를 위하여

2010년대

한국적 모더니티와 도시 난민의 세대론적 특성

__윤대녕의 『피에로들의 집』

1. 현대사회와 도시 난민

한국 소설에서 형상화된 도시 공간의 도시 난민은 대체적으로 몇 가지 형태로 구분할 수 있다. 첫째 1960~70년대 이촌향도의 흐름 속에서 주로 나타난 청춘남녀의 '무작정 상경기'나 '대입 상경기' 등에서 발견할 수 있는 이주형移住形 도시 난민이다. 전자의 경우는 조선작의 소설 「영자의 전성시대」의 '영자'나 이호철의 『재미있는 세상』의 '병숙'과 같이 도시 공간 안에서 전락轉落의 과정을 겪게 되는 유형이다. 후자의 경우는 김승옥의 「그와 나」, 「力士」에서 나타난 바와 같이 대도회의 문화와 윤리가 인물의 '자기 세계'와 갈등을 빚는 유형이다. 둘째, 정주형定住形 도시 난민의 경우는 달동네로 상징되는 슬럼가에 거주하는 조세희의 『난장이가 쏘아올린 작은 공』 연작에서 발견되는 경제적 추방의 유형과 최인호의 「타인의 방」에서 형상화된 무장소성 placelessness[1]에서 기인한 실존적 추방의 유형으로 구분할 수 있다. 셋째, 체제형 도시 난민은 사회의 전면적인 도시화[2]로 인해 도시의 내부와 외부의 구분이 무화된 현재의 상황에서 배태되는 유형이다. 따라서 대다수의 인구는 도시라는 행정 구역 안에 거주하며, 요람에서 무덤까지 도시성을 호흡하게 되는데, 여기서 나타나는 도시 생태학의 조건에 의해 정신적 거처를 마련하지 못하는 도시 난민이라고 할 수 있다. 윤대녕의 『피에로들의 집』은 세 번째 유형에 해당하는 것으로, 마산이 고향인 '마마'만 빼고는 등장인물 모두가 도시 공간의 체

윤대녕의 『피에로들의 집』(2016). 윤대녕의 『피에로들의 집』은 한국적 모더니티에 따른 도시 난민의 상황성을 세대론적 맥락에서 유형화하고, 이를 통해 집과 가족의 의미와 더 나아가 새로운 방식의 연대 가능성에 모색하고 있는 작품이다.

제에 길들여지지 못하거나 유대가 단절된 도시 난민들이다.

이 장에서는 윤대녕의 『피에로들의 집』3)에서 형상화된 한국적 모더니티에 따른 도시 난민의 상황성을 세대론적 맥락에서 유형화하고, 이를 통해 집과 가족의 의미와 더 나아가 새로운 방식의 연대 가능성에 대해 살펴보고자 한다. 이는 작품 말미에 수록된 「작가의 말」에서 작가의 창작의도와도 잘 부합한다. 윤대녕은 "가족 공동체의 해체를 비롯해 삶의 기반을 상실한 채 실제적 난민으로 살아가는 사람들"(247쪽)의 모습과 "새로운 유사 가족의 형태와 그 연대의 가능성"(247쪽)을 타진해 보고자 했다고 창작의도를 밝힌 바 있다. 여기서 말하는 난민이란, 앞서 도시 공간 내 도시 난민의 유형론에서 밝힌 바 있지만, "도시로 상경한 이주민들"이 겪는 "망향과 표류"4)를 전제하지 않는다. 오늘날의 도시 난민은 본질적으로 우리의 현실 전체를 강제하고 있는 도시 생태계의 규율방식이 만들어낸 잉여적 주체들이다. 더욱이 『피에로들의 집』에 형상화된 도시 난민들의 양상은 체제에 편입되고자 했으나 그 주변부를 전전할 수밖에 없는 이전 시대의 외적 소외의 양상과는 다르다. 이 작품의 도시 난민들은 세대론적으로 비동시적인 것의 동시적 공존이라고 할 수 있을 만큼의 중층적 양상을 드러내며, 단순한 고립과 단자화라는 정신적 경향mentalities으로 일반화할 수 없는, 복잡다기한 도시 생태계의 정치·사회·역사적 맥락과 구체적으로 연결된다는 점이 그 특징이라고 할 수 있다.

2. 도시 난민의 세대론적 유형

에드워드 호퍼의 그림을 형상화한 영화 〈셜리에 관한 모든 것〉을 보던 화자가 극장에서 우연히 마마를 만나게 되고 이 자리에서 누드 연극으로 "왜 관객을 함부로 조롱하고 기만"(21쪽)했느냐고 추궁을 당한 일은, 이 작품의 도입부에서 제시된 서사의 시발점이다. 그러다 해가 바뀌고 열흘 쯤 지난 어느 날, 화자는 '현주'에 의해 '아몬드나무 하우스' 입주에 관한 마마의 제안을 받게 된다. 그 내용은 연립식 주택 4층에 입주하는 조건으로 1층 북카페를 맡아보는 것이다. 느닷없는 타인의 선의에 화자는 머뭇거리지만, 이사를 하는 날 카페 1층에 있는 "많은 책들과 음반과 ('꽃 피는 아몬드나무'라는 – 인용자 주) 고흐의 그

고흐의 〈꽃 피는 아몬드나무〉(1890). 도시 난민의 거처인 '아몬드나무 하우스'의 1층 카페에 걸린 고흐의 이 그림은 1890년 2월 생레미 정신병원에 입원 중이던 고흐가 동생 테오의 득남 소식을 듣고 그린 그림이다. 안타깝게도 고흐는 5개월 후 권총 자살로 세상을 등지고, 테오 역시 형의 뒤를 따랐지만, 그림 속 아몬드 꽃은 조카라는 새로운 가족의 탄생을 기뻐하는 환희를 품고 있다.

림만으로"(36쪽)도 이 집에 있어야 할 충분한 이유가 생겼다고 생각하게 된다. 하지만 이사를 마치자 북카페를 맡아달라는 것이 단지 "구실에 불과할지 모른다는 생각"(36쪽)이 들게 되는데, 그곳이 모두 자신과 같이 생의 한 구석이 부서졌거나 근원적인 자리를 확보하지 못한 도시 난민들의 처소라는 사실을 알게 되었기 때문이다.

마마는 현주 이외에 이 집에 함께 거주하고 있는 고등학생 '정민'으로부터 휴학 중인 대학생인 '윤태', 사진작가 '윤정'의 존재를 알린다. 서사의 전개에 따라 이들이 도시 난민의 처지가 될 수밖에 없었던 전사前史가 모두 화자에게 흘러들어오게 되는데, 이들의 개인사와 이에 반응하는 화자의 심리적 정황은 이 작품의 의미망을 형성하게 하는 통점痛點이라 할 수 있다. 여기서 마마의 증언을 통해 전해지거나 아몬드나무 하우스에 거주하고 있는 인물들을 세대별로 통시적으로 배열하면, 다음과 같이 제시할 수 있다. 마마 父와 마마-명우(화자), 현주, 윤정-윤태-정민이 바로 그들이다. 따라서 세대론적으로 보았을 때, 아몬드나무 하우스에는 근대와 탈근대를 아우르는 세대가 한 공간에 거주하고 있다고 할 수 있고, 이러한 세대론적인 혼거 상태는 한국적 모더니티의 계보를 압축적으로 제시하기 위한 작가적 의도의 결과다.

일반적으로 세대론은 "자신이 속한 세대나 다른 세대에 대한 인식과 감정과 행동성향으로 표출"5)된다. 이에 따라 오호의 감정뿐만 아니라 "연대감이나 무관심 혹은 적대감을 갖고 상호작용한다는 것"이 그 핵심 사안이다. 이러한 세대의식은 단순한 연령의 문제에 기초를 두고 있는 것이 아니다. 만하임K. Manheim에 따르면 동질 세대의 의식은 "생물학적 요인 → 사회문화적 역사적 과정(매개) → 세대현상"6)으로 나타난다. 이는 연령집단age cohort의 생물학적 조건이 반드시 사회문화적 역사적 경험이라는 매개과정과 결합하여 세대현상이 나타난다는 것을 말해준다.

물론 이러한 세대담론이 세대 갈등을 유발할 때, 세대 프레임에 갇혀 "사태를 적절히 파악하지 못하거나 정치적 목적을 위해 세대담론이 도구적으로 사용될 우려"[7]도 있다. 즉, 세대인식을 무비판적으로 수용하거나 선거와 같은 정치적 판단의 순간에 세대론적 맥락이 개입하는 것이다. 반면 이러한 세대론이 기존의 맑스 식의 계급론이 보지 못하는 경험적 영역의 정치적·사회적·문화적 미시담론을 건져 올릴 수 있다는 측면은 간과할 수 없는 장점이라 할 수 있다. 따라서 세대론은 성급한 일반화의 문제이거나 이념적으로 조작된 비실체적 담론이라고 폄하할 것이 아니라 그것이 가지는 유의미한 사실들을 받아들일 필요가 있다. 세대론이 특정 연도를 기준으로 명확하게 구분되는 것이 아니고, 각 시대별 세대경험도 균일할 수는 없다. 하지만 소설의 인물에 의해서 구체화되는 경험들을 귀납적으로 종합해 보면, 세대별 의미망을 일정하게 형성할 수 있을 것이다.

1) 한국전쟁 세대와 유신 세대_마마 父와 마마의 경우

마마의 부친과 마마의 개인사는 통시적으로는 맨 앞에 놓이는 서사지만, 이에 대한 사연은 작품의 후반부에 제시된다. 그것은 마마가 간암 말기 상태로 시한부의 시간을 보내는 병실에서 "회한 섞인 소리로"(206쪽) 화자에게 술회되기 때문이다. 세상을 하직할 날이 가까워지자 마마는 고향 마산을 그리워한다. 마산이 이미 창원시에 편입되어 지도에서조차 그 지명을 찾을 수 없다는 사실은 세월의 무상성을 간접적으로 환기한다.

마마의 부친은 선박수리업과 해운업으로 큰 재산을 모아 지역 부호의 지위를 얻고 있었다. 이에 거제와 통영은 말할 것도 없고 부산에서까지 사람들이 정치자금을 얻기 위해 문턱이 닳도록 찾아왔다. 결국 부친이 신민당 공천을 받아 1971년 국회의원 선거에 출마했지만 낙선하고 만다. 공천을 따내기 위해 막대한 재산을 쏟아부은 것을 생각할 때 이는 허망한 결과였다. 이어 박정희가 1972년 유신을 선포하였다. 하지만 마마의 부친은 정치에 대한 야망을 버리지 못하고 어디고 가릴 것 없이 죽을 때까지 돈을 싸들고 사람을 찾아다니다, 환갑을 겨우 넘긴 나이에 세상을 뜨고 만다.

여기서 드러나는 마마 부친의 야망은 그 시대 금력을 갖춘 기득권자들의 정치적 욕망과 통하며, 정치적 공정성과 투명성이 확보되기 이전의 정경 유착과 밀실 정치라는 유신시대의 정치적 구태를 전형적으로 보여준다. 당시 야당 후보로 정계에 입문했지만 낙선 이후 마마의 부친이 보여준 행보는, 권력을 위해서라면 정치적 신념은 언제라도 갈아치울 수 있다는 맹목적인 권력욕 그 이상도 이하도 아니다.

게다가 이와 결부되어 전개되는 마마 부친의 치정 관계는 가정사에 씻을 수 없는 비극을 남기게 될 뿐만 아니라 당시 기득권자들의 가부장적 이데올로기에서 기인한 비윤리성을 그대로 보여주고 있다. 또한 이는 마마의 전남편에게로 이어지면서 대를 이은 비극의 씨앗이 된다. 그 전말은 이렇다. 마마가 여고를 졸업할 무렵, 그녀는 자신에게 여섯 살 터울의 배다른 여동생이 있음을 알게 된다. 그녀의 부친은 "그들 모녀를 부산에 숨겨두고 십 년 이상을 감쪽같이 왕래하며 살았던"(209쪽) 것이다.

따라서 마마에게 이복 여동생은 "남의 집안을 속속들이 망쳐놓은 요물"로 인식될 수밖에 없다. 그 이유는 부친의 외도 그 자체에 머물지 않고, 마마를 친이모로 여기고 있는 현주가 바로 이복 여동생의 딸이자, 현주의 생부가 바로 마마의 전남편이라는 사실 때문이다. 마마가 대학 시절 사랑하는 사람(유신반대운동으로 투옥되어 마마가 옥바라지를 함)과 인연을 맺지 못하고, 가업을 이어받을 사람이 필요하다는 이유로 아버지에 의해서 남편이 될 사람을 만나 이를 숙명으로 받아들이고 결혼을 하고 말았다는 사실도, 가부장적 이데올로기가 재생산될 수밖에 없는 연대기적 상황성과 결부된다. 이렇게 꼬일 대로 꼬인 가족사는 마마의 부친과 마마의 전남편이라는 두 남자의 비윤리적인 치정의 소산이라는 측면에서, 여성이 당해야 했던 '수난이대'의 비극을 증언하고 있다고 볼 수 있다. 이러한 상황에서 현주라는 또 다른 피해자를 껴안는 이가 바로 마마였다는 사실은, 이 작품에서 대모大母로서의 마마의 존재감을 부각시킨다.

마마가 대학에 들어간 이듬해, 그녀의 부친이 신민당에 공천을 얻어 1971년 국회의원 선거에 나갔다가 낙선했다는 사실을 기준으로 보면, 마마는 70학번으로 유신세대를 대표하는 인물이다. 마마는 병상에서 "돌아보니 내가 소용돌이 같은 세월을 살아왔더군."(229쪽)이라고 말하며 개인사에 새겨져 있는 한국 현대사의 충격적 장면들(육영수 암살 사건, 10·26, 삼당야합, 서해 페리호 침몰사고, 성수대교 붕괴, 충주

유람선 화재 사고, 삼풍백화점 붕괴 사고, IMF 사태)을 하나하나 언급한다. 이어 김대중 정권이 들어섰을 때, 젊은 날 마마가 사랑했던 그가 드디어 정계에 진출하지만, 마마가 평생 마음에 담아두었던 그는 끝내 자신을 찾지 않았다고 말한다. 이렇게 사랑했던 사람에게서도 잊힌 존재가 될 수밖에 없었던 마마야말로, 아버지와 애인과 남편으로 이어지는 남성 이데올로기의 고리에서 끊임없이 버림받고 상처받을 수밖에 없었던 여성의 자리를 대변한다.

결국 마마는 자신의 아픔을 통해 타자의 상처를 보듬는 존재가 되어, 서로 다른 상처를 안고 스스로의 존재의 근거를 마련하지 못한 도시 난민들을 아몬드나무 하우스로 불러들여 새로운 형태의 가족의 의미를 부여한다. 여기서 이들은 "생물학적 가족보다 함께 밥상에서 시공간을 나눈 유사—가족이 더 의미 있는 존재"8)로 여겨짐으로써 회복과 재생을 위한 준비를 시작할 수 있게 되는 것이다. 여기서 도시 난민들의 상처를 보듬고 관계를 회복하며 삶의 새살이 돋게 하는 대모로서의 마마의 의미는 이 작품 전체를 떠받드는 근간으로 기능한다고 할 수 있다.

2) 분화되는 신세대_명우·현주·윤정의 경우

대체로 신세대는 1970년대에 태어난 동기집단으로서 87년 체제 이후에 대학진학연령에 도달한 세대9)로 파악한다. 따라서 이들은 전쟁과 가난 그리고 독재라는 어두운 터널을 통과한 첫 세대이기에 이전 세대가 누리지 못했던 "자유의 감각, 호황의 감각"10)을 지니고 있었다고 할 수 있다. 1990년대 오렌지족으로 대표되는 반항과 일탈은 이에 대한 가장 극명한 예가 될 수 있다. 이러한 신세대는 이후 광고 담론과 정보화의 진전에 따라 X세대, N세대, 디지털 세대 등 다양한 명칭[11]으로 불리며 한 시대의 세대경험을 포괄한다.

이 세대에 속하는 인물은 화자인 명우, 마마의 이복동생의 딸인 현주, 여행작가인 윤정이다. 먼저 작품의 화자인 명우의 경우는 36살로 제시되고 있고 소설의 첫머리에서 〈셜리에 관한 모든 것〉을 상영하는 극장에서 마마를 만나게 된다는 점을 고려해 보면, 그의 출생연도는 쉽게 알 수 있다. 실제로 이 영화가 2013년 12월 26일에 개봉했다는 사실을 참조했을 때, 2013년에 36살인 명우의 출생연도는 1977년으로 파악할 수 있다. (특히 이 소설이 연재되기 시작한 2014년과 동일하게, 화자는 해가 바뀌고 나서 열흘쯤 지난 어느 날 김현주의 연락을 받고 그녀를 만난 후 마침내 성북동 아몬드나무 하우스로 거처를 옮긴다.)

현주의 경우는 작품에서 33살로 제시되어 있고 이 시점을 2014년으로 생각했을 때, 그녀의 출생연도는 1981년에 해당한다. 윤정의 경우는 "서른 살에 결혼과 이혼을 몇 개월 사이로 경험한 뒤 학교를 그만두고 일 년여 해외를 떠돌다 여행작가"(83쪽)가 되어 귀국한 것으로 제시되어 있다. 이후 김현주가 기획한 다큐프로그램에서 사진작업을 담당한 것이 인연이 되어, 4년 전(2010년) 여름 아몬드나무 하우스에 입주한 것으로 되어 있다. 그녀가 학교를 그만 둔 시점과 귀국 후 여행작가 활동 기간, 김현주와 연결된 시점이 명확하지는 않지만, 결혼의 파탄과 함께 시작된 30세 이후의 그녀의 삶과 입주 연도를 고려해 볼 때, 화자인 명우와 가장 근접한 연령인 30대 중반의 여성이라는 점은 쉽게 추론해 낼 수 있다.

　바로 이 대목에서 세대론적으로 주목할 것은 이 작품에 등장하는 인물들을 연대기적으로 배열해 보면, 소위 386세대로 지칭되는 민주화 세대가 결락되어 있다는 사실이다. 이처럼 특정 세대가 소거되어 있는 이유는 중요한 의미를 지닌다. 그들은 이미 기성세대가 되어 사회의 지배적인 세대로 자리를 잡고 있기에 다른 세대의 도시 난민들의 조건과 같은 궤에 있지 않다. 민주화 운동의 후광으로 정치권에 진출했든, 평범한 소시민의 삶을 살고 있든, 그들은 이미 세대론적으로 기득권자의 위치에 올라서 있는 존재들이기 때문이다.

(1) 신세대 문화에 대한 길항자로서의 '명우'

　먼저 화자인 명우의 경우, 87년 체제의 성립 이후 급속하게 퇴조하는 민주화의 열기, 사회주의 국가의 몰락과 함께 찾아온 탈냉전의 흐름, 그리고 1990년대 소위 신세대 문화의 자장 안에서 형성된 탈정치화된 세대집단에 속한다고 할 수 있다. 여기서 화자는 전직 연극배우이자 극작가로 제시된다. 그의 직업이 전직前職으로 제시되는 것은, 그가 한 여배우와의 이별 이후, 누드 연극이라는 자학적인 복수로 연극계에서 퇴출되다시피 한 상태이기 때문이다. 그가 직접 대본을 쓰고 연출까지 감행한 연극 〈밤샘하는 사람들Nighthawks〉은 "제목을 빌려오긴 했지만, 사실 호퍼의 그림과는 별 상관이 없"(21쪽)는 "최음제를 살포하는 느낌"(21쪽)을 주는 명백한 누드 연극이었다. "연극계에 쉽사리 발을 들여놓을 수 없는 처지로 전락"(11쪽)한 후, 그는 3년간 불규칙하게 시간제 일을 하며 전전했지만 최근에는 그것조차 할 수 없는 알코올의존증의 상태에 놓여 있다. 그리고 재기를 위해 자신이 몸 담았던 극단의 대표이자 연출가인 선배와 약속을 했지만 그에게서조차 버림을 받는다.

이처럼 명우가 경험한 예술가로서의 자기 파멸의 상황은 마마와의 조우, 현주를 통한 호출, 그리고 아몬드나무 하우스 입주를 위한 심리적 기반이자 서사의 출발점이 된다. 그의 역할은 단순하게 북카페에 불을 밝혀놓는 "등대지기"(32쪽)와 같은 운영자도, 바리스타도, 요리사도 아니다. 화자인 그가 이 작품에서 차지하고 있는 입각점은 세대론적으로 보았을 때 마마의 세대와 30대를 살고 있는 현주와 윤정 그리고 20대를 전후한 윤태와 정민이라는 서로 다른 세대 현실을 결련結聯하는 역할을 하고 있다는 데 있다. 서사적인 차원에서도 화자인 '김명우'는 자신과 더불어 이 작품에 포진되어 있는 도시 난민들을 서사적으로 중개仲介하고 그들의 삶을 독자들에게 중계中繼하는 위치에 서 있어 그 중요성에 값한다.

화자가 "언젠가 기회가 오면 이 영화와 같은 설정으로 대본을 써서 무대에 올릴 계획"(13쪽)을 가지고 있었던 영화 〈셜리에 관한 모든 것〉에 등장하는 호퍼의 그림 13점은, 일반적인 사실주의 회화의 디테일과는 다르게 "세부사항을 간단히 만들고 요소를 줄이는"[12] 호퍼만의 회화적 특징을 오롯이 담고 있다. 호퍼의 사실주의에는 "구체적인 디테일은 전혀 없이 볼드하고 단순하게 그려진 구조물과 드라마틱한 빛의 조화"[13]를 통해 표현된 "미국의 정밀주의파 화가의 영향"[14]이 짙게 드리워져 있다. 따라서 호퍼가 1920년대 근대 미국의 도시적 상황성에 기인한 고립과 우울, 권태 등에 천착했듯이, 화자 역시 그러한 지향에 공감한 것이라고 볼 수 있다. 그가 사회성 짙은 연극을 무대에 올린 적이 있고, 호퍼의 그림을 모티프로 재기작을 꿈꾸었다고 하더라도, 이는 정치적으로 경사되었던 1980년대 리얼리즘과는 전혀 방향을 달리하고 있다고 할 수 있다. 따라서 화자의 예술적 지향성은 자신이 놓여 있는 연령 집단이 그러하듯, 탈냉전 세대의 지점에 서 있는 것이 분명하다.

한편, 1977년 생으로 추론할 수 있는 화자는 생물학적인 나이로 1990년대 후반에 20대를 보냈다. 1990년대는 신세대가 문화의 주도 세력으로 등장했고, 아이돌문화를 중심으로 한 대중문화, 대중매체의 발달에 힘입은 영상문화가 문화계 전체를 견인했던 시대다. 신세대 역시 스스로 대중문화의 소비를 통해 자신만의 고유한 스타일을 추구하였고, "윤리가 아닌 향유"[15]로 그 정신적 지형도가 변화하고 있었다.

하지만 화자인 명우는 이러한 신세대의 문화적 경험과는 다른 맥락에 서 있다. 그는 영상문화의 발호 속에서도 연극만을 고집했을 뿐만 아니라 거기에 모든 것을 걸다가 파멸을 맞았다. 특히 화자의 연인이었던 '난희'의 경우, 텔레비전에 광고가 나가고 연예기획사에서 본격적인 연예활동을 지원하겠다고 나선 다음, "연극배우가 아닌 영화배우로서 대중에게 알려지기 시작"한 것이 화자와 소원해지기 시작한 계기가 되었다는 것은 중요한 시사점을 가진다. 그것은 단순하게 화자와의 만남이 술어들고 그로 인해 관계가 소원해질 수밖에 없었다는 남녀 간의 감정상의 문제라기보다는, 그녀가 대중문화계에서 "슬픔에 찌든 피에로"(48쪽)처럼 나날이 마멸되어 갔다는 사실에 근본적인 이유가 있다. 결국 이 갈등은 표면적으로는 화자와 난희 사이의 갈등이었지만, 내면적으로는 한 비영리적 기초예술과 상업적 대중예술 사이의 불화의 관계가 자리하고 있다. 이처럼 화자는 1990년대 신세대의 대중문화적 감성과는 다른 순일한 예술적 가치를 지키고 있다는 점에서 동시대의 세대경험과 변별성을 갖는다. 결국 명우는 자기 시대의 문화적 현실에 적응하지 못하고 이에 맞서다 파멸을 맞은 신세대 문화에 대한 길항자antagonist라고 볼 수 있다.

(2) 부성 상실과 아브젝시옹의 상징으로서의 '현주'

현주는 마마의 하명을 받고 화자에게 아몬드나무 하우스 입주를 제안하는 이른바 전령사의 역할로 화자에게 다가온다. 이렇게 여성 인물이 존재론적 견인을 매개하는 경우는 『은어낚시통신』에서부터 시작된 윤대녕 소설의 근원적인 서사적 모티프라고 할 수 있다. 지상의 삶으로부터 박해를 받은 '64년 7월생'16)들의 지하모임인 은어낚시모임의 존재를 알려주고 그를 빨간 스포츠카에 태워, 헤어진 애인 '청미'가 있는 은어낚시모임의 장소로 데려가는 인물도 바로 여성 조력자다. 그런 의미에서 아몬드나무 하우스와 그 속에 기거하는 도시 난민들의 모습은 이미 20년 전, 일상적인 삶과 기성 현실에 동화되지 못한 이들의 언더조직이었던 은어낚시모임에 그 원형이 숨어 있었던 것이다.

입주 후, 같은 공간에 사는 이들에 대한 일별이 끝나고 정례적인 모임이었지만 이른바 입주 신고식이 끝나자, 화자는 현주와 함께 제부도로 향한다. 그곳은 화자가 "하루하루 오직 몸으로만"(78쪽) 살아냈던 청년기의 가장 순수했던 기억이 묻혀 있는 공간이다. 이 짧은 도정 속에서 화자와 현주는 속이야기를 주고받게 된다. 33살의 나이에 8년을 사귀어온 무명의 영화감독인 남자친구와 최근 소원해진 상태라는 객관적인 정황보다 중요한 것은 여기서 그녀가 자신의 아픈 개인사를 고백하고 있다는 사실이다. 이 작품에서 모든 인물의 개인사는 화자인 명우를 매개로 하지 않고서는 흘러나올 수 없는 구조인데, 제부도 행이라는 여정이 그 소통의 바탕이 된다.

현주의 고향은 부산으로 그녀의 어머니는 20년 이상 해운대에서 화랑을 운영했다. 여기서 중요한 사실은 그녀의 어머니가 세상을 떠날 때까지 현주에게 아버지의 존재를 함구했다는 것이다. 그녀의 인생에서 가장 큰 공백은 생부를 알지 못한다는 사실이다. 현주의 어머니는 쉰 살의 나이에 파킨슨병이 찾아와 자신의 화랑에서 큐레이터로 일했던 여자를 입주시켜 간병을 하게 했는데, 이 과정에서 어머니는 "급기야 그녀에게 복종하는 처지로 전락"(74쪽)하고 그 여자가 딸인 현주를 대신해 집안을 모두 장악했으며, 장례식이 끝나자 이탈리아로 떠나갔다는 것이다. 현주는 자신의 어머니와 간병인을 자청했던 큐레이터 사이에 모종의 계약이 있었음을 감지하지만, 그 내막은 영영 알 수 없는 것이 되어 버린다.

간암 말기 판정을 받은 마마에게 생의 시간이 얼마 남지 않았기에 현주는 초조해질 수밖에 없었고, 큐레이터가 가서 살고 있는 소렌토로 메일을 보내기도 했지만 답장이 없는 상태다. 급기야 그녀는 "모두가 알고 있지만 나만 모르고 있다는 생각이"(179쪽) 든다면서 답답함을 호소한다. 간암으로 생의 마지막 신음을 토해내고 있던 마마에게 화자는 결국 현주의 출생의 비밀에 대한 암시를 얻게 된다. 여고를 졸업할 무렵 마마는 6살 터울의 이복 여동생이 있다는 사실을 알게 되었다고 말한다. 그녀의 아버지가 그들 모녀를 숨기고 10년 이상 두 집 살림을 했던 것이었다.

해운업으로 큰 성공을 하고 정계 진출까지 꾀했던 마마 부친이 요정 출신의 한 여인을 만나 이복 여동생을 낳은 것인데, 마마의 입장에서 그 동생은 자신의 집안을 망쳐놓은 요물이었고 그 여자의 딸이 "바로 그 누구의 어미라는 여자"(209쪽)라고 그 실체를 무의식적으로 실토하고 만다. 하지만 화자가 현주의 생부 찾기를 둘러싼 가족사의 비극의 전모를 이해할 수는 없다. 결국, 현주의 숨겨진 사연은 뜻밖에도 작품의 후반부에 윤정의 입을 통해 그 실체가 드러난다.

현주의 생부가 누구냐는 화자의 질문에 윤정은 그 사람이 바로 마마의 전남편임을 실토한다. 현주는 대학을 졸업할 무렵 친이모라고 알고 있던 마마를 찾아와 생부의 존재에 대해 묻는다. 아무 것도 듣지 못하고 집을 떠나는 뒷모습을 보면서 마마는 문득 현주가 당신의 딸처럼 생각되어, 그녀를 붙들어 세워 이 집에서 같이 살자고 했다는 것이다. 여기서 중요한 것은, 첩의 딸인 현주 모와 다시 그녀의 딸인 현주가 각각 마마의 아버지, 그리고 자신의 남편이라는 남성의 외도에 의해 태어난 존재라는 사실이다.

마마의 입장에서, 현주 모는 "조강지처를 버리게 한 첩의 딸"(225쪽)이지만 이복의 동생이고, 그녀의 딸 현주도 자신의 남편의 외도로

현주 모와의 관계에서 태어난 존재이지만, 법적으로는 이혼했을지라도 자신의 남편의 자식이라는 점에서 이복의 관계에 놓인다. 따라서 현주 모와 현주의 존재는 마마에겐 가족제도의 정체성 안에서 그 규칙을 무시한 비체abject[17]로 여겨질 수밖에 없다. 그런 의미에서 마마에게 현주 모가 제1의 아브젝시옹abjection[18]의 대상이라면, 현주는 제2의 아브젝시옹의 대상이라고 할 수 있다. 하지만 마마는 자신의 부친의 존재를 묻는 현주를 딸처럼 여김으로써 곤경의 감정을 포월하고 있다. 그럼에도 불구하고 현주에게 아버지는 실체가 없는 텅 빈 기표이고, 생부의 존재를 알 수 없다는 부성상실의 감정은 그녀를 끊임없이 괴롭힌다.

(3) 소모되는 생의 각성자로서의 '윤정'

김현주에 의해서 듣게 된 박윤정의 개략적인 개인사는, 전직 국어교사였으며 서른 살 무렵 결혼과 이혼을 경험하고 몇 개월 뒤 학교마저 퇴직한 후, 일 년여 해외를 떠돌다 여행작가가 되어 돌아온 것으로 되어 있다. 그 후 그녀는 김현주가 기획한 다큐 프로그램의 사진 작업에 참여하면서 관계가 시작되었는데, 그 일을 계기로 4년 전 아몬드나무 하우스에 입주해 살고 있는 것으로 제시된다. 30대 중반을 살고 있는 사진작가인 그녀의 이와 같은 정보는 화자와의 직접적인 대화를 통해 개인사적 질곡들 사이의 개연성이 구체적으로 드러난다.

동남아에서 돌아온 윤정은 "비행기가 착륙한다는 기내방송이 들려오는 순간부터" 숨이 막히며 "잊고 싶은 과거의 시간 속에 다시 버려지는 기분"(157~158쪽)을 느낀다고 화자에게 고백한다. 이어 그녀는 "단지 이혼을 경험하고 혼자 살아가는 여자"(167쪽)로 보일지 모르겠지만 제법 많은 일을 겪고 살아왔다고 말하며 파란만장했던 과거의 삶을 토로하게 된다. 군인이었던 아버지를 따라 유년시절부터 미군부대가 있는 평택, 의정부, 동두천 등지를 떠돌며 살았던 그녀는 "양공주라고 하는 여자들과 위협적인 몸집을 가진 미군들"(167쪽)로 상징되는 이른바 기지촌의 험악한 환경 속에서 성장했다. 분명 한국 사람이고 한국에 거주하고 있지만 "낯선 나라의 뒷골목에 버려진 듯한" 조건 속에서 "아무 정체성도 갖지 못한 채"(168쪽) 예민하고 우울한 계집애가 될 수밖에 없었던 것이다.

이러한 외적 환경 속에서 자라난 윤정의 가정사 역시 불행으로 점철되었다. 먼저 어머니가 누군가에 의해 피살당한 것인데, 살해범은 끝내 잡히지 않았고 그녀의 죽음을 둘러싼 흉흉한 소문만이 윤정을 괴롭힐 뿐이었다. 미군 장교와 바람이 났다든가, 성폭행을 당했다는 말들이 그것인데, 그녀의 아버지는 이에 대해 아무 말도 하지 않았다. 이어 윤정은 떡집을 운영하는 외할머니의 손에 맡겨지지만, 중학교에 입학할 무렵 아버지는 재혼을 하고, 외할머니 역시 심장마비로 세상을 떠나고 만다. 이때부터 그녀는 사범대학을 졸업할 때까지 지하 술집에서 시중드는 일까지도 할 수밖에 없는 절박한 상황 속에 놓이고, "거칠고 사나운 육식성의 세계"(170쪽)에서 폭력적인 이면을 체험한다.

졸업 후 화염과도 같은 인생에서 드디어 벗어나 국어교사가 되었지만 그녀는 "세상이 만들어놓은 시스템에 강요당하고 또 거기에 적응하기 위해 필사적으로 살아왔다는 생각"(91쪽)을 하게 되고, 남들보다 조금 더 나은 기득권을 확보하기 위해 "경쟁적으로 자신을 소모시키면서 살아왔던 거"(91쪽)라며 지나온 삶 전체를 성찰한다. 이 과정에서 그녀는 "내 삶의 형태를 복원해야겠다"(92쪽) 생각하며, 스스로가 자연의 일부이고 고귀한 생명체라는 사실을 깨닫는다. 이러한 각성 이전에 윤정이 겪어왔던 삶의 부조화는 그녀가 경험한 극심한 월경통이라는 알레고리를 통해 제시된다.

윤정이 모든 생명체가 우주적 흐름 속에서 영향을 받으며 살고 있다는 것을 깨닫게 된 것은 여고 시절 달력을 보고 생리주기를 체크하다가 저절로 알게 된 것이다. 기실 여성의 월경月經이란 한자 그대로 달의 경로를 뜻한다.[19] 하지만 이러한 주기가 불규칙하고 월경통이 극심했다는 것은, "순환작용"에 문제가 생긴 것이라고 할 수 있다. 이는 규율사회에서 성과사회로 변모[20]한 후기 근대사회의 자기 착취적 탈진과 그에 따른 우울증과 결부된다. 인간에게서 관조적 요소가 모두 제거된다면 인간의 삶은 치명적인 과잉활동으로 끝나고 말 것[21]이다. 따라서 "성과주체는 가해자이자 희생자이며 주인이자 노예"이기에 그 "주권자는 자기 자신의 호모 사케르"[22]가 되고 만다. 그러한 의미에서 윤정은 자신의 삶에서 발생한 "시스템 에러 현상"을 복구하기 위해, "모든 존재가 순환하면서 나이를 먹고 상장을 거듭"(92쪽)하는 이치를 깨닫기 위해, 스스로를 착취해 왔던 삶을 버리고 여행작가의 길로 들어선 것이다.

이렇게 윤정은 소모되는 삶에 대한 각성자의 상징으로 제시된다. 사색적 능력이 전면적으로 상실된 채 활동적인 삶만을 절대화하는 우리 시대의 문제가 히스테리와 신경증을 낳게 한다면, 이것은 윤정의 불행한 개인사 속에 오롯이 스며있다. 기지촌에서 어떠한 정체성도 부여받지 못한 채 유·청소년 시절을 보냈고, 어머니의 죽음과 아버지로부터의 버림의 과정에서 대학 졸업이라는 목표에 스스로의 몸까지도 사나운 욕망의 먹이로 내놓아야 했으며, 마침내 얻게 된 교직 생활도 자기 소모의 연속임을 각성하게 된다. 생의 절박함으로 인해 자신을 마멸시켜 왔을 뿐이라는 윤정의 삶의 과정은 "타인과의 유대감을 느낀 지가 오래된 것 같다"(172쪽)는 서로 간의 경험적 일치감과 연결되면서 관계의 기반을 형성한다.

3) 밀레니엄 세대_윤태와 정민의 경우

군 입대를 앞두고 있는 대학 휴학생으로 제시되는 '윤태'는, 먼 친척뻘 되는 아이인 고등학생 '정민'의 과외 선생으로 아몬드나무 하우스에 입주하게 된다. 이 둘은 작품에서 가장 아랫세대에 해당하는 인물로서, 세대론적 맥락에서 각각 상징적인 문제의식을 드러낸다. 이들은 모두 1990~2000년대에 성장한 밀레니엄 세대[23]이지만, 윤태는 대학생으로서의 사회적 의식을 구체적으로 드러내고 있고, 정민은 개인사적 불행과 더불어 "스마트폰 키드"(161쪽)로서의 세대 의식을 보여준다.

먼저 윤태의 경우는, 현재 화자가 쓰고 있는 방의 전 주인이었던 유치원 교사 '상희'와 연인관계였다. 하지만 그녀는 작년 9월말 지하철 근처 공사장에서 취객 사내들에게 집단 강간을 당하고 스물여섯 살에 스스로 목숨을 끊고 만다. 이는 화자가 밤마다 그 방에서 듣게되는 "누군가 고통스러워하는 것처럼 흐느끼고 신음하는 소리"(61쪽)의 원인에 해당되는 것이고, 마마가 상희의 자살 사건을 자책하며건강이 악화되기 시작한 것도 이때부터다. 윤태는 상희의 강간과 자살이라는 끔찍한 일을 잊지 못하고 지금까지도 매일 밤 사건 현장을찾아간다. 그러던 중 윤태가 고등학생을 폭행하는 사건이 발생한다. 경찰서에서 윤태를 만난 화자는 사건의 경위를 파악하게 된다. 상희의 강간 사고 현장을 매일 찾아가던 그가, 같은 장소에서 남학생 셋이여학생을 추행하고 있는 장면을 목격하고 그들과 난투극이 벌어졌던것이었다. 윤태와 고등학생 그리고 그들의 부모들 사이에 복잡한 합의관계가 남아 있었지만, 경찰 인사와 미리 연락을 취해 놓은 마마의조치에 의해 사건은 조기에 해결된다. 하지만 화자는 "아무리 선의라고 할지라도 상대와의 수평적인 합의와 동의 없이 행해지는 일들은상대를 한갓 객체로 만들어 버린다"(136쪽)는 사실을 마마가 모르고있다는 불만을 품고 이후 마마를 의식적으로 피하게 된다.

사건 이후, 윤태와 화자 사이에 속 깊은 얘기를 나눌 수 있는 기회가찾아온다. 카페 문을 닫을 무렵, "괜찮다면 선배하고 술을 한잔 마실수 있을까 싶어 들렀는데."(141쪽)라며 윤태가 먼저 마음의 문을 열고다가오자, 화자는 윤태와 자신 사이에 어떤 운명적인 기회가 왔음을느낀다. 이 자리에서 윤태는 그동안 가슴 속에 담아두고 있던 기성세대에 대한 분노의 감정을 가감없이 표출한다.

윤태는 사신의 딸과 아내와 함께 식당에 온 50내 중반의 사내가여종업원의 작은 실수도 눈감아 주지 못하고 온갖 패악을 부리는 장면을 목격한다. 이런 식당 안의 장면을 윤태는 세대 폭력의 상징적인 장면으로 인식한다. 이처럼 배타적 가족이데올로기로 무장한 채 타인의 조그만 실수조차도 관용하지 못하고 무참한 굴욕을 안겨주는 것이, 일부의 일이라고 할 수 있겠으나 이러한 현실은 "항상 전체로서의 일부"(146쪽)인 것도 사실이다. 이러한 폭력에는 세대론과 사회적 위계가 동시에 작동하고 있다. 세대론의 관점에서는 기성세대의 무차별적인 폭력이, 사회적 위계의 차원에서는 사회적 강자가 약자를 대하는 "난폭한 방식의 자기 보상"(147쪽)이 행사되고 있다고 할 수 있다.

게다가 여종업원이 이처럼 무참하게 짓밟히고 있는데도, 사내의 아내와 딸은 태연하게 냉면을 먹고 있었고, 그곳에 있던 다른 사람들 역시 아무도 그녀의 입장을 변호하지 않았다는 사실이 중요하다. 이는 타자의 고통을 대하는 우리 시대 풍경의 한 단면이다. 윤태는 그런 사람들이 "텔레비전을 통해 사회적 재난을 시청하면서 그때마다 오히려 안도감을 느끼는 부류들"(147쪽)일 수 있음을 지적하면서, "타인의 불행을 목격하면서 내가 거기에 속하지 않는다는 사실에 상대적인 안도감"(147쪽)을 느끼는 이중성을 탄식한다.

이를 수전 손택은 "관음증적인 향락"24)으로 지칭하며 그런 일은 나에게 일어나지는 않을 거다, 나는 아프지 않다, 나는 아직 죽지 않았다, 나는 전쟁터에 있지 않다 같은 사실을 알고 있다는 그럴싸한 만족감과 같은 구체적인 감정을 예로 든다. 게다가 타인의 불행에 대해 연민을 느낀다 할지라도 이것이 "우리의 무능력함뿐만 아니라 우리의 무고함을 증명해 주는" 것이라면, 그 연민은 "어느 정도 뻔뻔한 반응"25)일지도 모른다고 우리의 성찰을 요구하고 있는 것이다.

이에 화자는 타인의 불행에 대한 이중적 감정에 대해 개탄하고 있는 윤태의 말에 화답하기 위해 러시아 민담을 들려준다. 램프의 요정이 이웃집에 행운을 가져다 준 젖소를 소원을 빈 다른 누군가에게 주려했는데, 정작 그의 소원은 "아니, 그게 아니고 이웃집 젖소를 제발 죽여줘!"라는 말이었다는 것. 타인의 행운에 대한 시기와 질투의 감정을 넘어 그 행복을 송두리째 **빼앗아야** 비로소 행복할 수 있다는 것은 "타인이 겪는 재난이나 불행을 담보로 내 행복이 유지되고 배가된다는 왜곡된 마음"(148쪽)을 지칭한다. 지금─여기 우리가 기대고 있는 이러한 극단적인 이기심을 화자는 피난민 의식이 집단무의식으로 사회 저변에 깔려 있기 때문이라고 진단한다. "삶의 다른 가치들을 돌아볼 겨를 없이 여전히 생존만이 목표"(149쪽)인 사회에서 본능적으로 타인에게 적대적일 수밖에 없으며 관용이 개입할 수 없다는 것이다.

한편, 윤태가 몇 달 전부터 꾸게 된다는 꿈의 내용은 출구 없는 세대의 비극을 절망적으로 대변한다. 녹슨 냄새가 나는 금속으로 만들어진 어둡고 커다란 공간에 갇혀 있는 그는, 시간이 지나면서 그 안에 좀비와 같은 모습을 한 사람들이 가득하고, 자신과 이들을 태우고 있는 물체가 서서히 움직이고 있다는 것을 알게 된다. 그러던 어느 날, 쾅! 하는 소리와 함께 공간이 옆으로 기울고 물이 스며들어 익사할 위기에 처하자 그제야 커다란 배에 갇혀 있었음을 깨닫게 된다. 모두가 빠져나가기 위해 몸부림을 치고 밖에서 헬리콥터 소리가 들려오지만, 배는 이미 깊이 가라앉아 구조될 가능성이 없다는 것을 알게 된다. 이렇게 매일 밤 악몽에 시달리며 가위에 눌리는 그는, 이게 단지 꿈이겠느냐고 말하며, "밤마다 익사당하는 심정"(152쪽)을 고백한다.

이 장면은 작가가 이 작품을 집필, 연재하던 시기에 발생했던 세월호 참사를 윤태의 꿈을 통해 현현한 것이라고 할 수 있다. 작가는 「작가의 말」에서 "계간지 연재가 시작될 즈음 세월호 사고가 발생했다. 나는 그만 말문이 막혀버렸다. 이후 만성적인 우울과 불안에 시달리며 쓰다, 말다를 반복하면서 작가임을 스스로 한탄하기도 했다."고 고백한 바 있다. 윤태의 악몽은 2014년 4월 16일에 발생한, 운항책임자와 당국의 무책임과 방관 속에 299명의 사망자와 5명의 미수습자라는 엄청난 비극을 낳은 세월호 참사가 빚어낸 마음의 부서짐heartbreak26)의 상태를 은유한다고 할 수 있다. 그러한 의미에서 집단 강간에 희생되어 스스로 목숨을 끊은 연인 '상희'에 대한 트라우마와 기성세대의

세월호 참사(2014). 소설 속에서 '윤태'가 매일 밤 익사당하는 악몽에 시달리는 것은 운항책임자와 당국의 무책임과 방관 속에 299명의 사망자와 5명의 미수습자라는 비극을 낳은 '세월호 참사'가 빚어낸 마음의 부서짐의 상태를 은유한다고 할 수 있다.

무차별적인 폭력에 갇혀 있다고 느끼고 있는 윤태의 현실은, "가만히 있으라"라는 어른들의 말만 믿고 배 안에 갇혀 구조되지 못하고 죽음을 맞을 수밖에 없었던 세월호의 비극과 상동구조를 갖게 된다.

　마지막으로 아몬드나무 하우스에서 가장 어린 세대를 상징하는 인물은 고등학생 '정민'이다. "고아나 다름없는" "먼 친척뻘 되는 아이"(39쪽)로 제시되는 정민은, 여름휴가를 다녀오다가 고속도로에서 바퀴가 빠져 차량이 전복되는 사고에 기인한 가족사가 비극의 씨앗이 된다. 마마의 증언에 따르면, 사고 후 그의 어머니는 목을 크게 다쳐 수술을 받았지만 벙어리가 되고, 이어 알코올 중독자가 된 남편으로부터 상습적으로 구타를 당한다. 이러한 고통 속에서 모친의 읍소 어린 부탁으로 정민은 마마의 집에 들어와 살게 되지만, 그 후로 그 역시 말을 잃은 아이가 되어 버린다. "저 나이에 생기는 문제란 물론 부모로부터 비롯된 경우가 대부분"(39쪽)이라는 마마의 말처럼, "말을 잃고 지내는 고등학생"(81쪽) 정민의 트라우마 역시 교통사고로 인한 비극적 상황을 이겨내지 못한 아버지의 어머니에 대한 폭력에 그 직접적 원인이 있다.

　하지만 화자에게 정민은 처음엔 크게 주목의 대상이 되지 못했다. 마마가 "흐느적거리는 아낙네들하고만 어울리지 말고"(109쪽) 윤태와 정민에게도 관심을 가져줄 것을 요구한 것만 보아도 잘 알 수 있다. 한편, 과외 선생으로 인연을 맺게 된 윤태에게 정민은 친동생과 같이 눈에 밟히는 존재다. 윤태는 군 입대를 앞둔 시기에도, 화자에게 자신이 없는 동안에 정민이를 잘 돌봐달라는 부탁을 할 만큼 남다른 애정을 지니고 있다. 마마의 요청에 각성된 화자는 정민의 담임선생을 만나고 올 정도로 그에 대해 관심을 가진다. 이를 통해 고아나 다름없는 정민이 아몬드나무 하우스에서 마마라는 대모와 윤태라는 형과 윤정과 같은 누이와 그리고 큰형님뻘의 화자를 만나 가족공동체의 일원으로 그 운명을 함께 하게 된 것이다.

화자가 학교에서 만난 정민의 담임선생은 "성적을 기준으로 학생들을 서열별로 평가하는 교사"(161쪽)의 모습으로 제시된다. 담임선생에 의하면 정민은 수업시간에 뒷자리에 앉아 스마트폰만 만지고 있는 이른바 "스마트폰 키드"(161쪽)로 분류되고 있고, 성적만으로 볼 때도 최하위 그룹에 속하며 "건들거리는 학생들"(161쪽)과 어울려 다니고 있다. 그들 중 한 명이 여학생을 성추행 한 혐의가 있어 강제 전학을 보냈는데, 그 여학생이 정민과 사귀는 사이라는 말도 전한다. 이 말을 전해들은 윤정은 자폐적인 상황 속에 놓여 있는 정민이 또래의 아이들과 어울린다는 사실에 오히려 반색을 하며, 그를 위해 할 수 있는 일이 무엇인지 찾아보겠다고 말한다.

화자가 식구들을 바라보는 시선이 깊어지자, 그의 눈에는 공동체 구성원의 결여와 특정 인물의 행위까지도 섬세하게 포착된다. 식사 자리에서 윤태가 떠난 빈자리가 유난히 크게 느껴진다든지, 평소와 다름없이 윤정의 옆에 앉아 있는 정민이 틱장애를 앓고 있다는 사실이 화자에게 포착되는 것이다. 이는 화자가 이 공동체의 확실한 일원이 되었다는 증거이자 부모에게 버림받아 고아처럼 이 집에 깃들어 살고 있는 정민의 상처가 눈에 들어왔다는 것을 의미한다. 마마 역시 임종이 얼마 남지 않은 병상에서 정민을 위해 학자금을 마련해 뒀다고 말하지만 그의 생을 뒷받침하지 못하는 것에 안타까워한다. 이처럼 "집밥 이데올로기"에 기반한 "식구食口라는 입들의 공동체"27)를 믿을 수 없다고 할지라도, 인간 사이의 진정한 관계맺음이란 타자의 상처에 공감하고 더 나아가 그것을 운명적 연대로 인식하는 것에서 출발한다고 했을 때, 마마로부터 정민에까지 이어지는 도시 난민들의 공동체는 우리가 모색해야 할 세대 간의 이해와 소통을 위한 알레고리라고 할 수 있다.

영화 〈가족의 탄생〉(2006). 영화 〈가족의 탄생〉은 '핏줄'이라는 혈연적 관계 없이도 새로운 형태의 가족이 탄생할 수 있다는 사실을 말해줌으로써 우리 사회의 편협한 가족제도 하에서 고착된 가족의 의미에 대한 재정의를 요구하는 작품이다.

3. 은유의 장치들과 공간 인식변화

마마를 중심으로 한 도시 난민들의 개인사와 현재적 상황은 한국적 모더니티의 세대론적 지형도를 유감없이 압축하고 있다. 이 속에서 구체적으로 서로를 매개하며 상징적 고리를 형성하는 상관물은 바로 '음식'과 '집'이다. 이것들은 디테일로 텍스트에 개입하는 것이 아니라 인물과 인물 상호간의 관계성 속에서 오롯이 핵심적인 기능을 담당한다. 이를 통해 유실물과 같은 화자의 패배의식과 폐쇄적 세계관은 균열이 생기고 더 나아가 그 위에 타자와 관계의 의미라는 새살이 돋게 한다.

화자가 북카페 일을 맡게 되면서 받게 된 원두 택배에는 커피 장인이 직접 쓴 편지와 그의 책이 동봉되어 있었다. 그 편지에는 "맛은 곧 감정입니다(아시지요?). 이를 얼마나 조화롭게 융화시켜 분위기를 연출하느냐가 항상 관건입니다. 이를 은유(메타포)의 경지라고 합니다."(52~53쪽)라고 씌어 있다. 프랜차이즈 커피점에서 아메리카노만 마셔온 화자에게 분쇄기에 갈아낸 브랜딩 원두의 향기는, 왜 커피를 악마의 음료 운운하는지 알 것 같은 아찔함으로 다가온다. 그 향을 온전히 담아 커피를 내리기 위해 노력하지만 화자는 번번이 실패하고 만다. 물을 바꿔보고 내리는 속도에 변화를 주어도 그윽한 맛의 커피를 내리는 것은 쉬운 일이 아니었다. 맛으로 감정을 살리고 더 나아가 은유의 지평을 여는 것은, 화자가 고립된 자학적 세계에서 빠져나와 타자를 이해하는 것과 그 속도가 비례할 것이기 때문이다.

마마는 병석에 눕기 전까지 아몬드나무 하우스의 깃든 이들에게 손수 음식을 준비해 주었다. 이 집에 들어온 후 마련된 정례모임에서 화자는 해산물 위주로 잔칫날처럼 차려진 푸짐하고 정갈한 음식을 마주한다. 여기에는 이런 자리면 흔히 있어야 할 육고기가 없다. 이에 관하여 화자가 나중에 알게 된 것은 마산이 고향인 마마가 평생 육고기를 입에 댄 적이 없었다는 사실이다.

더불어 마마는 화자에게 싸구려 식당에서 밥을 먹지 말고 스스로 밥을 지어먹을 것을 제안하고 거기서부터 삶을 다시 시작할 것을 요구하고 있다. 먹는다는 것은 생의 근본이고 이것을 챙긴다는 것은 생의 의지를 쌓을 토대를 마련하는 것이기 때문이다. 더욱이 화자에게도 육고기를 피할 것을 명하는데, 이는 음식의 은유로서 육식으로 상징되는 남성중심성 혹은 폭력의 성 – 정치[28]에서 벗어날 것을 요청하는 의미를 담고 있다. 이런 육식 거부는 생명을 가진 모든 존재에 대한 폭력의 거부라는 측면에서 보살핌의 윤리이자 여성주의의 윤리[29]와 유비적 관계에 놓인다. 마마는 도시 난민들을 불러들여 혈연적 유대를 넘어선 새로운 가족을 만듦과 동시에 이들 식구食口들에게 맑은 음식으로 상처받은 몸과 마음을 위로하고 치유하는 대모의 역할을 감당하고 있는 것이다.

한편, 이 작품에서 도시 난민들이 머무는 아몬드나무 하우스라는 '집'의 공간적 상징성은 가장 큰 의미를 지닌다. 서두에서 현주는 "이모는 집에 빈 공간이 있는 걸 유독 못 견뎌해요."(32쪽)라고 말하고 "텅 빈 무덤 속" 같은 그곳에 "누군가 안에서 불을 밝혀놓고 있으면 좋겠다는 생각이 들곤"(32쪽) 한다며, 화자에게 카페지기가 되어 술 것을 제안한다. 여기서 집(공간)은 반드시 누군가 깃들어 살아야 할 곳으로 보편적 처소로서의 의미를 갖는다. "집이 인간에게 전해주는 삶의 원초적 감정은 안도감 속에서 느끼는 편안함"[30]이라고 했을 때, 아몬드나무 하우스는 서로 다른 사연을 지닌 노웨어맨들에게 그들이 잃어버렸던 원초적인 안도감을 부여하는 대체 공간alternative space인 셈이다.

병색이 깊어져 입원을 위해 아몬드나무 하우스를 떠날 때, 마마는 이제 다시 돌아오지 못할 것이라는 것을 예감한다. 하지만 그녀는 "저녁이 되면 배고픈 짐승들처럼"(200쪽) 모두가 다시 돌아올 것을 생각하며 시린 마음을 달랜다. 이에 화자는 여기가 모두의 '집'이고 새로운 길을 찾아 여행을 떠난 윤태도 다시 돌아올 것이라고 말한다. 여기서 아몬드나무 하우스는 도시 난민들의 임시거처가 아니라 궁극적으로 돌아와야 할, 존재의 처소로 그 의미가 격상된다. "그때까지 내가 살아 있을까"(201쪽)라며 마마는 생에 대한 마지막 미련을 토로한다. 마마는 잠시 퇴원을 했지만 사흘 뒤 재입원을 하게 되고 사진작가인 윤정이 아몬드나무 하우스의 일상을 틈틈이 찍어 모아놓은 사진첩을 챙겨 날마다 그것을 들여다보는 일로 힘겨운 순간들을 버티다 병상에서 생을 마감한다. 마마는 세상을 떠났고 아몬드나무 하우스의 미래는 소설 밖의 이야기이겠지만, 마마가 손수 지어 먹인 정결한 청혈의 음식들과 그 공간이 품은 식구라는 이름의 가족은 앞으로도 그들의 생의 시간을 지켜줄 것이고, 그들이 떠난 후에도 그 역할은 계속될 것이라는 바람 속에 그 공간의 의미는 지탱된다.

4. 타자와의 관계 그리고 글쓰기의 의미

이 작품은 재기 불가능 상태에 빠진 전직 연극배우이자 극작가인 화자가, 구원처럼 아몬드나무 하우스로 거처를 옮기게 되고, 여기서 마마를 비롯하여 서로 다른 사연을 가진 도시 난민들을 만나면서 타자와의 관계 그리고 가족의 의미를 깨닫는 전형적인 성장소설의 플롯을 따르고 있다. 마마의 집에 들어온 화자는 자신에게 흘러드는 여러 사람들의 사연을 들으며 서서히 생활에 적응해 나간다. 이렇게 대안 가족으로 구성된 아몬드나무 하우스에는, 회상의 형태로 제시되는 한국전쟁 세대(마마 父)를 비롯하여 유신세대(마마)—신세대(명우, 현주, 윤정)—밀레니엄 세대(윤태, 정민)가 혼거하고 있는데, 이는 한국적 모더니티의 세대현상과 갈등의 원인, 그리고 그 화해를 모색하기 위한 창작 의도로 파악한 바 있다.

여기서 사진작가인 윤정은 화자에게 가족의 의미를 강렬하게 환기시켜 주는 인물이다. 그녀가 본인들 몰래 아몬드나무 하우스 사람들의 일상을 찍어 놓은 여러 컷의 사진들이 이를 증명해 준다. "식탁에 앉아 음식을 먹는 윤태와 정민의 모습, 북카페에 앉아 있는 마마, (…중략…) 학교에서 돌아오다가 골목에 있는 전봇대에 기대 하늘을 올려다보고 있는 정민(그애는 벌써부터 담배를 피우고 있어요), 지하철역 옆에 있는 커피숍 창가에 앉아 있는 상희와 윤태, 그리고 온 가족이 고궁으로 나들이를 갔다 단체로 찍은 사진들."(100~101쪽)이 그것이다. 여기서 그녀가 아몬드나무 하우스 사람들을 가리켜 '가족'이라고 말했을 때, 화자는 그 말이 압정처럼 가슴에 와 박힌다. 그동안 망각 속에 묻고 살았던 타자와의 관계의 의미가 가족이라는 이름으로 아프게 다가온 것이다. 특히 윤정은 사진 작업을 위해 멀리 나가 있을 때면, 아몬드나무 하우스 가족들의 안식과 평화를 위해 기도하고 "내게도 가족이 있다는 사실"(101쪽)에 안도감을 느낀다고 말한다.

　이러한 과정 속에서 화자는 마마에게 "마마를 포함해서 아몬드나무 하우스에 사는 사람들이 조금씩 저를 아프게 하는 것 같습니다."(107쪽)라고 고백한다. 그것을 마마는 건방진 말이라고 짐짓 나무라는 듯하지만 그 마음을 모를 리가 없다. 이에 화자는 그 아픔이 신비하게 느껴지고 "생살이 돋은 것처럼 이따금 벅찬 느낌"(107쪽)도 든다고 고백한다. 전에는 이처럼 타인 때문에 아파해본 경험이 없었다는 화자의 말에, 실연에 방황하던 그의 처지를 아는 마마는, 그의 헤어진 애인을 거론하며 그 여자 때문에 몸부림치던 것은 무엇이냐고 질책한다. 이에 화자는 "그 여자는 타인이 아니라고 믿었거든요."(107쪽)라고 답한다. 자신과 타자가 분리되지 않았다는 것은 타자를 전적으로 아유화我有化하려 했다는 사실의 반증이며 이러한 자기중심적인 사랑은 결국 파국으로 귀결될 수밖에 없는 것이다.

　"그야 자네 생각이 그렇다는 거겠지. 절대적인 타인이 존재하지 않듯이, 절대적인 자아라는 것도 존재하지 않아. 다만 관계라는 게 존재할 뿐이지."(107~108쪽) 이 작품이 전하려는 궁극적인 기의가 바로 여기에 있다고 할 수 있다. 결국 인간은 관계 속에서만 자신의 존재를 유지할 수 있으며 타자성이라는 것도 바로 여기서 출발한다는 것이다. 인간이라는 존재 자체가 세계와 조건부여적 관계라면 세계는 대상적으로 존재할 수 없다. 인간이 세계-내-존재In-der-welt-sein, 즉

세계로부터 독립된 하나의 주체가 아니라 세계 속에 내던져져 있다[31]고 했을 때, 모든 존재는 관계에 의해서만 존립할 수 있다.

이러한 화자의 관계성에 대한 자각은 윤정과 "사람들이 붐비는 매장에서 교대로 카트를 밀며 장을 본 다음 푸드코트에 마주앉아" 있는 순간을 "인생의 가장 좋은 한때"(173쪽)로 인식하는 데까지 발전한다. 화자는 마마가 세상을 떠나자 파리로 전화를 걸어 애인의 안부를 묻는다. 그러자 그녀는 "이제 겨우 뒤를 돌아보지 않고 살 수 있게"(240쪽) 됐다며 이제 그만 자신을 놓아줄 것을 요청한다. 하루 사이에 두 사람을 떠나보낸 화자는 여행을 떠난다. 이 여행은 이 작품의 대미를 장식하는데, 화자는 그 여로가 지난 겨울 윤정이 여행했던 경로임을 뒤미처 깨닫는다. 그는 부전으로 가는 열차 안에서 잊고 싶었던 과거의 순간들을 떠올리고, "모든 것을 잃었다고 생각할 때마다 그것의 일부라도 되찾을 수 있는 방법은 언제나 글을 쓰는 것"(243쪽)이라는 점을 상기하며 꺼져가는 글쓰기에 대한 욕망의 불씨를 다시금 되살린다. 더불어 모든 여행이 그렇듯이 다시 돌아가기 위해 떠나왔다는 지극히 평범한 진실과 마주하게 된다. 이는 "먼바다로 나갔던 배들이 등대의 불빛을 보고 항구로 돌아오는"(245쪽) 장면을 바라보는 화자의 시선과 대응되면서, 긴 방황을 끝내고 다시 회귀하려는 소망으로 서사적 대미를 완성한다. 그것은 곧 타자성의 인식, 관계성의 복원, 그리고 "현실을 재구성하고 그로써 삶의 지속가능성을 묻는"(「작가의 말」) 글쓰기에 대한 믿음을 회복하는 신생에의 희원이라고 할 수 있다.

|주|

1) 무장소성이란 '장소(경관)의 획일화'와 '상품화된 가짜 장소의 생산'을 의미하는 것으로 장소와 장소경험이 비진정한 장소감을 불러일으키는 것을 지칭한다(에드워드 렐프, 김덕현·김현주·심승희 옮김, 『장소와 장소상실』, 논형, 2005, 300~314쪽).

2) 1970년에 50.1%였던 도시화율은 10년 후인 1980년에는 68.7%, 1990년에는 81.9%로 치솟는다. 2015년 기준 우리나라의 도시화율은 82.5%이다(국토해양부, 「우리 국토면적 10만km² 넘었다」, 국토해양부, 2008, 15쪽).

3) 이 장의 텍스트는 윤대녕, 『피에로들의 집』, 문학동네, 2016이며 인용 출전은 해당 쪽수를 본문에 괄호 병기하거나 인용문 말미에 표기하기로 한다.

4) 한영현, 「개발 신화의 승인과 폭로―도시 난민의 영화적 재현 1980년대 초반 한국 영화를 중심으로」, 『현대영화연구』 25, 한양대학교 현대영화연구소, 2016, 108쪽.

5) 박재흥, 「세대명칭과 세대갈등 담론에 대한 비판적 검토」, 『경제와 사회』 81, 비판사회학회, 2009, 13~14쪽.

6) Karl Mannheim, "The Problem of Generations", *Essays on the Sociology of Knowledge*, New York: Oxford University Press, 1952, pp. 276~320.

7) 전상진, 「세대경쟁과 정치적 세대―독일 세대논쟁의 88만원 세대론에 대한 시사점을 중심으로」, 『한·독사회과학논총』 20(1), 한독사회과학회, 2010, 127~128쪽.

8) 우신영, 「새로운 도시난민 공동체의 탄생―「피에로들의 집」에 나타난 장소애 형성 과정을 중심으로」, 『우리어문연구』 59, 우리어문학회, 2017, 49쪽.

9) 주은우, 「90년대 한국의 신세대와 소비문화」, 『경제와사회』 21, 비판사회학회, 1994, 78쪽.

10) 박범기, 「새로운 세대의 탄생―1990년대 '신세대'」, 김정남 외, 『1990년대 문화 키워드 20』, 문화다북스, 2017, 107쪽.

11) '신세대'에 뒤이어 등장한 젊은이의 새로운 코드가 'X세대'인데, 이 명칭은 본래 캐나다 작가의 소설 제목으로 처음 사용되었다. 1993년 말 모 화장품회사의 남성화장품 광고카피로 사용되면서 널리 알려졌듯이, 'X세대'는 '신세대'에 비하여 상업적 성격을 더욱 강하게 갖는다. 1990년대 말 정보화의 급속한 진전과 함께 'N세대' 혹은 '디지털세대' 등의 명칭이 새로이 등장, '신세대'나 'X세대'를 대체하는 새로운 코드로 각광을 받게 된다(박재흥, 앞의 책, 19쪽).

12) 조혜정, 「영화와 미술의 상호매체성 연구」, 『영화연구』 68, 한국영화학회, 2016, 248쪽.

13) 고훈주, 「모던 라이프 에드워드 호퍼와 그의 시대」, 『미술세계』 313, 미술세계, 2010, 126쪽.

14) 위의 책, 126쪽.

15) 권유리아, 「익명의 섬, 그 시절 우리에게는 압구정 오렌지족이 있었다」, 김정남 외, 『1990년대 문화 키워드 20』, 문화다북스, 2017, 99쪽.

16) 윤대녕, 『은어낚시통신』, 문학동네, 1994, 73쪽.

17) 크리스테바는 콧물·배설물·생리혈 등을 예로 들어 이러한 체액이 통제 불가능한 것으로서 주체의 한계를 시사하며 의식의 우월성을 전복시킨다고 보았다. 이처럼 낯설고 기괴한 비체는 삶의 조건의 한계를 드러내면서 동일성이나 체계와 질서를 교란시킨다. (줄리아 크리스테바, 서민원 옮김, 『공포의 권력』, 동문선, 2001, 24~25쪽.)

18) 위의 책, 25쪽.

19) 권석우, 「여성의 음부(Yoni)와 죽음의 연관성에 관한 단편적 성찰―달의 경로(月經)와 여성성, 그리고 죽음과 재생」, 『비교문학』 50, 한국비교문학회, 2010, 246쪽

20) 한병철, 김태환 옮김, 『피로사회』, 문학과지성사, 2012, 23쪽.

21) 위의 책, 35쪽.

22) 위의 책, 110쪽.

23) 여기서 말하는 밀레니엄 세대란 미국의 세대구분론에서 언급되는 밀레니얼 제너레이션(1982부터 2000년 사이에 출생한 세대)과는 무관하다. 박영득·이재묵의 논문(「세대에 따른 통일과 대북인식 차이 분석―코호트 분석을 중심으로」, 『글로벌정치연구』 9(2), 한국외국어대학교 글로벌정치연구소, 2016)에서 제시된 세대 분류에 따르면 전전 세대(1949년 이전 출생), 전후 세대(1950년~1959년 출생), 386 세대 또는 민주화 운동 세대(1960년~ 1969년 출생), X세대(1970년~1979년 출생), 탈냉전 세대(1980년~1989년 출생), 그리고 밀레니엄 세대(1990년 이후 출생)로 나누어진다. 따라서 한국적인 의미에서 밀레니엄 세대(M세대)란 1990년대 이후에 출생한 10대 후반에서 20대 중반의 1020세대를 가리킨다고 할 수 있다.

24) 수전 손택, 이재원 옮김, 『타인의 고통』, 이후, 2004, 150쪽.

25) 위의 책, 150쪽.

26) 파커 파머, 김찬호 옮김, 『비통한 자들을 위한 정치학』, 글항아리, 2012.

27) 전성욱, 「믿을 수 없는 공동체」, 『웹진 문화다』, 2017.08.28.

28) 캐럴 J. 아담스, 이현 옮김, 『육식의 성정치―페미니즘과 채식주의 역사의 재구성』, 미토, 2006.

29) 임옥희, 『채식주의자 뱀파이어』, 여이연, 2010, 148쪽.

30) 바슐라르, 곽광수 옮김, 『공간의 시학』, 민음사, 1990, 15쪽.

31) 마르틴 하이데거, 이기상 옮김, 『존재와 시간』, 까치, 1998.

새로운 도시성의 불가능성의 가능성

__김중혁의 『1F/B1 일층, 지하 일층』

1. 도시성과 한국소설

현대를 사는 사람들은 특수한 지역을 제외하고 대부분 도시적 공간에서 생활을 영위한다. 도시 공간의 물리적 확장과 각종 문화상품과 매스미디어의 발달로 인한 도시적 라이프스타일의 확산은 도농 간, 국가 간의 문화적 격차를 좁혀나가고 있는 추세이다. 이는 소득수준과 같은 생활의 격차를 의미하는 것이 아니라 도시적 생활양식의 전면화를 의미한다. 삶의 전형성이라는 측면에서 보았을 때도, 전근대적 농촌이란 더 이상 존재하지 않으며, 그 안에 살고 있는 사람들도 전통적인 공동체적인 삶을 이상적으로 여기지 않는다. 사회구조 변동이 그만큼 전면화되고 획일화되어 공동사회의 틀을 해체시키고, 가속화된 이촌향도는 도시의 과밀화와 농촌사회의 공동화를 가져왔다. 이러한 의미에서 농경사회에서 산업사회로의 대전환은 바로 전통농촌의 해체와 재편성을 의미한다.[1]

한국 문학은 전통사회의 해체와 도시화에 대해 내밀한 성찰을 지속해 왔다. 소위 개발독재 시대의 이면을 다룬 1960~70년대 작품들은, 1950년대 원조 경제에 뿌리를 두고 있는 경제의 파행성에서 출발한 농촌의 해체와 저임금 정책에 기초한 도시빈민화라는 사회적·의식적 소외 양상에 대해 주목했다.[2] 억압적 노동 환경이 갖는 계층적 부면部面과 소시민적 도시현실에서 나타나는 생활적 의미를 발견하려 했던 1980년대의 문학적 양태[3]는 1990년대라는 탈이념적 시공간으로 진입하면서 새로운 질적 환경과 마주한다. 여기서 주체는 미시적 자의식의 영역으로 침윤하거나 대중문화의 기표를 공백적으로 향유하는 탈언어화된 주체가 되어 도시적 일상을 부유하기 시작한다.[4]

2000년대 문학이 구현하고 있는 도시적 국면은 1990년대 도시 문학이 가지고 있는 특성을 이어받음과 동시에 이와 변별되는 양상을 드러낸다. 기호와 이미지가 난무하는 2000년대 도시 소설은 옥탑방·고시원·반지하 등의 공간으로 주체를 유폐[5]시키는 한편, 아케이드·백화점·클럽 등의 욕망과 소비의 공간을 부유하는 탈주체적 일상성[6]을 포착해낸다. 또한 이성과 문명의 상징으로서의 도시가 오히려 야만과 광기의 역진화逆進化[7]된 공간이라는 사실을 종말론적으로 그려내면서 문명에 대한 전복적 상상력을 꾀하기도 한다. 문제는 이것이 단순한 빈곤의 문제 혹은 계층의 문제가 아니라 빠져나올 수 없는 '도시 악몽'의 양상이면서 하나의 대기권이 되어 버린 현실이라는 점이다.

이러한 근대화의 이면에 노정된 파행적 도시화에 주목한 연구들은 대부분 문학사회학을 표방하지만 실제로는 내용분석학에 머물러 사회학적 사실을 문학작품을 통해 재확인하는 것에 머물고 말았다. 이 장에서는 현대 도시 설계도와 운영 시스템을 내장하고 있는 하나의 기획물이라고 할 수 있는, 소설집 『1F/B1 일층, 지하 일층』[8)]에 수록된 단편소설을 대상으로, 구조와 개체의 상호작용에 의해서 형성된 도시 사회urban society의 성격 전반을 표상하는[9)] 도시성이라는 도시 생활의 전형적인 특성을 살펴보고자 한다.[10)] 이는 근대체제로 이행해 가는 데 따른 사회변동성, 경쟁·밀도·이질성을 유발하는 생태 공간적 변

김중혁의 『1F/B1 일층, 지하 일층』. 김중혁의 소설집 『1F/B1 일층, 지하 일층』은 현대 도시를 규율하는 시스템과 구조, 그 안에서 작동하는 삶의 방식, 더 나아가 그 대안적 측면을 총체적으로 고찰한 보고서이자 현대도시의 파국성을 드러낸 묵시의 알레고리다. 거대한 문명의 괴물로 변해버린 현대 도시의 시스템 속에서 우리는 지금 어디로 가고 있으며, 그것이 가리키는 파국의 상황성을 막아내거나 적어도 늦추기 위해서는 무엇을 꿈꾸어야 하는지 이 소설은 묻고 있다.

수11) 외에도, 공적 통제기구의 발달, 최근 빈번하게 발생하는 테러와 대규모 사고 등의 위험사회의 징후들에 이르기까지, 도시의 정치적·경제적·이데올로기적 특성을 부조하는 데 원동력이 된 작가의식을 도출하는 데 목적이 있다. 특히 식민지 시대 경성을 중심으로 한 근대화 과정기의 도시 공간과 1960년대 이후 정치·사회적 상황성과 관련된 도시 공간의 병리적 상황성에 집중되었던 도시 소설에 대한 연구 경향성에 비추어 볼 때, 이 장의 접근은 지금—여기 우리 삶을 포박하고 있는 도시성의 실체를 규명하고 더 나아가 미래도시의 문제로 전망을 확대한다는 측면에서도 의의가 있다.

2. 도시환경의 질적 변화

자본과 권력의 집적으로 형성된 근대 이후의 도시는 개발이라는 이름으로 끊임없이 생태 환경의 변화를 겪어왔다. 「냇가로 나와」는 도시를 가로지르는 내川가 도시 환경의 변화에 따라 어떻게 변모하고, 거기에 깃든 사람들의 삶의 방식이 어떻게 비생태화되는지를 정확하게 포착하고 있는 작품이다. 외화外話는 고교 교실을 배경으로 "1학년의 최고 입담꾼 지종해"(2: 43)가 "이야기에 목마른 고등학교 1학년 남자아이들"(2: 43)에게 "하마까 형님의 복수혈전"(2: 43)을 들려주면서 시작되는데, 사연이 깊어지면 '하마까'와 '통나무 김씨'와 궁휼공고의 불량서클인 '십장생'을 둘러싼 내화內話가 제시되어 서사의 본령을 이룬다. 이들의 드라마틱한 무용담이 펼쳐지는 주무대는 천천千川

이다.

천천에는 다리가 있지만, 예전 그대로 뗏목을 이용해 다리를 건너는 사람도 더러 있었는데, 그 뗏목의 주인이 '통나무 김씨'다. 재미삼이 뗏목을 타던 사람들은 통나무 김씨에게 뱃삯으로 이런 저런 생필품을 주었고, 그는 그것을 나무상자에 모았다. 불량배들과 시비가 붙던 날 하마까는 통나무 김씨에게 닳아빠진 지우개 한 개를 건네고 뗏목을 타게 된다. 밧줄을 잡아 봐도 된다는 허락을 받은 하마까는 엄청난 힘으로 뗏목을 잡아당긴다. 뗏목에 속도가 붙자 통나무 김씨는 너무 빨리 가면 안 된다고 말한다. 빨리 가려면 다리로 가면 되지, 굳이 뗏목을 탈 필요가 없다는 그의 반사적인 발언은 현대 도시를 근본적으로 규율하는 속도의 가치[12]에 대한 반성을 함의한다. 다리를 건너는 온갖 차량과 사람들의 속도와 양이 현대성의 상징이라면, 밧줄을 잡아당겨야 하는 원시적 동력을 근간으로 하는 뗏목은 현대도시의 이물異物이라 할 수 있다. 그러나 "구경도 하고, 물도 보고, 천천히 건너가야 제맛"(2: 56)인 뗏목의 본질은 느리다는 데 있다.

기실, 천천 주변은 "10배속 재생한 화면처럼"(2: 60) 변했다. 자연발생적인 여느 도시와 같이 천천은 마을의 중심이었지만, 신도시가 생겨나면서 마을의 변두리가 되고 만 것이다. 사람들이 사라지자 천천은 고등학생들의 천국으로 변했으며 "조기축구회가 시합을 위해 학교 운동장을 예약하듯"(2: 60) 매일 싸움이 벌어졌다. 뗏목에서 바라보는 주위 풍경도 달라졌다.

현대화된 도시를 가로지르며 흐르는 천천에 떠 있는 김씨의 뗏목은 전근대의 산물로서 하나의 오접誤接이라 할 수 있다. 나무보다 높은 건물에서 뗏목을 내려다보는 사람을 발견할 때마다 통나무 김씨는 발가벗겨지는 수치심과 함께 변하지 못한 자신에 대한 죄책감까지 느낀다. 현대화라는 동시적 변화 속에 비동시적으로 남아 있는 자신의 변함없는 현재가 하나의 시대의 유물이라고 했을 때, 그의 시선에서 보이는 건물들의 위용은 압도적일 수밖에 없다.

뗏목을 수리하겠다며 철사를 구하러 간 김씨가 돌아오지 않자, 주인을 잃은 뗏목은 궁휼고 학생들의 손에 놀림감이 되고 있었다. 아이들이 올라 뜀뛰기를 하고 있는 뗏목이 화자의 눈에는 "물고문을 당하고 있는 것"(2: 63)처럼 보인다. 결국 뗏목은 아이들과 하마까 사이의 실랑이 끝에 떠내려가고, 마침내 하마까는 천천철교 아래에 널브러져 있는 뗏목을 발견하고 그 잔해를 긁어모아 원래의 자리로 끌고 온다. 이때 화자에게 "통나무가 도로에 끌리는 소리는 죽기 직전 마지막 숨을 고르는 동물의 신음소리"(2: 69)처럼 구슬프게 들린다.

그날부터 이틀을 내리 앓은 하마까는 어머니의 만류에도 불구하고 집을 나섰다. 다시 천천의 백사장을 찾은 그는 통나무 김씨가 돌아오지 않았음을 알고 바로 궁휼고로 향한다. 그곳에서 하마까는 창문을 깸으로써 울분을 표출하고, 스무 명은 됨직한 패거리에게 "때리면 막고 앞을 막으면 밀어"(2: 76)낼 뿐 일방적으로 폭행을 당하다, 마침내 건물 밖으로 나가 울음을 터뜨린다. 그것은 패배의 눈물이라기보다는 "버림받은 아이의 울음"(2: 76)이었다. 여기서 그가 무차별적으로 가해지는 폭력에 비폭력으로 맞섰다는 것과 급기야 터진 그의 처절한 울음은, 도시의 현대화에 의해 버림받고 종내에는 '풍속의 유민'[13]이 되어버린 통나무 김씨와 대위법적으로 같은 맥락에 위치한다.

텍스트는 외화의 시작 시점인 1학년 최고의 입담꾼 지종해가 하마까의 무용담을 이야기하던 장면으로 이어지지 않고, 그로부터 20년이 지난 어느 날로 옮겨간다. 이는 일반적인 소설의 문법에서 보았을 때 하나의 파격이라고 할 수 있다. 내화가 완결되면 다시 외화의 시점과 맞물리는 방식을 택하고 있지 않기 때문이다. 이 불일치는 시간의 급박한 변화를 드러내기 위한 작가의 의도적인 고안이라고 할 수 있나. 총동창회에 참석하기 위해 천천교를 건너는 이는, 영화감독이 된 자비고 최고의 입담꾼 지종해와 그의 얘기를 듣던 천경필이다. 천천교 아래는 사회체육공원을 만든다고 공사판이 되어 있다.

냇가가 도시의 변두리가 되자 당국은 사회체육공원을 만들겠다는 개발 건을 들고 나온다. 이에 대한 지종해의 냉소는 개발의 논리로

청계천 혹은 콘크리트 어항. 『냇가로 나와』에서 냇가가 도시의 변두리가 되자 당국은 사회체육공원을 만들겠다는 개발 건을 들고 나온다. 이에 대해 "물도 어디서 끌어오겠지."라는 천경필의 발언은 개발이 생태 환경의 원형을 복원하는 것이 아니라, 메마른 자연하천을 거대한 인공하천으로 만드는 인공 자연 프로젝트의 가능성을 내비친 것으로 주목을 요한다.

도시생태의 훼손을 서슴지 않는 우리 시대의 상황을 정확하게 포착하고 있다. "갈아엎는 거 참 좋아해."라는 그의 말은 전시행정의 일환으로 끊임없이 파헤쳐지는 도시재개발 사업에 대한 환멸을 나타낸다. 더욱이 "물도 어디서 끌어오겠지."라는 천경필의 발언은 개발이 생태 환경의 원형을 복원하는 것이 아니라, 메마른 자연하천을 거대한 인공 자연artificial nature 프로젝트의 가능성을 내비친 것으로 주목을 요한다. 백사장도 없는 마른 하천에 엄청난 전기 에너지를 써가며 양수기로 물을 끌어다가 흘려보내는 역설적 상황은 하천을 거대한 콘크리트 어항으로 만들어 버리는 일에 다름 아니기 때문이다.14) 이 작품의 말미에 다시 한 번 강조되는 이 냇가의 풍경은 "한 번도 가보지 않은 외계의 표면, 사람이 살 수 없는 메마른 행성"(2: 83)으로 제시되어 황폐해진 도시의 질적 상황을 상징적으로 보여주고 있다.

3. 도로망과 도시 공간

현대 도시의 도로망은 사람의 오고 감에 의해 자연발생적으로 생겨난 것이 아니라 건물과 건물이나 지역과 지역 사이의 교통 수요를 계산하여 계획적으로 건설된 연결망 구조의 성격을 띤다. 도시의 교통은 분업화된 도시의 각종 기능 들이 원활하게 상호 작용할 수 있도록 사람이나 물건을 공간적으로 신속하고 쾌적하고 안전하고 저렴하게 이동시키는 데 목적이 있다.15) 이렇게 도시에서 사람과 물류의 이동을 신속하게 하기 위해서는 도로의 교통관리 시스템의 효율적인 관리가 필수적이다. 이는 시그널에 의한 통제 체계 하에서 운영되기 때문에, 불법이나 규칙 위반을 감수하지 않고서는 수의隨意적 제어가 불가능한 외부의 결정적 인자다.

이러한 도시의 도로망이 가진 획일성과 그 구조적 폐쇄성을 「C1＋Y=:[8]:」(은)는 한 도시학 연구자가 만나게 된 스케이트보드 클럽인 '숏컷라이더즈'를 등장시켜 그 불가능성에 대한 가능성을 모색하게 한다. 이 작품에 등장하는 도시학 연구자인 '나'는 "정글의 원리를 서울에다 적용시키면서 도시의 속성을 파악하고 서울의 구조를 '정글짐'과 같은 단순 명료한 형태로 표현해내는 것"(1: 11~12)을 목표로 하고 있다. 그리하여 실제로 정글로 떠난 '나'는 "정글이 단순한 자연이 아니라 거대한 생명체"(1: 15)라는 두려움과 함께 "도시를 떠나서는 살아갈 수 없다"(1: 11)는 명징한 사실을 깨닫고 돌아온다. 이어 매달리게 된 두 가지 연구의 하나는 "정글의 자연구조와 원리를 결합한 후 하나의 정글 흐름도로 완성하여 그 결과물을 도시개발계획에 적용하는 작업"(1: 16)이고, 다른 하나는 "도시의 낙서 연구"(1: 17)였다. '나'의 관심은 후자에 더 기울어져 있었는데, 이 과정에서 스케이트보드 클럽의 회원들이 쓴 낙서를 발견하게 된다. 그 낙서 끝에는 언제나 스케이트보드를 상징하는 "네 개의 원과 하나의 사각형으로 이뤄진"(1: 19) 그들만의 낙관이 씌어져 있었고, 이후 화자는 스케이트보드가 어딘가의 방향을 가리키는 것처럼 미묘하게 틀어져 있는 것을 발견하게 된다.

스무 명 남짓한 회원으로 상교동에서만 스케이트보드를 타는 클럽인 숏컷라이더즈의 문양이라고 할 수 있는 낙관에서 화자는 하나의 규칙을 발견하게 된다. "길이 갈라지는 곳마다 스케이트보드 낙관이 찍힌 낙서"(1: 31)는 그들의 "내비게이션이나 마찬가지였다"(1: 31)는 사실이다. 그 내비게이션은 신호등을 만나지 않고 횡단보도를 건너지 않고 스케이트보드를 탈 수 있는 그들만의 비밀 이동로이다. 화자는 그 낙서가 가리키는 방향을 따라가면서 "서울 한복판에 아직도 이런

스케이트보더와 도시. 스무 명 남짓한 회원으로 상교동에서만 스케이드보드를 타는 클럽인 숏컷라이더즈의 문양이라고 할 수 있는 낙관에서 화자는 하나의 규칙을 발견하게 된다. "길이 갈라지는 곳마다 스케이트보드 낙관이 찍힌 낙서"는 일종의 내비게이션으로 신호등을 만나지 않고 횡단보도를 건너지 않고 스케이트보드를 탈 수 있는 그들만의 비밀 이동로이다.

곳이 존재한다는 사실이 놀라울 정도로 좁은 골목"(1: 32)들을 만나게 된다. 이는 대도시의 교통 관리 시스템이 규율하지 못하는 다양한 생성과 변화의 가능성을 품고 있는 여지이고 틈새다. 신속성과 효율성을 강조하는 대도시의 물류 시스템 하에서 도로 상의 이동의 주체는 차량이지 사람이 아니기 때문이다.16)

　　내가 만들고 싶은 도시가 있었다. 모든 골목과 골목이 이어져 있고, 미로와 대로의 구분이 모호하고, 골목을 돌아설 때마다 사람들이 깜짝 놀랄 만한 또다른 풍경이 이어지며, 자신이 지나온 길을 되돌아가기도 쉽지 않을 정도로 무수히 많은 갈래길이 존재하는 도시를 만들고 싶었다. 도시의 외곽에는 바다가 있어, 아무런 기대도 하지 않다가 문득 코끝으로 비린내가 훅 끼치는 순간 파도가 자신에게 몰려드는 풍경을 사람들에게 선사하고 싶었다. (1: 32)

　여기에 도시학 연구자인 화자가 소망하는 도시 설계의 이상이 담겨 있다. 이는 효율과 능률을 우선시 하는 기능적 연관에 의해 건설된 획일적인 도시 시스템이 아니라, 미로와 같은 길의 복잡성, 마주치는 풍경의 우연성, 더 나아가 자연과의 내연성內緣性을 지닌 도시의 특성을 가리킨다. 현재 우리의 도로명에 기초한 좌표식 위치 인식은 이러한 우연성을 철저하게 부정한다.17) 지형과 역사성에 기초한 공간지명이 이처럼 선과 선에 의해 분절되어 하나의 점(좌표)으로 인식될 때, 공간 속에 내재한 무수한 길과 그것들이 뒤엉켜 만들어내는 다양한 문화와 소통의 가능성은 소멸하게 된다. 특히 자연과 인간이 획일적으로 구분된 현재의 도시환경은 "아무런 기대도 하지 않다가 문득 비린내가 혹 끼치는" 것을 느끼고 느닷없이 바다를 맞이할 가능성은 전무하다. 이러한 측면에서 화자가 꿈꾸는 도시 프로젝트는 현재 도시에서 결여된 것이 무엇인지 역으로 보여준다고 할 수 있다.

스케이트보드 낙서를 따라가다가 "갑자기 나타난 바다와 같이"(1: 32) 만나게 된 '보드빈터'에서 화자는 자신이 만들고 싶었던 도시의 모습을 발견하게 된다. 그곳은 스케이트보드를 탈 수 있는 장애물이 놓여 있는 곳으로 화자에겐 일종의 작은 도시처럼 보인다. 그 공간은 조밀하게 구획되고 배치된 대도시의 공간 속에 존재하는 일종의 공백적 장소이며, 스케이트보더들만이 알고 있는 놀이터이며, 어디에도 존재하지 않는 그들만의 유토피아다. 화자는 "시티는 스케이트보드"(1: 39)라는 뜻을 재미있게 표현한「C1＋Y=:[8]:」이라는 논문을 발표하는데, 그 "주제는 스케이트보드 길이 많아져야 도시에 새로운 문화가 생긴다는 것"(1: 39)이었다.[18] 스케이트보더들만이 알고 있는 도시의 길, 그리고 그들이 하나의 유토피아로 삼고 있는 보드빈터. 이는 과밀성과 이를 유지하기 위한 제도의 틀 속에서 질식당하고 있는 우리 도시에 필요한 대안적 소통의 흐름과 빈터라는 공간의 필요성을 제기한 것으로 볼 수 있다.

4. 유리 마천루와 도시문명의 취약성

현대 도시의 즐비한 빌딩들의 외관은 대체로 유리로 되어 있다.[19] 그것은 콘크리트 외벽에 네모난 구멍을 낸 창문이 아니라, 건물 전체가 유리 외벽glass curtain wall에 둘러싸여 있는 거대한 유리성의 모습이라고 해야 한다. 이렇게 건물 외벽에 잇달아 붙어 있는 유리창이 아무런 예고도 없이 떨어져 인명을 살상하게 된다면 어떤 일이 벌어지게 될 것인가. 「유리의 도시」는 이런 상황에 착안하여 유리 마천루의 가공할 위협과 공포를 구체적으로 형상화하고 있다.

"충격을 받은 흔적도 없고, 칼로 도려내거나 뜯어낸 흔적도 없"(6: 210)이 연달아 유리 추락사고가 일어나자 재해방지대책본부 소속 이윤찬과 도심테러격파본부 소속 정남중이 사건 조사를 맡게 되는데, 이 과정이 서사의 내용을 구성하고 있다. "위치도 달랐고 사무실의 업종도 달랐고, 층수도 달랐고, 유리의 크기도 달랐고 떨어진 시각도"(6: 212) 다른 이 사건은, 앞으로 "어떤 유리가 떨어질지" "떨어지는

유리 외벽의 위험성. 「유리의 도시」에서는 알루미노코바륨이 들어 있는 유리에 초음파가 발사되는 총을 쏘면 유리가 갑자기 수축해 이탈한다는 설정을 통해, 온통 유리 외벽으로 이루어진 빌딩 숲속에서 살아가는 현대 도시에서 가해지는 불안과 공포를 형상화하였다.

것을 알아차린다 해도 피할 수 있을지 의심"(6: 212)스러운 미증유의 공포를 만들어낸다. 건축가인 하성우를 만나 자문을 얻고자 하지만 제대로 된 정보를 얻어내는 데 실패한 이윤찬은 이틀 후 유리 성분에 대한 검사결과를 받게 된다.

이윽고 사고 현장에서 채취한 유리에서는 알루미노코바륨이라는 물질이 검출된다. 누군가 이 성분을 이용해 "원하는 순간에, 원하는 장소의 유리를 박살낼 수 있"(6: 218)다는 사실을 알게 된 이윤찬은 범행의 동기에 대해 의문을 품기 시작한다. 그는 최근 사고가 난 유리는 모두 리파인 팩도리{건물을 부수지 않고 외관만 유리로 교체하는 방법 (6: 220)}에 의해 시공된 것이라는 공통점을 발견한다.

사실, 알루미노코바륨은 유리 연구원 고은진이 "안전접합유리의 넓이와 안전성 관계를 연구하던 중 우연히 발견한"(6: 225) 물질이다. 그녀는 이 물질이 유리를 일순간에 수축시킬 수 있다는 사실을 알게 되었다. 친구 정지현이 아파트 14층에서 투신자살한 후 트라마우에 시달리던 그녀는 "눈에 보이는 모든 유리를 바닥으로 떨어뜨려 엄청나게 시끄러운 소리를 내고 싶다"(6: 229)는 생각에 이르게 된다. 마침내 이윤찬과 정남중은 고은진이 초음파가 발사되는 총을 건너편 목표물의 유리를 겨누고 있을 때, 그녀를 체포한다. 정남중은 울트라소닉라이플이라는 이 총을 알루미노코바륨이 섞인 유리에 쏘면 유리가 갑자기 수축해 틀에서 이탈한다는 사실과 그 수축의 폭은 습도가 높은 날일수록 크다는 것을 알아낸다.

이윤찬은 이 가공할 테러의 공포에 넋을 잃고 만다. 그는 이 도시에 유리가 너무 많다고 읊조린다. 그에겐 택시 창문에 부딪히는 빗방

울조차 "먹을 것을 찾아 몰려드는 생물체처럼" 느껴지는 것이다. 사실 텍스트 밖의 현실에는 알루미노코바륨이라는 이름의 물질은 없으며, 유리에 알루미노코바륨을 넣고 울트라소닉을 쏘이면 유리가 수축한다는 것 또한 사실 무근이다. 황당무계한 허구임에도 불구하고, 이 공상은 미끈하고 세련된 외관을 자랑하는 유리 마천루로 즐비한 현대 도시에 대한 불안과 공포에서 출발한 것이다. "거대한 고목이 그대로 고꾸라지듯 날카롭고 투명한 유리 덩어리가 아래로 떨어"(6: 211)져 마침내 "몇 사람의 머리를 때리고 눈을 관통하고 파편을 박은 다음 사방으로 뿔뿔이 흩어지는 유리조각"(6: 211)을 상상해 보라. "아름다웠을지도 모르겠다는 생각"이 들 만큼의 황홀함 뒤에 도사리고 있는 무시무시한 공포는, 예고 없이 찾아올 도시문명의 아포칼립스apocalypse[20])를 비수처럼 내장하고 있다.

5. 도시 관리와 제어시스템

도시 유입 인구의 과밀화에 따라 대규모 복합단지가 건설되면서 도시는 효율적인 관리와 통제시스템으로 도시의 상품가치를 높이고자 한다. 이를 위해 시설과 에너지, 인적 정보에 이르기까지 모든 관리시스템을 중앙통제 방식으로 제어하게 된다. 이는 한 건물이나 지역의 냉난방, 위생, 조명, 화재 및 보안 경보, 승강기 관리, 주차 관제, 입주자 및 입주업체 정보 등을 중앙 집중 방식으로 관리하고 있는 것을 의미한다.

「1F/B1」은 망의 형태로 네트워크화되어 있는 도시 관리 조직의 배후를 탐색하고 있는 작품으로서 SM slash manager으로 지칭되는 '네오타운 건물관리자연합'과 80층짜리 복합상가 건설을 계획하고 있는 '비혼개발' 사이의 일명 '암흑 속의 전투'를 기록하고 있다. 이 작품에서 구현성은 고평시 건물관리자연합을 조직한 사람으로서 『지하에서 옥상까지—건물 관리 매뉴얼1. 모든 건물은 마찬가지다』를 출간한 조직의 보스이고, 이문조는 현장업무를 담당하는 그의 행동대장이다. 구현성은 그의 책에서 건물관리자들이 처음에는 옥상이나 고층에 살다가 컴퓨터와 CCTV에 밀려 그 위상이 점차 낮아져 형광등이나 에어컨 필터를 교체하거나 막힌 배관을 뚫는 허드렛일을 맡아 하는 지하생활자로 변해 버렸다고 밝히고 있다.

그러던 중 네오타운의 불빛이 일제히 사라져 버린 일이 발생한다. 관리자들은 정전사태를 빠른 시간 내에 복구하려 애쓰지만 일은 쉽게 해결될 기미를 보이지 않는다. 이때 홈세이프빌딩의 건물관리자인 윤정우는 이문조의 비상전화를 받게 된다. "지금 네오타운 전체가 정전이 됐어. 누군가 전력선을 다 끊어버리고 컴퓨터 시스템도 먹통으로 만들어놨어. 어떤 지랄맞은 새끼들인지 모르겠지만 우리랑 한판붙겠다는 거지." 이어 이문조는 윤정우에게 책상을 밀어볼 것을 요구하는데, 거기에는 어두운 통로로 이어지는 문이 있었다.

이 작품에서 전제되어 있는 다음과 같은 공간 구조는 작가의 상상력이 빛을 발하는 부분으로서 주의를 요한다. 모든 지하관리실에는 비밀문이 있고, 이와 통하는 비밀통로로 건물들의 관리실이 이어져있으며, 그 한가운데 관리자들의 비밀관리실이 있다는 설정이 그것이다. 그곳은 "일층과 지하 일층 사이의 어떤 곳", "슬래시(/)처럼 아무도 존재를 눈치채지 못하는 아주 얇은 공간"(5: 196)이다. 이는 1F와 B1 사이를 비집고 들어가 애초에 존재할 수 없는 비물리적 공간의 틈새를 확장한 것으로서 네트워크화되어 있는 도시관리시스템에 대한 하나의 메타포라고 할 수 있다.

한편, 네오타운의 정전 사태는 네오타운의 가치를 떨어뜨려 그 자리를 차지한 후, 그곳에 팔십 층짜리 초현대식 복합상가 건설을 계획하고 있는 비흔개발과 그 건물의 관리권한을 미끼로 그들과 거래를 한 구현성의 음모였다는 사실이 밝혀진다. 그 암흑의 전투에서 "특공 직원들은 물건이나 돈을 훔치기도 했고, 마음에 들지 않는 사람을 폭행하기도 했고, 시설물을 때려부수기도 했다."(5: 199) 이 전투를 기점으로 네오타운의 가치는 가파른 내리막길로 접어들었는데, 구현성은 자취를 감추었고, 네오타운 건물관리자연합은 공식 해산하기에 이른다. 윤정우는 슬래시 기호(/)처럼 사이에 끼어 있는 자신들의 존재를 떠올리며 비밀관리실로 가는 작은 통로의 문을 열어놓은 채로 건물관리자들을 위한 책을 준비하고 있다. 이 거대한 도시를 유지하기 위해 비밀처럼 존재하는 건물관리자들인 슬래시 매니저들을 위해서 말이다. 그러한 의미에서 망의 형태로 존재하는 건물관리는 하나의 관리시스템이기도 하지만 1F와 B1의 슬러시 '사이'에서 묵묵히 자신의 존재를 감당하는 자들의 소통을 의미하는 양가적 의미를 나타낸다.21)

「3개의 식탁, 3개의 담배」은 '메갈로시티의 라이프 컨트롤센터'에서 부여받는 생명의 시간을 살아가는 한 사람의 킬러와 18세쯤 되어 보이는 여자 아이와의 우연한 만남을 다룬 이야기다. 킬러 남자의 생명 시간은 394200에서, 여자 아이는 100에서 매 시간 1씩 줄어들고 있다. 이들의 남은 시간은 각자가 차고 있는 시계에 표시되고 그것이 곧 이들의 이름으로 지칭된다. 여자아이의 몸은 뼈만 남은 시체와 같고 얼굴에는 수십 개의 흉터가 얽혀 있어 기괴함을 자아낸다. 남자는 여자아이에게 맡겨진 생명이 고작 100시간에 불과하다는 것을 알아채고 그것을 개인적인 불운으로 일축하는 냉정함을 나타내 그녀의 마음을 상하게 하지만, 그녀는 곧 남자의 차에 올라타 "인생을 압축해서 체험"(4: 137)할 수 있다는 블랙홀 체험관으로 향하게 된다. 그 사이 남자는 노엘-42에게 들러 예정된 킬러의 임무를 수행한다.

생명의 생리·대사·발생·행동·노화 등을 담당하는 생물학적 시계

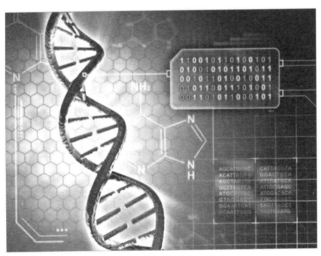

게놈 프로젝트. 「3개의 식탁, 3개의 담배」에서 생명의 생리·대사·발생·행동·노화 등을 담당하는 생물학적 시계가 DNA코드에 내장되어 있지 않고, 메갈로시티의 라이프컨트롤 센터에서 인위적으로 세팅된다는 사실은, 미래의 정보과학이 인간의 게놈의 영역에까지 침투했음을 의미한다.

bio-clock가 DNA코드에 내장되어 있지 않고, 메갈로시티의 라이프컨트롤 센터에서 인위적으로 세팅된다는 사실은, 미래의 정보과학이 인간의 게놈의 영역에까지 침투했음을 의미한다. 여기서 생명은 더 이상 신의 영역이 아니고 신비한 그 무엇도 아닌 것으로 변질된다.22) 그러한 맥락에서 인간은 하나의 기억소자memory element에 불과하고, 인간의 삶이란 정보처리information processing의 과정일 뿐이다. 따라서 "죽는다는 건 그냥 줌아웃되는"(4: 145) 것일 수밖에 없다. 여기서 인간의 병고와 죽음을 둘러싼 종교적 심판이나 내세관은 철저하게 무화되고, 냉혈한과 같은 킬러의 무심한 속에는 죽음에 대한 윤리적 태도는 자리할 수 없다. 그저 담배 폭약이 그를 우주 멀리 날려버리면 그뿐인 것이다.

남자와 함께 블랙홀 체험관에서 "여러 겹의 우주"(4: 152)를 경험하고 나온 여자 아이는 자신의 시간이 96이 될 때까지 공원을 걷는다. 그러다 그녀는 남자에게 우주로 보내달라는 부탁을 한다. 남자가 폭죽을 터뜨려 자신을 우주로 보내달라는 것이다. 생의 시간이 얼마 남지 않는 그녀는 스스로 죽음을 선택하려 한다. 남자는 그녀를 만류하지만 결국 원하는 대로 해주겠다고 말한다.

다음 작업 대상인 '토드'의 집에 간 그는 무엇인가가 발목을 스치고 지나가는 것을 느낀다. 그것은 토드가 설치한 '앵클 커터'였는데, 그것이 발목을 베자 그의 다리에서 피가 뿜어져 나온다. 그는 아무런 고통도 느끼지 않는 듯, 담배를 한 대 피우고 갈 수 있게 해줄 것을 요청한다. 폭파장치가 설치되어 있는 담배는 타들어가고, 우주로 가고 싶다는 그녀는 옥상의 안테나를 붙들고 있다. 잠시 후 쾅, 하는 폭발음과 함께 회오리바람이 일고 물건들이 공중으로 떠오른다. 마침내 2차 폭발이 일어나고 모든 것이 솟구쳐 오른다. 이처럼 인간의 DNA와 생명까지도 하나의 데이터의 형태로 수치화하고 이를 제어함으로써,[23] 마침내 죽음까지도 하나의 유희처럼 받아들여지는 메갈로시티의 시스템은 미래 과학도시의 불모성을 여실하게 보여주고 있다.

6. 대타자로서의 자연과 도시문명의 허구성

거대한 문명의 정글이라고 할 수 있는 도시에서 상상하는 자연은 실체가 아닌 관념으로 자리한다. 대체로 자연에 대한 막연한 동경과 향수가 투사된 원초와 신성의 이미지가 그것이다.[24] 여기서는 자연이 가지고 있는 가공할 위력과 공포가 철저하게 무시된다. 「바질」은 문명사회의 도시인의 의식 속에 망각되어 있는 자연의 가공할 위력을, 무시무시한 괴식물로 변해 버린 바질을 통해 형상화하고 있다.

작품의 전반부는 지윤서를 초점화자로 내세워 바질 씨앗을 입수하게 된 경위를 먼저 제시한다. 그녀는 박람회 참가를 위해 암스테르담에 갔다가 꽃시장에서 "다른 세계에서 이 세계로 물건을 팔러 나온 행상 갑"(3: 95)은 할머니에게서 바질 씨앗을 사게 된다. 귀국 후 그녀는 집 뒤의 야산에서 퍼온 흙을 화분에 옮겨 담고 거기에 바질 씨앗을 심는다. 이윽고 사흘 후 바질은 싹을 틔웠고, 한 달이 지난 후에는 질식할 것 같은 엄청난 향이 집안 가득 퍼지기 시작한다. 어쩔 수 없이 바깥쪽 창틀에 내다 놓을 수밖에 없었던 바질은, 그녀가 일에 파묻혀 지내는 사이 시들고 말았다. 결국 지윤서는 그 화분에 있던 흙을 창밖으로 모두 버린다. 이처럼 아무 것도 아닌 것 같은 미미한 서사의 단초는 앞으로 엄청난 비극의 서막이 된다.

사실 그녀의 집 뒤에 있는 야산은 아무도 신경 쓰지 않는 황무지 같은 공간이었다. "시내 한복판에 그런 야산이 있다는 것을 신기해 하는 사람도 있었지만"(3: 97) 그곳은 "가시덤불과 덩굴과 누군가 몰래 갖다 버린 쓰레기"(3: 97)만이 차지하고 있을 뿐이다. 도심의 주택 가에 있는 야산이라는 자연은 이처럼 완벽한 타자의 위치에 놓여 있다. 공원이나 산책로로 개발되지 않은 자연이란 그저 버려진 땅이거나 미개발지일 뿐이다. 죽어 버린 것으로 생각해 야산에 도로 내버린 바질 화분 속 흙에서 괴식물이 급속하게 자라나는 것은, 지윤서의 헤어진 남자친구인 박상훈에 의해서 감지된다. 그녀의 "집을 지날 때마다 이상한 냄새가 났고, 집 뒤 덤불이 커지고 있는 것"(3: 101) 같은 느낌을 받은 그는, 그것이 "지윤서와의 거리를 만들기 위해 마음이 꾸며낸 향기고 생각이 꾸며낸 형체"(3: 101)일 뿐이라고 스스로의 마음을 진정시키려 하지만, 냄새는 점점 짙어지고 덩굴은 더욱 커져만 간다.

이에 박상훈은 구청에 전화를 걸어 지윤서의 창문을 뒤덮은 엄청난 크기의 덩굴을 제거해 줄 것을 요청하고, 자연환경산림관리과의 차우영이 현장에 나오게 된다. 차우영은 작업용 칼로 내리쳐 보지만 덤불은 조금도 줄어들지 않고 제멋대로 헝클어져 버린다. 잠시 후 지윤서가 출근하지 않아 찾아왔다는 그녀의 직장동료인 허미연의 말을 들은 박상훈은 집안에서 지윤서가 죽어가고 있는지도 모른다는 공포에 휩싸여 그녀 집의 창문을 뛰어넘는다. 하지만 그녀는 집 안에 없고 창문을 타고 들어온 덩굴이 바닥을 기고 있을 뿐이었다. 이윽고 박상훈은 지윤서가 덤불 속에 들어가 있는 것이 아닐까 하는 생각에 이르게 된다. 그에게는 덤불 속에 갇혀 도움을 기다리고 있을 그녀의 얼굴이 어른거린다. 그는 덤불의 내부로 통하는 콘크리트 파이프 속으로 들어간다.

한편 벽에 기대 잠이 들어 있던 차우영은 "지네 같은 절지동물"(3: 120)이 기어 나오는 것처럼 느껴지는 덩굴에 말목을 붙들리고 허리가 감겨 덤불 속으로 끌려 들어가고 만다. 그리하여 지름 삼 미터 정도 되어 보이는 작은 공터 같은 덤불 속 한 구석자리에 누워 있는 여자를 발견하게 된다.

차우영은 괴식물이 지윤서의 몸에 빨판처럼 달라붙어 그녀의 몸에서 피를 빨아먹고 있는 모습을 목격한다. 그것은 그에게 차라리 "식물이 아니라 동물"(3: 124)처럼 느껴진다. 이윽고 박상훈도 콘크리트 파이프를 통해 덩굴 내부로 들어오고 그가 지윤서의 팔을 잡아당기려 하자, 덩굴은 오히려 박상훈의 발을 휘감아 제압한다. 차우영이 칼을 들고 덩굴을 잘라내 지윤서를 끌어내 보니, 아직 숨이 끊어진 상태는 아니었다.

고작 몇십 미터 밖에 도시가 있고, 고층빌딩들이 눈앞에 보이는데도 불구하고 그는 이 괴식물로부터 빠져나가지 못하고 있다. 덩굴은 끊임없이 박상훈에게 달려들고 그가 칼을 휘두를 때마다 줄기는 두 동강이나 강렬한 바질 향을 풍긴다. 괴식물의 공포가 이처럼 도시

한복판에서 펼쳐지고 있다는 것은 도시라는 거대한 문명 정글의 허점이다. 자연의 위력을 완벽하게 제압하고 더 나아가 효과적으로 제어하고 있다는 착각 속에 살아가는 현대 도시에서 이처럼 원시적인 공포가 시퍼렇게 숨 쉬고 있는 모습 속에는, 자연 위에 군림한 듯 살아가는 인간에 대한 자연의 반격이라는 알레고리가 숨어 있다.[25]

「크랴샤」는 마술을 모티프로 '있음'과 '사라짐', '사라짐'과 '나타남'의 관계를, 도시성의 맥락에서 대비적으로 풀어낸 작품이다. 화자인 '나'(이강민)는 가구점을 운영하는 마흔 일곱 살의 남자로 마술 아카데미에서 마술을 배우고 있다. "가능하게 할 수 있는 게 별로 없던 때"(7: 244), '나'는 "불가능을 가능하게 하는 마술"(7: 244)에 사로잡히고 만다. 그러던 중 마술 아카데미 '장연창' 선생으로부터 세계적인 마술사 '하미레즈'의 방한 소식을 듣게 되고, 하미레즈 쇼의 오프닝의 기획에 참여하게 된다. 그 마술은 건물 하나를 통째로 사라지게 하는 마술이다. '나'는 메이트가 된 스무 살 청년인 '다빈'과 함께 장연창이 지도에 표시해둔 건물을 찾아간다. 그 건물은 재개발 지구에 있는 낡은 4층짜리 건물인 '운조빌딩'이었다. '나'는 그 건물이 "사람들이 사용하면서 낸 작은 생채기들이 모여 결이 되고 무늬가 된 낡은 책상"(7: 260)과 같다고 느낀다. 하지만 '나'는 새로 개업하는 카페의 인테리어를 맡게 되면서 오프닝쇼 기획에서 점차 멀어지게 된다.

다빈이의 꿈은 "도시가 사라지는 마술"(7: 255)을 하는 것이다. 다빈의 집은 언덕이 많고 낡은 아파트와 오래된 건물이 많은 곳에 있었는데, 그는 유년시절부터 도시의 불빛을 바라보며 "나는 맨날 얻어터지기만 하는데, 저 새끼들은 불 켜놓고 신나게 노는구나"(7: 255) 생각하며 열패감을 달랬다. 그때부터 그는 도시를 한 순간에 연기처럼 사라지게 하고 싶었다고 말한다. 이처럼 자신의 상대적 박탈감에 기반한 그의 마술에 대한 소망은 무엇인가를 사라지게 하겠다는 것으로 구체화된다. 하지만, 그가 가장 자신 있게 하는 마술은 무엇인가를 "눈앞에서 사라지게 했다가 다시 나타나게 하는" 베니싱 마술이다. 이는 그가 폐가구를 분쇄해 가루로 만들고 이를 다시 판자로 만들어 가구를 제작하는 과정을 마술처럼 여기는 일과 상통한다. 가구점 일을 하면서 그가 느낀 이러한 직관은, 진정한 마술이란 무엇인가를 사라지게 하는 것이 아니라, 사라진 것을 다시 나타나게 하는 것이라는 불가능의 가능성을 의미한다.

마술쇼의 리허설이 열리는 운조빌딩 현장에는 이미 건물은 철거되어 있었다. 다만 하얀 천이 운조빌딩이 사라진 허공을 덮고 있었다. '나'는 그 자리에서 이 마술에 대해 강한 회의를 품게 된다. "건물을 없앤 다음 있는 것처럼 꾸몄다가 영원히 사라지게 하는 마술"(7: 271)을 그는 마술이라고 부를 수가 없었던 것이다. '나'는 텔레비전을 통해 실재하지 않는 운조빌딩이 하얀 천으로 떠올랐다가 툭 떨어져 사라지는 허상을 목도한다.

그해는 모든 게 허물어지고 사라지는 시기였다. 봄에는 오래된 다리 하나가 무너지는 바람에 시민 두 명이 다치는 사고가 있었고, 여름에는 뉴타운 건설을 위한 대규모 철거 사업 때문에 도시가 떠들썩했다. 가을에는 마술쇼와 함께 운조빌딩이 사라지는 걸 봤고, 겨울에는 끝내 어머니가 돌아가셨다. 어머니가 돌아가시자 한 해가 끝났다는 기분이 들었

다. (7: 272~273)

   이렇게 모든 것이 사라지는 것을 속절없이 바라보아야만 했던 '나'
는 "삶과 마술을 때때로 바꾸고"(7: 273) 싶어진다고 말한다. 찢어진
화장지가 다시 붙는 대신 어머니가 되살아나기를, 스카프가 비둘기가
아닌 돈으로 변하는 것을 꿈꾼다. 운조빌딩이 사라진 자리에는 거대
한 쇼핑몰이 들어섰는데, 화자가 꿈꾸는 마술이란 이러한 재개발이라
는 명목으로 진행되는 도시의 환각술이 아니다.26) 그의 꿈에 가끔
나타나는 어머니 같은, 사라진 다리가 다시 눈에 나타나는 것 같은,
쇼핑몰 대신 운조빌딩이 모습을 드러내는 것과 같은, 이런 환각이야
말로 그가 소망하는 마술적인 꿈의 현현이다. 모든 것을 잘게 부수는
기계인 'crusher'의 발음을 옮겨 적은 크랴샤라는 말을 처음 본 순간,
그것을 "마술에 쓸 주문"(7: 243)으로 여긴 것도, 존재의 "최후의 이름
들"인 "분쇄된 가루"(7: 273)로 무엇인가를 새롭게 만들어내고 싶다는
화자의 소망과 맞닿아 있는 것이다. 그런 의미에서 화자의 크랴샤는,
소중한 모든 것들을 사라지게 하는 도시화의 지배적 논리에 맞서,
사라져 버린 소중한 것들을 다시 불러들이고, 그리운 것들을 우리
앞에 다시 나타나게 하는 신비의 주문인 것이다.

7. 새로운 도시의 미래를 위하여

이상에서 살펴본 바와 같이, 김중혁의 소설집 『1F/B1 일층, 지하 일층』은 현대 도시를 규율하는 시스템과 구조, 그 안에서 작동하는 삶의 방식, 더 나아가 그 대안적 측면을 총체적으로 고찰한 보고서이자 현대 도시의 파국성을 드러낸 묵시록이다. 「냇가로 나와」에서는 도시를 가로지르는 천천(??)을 배경으로 풍속의 유민이 되어 버린 뗏목꾼 '통나무 김씨'를 통해 도시환경의 질적 변화를 고찰하고, 도시인의 삶이 어떻게 비생태화하는지를 예각적으로 포착하고 있다. 「C1+Y=:[8]:」에서는 스케이트보더들만이 알고 있는 도시의 길을 통해 현대 도시의 혈관이라고 할 수 있는 도로망의 폐쇄성에 대한 성찰을 이끌어내고, 도시의 과밀성에 대한 대안으로 스케이트보더들이 하나의 유토피아로 삼고 있는 보드빈터를 통해 도시 공간의 허파라고 할

환경도시 서울(일러스트_한하림). 거대한 문명의 괴물로 변해 버린 현대 도시의 시스템 속에서 우리는 지금 어디로 가고 있는가? 그것이 가리키는 파국의 상황성을 막아내거나 적어도 늦추기 위해서는 우리는 생명과 공존 그리고 평화의 도시라는 새로운 패러다임을 모색해야 한다.

수 있는 '빈 터'의 가치를 조명한다.

한편, 「유리의 도시」에서는 알루미노코바륨이 들어 있는 유리에 초음파가 발사되는 총을 쏘면 유리가 갑자기 수축해 이탈한다는 설정을 통해, 온통 유리 외벽으로 이루어진 빌딩 숲속에서 살아가는 현대 도시에서 가해지는 불안과 공포를 형상화하였다. 「1F/B1」과 「3개의 식탁, 3개의 담배」는 모두 도시 관리와 제어시스템에 기반한 소설적 상상력을 펼쳐 보인다. 전자의 경우는 팔십 층짜리 초현대식 복합상가 건설을 계획하고 있는 비혼개발과 SM으로 지칭되는 '네오타운 건물관리자연합' 사이의 '암흑의 전투'를 배경으로 망의 형태로 네트워크화되어 있는 도시관리조직의 배후를 탐색하고 있다. 후자는 미래 도시의 한 시점을 배경으로 한 SF소설로서 인간의 생명마저도 데이터의 형태로 관리되고, 삶과 죽음까지도 무의미한 유희로 여겨지는 미래 과학도시의 불모성을 의미심장하게 전해주고 있다.

마지막으로 도시인이 상상하는 이상주의적 자연관에 대한 성찰을 제기하는 「바질」은 도시 한복판에서 괴식물로 자라난 바질을 통해 원시적 자연의 공포를 제기함과 동시에 자연의 공포를 거세했다고 여기는 인간의 교만에 대한 반성적 사유를 요구하고 있다. 「크랴샤」는 마술을 모티프로, 있어야 할 것을 단지 낡았다는 이유로 사라지게 하는 도시화의 지배적 논리에 맞서 사라진 것들을 어떻게 다시 불러들여야 할 것인가를 고민하고 있는 작품이다. 마술이란 있었던 것을 사라지게 하는 것이 아니라, 사라진 소중한 꿈들을 다시 나타나게 하고 현현케 하는 불가능성의 가능성이라는 것을 말하고 있다.

현대 도시의 위력과 불모성에 저항하는 문학적 상상력이 바로 이러한 자리에 있다. 작가 김중혁은 『1F/B1 일층, 지하 일층』에서 현대 도시의 삶 속에 존재하는 이면의 논리와 위험 사회의 뚜렷한 징후를 날카롭게 포착하였다. 거대한 문명의 괴물로 변해 버린 현대 도시의 시스템 속에서 우리는 지금 어디로 가고 있으며, 그것이 가리키는 파국의 상황성을 막아내거나 적어도 늦추기 위해서는 무엇을 꿈꾸어야 하는지 이 소설들은 묻고 있다. 아비규환의 도로가 아니라, 아찔한 유리 벼랑이 아니라, 생명까지 컨트롤하는 메갈로시티가 아니라, 테러의 공포가 아니라, 생명과 공존 그리고 평화의 도시라는 새로운 패러다임을 모색하기 위해서 말이다.

|주|

1) 최양부·신행철·최재률, 「한국사회의 산업화와 전통농촌의 해체—한국농촌에 대한 인식의 틀을 위한 하나의 시론」, 『한국사회학』 19, 한국사회학회, 1986, 131쪽.

2) 자본주의 근대도시에서 일탈될 수밖에 없었던 하위주체들은 대부분 농촌에서 이주한 임시 노동자들이었다. 오창은, 「1960년대 도시 하위주체의 저항적 성격에 관한 연구—이문구의 도시 소설을 중심으로」, 『상허학보』 12, 상허학회, 2004, 91쪽.

3) 하지만 민중을 이상화하고 좌파를 낭만화하려는 미학적 왜상歪象이 1980년대 민중 노동문학 텍스트에서 범람했다는 것을 직시해야 할 것이다. 고영직, 「이론신앙을 넘어, 사실의 재인식으로—1980년대 민중·노동문학론에 관한 단상」, 『실천문학』, 2005년 겨울, 82쪽.

4) 그러한 의미에서 도시에서의 보편적 삶의 양식이 묘사되고, 도시의 특수한 역할이나 의의가 인물의 성격과 행위에 영향을 주어 그것이 상징구조나 서사기법으로 처리되어야 한다. 이재선, 『현대한국소설사』, 민음사, 1991, 274쪽.

5) 김정남, 「최근 소설에 나타난 현대사회의 풍경—박민규·이만교·김경욱·백민석의 근작에서」, 『현대문학』, 현대문학사, 2005.8, 287쪽.

6) "90년대의 문학은 아직 (대중문화의 논리에 의해 재편되고 재구성되는) 이 가공할 힘에 대항할 수 있는 어떤 장치나 방편도 마련하지 못하고 있음을 솔직하게 우리 앞에 고백하고 있다. 그런 만큼 '일상적 주체'는 대중문화에 무차별 노출된 무방비의 상태로 그려질 수밖에 없다." 한수영, 「90년대 문학의 일상성」, 『오늘의문예비평』, 오늘의문예비평, 1999년 가을, 250쪽.

7) 김정남, 「인간과 문명세계에 대한 전복적 상상력—편혜영의 『아오이가든』에 나타난 추(醜)의 세계」, 『본질과현상』 2, 본질과현상사, 2005년 겨울, 305쪽.

8) 이 장의 텍스트는 김중혁, 『1F/B1 일층, 지하 일층』, 문학동네, 2012이며 작품의 일련번호는 수록 순서에 따라 다음과 같이 하기로 한다.
 1. 「C1+Y=:[8]:」, 2. 「냇가로 나와」, 3. 「바질」, 4. 「3개의 식탁, 3개의 담배」, 5. 「1F/B1」, 6. 「유리의 도시」, 7. 「크라샤」.
 따라서 인용출전은 '(일련번호: 해당페이지)'의 방식으로 밝히기로 한다.

9) 조명래, 「서울의 새로운 도시성—유연적 축적의 도시화와 대도시의 삶」, 『문화과학』 5, 문화과학사, 1994, 188~187쪽.

10) 여기서 도시성urbanity이라는 가치중립적인 용어—무국적성이나 비역사성으로 착인할 수도 있는—를 사용한 것은 김중혁의 소설이 그려내는 도시현실이 한국적 특수성에 기인한

다기보다 현대도시에서 보편적으로 배태될 수 있는 도시적 상황성을 형상화하고 있기 때문이다.

11) 조명래, 「피터 손더스의 도시사회학」, 『국토』, 국토연구원, 1997.8, 77~81쪽.

12) 근대 이후의 세계에서는 시간이 공간보다 더 중요하고 한다. 속도의 증대는 공간의 구분을 잠식하고 공간을 시간으로부터 구분하는 것을 더 어렵게 만든다. 박창호·김홍기, 「도시공간의 탈경계화와 액화근대성」, 『현상과인식』 37, 한국인문사회과학회, 2013, 169쪽.

13) '풍속의 유민'은 이청준의 「매잡이」에서 따온 것으로, 이 작품은 '매사냥'이라는 사라져가는 풍속을 고집하다가 죽어 가는 매잡이 '곽돌'의 기이한 삶을 그리고 있다. 김정남, 「이청준 소설에 나타난 예술관 연구」, 『국어국문학』 133, 국어국문학회, 2003, 364쪽.

14) 대표적으로 청계천 복원 사업을 예로 들 수 있다. "청계천은 진정한 의미에서 전혀 '하천'이 아니다. 청계천은 서울시의 전기 시설을 통하여 막대한 양의 물이 순환되는 거대한 수족관, 어항에 불과한 것이다." 조석영, 「생태 복원의 환경윤리적 분석—청계천 복원을 중심으로」, 『윤리연구』 65, 한국윤리학회, 2007, 233쪽.

15) 권영종, 「우리나라의 도시교통 무엇이 문제인가?—도시도로망체계의 개편과 효율적 관리」, 『도시문제』 33(355), 대한지방행정공제회, 1998, 74쪽.

16) 최근 삶의 질에 대한 관심이 전 세계적으로 커지면서 이동수단에 대해서도 적색교통보다는 녹색교통에 대한 선호가 높아지고 있다. 지우석·구연숙·좌승희, 「보행환경 만족도 연구」, 『경기개발연구원 기본연구』, 경기연구원, 2008.11, 3쪽. 이 작품에서 스케이트보더들이 자신들만의 비밀이동로를 확보하고 있었다는 사실은, 차량이라는 적색교통에서 벗어나 녹색교통 관련 계획에 대한 필요성이 제기되고 있는 사회적 상황과 맥락을 같이 한다.

17) 도로명 주소가 일상에 정착하지 못하는 이유는 그것이 우리의 공간 지각空間 知覺 양식과 배치되기 때문이다. 카메라로 치면 우리가 상위 공간에서 하위 공간으로 이동하는 줌인 zoom-in 전략을 통해 피사체에 접근한다면, 서구인은 그 반대인 줌아웃zoom-out 전략에 익숙하다. 박재창, 「겉도는 도로명 住所 어찌할 것인가」, 『문화일보』, 문화일보사, 2015.5.19.

18) 오늘날의 도시는 자본을 흐르게 만드는 집합시설들의 네트워크, 생산기계다. 도시는 무엇보다 '작동하는operateur' 기계인 것이다. 임동근, 「미래도시, 대안사회 논의의 출발점」, 『문화과학』, 문화과학사, 2014.12, 57~58쪽. 기능적 배분에 의해서 작동하고 있는 현대 도시에서 생산에 기여하지 못하는 '빈 터'란 원칙적으로 존재할 수 없다.

19) 커튼월curtain wall은 하중을 차지하지 않는 건축 외장용 벽체로 기둥, 보, 바닥판으로 형성되는 구조부frame의 외부를 유리, 금속재 또는 무기질의 재료를 사용하여 공간의 수직방향으로 막아주는 비내력벽을 총칭하는 것으로 정의된다. 조봉호·윤경조·임형창,

「스틸 커튼월 시장동향 및 초고층 커튼월 적용성 평가」, 『한국강구조학회지』 22(2), 한국강구조학회, 2010, 27쪽.

20) 이러한 재난의 상상력은 한국 사회의 위기감이 재난과 결부되어 절망이나 패배 혹은 디스토피아적 전망으로 점철된 소설들(오혜진, 「출구없는 재난의 편재, 공포와 불안의 서사―정유정, 편혜영, 윤고은 소설을 중심으로」, 『우리문학연구』 48, 우리문학회, 2015, 323쪽)을 만들어내는 것과 궤를 같이 한다.

21) 숫자로는 존재하지 않는 얇은 공간인 비밀 관리실은 감시와 통제, 소설의 표현을 빌리면 "조종"의 매개물이 아니다. 그곳은 '/'와 같이 "그저 사이에 있는 사람들"을 하나로 묶어주는 교감과 연대의 장소다. 차미령, 「발명가 김중혁씨의 도시 제작기」, 『1F/B1 일층, 지하 일층』, 문학동네, 2012, 298쪽.

22) 우리 몸이 정보체계information system로 환원되어 디코딩·리코딩, 분리, 조직, 번역, 편집, 프로그램 할 수 있는 질료로 간주됨으로써, 끊임없이 수정, 변형, 설정, 증강, 개조되고 창조될 수 있는 가변적 존재로 여겨지게 된다. 김남옥·김문조, 「고도 기술시대의 몸(2)―포스트휴먼 신체론」, 『사회사상과 문화』 29, 동양사회사상학회, 2014, 259쪽.

23) 가령, 애니메이션 〈공각기동대〉에서 사이보그는 인형처럼 언제든 구입할 수 있는 상품이 된 기계와 인간의 경계에 대한 질문 자체를 진부한 것으로 만든다. 서수정, 「애니메이션에 나타난 '현대 사이보그' 특성―〈공각기동대〉와 〈이노센스〉를 중심으로」, 『한국콘텐츠학회논문지』 7(4), 한국콘텐츠학회, 2007, 155쪽.

24) 르네상스 시대의 자연을 정의내린 머천트Carolyn Merchant에 따르면 이는 "자연을 자비롭고 평화스럽고 전원적으로 보는 관점으로 소위 아르카디아적인 즉 옛 그리스 산 속의 이상향인 목가적 정취를 의미"하는 것으로 "도시에서의 도피와 관계"가 있다. 전혜자, 「한국현대문학과 생태의식」, 『한국현대문학회 학술발표회자료집』, 한국현대문학회, 2004, 1~2쪽.

25) 이 작품에서 구체적으로 전제된 것은 아니지만 괴식물로 변한 바질이 유전자 조작에 의해서 변형된 것이라는 상황성은 충분히 유추해볼 수 있다. "이미 유전자 조작 농산물을 파종한 이후 슈퍼잡초가 발생되거나, 유전자 조작 옥수수를 먹고 목표로 하지 않았던 제주왕나비가 죽었던 사례, 유전자 조작된 감자를 먹고 쥐의 장기가 위축된 사례가 계속 보고되고 있다." 박병상, 「유전자 조작 식품은 돌연변이 식품」, 『다른과학』 9, 다른과학 편집위원회, 2000, 24쪽.

26) 이러한 의미에서 도시 재개발의 과정에서 "상업주의적 개발이익과 물리적 시설 개선에 지나치게 의존하는 사업구조에서 탈피하여 디자인의 기초적인 요소를 고려하여 역사성과 문화를 살려 특화시키는 사업구조가 필요하다". 김선철·김주연, 「구도심 역사성 보존을 위한 디자인 기초 요소에 대한 연구―서울특별시 종로구 피맛골을 중심으로」, 『디자인지식저널』 21, 한국디자인지식학회, 2012, 100쪽.

참고문헌

1. 기본자료

김경욱, 「나비를 위한 알리바이」, 『문학사상』, (주)문학사상, 2004년 9월.

김중혁, 『1F/B1 일층, 지하 일층』, 문학동네, 2012.

박민규, 「갑을고시원 체류기」, 『현대문학』, (주)현대문학, 2004년 6월.

_____, 「그렇습니까? 기린입니다」, 『창작과비평』, 창비, 2004년 가을.

박태순, 「무너진 극장」, 『월간중앙』, 중앙일보사, 1968년 8월.

_____, 『무너진 극장』, 책세상, 2007.

백민석, 「믿거나 말거나 박물지 둘」, 『작가세계』, 작가세계, 2003년 가을.

손아람, 『소수의견』, 들녘, 2010.

양귀자, 『원미동 사람들』, 문학과지성사, 1987.

윤대녕, 『은어낚시통신』, 문학동네, 1994.

_____, 『피에로들의 집』, 문학동네, 2016.

이만교, 「표정 관리 주식회사」, 『세계의 문학』, 민음사, 2004년 가을.

_____, 「쓸쓸한 너의 아파트」, 『문학사상』, (주)문학사상, 2005년 1월.

이효석, 『메밀꽃 필 무렵』(이효석 단편전집 1), 애플북스, 2014.

———, 『도시와 유령』(이효석 단편전집 2), 애플북스, 2014.

정이현, 『낭만적 사랑과 사회』, 『문학과사회』, 문학과지성사, 2002년 봄.

———, 『오늘의 거짓말』, 문학과지성사, 2007.

주원규, 『망루』, 문학의문학, 2010.

채영주, 「도시의 향기」, 『문학과사회』 6(4), 문학과지성사, 1993년 겨울.

최인호, 「타인의 방」, 『작가세계』 28(2), 작가세계, 2016년 여름.

최일남, 『꿈길과 말길』(한국소설문학대계 41), 동아출판사, 1996.

2. 단행본

강내희, 『공간, 육체, 권력—낯선 거리의 일상』, 문화과학사, 1995.

강만길 외, 『사월혁명론』, 한길사, 1983.

강명구, 『소비대중문화와 포스트모더니즘』, 민음사, 1993.

강준만, 『지방은 식민지다』, 개마고원, 2008.

고영복, 『사회학 사전』, 사회문화연구소, 2000.

구인환 외, 『한국전후문학연구』, 삼지원, 1995.

권성우 외, 『한국의 고전을 읽는다』 8, 휴머니스트, 2016.

권영민, 『한국현대작가연구』, 문학사상사, 1991.

김백영, 『지배와 공간—식민지도시 경성과 제국 일본』, 문학과지성사, 2009.

김병익·김주연·김치수·김현 외, 『현대한국문학의 이론』, 민음사, 1972.

김승옥, 『생명연습』(김승옥 소설전집 1), 문학동네, 1995.

김윤식·정호웅, 『한국소설사』, 예하, 1993.

김정남 외, 『1990년대 문화 키워드 20』, 문화다북스, 2017.

———, 『현대소설의 이해』, 경진출판, 2020.

대한주택공사,『대한주택공사 20년사』, 대한주택공사, 1979.

민성길,『최신정신의학』, 일조각, 1995.

서기원,『암사지도』, 민음사, 1995.

손정목,『일제강점기 도시사회상 연구』, 일지사, 1996.

손창섭,『잉여인간 外』(한국소설문학대계 30), 동아출판사, 1995.

신경숙,『외딴방』, 문학동네, 1999.

안형관,『인간과 소외』, 이문출판사, 1992.

유선영,『식민지 트라우마』, 푸른역사, 2017.

유시민,『국가란 무엇인가』, 돌베개, 2011.

이병학 외,『환경공학개론―지구환경과학』, 동화기술, 2007.

이원규,『한국교회 어디로 가고 있나』, 대한기독교서회, 2000.

이임하,『여성, 전쟁을 넘어 일어서다』, 서해문집, 2004.

이재선,『현대한국소설사』, 민음사, 1991.

임옥희,『채식주의자 뱀파이어』, 여이연, 2010.

임태훈,『우애의 미디올로지―잉여력과 로우테크(low-tech)로 구상하는 미디
　　　어 운동』, 갈무리, 2012.

정헌목,『마르크 오제, 비장소』, 커뮤니케이션북스, 2016.

한수영,『전후문학을 다시 읽는다』, 소명출판, 2015.

한용환,『소설학 사전』, 고려원, 1992.

3. 논문·평론 및 기사

강내희,「독점자본주의와 문화공간―롯데월드론」,『문화연구 어떻게 할 것인
　　　가』, 현실문화연구, 1993.

강심호·전우형·배주영·이정엽, 「일제식민지 치하 경성부민의 도시적 감수성 형성과정 연구―1930년대 한국소설에 나타난 도시적 소비문화의 성립을 중심으로」, 『서울학연구』 21, 서울시립대학교 서울학연구소, 2003, 101~148쪽.

강유진, 「손창섭, 경계 위의 생애와 그의 소설」, 『작가세계』 107, 작가세계, 2015년 겨울, 18~29쪽.

고동환, 「조선초기 한양의 형성과 도시구조」, 『지방사와 지방문화』 8(1), 역사문화학회, 2005, 67~103쪽.

고영직, 「이론신앙을 넘어, 사실의 재인식으로―1980년대 민중·노동문학론에 관한 단상」, 『실천문학』, 2005년 겨울, 76~87쪽.

고훈주, 「모던 라이프 에드워드 호퍼와 그의 시대」, 『미술세계』 313, 미술세계, 2010, 126~126쪽.

구자광, 「'멜랑콜리'와 탈식민 '정치'―W. B. 예이츠의 경우」, 『한국 예이츠 저널』 28, 한국예이츠학회, 2007, 5~41쪽.

국토해양부, 「우리 국토면적 10만km^2 넘었다」, 국토해양부, 2008.

권석우, 「여성의 음부(Yoni)와 죽음의 연관성에 관한 단편적 성찰―달의 경로(月經)와 여성성, 그리고 죽음과 재생」, 『비교문학』 50, 한국비교문학회, 2010, 239~266쪽.

권영종, 「우리나라의 도시교통 무엇이 문제인가?―도시도로망체계의 개편과 효율적 관리」, 『도시문제』 33(355), 대한지방행정공제회, 1998, 74~82쪽.

권유리아, 「익명의 섬, 그 시절 우리에게는 압구정 오렌지족이 있었다」, 김정남 외, 『1990년대 문화 키워드 20』, 문화다북스, 2017.

권진관, 「강화되는 자본주의의 원리와 기독교」, 『기독교사상』 36, 대한기독교서회, 1992, 25~32쪽.

김남극, 「하얼빈에서 만난 애수—북만주에서 만난 이효석의 흔적들」, 『작가세
계』 19, 작가세계, 2007, 85~105쪽.

김남옥·김문조, 「고도 기술시대의 몸(2)—포스트휴먼 신체론」, 『사회사상과
문화』 29, 동양사회사상학회, 2014, 257~284쪽.

김동춘, 「4·19혁명과 사회과학」, 『실천문학』 97, 실천문학사, 2010, 330~342쪽.

_____, 「1971년 8·10 광주대단지 주민항거의 배경과 성격」, 『공간과 사회』
21(4), 한국공간환경학회, 2011, 5~33쪽.

김문관, 「전체 주택서 아파트가 차지하는 비중 60% 첫 돌파」, 『조선Biz』, (주)
조선비즈, 2017.12.17.

김미란, 「감각의 순례와 중심의 재정위—여행자 이효석과 '국제 도시' 하얼빈
의 시공간 재구성」, 『상허학보』 38, 상허학회, 2013, 183~220쪽.

김미연, 「타자」, 『여성이론』 9, 여이연, 2013, 338~351쪽.

김백영, 「일제하 서울에서의 식민권력의 지배전략과 도시공간의 정치학」, 서
울대 대학원 박사학위논문, 2005.

김봉규, 「박용찬, 세간 다 버리고 음반 한 트럭만 싣고 피란 와 개업…향촌동
음악다방 '르네상스'」, 『영남일보』, 영남일보사, 2020.7.16.

김상모, 「도시 공간의 인식을 통한 근대성 탐구—이효석의 「도시와 유령」을
중심으로」, 『어문학』 115, 한국어문학회, 2012, 381~406쪽.

김선철·김주연, 「구도심 역사성 보존을 위한 디자인 기초 요소에 대한 연구—
서울특별시 종로구 피맛골을 중심으로」, 『디자인지식저널』 21, 한국디
자인지식학회, 2012, 92~101쪽.

김선희, 「정의 개념의 두 국면」, 『한국여성철학』 16, 한국여성철학회, 2011, 45

~82쪽.

김성연, 「'꿈의 도시' 경성, 그 이면의 '폐허'—이효석 「도시와 유령」을 시점으로」, 『한민족문화연구』 27, 한민족문화학회, 2008, 227~249쪽.

김윤식, 「60년대 문학의 특질」, 『현대문학』, 현대문학사, 1985.1.

_____, 「'무너진 극장'에서 '밤길의…'까지」, 『문학사상』, 문학사상사, 1988.5, 364~364쪽.

_____, 「갈 수 있고, 가야할 길, 가버린 길—어느 저능아의 심경 고백」, 정년퇴임 고별 강연 원고, 2001.

김정남, 「김승옥 소설의 근대성 담론 연구」, 한양대 대학원 박사학위논문, 2002.

_____, 「디지털 사회의 풍경—윤대녕의 『사슴벌레여자』論」, 『현대문학』 570, (주)현대문학, 2002.6, 218~231쪽.

_____, 「이청준 소설에 나타난 예술과 연구」, 『국어국문학』 133, 국어국문학회, 2003, 339~373쪽.

_____, 「최근 소설에 나타난 현대사회의 풍경—박민규·이만교·김경욱·백민석의 근작에서」, 『현대문학』 608, 현대문학사, 2005.8, 284~308쪽.

_____, 「인간과 문명세계에 대한 전복적 상상력—편혜영의 『아오이가든』에 나타난 추(醜)의 세계」, 『본질과현상』 2, 본질과현상사, 2005년 겨울, 301~306쪽.

_____, 「김중혁 소설에 나타난 도시성 연구—『1F/B1 일층, 지하 일층』에 나타난 도시 문명의 조건」, 『한민족문화연구』 55, 한민족문화학회, 2016, 203~235쪽.

_____, 「한국적 모더니티와 '추방자들'의 세대론적 특성」, 『비교한국학』 26(2),

국제비교한국학회, 2018, 47~181쪽.

김종건, 「이효석 소설의 도시공간과 작가의식」, 『통일인문학』 41, 건국대학교 인문학연구원, 2004, 1~27쪽.

김종근, 「식민도시 경성의 유곽공간 형성과 근대적 관리」, 『문화역사지리』 23(1), 한국문화역사지리학회, 2011, 115~132쪽.

김종철, 「진정한 삶을 위한 편력」, 『정든 땅 언덕 위 外』, 동아출판사, 1996, 510 ~519쪽.

김진기, 「박태순 초기소설에 나타난 작가의식 연구」, 『한국문학이론과 비평』 10, 한국문학이론과 비평학회, 2001, 222~254쪽.

김태오·최막중, 「한국의 아파트 공급과 수요의 역사적 연원에 관한 연구—해방 이후주택의 수직적 집적화 과정을 중심으로」, 『국토계획』 51(6), 대한국토·도시계획학회, 2016, 23~38쪽.

김현숙, 「원미동, 삶의 용광로」, 강진호·이선미·장영우 외, 『우리 시대의 소설, 우리 시대의 작가』, 계몽사, 1997, 356~369쪽.

김홍중, 「멜랑콜리와 모더니티」, 『한국사회학』 40(3), 한국사회학회, 2006, 1~31쪽.

남진우, 「견딜 수 없이 가벼운 존재들—댄디즘과 1990년대 소설」, 『숲으로 된 성벽』, 문학동네, 1999, 56~75쪽.

남희진, 「칙릿—여성 대중서사의 한계를 넘어서」, 『새한영어영문학』 52(2), 새한영어영문학회, 2010, 51~74쪽.

류웅재, 「쿡방의 정치경제학」, 『문화과학』 83, 문화과학사, 2015.

박대현, 「4월 혁명 이후의 공백과 탈공백」, 『한국문학이론과 비평』 58, 한국문학이론과 비평학회, 2013, 207~233쪽.

박범기, 「새로운 세대의 탄생—1990년대 '신세대'」, 김정남 외, 『1990년대 문화 키워드 20』, 문화다북스, 2017.

박병상, 「유전자 조작 식품은 돌연변이 식품」, 『다른과학』 9, 다른과학편집위 원회, 2000, 20~28쪽.

박영득·이재묵, 「세대에 따른 통일과 대북인식 차이 분석—코호트 분석을 중 심으로」, 『글로벌정치연구』 9(2), 한국외국어대학교 글로벌정치연구 소, 2016, 31~67쪽.

박재창, 「겉도는 도로명 住所 어찌할 것인가」, 『문화일보』, 문화일보사, 2015. 5.19.

박재홍, 「세대명칭과 세대갈등 담론에 대한 비판적 검토」, 『경제와 사회』 81, 비판사회학회, 2009.

박정미, 「한국 성매매정책에 관한 연구—'묵인—관리 체제'의 변동과 성판매여 성의 역사적 구성, 1945~2005」, 서울대학교 박사논문, 2011.

박종홍, 「하얼빈 공간의 두 표상—「심문」과 「합이빈」의 대비를 통한」, 『현대소 설연구』 62, 한국현대소설학회, 2016, 97~123쪽.

박준형, 「청일전쟁 이후 일본인의 평양 진출과 평양성 내에서의 '잡거' 문제— 일본인 신시가의 형성 과정을 중심으로」, 『비교한국학』 23(3), 국제비 교한국학회, 2015, 23~56쪽.

박창호·김홍기, 「도시공간의 탈경계화와 액화근대성」, 『현상과인식』 37, 한국 인문사회과학회, 2013, 167~186쪽.

박태순, 「작가의 말—세 가지 질문과 답변」, 『무너진 극장』, 책세상, 2007, 5~16쪽.

박필현, 「아비 잃은 자의 아비 되기, '포르트 다(fort-da)'의 윤리—서기원 초기 소설 속 청년들의 연대와 불안정한 욕망 회로」, 『한국고전연구』 45,

한국고전연구학회, 2019, 75~102쪽.

박홍근, 「근대국가의 처분 가능한 인간 만들기—1971년 광주대단지 사태와 오늘날 강남 포이동 주민 집단 채무자화를 중심으로」, 『한국사회학회 사회학대회논문집』, 한국사회학회, 2014, 211~16쪽.

방민호, 「이효석과 하얼빈」, 『현대소설연구』 35, 한국현대소설학회, 2007, 47~69쪽.

배경렬, 「실향민의식과 현실인식—박태순론」, 『한국사상과 문화』 61, 한국사상문화학회, 2012, 99~125쪽.

백철, 「해방 후의 문학작품에 보이는 여인상」, 『여원』, 학원사, 1957.

복도훈, 「1960년대 한국 교양소설 연구—4·19 세대 작가들의 작품을 중심으로」, 동국대학교 박사논문, 2014.

서수정, 「애니메이션에 나타난 '현대 사이보그' 특성—〈공각기동대〉와 〈이노센스〉를 중심으로」, 『한국콘텐츠학회논문지』 7(4), 한국콘텐츠학회, 2007, 150~159쪽.

손종업, 「우리 소설 속에 나타난 아파트 공간의 계보학」, 『어문론집』 47, 중앙어문학회, 2011, 243~264쪽.

송병삼, 「4·19 소설의 감각체험과 재현방식으로서의 환상」, 『인문학연구』 49, 인문학연구원, 2015, 127~156쪽.

송은영, 「유신체제기 사회적 공간의 위계화와 '동경-원한의 감정구조」, 『역사문제연구』 29, 역사문제연구소, 2013, 85~110쪽.

신동욱, 「박태원 소설에 나타난 내성적 서술자의 미적 기능과 지식인의 좌절의식」, 『현대문학』, (주)현대문학, 1994.6, 344~381쪽.

심우갑·강상훈·여상진, 「일제강점기 아파트 건축에 관한 연구」, 『대한건축학회논문집』 18(9), 대한건축학회, 2002, 159~168쪽.

안미영, 「현대문학 연구에서 정동 이론의 성과와 활용」, 『사람의문학』, 도서출판 사람, 2018년 가을, 217~230쪽.

양윤의, 「서울, 정념의 지도」, 『현대소설연구』 52, 한국현대소설학회, 2013, 45~78쪽.

양창삼, 「문화 및 자본주의에 대한 기독교적 인식」, 『현상과인식』 통권 40호, 1987, 한국인문사회과학회, 77~110쪽.

오미일, 「로컬리티 연구의 쟁점 메타 역사의 재구성, 로컬 히스토리 쓰기」, 『로컬리티의 인문학』 31, 부산대학교 한국민족문화연구소, 2013, 6~7쪽.

오창은, 「1960년대 도시 하위주체의 저항적 성격에 관한 연구—이문구의 도시소설을 중심으로」, 『상허학보』 12, 상허학회, 2004, 67~98쪽.

_____, 「도시 속 개인의 허무의식과 새로운 감수성—최인호의 타인의 방을 중심으로」, 『어문론집』 32, 중앙어문학회, 2004, 249~270쪽.

_____, 「4·19 공간 경험과 거리의 모더니티」, 『상허학보』 30, 상허학회, 2010, 13~52쪽.

오형엽, 「멜랑콜리의 문학비평적 가능성」, 『비평문학』 38, 한국비평문학회, 2010, 374~401쪽.

오혜진, 「출구 없는 재난의 편재, 공포와 불안의 서사—정유정, 편혜영, 윤고은 소설을 중심으로」, 『우리문학연구』 48, 우리문학회, 2015, 319~345쪽.

우신영, 「새로운 도시난민 공동체의 탄생—「피에로들의 집」에 나타난 장소애 형성 과정을 중심으로」, 『우리어문연구』 59, 우리어문학회, 2017, 33~58쪽.

우찬제, 「조세희의 『난장이가 쏘아올린 작은 공』의 리얼리티 효과」, 『한국문학이론과 비평』 21, 한국문학이론과 비평학회, 2003, 162~183쪽.

유광렬 외, 「모던걸 – 모던보이 – 대논평」, 『별건곤』, 개벽사, 1927.12.

유영진, 「한국의 아파트사」, 『공간』, 공간사, 1970, 36~37쪽.

윤구병, 「사용가치와 교환가치」, 『철학과현실』 37, 철학문화연구소, 1998, 21~
35쪽.

이경재, 「이효석의 『벽공무한』에 나타난 하얼빈」, 『현대소설연구』 58, 현대소
설학회, 2015, 331~358쪽.

이광석, 「오늘날 문화행동의 개념화와 역사적 유산의 재전유」, 『문화과학』 71,
문화과학사, 2012, 27~63쪽.

이다온, 「전후 손창섭 문학의 애도와 멜랑콜리」, 『춘원연구학보』 13, 춘원연구
학회, 2018, 457~495쪽.

이동연, 「한국인의 일상과 문화 아비투스」, 『문화과학』 61, 문화과학사, 2010,
169~195쪽.

이득재, 「광고 욕망 자본주의」, 현실문화연구 편, 『광고의 신화, 욕망, 이미지』,
현실문화연구, 1993, 8~29쪽.

이미림, 「이효석 문학의 커피향기와 카페공간 고찰」, 『현대소설연구』 70, 한국
현대소설학회, 2018, 209~240쪽.

_____, 「하얼빈의 산보객 시선과 근대도시 풍경 고찰」, 『우리문학연구』 61,
우리문학회, 2019, 241~266쪽.

이선우, 「서울은 어디에 있는가」, 홍승희 외, 『서울의 문화적 완충지대』, 삶이
보이는창, 2012, 119~165쪽.

이수형, 「1930년대 모더니즘 문학과 도시의 정신생활」, 『현대소설연구』 56, 한
국현대소설학회, 2014, 409~436쪽.

이애련, 「한부모가족의 사회적지지를 위한 사회프로그램에 관한 사례 연구」, 『유라시아연구』 10(2), 아시아유럽미래학회, 2013, 93~117쪽.

이양숙, 「『원미동 사람들』에 나타난 도시의 일상과 도시공동체의 의미」, 『구보학보』 12, 구보학회, 2015, 239~270쪽.

이은숙·정희선·김희순, 「도시소설 속에 나타난 도시민의 여가공간 변화—1950년 이후 수도권 배경의 도시소설을 중심으로」, 『한국도시지리학회지』 11(3), 한국도시지리학회, 2008, 139~154쪽.

이재현, 「도회적 삶과 모성」, 『양귀자』(한국소설문학대계 77), 동아출판사, 1995, 487~500쪽.

이주연, 「한국어 문학교육을 위한 '대화주의' 적용 방안 연구—『원미동 사람들』을 중심으로」, 『원불교사상과 종교문화』 73, 원불교사상연구원, 2017, 445~474쪽.

이평전, 「아파트 건축과 공간 질서의 생성과 파괴—1970년대 소설을 중심으로」, 『한국문학이론과비평』 60, 한국문학이론과비평학회, 2013, 129~151쪽.

이현주 외, 「수도권 제1기 신도시에 대한 평가 및 향후 재편방향 제안」, 『도시정보』 362, 대한국토·도시계획학회, 2012, 3~16쪽.

이형진, 「『원미동 사람들』의 구성원리와 「한계령」—연작이라는 형식에 대한 고찰을 중심으로」, 『한국현대문학연구』 43, 한국현대문학회, 2014, 529~562쪽.

이호철, 「작가의 말」, 『재미있는 세상』(이호철 전집 4), 청계연구소 출판국, 1989.

이희영, 「은유로서의 '종3(鐘三)', 이동하는 '박카스아줌마'—서울 종로 3가 성매매 공간의 정치학」, 『젠더와 문화』 13(1), 계명대학교 여성학연구소, 2020, 7~43쪽.

임동근, 「미래도시, 대안사회 논의의 출발점」, 『문화과학』 80, 문화과학사, 2014, 48~64쪽.

임옥희, 「혐오발언, 혐오감, 타자로서 이웃」, 『도시인문학연구』 8(2), 서울시립대학교 도시인문학연구소, 2016, 79~101쪽.

임희현, 「국가 폭력의 기억과 글쓰기—양귀자 문학 연구」, 『민족문학사연구』 65, 민족문학사학회·민족문학사연구소, 2017, 93~115쪽.

장미성, 「중용을 통해 본 아리스토텔레스 윤리학의 특징」, 『서양고전학연구』 49, 한국서양고전학회, 2011, 279~309쪽.

장지연, 「사회적 타살과 노동」, 『복지동향』 193, 참여연대사회복지위원회, 2014, 36~41쪽.

전상진, 「세대경쟁과 정치적 세대—독일 세대논쟁의 88만원 세대론에 대한 시사점을 중심으로」, 『한·독사회과학논총』 20(1), 한독사회과학회, 2010, 127~150쪽..

전성욱, 「믿을 수 없는 공동체」, 『웹진 문화다』, 2017.08.28.

전우용, 「종로와 본정—식민도시 경성의 두 얼굴」, 『역사와 현실』 40, 한국역사연구회, 2001, 163~193쪽.

전종한, 「도시 뒷골목의 '장소 기억'—종로 피맛골의 사례」, 『대한지리학회지』 4(6), 대한지리학회, 2009, 79~796쪽.

전혜자, 「한국현대문학과 생태의식」, 『한국현대문학회 학술발표회자료집』, 한국현대문학회, 2004, 1~13쪽.

정경훈, 「애도, 우울증, 상실을 다시 생각하다—프로이트, 라캉, 클라인, 신경과학의 통합적 접근을 향하여」, 『현대정신분석』 23(2), 한국현대정신분석학회, 2021, 111~150쪽.

정여울, 「소설의 리얼리티vs현실의 리얼리티」, 『자음과모음』, 자음과모음, 2011년 여름, 423~437쪽.

정연학, 「뒷간, 그 서구문화의 확실한 식민지」, 『실천민속학』 새책3, 실천민속 학회, 2001, 161~183쪽.

정영화, 「1950년대 소설 연구—선우휘와 손창섭을 중심으로」, 『어문론집』 30, 중앙어문학회, 2002, 347~371쪽.

정일준, 「왜 부르디외인가?—문제는 '상징권력'이다」, 『상징폭력과 문화재생산』, 새물결, 1995, 6~42쪽.

정종현, 「한국 근대소설과 '평양'이라는 로컬리티」, 『사이間SAI』 4, 국제한국문 학문화학회, 2008, 89~123쪽.

정주신, 「10·26 사건의 배경 분석」, 『사회과학연구』 18, 충남대학교 사회과학 연구소, 2008, 113~144쪽.

조명래, 「서울의 새로운 도시성—유연적 축적의 도시화와 대도시의 삶」, 『문화 과학』 5, 문화과학사, 1994, 183~206쪽.

———, 「피터 손더스의 도시사회학」, 『국토』, 국토연구원, 1997.8, 77~81쪽.

———, 「8·10 성남대단지사건의 재해석과 성남—도시정체성의 모색 도시권 리의 관점에서」, 『공간과 사회』 21(4), 한국공간환경학회, 2011, 34~66 쪽.

조봉호·윤경조·임형창, 「스틸 커튼월 시장동향 및 초고층 커튼월 적용성 평가 」, 『한국강구조학회지』 22(2), 한국강구조학회, 2010, 27~33쪽.

조석영, 「생태 복원의 환경윤리적 분석—청계천 복원을 중심으로」, 『윤리연구』 65, 한국윤리학회, 2007, 219~237쪽.

조애리, 「상징폭력과 의식고양—『작은 변화들』」, 『신영어영문학』 33, 신영어영문학회, 2006, 153~168쪽.

조은주, 「일제말기 만주의 도시 문화 공간과 문학적 표현」, 『한국민족문화』 48, 2013, 99~35쪽.

조현일, 「박태순의 '외촌동 연작' 연구—이야기와 숭고」, 『우리어문연구』 29, 우리어문학회, 2007, 537~575쪽.

조혜정, 「영화와 미술의 상호매체성 연구」, 『영화연구』 68, 한국영화학회, 2016.

주은우, 「90년대 한국의 신세대와 소비문화」, 『경제와사회』 21, 비판사회학회, 1994.

지우석·구연숙·좌승희, 「보행환경 만족도 연구」, 『경기개발연구원 기본연구』, 경기연구원, 2008, 3~77쪽.

진수미, 「모던보이와 암살의 본정과 종로 재현 연구—탈식민주의를 중심으로」, 『한국콘텐츠학회논문지』 19(7), 한국콘텐츠학회, 2019, 234~245쪽.

차미령, 「발명가 김중혁씨의 도시 제작기」, 『1F/B1 일층, 지하 일층』, 문학동네, 2012, 277~303쪽.

최애순, 「1950년대 사상계와 전후 신세대 오상원의 휴머니즘」, 『우리문학연구』 57, 우리문학회, 2018, 407~447쪽.

최양부·신행철·최재률, 「한국사회의 산업화와 전통농촌의 해체—한국농촌에 대한 인식의 틀을 위한 하나의 시론」, 『한국사회학』 19, 한국사회학회, 1986, 121~151쪽.

최인기, 「용산사태를 계기로 살펴본 철거민운동」, 『진보평론』 39, 메이데이, 2009, 183~197쪽.

편집국, 「事務室 패턴이 바뀐다—업무·住居 겸용 '오피스텔' 등장」, 『매일경제신문』, 매일경제신문사, 1984.7.26.

한대석, 「말—사물 동일성 그리고 논리—문법 공간 존재론」, 『철학』 116, 한국
철학회, 2013, 101~148쪽.

한수영, 「90년대 문학의 일상성」, 『오늘의문예비평』, 오늘의문예비평, 1999년
가을, 230~255쪽.

한영현, 「개발 신화의 승인과 폭로—도시 난민의 영화적 재현 1980년대 초반
한국 영화를 중심으로」, 『현대영화연구』 25, 한양대학교 현대영화연구
소, 2016, 107~136쪽.

함돈균, 「사물의 철학—물티슈—백색신화」, 『매일경제』, 매일경제신문사, 2014.
3.28.

현재열·김나영, 「비교적 전망에서 본 식민지 도시의 역사적 전개와 공간적 특
징」, 『석당논총』 50, 동아대학교 석당학술원, 2011, 655~690쪽.

홍성태, 「삼풍백화점 붕괴와 비리—사고사회」, 『경제와사회』 108, 비판사회학
회, 2015, 231~253쪽.

홍정선, 「작고도 큰 세계」, 『원미동 사람들』, 문학과지성사, 1987, 275~289쪽.

4. 번역서 및 외서

가라타니 고진, 박유하 옮김, 『일본 근대문학의 기원』, 민음사, 1997.

————————, 조영일 옮김, 『근대문학의 종언』, 도서출판b, 2006.

아즈마 히로키, 안천 옮김, 『철학의 태도—'사상의 패배' 시대에 철학은 무엇을
해야 하는가』, 북노마드, 2020.

————————, 안천 옮김, 『관광객의 철학』, 리시올, 2020.

카야노 도시히토, 김은주 옮김, 『국가란 무엇인가—국가의 본질에 대한 역사적

고찰』, 산눈, 2010.

히라카와 가쓰미, 남도현 옮김, 『고양이 마을로 돌아가다―나쁜 자본주의와 이별하기』, 이숲, 2016.

Agamben, Giorgio, 박진우 옮김, 『호모 사케르―주권 권력과 벌거벗은 생명』, 새물결, 2008.

Bachelard, Gaston, 곽광수 옮김, 『공간의 시학』, 민음사, 1990.

Bataille, Georges, 조한경 옮김, 『에로티즘』, 민음사, 1989.

Bauman, Zygmunt, 정일준 옮김, 『쓰레기가 되는 삶들―모더니티와 그 추방자들』, 새물결, 2008.

＿＿＿＿＿＿＿＿＿, 한상석 옮김, 『모두스 비벤디―유동하는 세계의 지옥과 유토피아』, 후마니타스, 2010.

Blanchot, Maurice, 고재정 옮김, 『정치평론』, 그린비, 2009.

Bourdieu, Pierre, 정일준 옮김, 『상징폭력과 문화재생산』, 새물결, 1995.

Bremmer, Ian, 차백만 옮김, 『국가는 무엇을 해야 하는가』, 다산북스, 2011.

Carol J. Adams, 이현 옮김, 『육식의 성정치―페미니즘과 채식주의 역사의 재구성』, 미토, 2006.

Debord, Guy Ernest, 유재홍 옮김, 『스펙타클의 사회』, 울력, 2014.

Derrida, Jacques, 진태원 옮김, 『법의 힘』, 문학과지성사, 2004

Enrique Leff, 허남혁 옮김, 「자연의 사회적 재전유에 관하여」(특집 정치생태학으로의 초대), 『공간과 사회』 16, 한국공간환경학회, 2001, 109~126쪽.

Foucault, Michel, 오생근 옮김, 『감시와 처벌―감옥의 역사』, 나남출판, 1996.

＿＿＿＿＿＿＿＿＿, 김부용 옮김, 『광기의 역사』, 인간사랑, 1999.

Gelézeau, Valérie, 길혜연 옮김, 『아파트공화국』, 후마니타스, 2007.

Genette, Gérard, 권택영 옮김, 『서사담론』, 교보문고, 1992.

Gottdiener, Mark·Budd, Leslie, 남영호·채윤하 옮김, 『도시연구의 주요개념』, 라움, 2013.

Han, Byeong-cheol, 김태환 옮김, 『피로사회』, 문학과지성사, 2012.

──────────, 이재영 옮김, 『아름다움의 구원』, 문학과지성사, 2016.

Heidegger, Martin, 이기상 옮김, 『존재와 시간』, 까치, 1998.

──────────, 이선일 옮김, 「휴머니즘 서간」, 『이정표』 2, 한길사, 2005.

Karl Marx, 최인호 외 옮김, 『칼 맑스 프리드리히 엥겔스 저작 선집』 1, 박종철 출판사, 2000.

Kristeva, Julia, 서민원 옮김, 『공포의 권력』, 동문선, 2001.

Lefebvre, Henri, 박정자 옮김, 『현대세계의 일상성』, 기파랑, 2005.

Louv, Richard, 류한원 옮김, 『지금 우리는 자연으로 간다─자연 결핍 장애를 극복하고 삶을 회복시키기 위하여』, 목수책방, 2016.

Mommsen, Wolfgang, 이상률 편역, 「자본주의와 사회주의─베버의 마르크스 와의 대화」, 『칼 마르크스와 막스 베버』, 문예출판사, 1985.

Parker J. Palmer, 김찬호 옮김, 『비통한 자들을 위한 정치학』, 글항아리, 2012.

Rancière, Jaques, 주형일 옮김, 『미학 안의 불편함』, 인간사랑, 2008.

Relph, Edward, 김덕현·김현주·심승희 옮김, 『장소와 장소상실』, 논형, 2005.

Rimmon-Kenan, Shlomith, 최상규 옮김, 『소설의 시학』, 문학과지성사, 1985.

Sennett, Richard, 유강은 옮김, 『무질서의 효용』, 다시봄, 2014.

Sontag, Susan, 이재원 옮김, 『타인의 고통』, 이후, 2004.

Wilson, Edward, 안소연 옮김, 『바이오필리아─우리 유전자에는 생명 사랑의 본능이 새겨져 있다』, 사이언스북스, 2010.

Zizek, Slavoj, 김희진·정일권·이현우 옮김, 『폭력이란 무엇인가』, 난장이, 2011.

Augé, Marc, trans. by J. Howe, *Non-Places—Introduction to an Anthropology of Supermodernity*, London & New York: Verso, 1995.

Certeau, Michel de, trans. by Steven Rendall, *The Practice of Everyday Life*, Oakland: Univ of California Press, 2011.

Karl Mannheim, "The Problem of Generations", *Essays on the Sociology of Knowledge*, New York: Oxford University Press, 1952.

Leech, Geoffrey N. Short, Michael H., *Style in Fiction*, Longmangroup limited, 1981.

McNay, Lois, *Foucualt—A criticism Introduction*, Cambridge: polity, 1994.

Tuan, Yi-Fu, *Topophilia—A study of environmental perception, attitudes*, and values, New Jersey: Prentice-Hall Inc, 1974.

_____, *Space and Place—The Perspective of Experience*, Minneapolis: The University of Minnesota Press, 1977.

찾아보기

[ㄱ]

거대도시metropolis   159, 182, 184
게토ghetto   110, 112, 162
경성시구개수京城市區改修   13
공간space   125~126
공간 악몽space nightmare   133, 136, 137, 147, 148
과잉긍정   281
관광   21, 24, 25, 41
관광객의 철학   25, 46
교외 여행   24
교환관계   282
국가폭력state violence   158, 161, 169, 227, 238
근대 기획modernity project   95, 111
기념비화monumentalisation   99

[ㄴ]

남성 연대male bonding   68
노웨어맨Nowhere man   229, 247, 318

[ㄷ]

단자적 의식   119, 124
대체 공간alternative space   318
대체 자연(인공 자연)artificial nature   259, 260, 331
댄디dandy   33, 123, 125, 138, 139, 141, 145~148, 221
도로망   331, 332, 349
도시 관리   338, 339, 350
도시 난민   85, 289~291, 319
도시 생태학urban ecology   252~255, 280, 290
도시 소설   14
도시 시스템   265, 281, 334
도시성urbanity   13, 15, 111~113, 182, 191, 219, 222, 290, 326~327
도시입성형 체험 소설   53, 56
도시촌락urban village   187
도요타豊田 아파트   119
들뜸(우연성)   24

[ㄹ]

로컬리티locality   74

[ㅁ]

마음의 부서짐heartbreak   312
마포아파트   120, 121
메타 현상적metaphenomenal   127
멜랑콜리melancholy   25, 33, 34, 42, 62, 65
무장소성placelessness   126, 290, 322

[ㅂ]

바이오필리아biophilia   156, 171, 174
반동일시counter-identification   255
법정소설legal thriller   227
북국northern country   14, 15, 25, 26, 28, 29, 34, 42
불균등 발전uneven development   19, 41
비非성장의 젊음unseasonable youth   91, 111
비생태화   327, 349
비장소non-place   109, 125, 127, 129, 148, 149, 172, 173
뿌리 뽑힌 존재déraciné   84

[ㅅ]

4·19혁명   98, 99, 102~104, 106, 112
산책자(만보객)flâneur   25, 33, 87
삼풍백화점 붕괴 사고   219, 220, 271, 297
상경인上京人   51, 52, 54, 55, 74
상징폭력symbolic power   51, 52, 55, 57, 58, 60, 74
생체권력bio-power   264, 281

세계-내-존재In-der-welt-sein   320
세대 폭력   88, 111, 310
소시민성   96, 112, 183
수부 중심 이데올로기   74
스노비즘(속물주의)snobbism   156, 224, 280
스팩타클spectacle   209, 210
시뮬라크르simulacre   208
시큐리티 카드   260, 261, 265, 281
심리문체mind style   59

[ㅇ]

아브젝시옹abjection   302, 305
아비투스habitus   55, 58, 60, 61, 70, 279, 280, 282
아파트 공화국   125
아포칼립스apocalypse   338
아프레 걸apres-girl   67, 68
애도mourning   17, 33, 66
액체 근대liquid modernity   113
언어 자본linguistic capital   61
역진화逆進化   325
연담도시conurbation   182
오배誤配   25, 41, 47
5·16군사쿠데타   99, 103, 104, 112, 113
오피스텔officetel   119, 123, 124, 128, 129, 132, 138, 139, 147, 148
요寮   119, 120
욕망과 구원desires and salvation   228
용산4구역 남일당 화재 사건   227, 228
원미동   155~159
위생강제   34, 39, 40, 42, 48, 265, 267, 268, 281
위성도시satellite city   155, 156, 182, 261
유리 외벽glass curtain wall   336, 350

유리천장glass ceiling 사회　159, 220
유사 가족quasi-family　291, 315
의사사건pseudo-event　208
이중 도시dual city　14, 41
인간 쓰레기human waste　106, 110, 112, 113,
　160, 182, 184
인간적인(인류학적) 장소anthropological place
　126
일상생활의 심미화aestheticization of everyday life
　138
일상성quotidienneté　14, 15, 34, 40, 42, 52,
　85~87, 155, 156, 158, 163, 176, 204, 325
잉여인간human surplus　106, 161

[ㅈ]

자연 결핍 장애nature deficit disorder　258, 259,
　281
장champ　61
장소place　125~126
장소상실placelessness　127, 129, 147, 148,
　156, 171, 183
장소애(토포필리아)topophilia　126
재전유re-appropriation　85, 86, 101, 103~105,
　112
전원田園　14, 21~23, 25, 41, 46
전유專有, appropriation　23, 60, 83~86, 88, 89,
　91~93, 95, 96, 98, 100, 103, 105, 106, 136,
　150

전후postwar, apres guerre　51~54
정동affect　54, 76
정보체계information system　354
젠더 롤gender role　144, 148
종삼鐘드　66~69, 71, 72, 74
종암아파트　120, 121
주거 계급　156
증여적 교환　167, 187

[ㅌ]

타자성otherness　320, 321
타자화othering　15, 125, 142~148, 236, 243

[ㅍ]

페르소나persona　274
포함하는 배제inclusive exclusion　143
표준norm　39, 92
풍속의 유민　330, 349, 353

[ㅎ]

하얼빈哈爾濱　13~15, 25, 26, 30~34
해삼위海參崴(블라디보스토크)　13~15, 25~
　28
혼종성hybridity　18, 31, 40, 41, 183